HEYNE BÜCHER

SCIENCE FICTION

Herausgegeben
von Wolfgang Jeschke

Vom **BATTLETECH™-Zyklus** erschienen in der Reihe
SCIENCE FICTION & FANTASY:

Die Gray Death-Trilogie:
William H. Keith jr.: Entscheidung am Thunder Rift · 06/4628
William H. Keith jr.: Der Söldnerstern · 06/4629
William H. Keith jr.: Der Preis des Ruhms · 06/4630

Ardath Mayhar: Das Schwert und der Dolch · 06/4686

Die Warrior-Trilogie:
Michael A. Stackpole: En Garde · 06/4687
Michael A. Stackpole: Riposte · 06/4688
Michael A. Stackpole: Coupé · 06/4689

Robert N. Charrette: Wölfe an der Grenze · 06/4794
Robert N. Charrette: Ein Erbe für den Drachen · 06/4829

Das Blut der Kerensky – Trilogie:
Michael A. Stackpole: Tödliches Erbe · 06/4870
Michael A. Stackpole: Blutiges Vermächtnis · 06/4871
Michael A. Stackpole: Dunkles Schicksal · 06/4872

Die Legende vom Jadephönix – Trilogie:
Robert Thurston: Clankrieger · 06/4931
Robert Thurston: Blutrecht · 06/4932
Robert Thurston: Falkenwacht · 06/4933

Robert N. Charrette: Wolfsrudel · 06/5058
Michael A. Stackpole: Natürliche Auslese · 06/5078
Chris Kubasik: Das Antlitz des Krieges · 06/5097
James D. Long: Stahlgladiatoren · 06/5116
J. Andrew Keith: Die Stunde der Helden · 06/5128
Michael A. Stackpole: Kalkuliertes Risiko · 06/5148
Peter Rice: Fernes Land · 06/5168
Michael A. Stackpole: Die Kriegerkaste · 06/5195
Victor Milan: Auge um Auge · 06/5272
James D. Long: Black Thorn Blues · 06/5290
Robert Thurston: Ich bin Jadefalke · 06/5314
Blaine Pardoe: Highlander Gambit · 06/5335
Don Philips: Ritter ohne Furcht und Tadel · 06/5358 (in Vorb.)
William H. Keith jr.: Pflichtübung · 06/5374
William H. Keith jr.: Operation Excalibur · 06/5492 (in Vorb.)
Victor Milan: Der schwarze Drache · 06/5493 (in Vorb.)

William H. Keith Jr.

Pflichtübung

Neunundzwanzigster Roman
im BATTLETECH™-Zyklus

Deutsche Erstausgabe

WILHELM HEYNE VERLAG
MÜNCHEN

HEYNE SCIENCE FICTION & FANTASY
Band 06/5374

Titel der Originalausgabe
TACTICS OF DUTY
Übersetzung aus dem Amerikanischen von
Reinhold H. Mai
Umschlagbild: FASA Corporation
Die Karte auf Seite 5 zeichnete Mirjam Wehner
Die technischen Illustrationen im Anhang
zeichnete Duane Loose

Umwelthinweis:
Dieses Buch wurde auf
chlor- und säurefreiem Papier gedruckt

Redaktion: Ulrich Fröschle

Erstmals erschienen bei ROC, Penguin Group, New York

Printed in Germany 1996
Umschlaggestaltung: Atelier Ingrid Schütz, München
Technische Betreuung: M. Spinola
Satz: Schaber Satz- und Datentechnik, Wels
Druck und Bindung: Elsnerdruck, Berlin

ISBN 3-453-09439-5

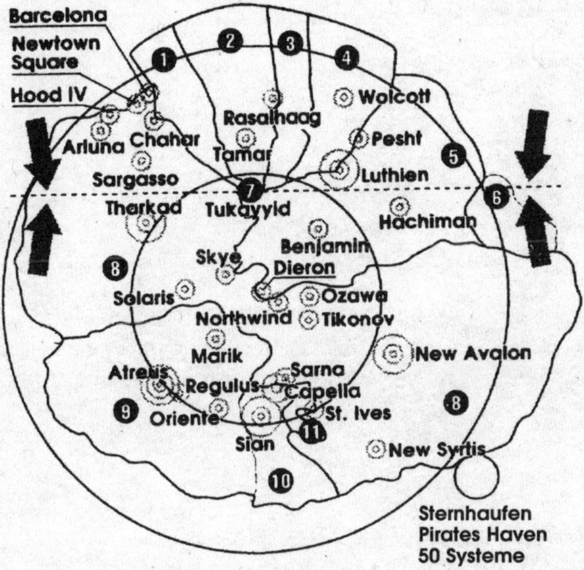

Karte der Nachfolgerstaaten

Clan-Waffenstillstandslinie

1. Jadefalken/Stahlvipern, 2. Wölfe, 3. Geisterbären, 4. Nebelparder/Novakatzen, 5. Draconis-Kombinat, 6. Außenweltallianz, 7. Freie Republik Rasalhaag, 8. Vereinigtes Commonwealth, 9. Liga Freier Welten, 10. Konföderation Capella, 11. St. Ives-Pakt

Karte erstellt durch COMSTAR,
nach Informationen des COMSTAR-EXPLORERDIENSTES
und des STERNENBUNDARCHIVS, Terra.

3054 COMSTAR-KARTENDIENST

PROLOG

Rycopaß, Glengarry
Mark Skye, Vereinigtes Commonwealth

17. April 3056, 9:52 Uhr TNZ

Laserfeuer zuckt in einem blendendgrellen rubinroten Lichtblitz durch die Wirbel aus Rauch und Staub. *Das war eng!*

Alexander Carlyles SHT-4M *Schütze,* siebzig Tonnen hoch aufragende stählerne Vernichtung in humanoider Gestalt, stampft über weichen, unebenen Boden. Jeder Schritt ist unter diesen Bedingungen ein Risiko. Der Rycopaß ist ein ausgetrocknetes Flußbett in der staubtrockenen Einöde südöstlich der Stadt Halidon. Schneeschmelze und Springfluten haben Schichten knochentrockener, pulveriger Sedimente und Sand aus den fernen Teragormabergen in die weite, steile Rinne gespült. Die unteren Lagen sind durch den Druck, der auf ihnen lastet, festgepreßt, aber die oberen Schichten sind noch weich genug, daß sie unter den schweren Schritten des *Schützen* nachgeben und der schwerfällige Mech leicht stürzen kann.

Alex, dessen Neurohelm die Feedbackimpulse übermittelt, die es dem Piloten gestatten, die Bewegungen der zwölf Meter hohen Kampfmaschine auszubalancieren, gleicht die unebenen Bodenbedingungen aus, ohne sich dessen bewußt zu werden. Seine Aufmerksamkeit ist ganz auf vier gleichmäßig näherkommende Ortungsimpulse gerichtet, die keine zweihundert Meter voraus über das Tal verteilt sind. Noch kann er sie nicht sehen, zumindest nicht mit bloßem Auge, mit seinen ›Typ-I-Augen‹, wie der alte Davis McCall es ausdrücken würde. Die Schlacht tobt seit zwanzig Minuten in verstreuten Scharmützeln, zerfahren und bewegt, und Rauchschwaden hängen in der Luft wie dünne weiße Vorhänge. Aber die elektronischen Sinnesorgane eines BattleMechs nehmen wahr, was menschlichen Augen verborgen bleibt. Der Feind ist knapp voraus, in der Deckung der Rauchschwaden. Die Vorhut aus vier Maschinen geht der Hauptstreitmacht ein gutes Stück voraus.

»Gold Eins! Gold Eins!« dringt krachend eine Stimme über den taktischen Kanal. »Lad, was, zurr Helle, machst du da?«

Der schwere caledonische Akzent gehört Davis McCall, einem großen, muskelbepackten Veteranen. Er ist Alex' Stellvertreter in der BefehlsLanze.

»Gold Zwo hier Gold Eins«, antwortet Alex. »Du übernimmst die Einheit, Davis.«

Als würde Davis McCall das nicht sowieso schon die ganze Zeit tun, er und die anderen erfahrenen Kämpen der Gray Death Legion.

»Negativ, Lad! Das brauchst du nicht zu tun!«

Alex gibt keine Antwort. Statt dessen bewegt er seinen *Schützen* schneller das breite, steile Tal hinab. Er muß das tun. Es gibt keine andere Möglichkeit.

Seit Stunden kämpft die Gray Death Legion unter Alex' provisorischem Befehl ums Überleben. Rebellentruppen – sein Computer hat sie als Elemente der 4. Skye Rangers unter Generalkommandant von Bülow identifiziert – haben die Legion im Morgengrauen in Halidon überrascht und voll durch die Mangel gedreht. Irgendwie ist es ihnen geglückt, sich zu lösen und zurückzuziehen, aber von Bülow hat sie mit ganz und gar untypischem Eifer verfolgt und die Reste der Legion daran gehindert, irgendwo Halt zu machen, um sich neu ausrüsten oder bewaffnen zu können. Anscheinend ist der Generalkommandant überzeugt, die Legionäre auf Glengarry in der Falle zu haben, und er denkt nicht daran, sie noch einmal entkommen zu lassen.

Alex hingegen ist entschlossen, die Gray Death Legion in Sicherheit zu bringen. Ihre Geheimbasis in den Glencoe Highlands liegt nur wenige Kilometer südöstlich. Wenn es ihnen gelingt, diesen Unterschlupf zu erreichen, wenn sie sich nur ein paar kostbare Stunden verschaffen können, um die schlimmsten Schäden zu reparieren, die sie in der Falle bei Halidon erlitten haben...

Alex sieht nur eine Möglichkeit, von Bülows gnadenlosen Vormarsch aufzuhalten. Die Truppen der Skye-Rebellen müssen inzwischen geradeso erschöpft sein wie die Legion... sie *müssen* es einfach sein! Die MechKrieger, die sie jagen, werden müde sein – und vorsichtig, trotz allem Drängen von Bülows, die Überlebenden der Legion zu jagen und zur Strecke zu bringen. Alex braucht sie nur hart zu treffen, an einer Stelle, an der sie es nicht erwarten.

Langstreckenraketen heulen über ihn hinweg und zeichnen lange weiße Kondensstreifen an den Himmel Glengarrys. In der Ferne donnern Explosionen. Die Nachhut der Legion versucht noch immer, sich vom Feind zu lösen. Alex ignoriert die Raketen, ebenso das Aufblitzen der Laser.

Noch hundert Meter, noch neunzig. Jeden Moment jetzt...

Da! Eine Bewegung. Sofort zeichnet der Instratrac Mk. XII Zielerfassungscomputer seines *Schützen* das Fadenkreuz in die Sichtprojektion. Datenkolonnen laufen an der rechten Seite der Projektion entlang und werden von der Textanzeige des Sekundärschirms wiederholt. Die Verfolger sind leichte und mittelschwere Mechs, wahrscheinlich eine aus den Überresten der mittelschweren Einheiten und der Erkundungslanzen des Gegners improvisierte Hetzeinheit. Ein VTD-3L *Verteidiger* und ein *Kommando* – diese beiden allein sind zusammen schon ebenso schwer wie Alex Carlyles *Schütze*. Und links und rechts von ihnen marschieren noch ein fünfunddreißig Tonnen schwerer WLF-2 *Wolfs-*

hund und ein Vierzig-Tonnen-*Attentäter,* gepanzerte Monstren, die sich siegessicher auf eine leichte Beute stürzen.

Angesichts eines mehr als doppelt so schweren Gegners kann Alex nur darauf hoffen, daß die vier schon Kampfschäden einstecken mußten, sei es im Gefecht mit der Nachhut der Legion Sekunden zuvor, oder bereits bei Halidon. Er holt die Mechs mit der Zoomoptik seines *Schützen* näher heran und erkennt zerborstene und kraterübersäte Panzerung. *Ja!* Er *hat* noch eine Chance!

Das Problem bei der Sache ist, daß Alex kaum noch LSR zur Verfügung hat. Gerade achtundzwanzig Raketen stecken noch in den Abschußrohren seines *Schützen,* und eine Salve von 12 Raketen hat er darüber hinaus in Reserve. Wenn er die verschossen hat, bleiben ihm nur noch die Laser … und die pure mechanische Schlagkraft seines arg zerbeulten Kampfkolosses.

Entfernungs- und Feuerleitdaten laufen am Rand der Sichtprojektion vorbei. Alex dreht den Torso des *Schützen* nach links, ohne seinen Sturmlauf auf den Gegner zu bremsen. Mehr instinktiv als in bewußtem Erkennen des Zielstatus preßt er auf den Feuerknopf und schickt eine Salve Doombud-Langstreckenraketen auf die Reise. Ein Dutzend Kondensstreifen ziehen elegant gekurvte weiße Linien durch die Luft, und die weißglühenden Triebwerksflammen der Raketenmotoren funkeln kurz auf wie eine Kaskade blendender Sterne, bevor die Geschosse in die obere Rumpfhälfte des *Verteidigers* einschlagen.

Noch bevor die erste Rakete ihr Ziel erreicht hat, wechselt Alex bereits zum nächsten Gegner. Während die Panzerung in orangeroten Flammen und einem Regen von Schrapnells vom Rumpf und rechten Arm des VTD-3L wegfliegt, stürzt bereits kreischend eine zweite Salve auf den KOM-5S *Kommando,* der kurz hinter seinem schwereren Begleiter steht. Die Doombuds knospen auf, schneller als das Auge folgen kann, ihre feurigen orangeroten Blütenblätter breiten sich mit brutaler Gewalt aus und erschüttern den *Kommando* mit einer Dampfhammersalve im oberen Rumpfbereich.

Einen furchtbaren Augenblick lang ist das Schlachtfeld gefangen in einem undurchdringlichen Nebel aus brodelndem Rauch und tosendem Staub. Alex hört das dumpfe Krachen des Raketenmagazins, das in die rechte Rumpflafette seiner Maschine geladen wird, und das Aufblinken der roten Signallämpchen bestätigt, daß die letzten zwölf LSR zur Verfügung stehen.

Egal. Alex Carlyle ist besessen vom Kampffieber, von einer wilden, unvernünftigen Berserkerwut, die ihn weitertreibt, gedankenlos nach vorne stößt, ungeachtet der Übermacht seiner Gegner oder der Schwachstellen seines Mechs. Er hört ein lautes Kreischen voll purer, roher Wut aus den Sprechern seines Neurohelms dringen, und es dauert eine Weile, bis ihm klar wird, daß er selbst den Kampfschrei ausgestoßen hat. Mit ungebremster wilder Wucht rammt er seinen Mech unter dem donnernden Krachen des gepeinigten Metalls in den zerbeulten *Kommando.*

Der Rebellen-Mech, der kaum mehr als ein Drittel des Gewichts eines Legionärs-*Schützen* auf die Waage bringt, kracht senkrecht nach hinten und wirbelt beim Aufprall eine brodelnde Staubwolke auf. Alex hält an und löst aus nächster Nähe eine Laserbreitseite auf den *Attentäter* aus, der sich ihm von rechts nähert. Dann stößt er einen riesigen Metallfuß hinab auf den Torso des *Kommando.*

Feuer bricht aus geborstenen Nähten, als die Kurzstreckenraketen im Innern des Mechrumpfes detonieren. Die Kettenreaktion aus blitzenden, donnernden Explosionen droht Alex mit umzuwerfen. Der *Schütze* wirbelt nach rechts und fängt sich gekonnt mit federnden Knien ab. Gleichzeitig gibt er zwei Laserschüsse auf den *Attentäter* ab. Dessen rechter Arm ist bereits schwer beschädigt, und unter dem Tornado gebündelter Lichtenergie scheint der Mech in sich zusammenzuklappen. Sein rechter Arm mit dem mittelschweren Magna 400P-Impulslaser wird vom Ellbogen bis zur Schulter aufgeschlitzt. Verdrahtung und Energieleitungen werden von einem Schauer aus Funken und Entladungen übergossen, als der Arm unter zahlreichen Kurzschlüssen ausfällt. Leblos hängt er vom Rumpf der Kampfmaschine, während die Schadensanzeige auf Alex' Primärschirm einen Komplettausfall der Aktivatoren meldet.

Laserfeuer schlägt in den Rücken seines *Schützen* ein, aber Alex ignoriert den Angriff und löst eine weitere Salve auf den *Attentäter* aus. Die Rebellenmaschine sinkt in die Hocke, und Alex' Anzeige meldet einen plötzlichen Energieschub: Der Pilot des *Attentäter* bereitet einen Sprung vor. Der junge Legionär treibt seinen *Schützen* vorwärts und löst eine letzte Lasersalve aus nächster Nähe aus, die sich erbarmungslos durch die bereits schwer zerschossene Panzerung seines Gegners fräst. Auf Nahkampfdistanz herangekommen, bringt Alex die stählerne Faust des *Schützen* senkrecht hoch, bevor er den Arm mit einem Hammerhieb herabsausen läßt, unter dem das gepeinigte Metall im Rücken des *Attentäter* laut aufkreischt. Der Skye Ranger versucht durch einen Gegenschlag mit dem linken Arm zu kontern, aber der Hieb ist ungeschickt und schlecht abgepaßt. Alex kann ihn ohne Probleme abblocken und seinerseits die rechte Mechfaust in den Rumpf der gegnerischen Maschine hämmern.

Besiegt sackt der *Attentäter* wie in einer Geste der Unterwerfung vor der blindwütigen Berserkerwut des tobenden *Schützen* auf Hände und Knie hinab.

Aber bevor Alex sein Vernichtungswerk vollenden kann, schlagen erneut Laserimpulse in den Rücken seiner Maschine. Andere zucken knapp an seinem Mech vorbei und kochen Panzerplatten vom Rumpf des *Attentäter,* so eng sind die beiden Maschinen verstrickt.

Alex wirbelt herum und löst sich von seinem besiegten Gegner. Der *Wolfshund* ist nur fünfzig Meter entfernt, und der schwere Zyklop-XII-Laser in seinem rechten Arm speit einen blendenden Energiestrahl aus, der schräg über die Brustpartie des *Schützen* fährt.

Die Innentemperatur des *Schützen,* schon durch den langen Ansturm auf die Rebellenvorhut in die Höhe getrieben, erreicht unter der lodernden Liebkosung des Lasers neue Spitzenwerte. Alex ignoriert die Warnlichter auf seinen Konsolen und feuert die letzten zwölf Raketen ab, schleudert sie in einem dichten Pulk geradewegs in den Schwerpunkt des *Wolfshund.* Explosionen zucken auf, weißglühende Wirbel aus verdampfendem Metall und davongeschleuderten Schrapnells. Alex setzt mit einer Lasersalve nach, feuert einen Schuß um den nächsten ab, bevor er sich wieder umdreht, um mit dem Rebellen-*Verteidiger* abzurechnen.

Alex' Glücksreserven – wie der Überraschungseffekt seines selbstmörderischen Angriffs auf die Feindformation – sind praktisch aufgebraucht. Mit fünfundvierzig Tonnen ist der *Verteidiger* der schwerste seiner vier Gegner und der gefährlichste. Er hatte gehofft, ihn schon zu Beginn des Gefechts schwächen zu können, aber die leichteren Skye-Mechs haben ihm den Weg versperrt, und jetzt hebt der *Verteidiger* seine wuchtige Warrior-Partikelprojektorkanone.

Für eine PPK ist die Entfernung sehr knapp – wahrscheinlich zu gering. Alex wirft sich zur Seite, hofft, der tödlichen Waffe ausweichen zu können, aber der *Schütze* ist zu groß, zu schwerfällig, zu angeschlagen. Ein sengender, bläulichweißer Kugelblitz brennt sich einen Weg in die leere linke Raketenlafette, verdampft den Lukendeckel, zerfetzt Elektronik und Relais wie Reispapier. Die Explosion schickt einen elektromagnetischen Impulsstoß durch die primären Leitungen und Energiekupplungen des *Schützen;* blaue Funken schlagen aus den Cockpitinstrumenten, während sich die überschüssige Energie draußen in Form zuckender Blitzschläge erdet.

»Achtung! Achtung!« klingt die bizarr freundliche Stimme des Bordcomputers durch die Pilotenkanzel. »Schwere Schäden an Primärspulen und Energiezufuhr. Schwere Schäden an Relaisschaltkreisen. Stillegung wird eingeleitet. Stillegung ...«

Reflexartig hämmert Alex die Faust auf den Vetoknopf und schaltet von Hand auf die Reserverelais um. Damit hat er sich etwas Zeit erkauft. Aber wieviel? Sekunden? Vielleicht sogar eine volle Minute? Der Schaden ist enorm, der Hitzestau tödlich. Flammendrote Leuchtbuchstaben bewegen sich über die Sichtprojektion und empfehlen ihm, den Schleudersitz auszulösen.

Er gibt kurz hintereinander vier Laserschüsse auf den nahen *Verteidiger* ab, geht zwei unsichere Schritte nach vorne, feuert noch vier Schüsse ab. Schwerfällig versucht der Rebellenmech, den Kopf zu drehen und seinen einzelnen M-Laser einzusetzen, aber Alex weicht nach rechts aus, zwingt den *Verteidiger,* den Rumpf zu drehen, dann den ganzen Mech, um den *Schützen* wieder ins Schußfeld zu bekommen. Und während dieser ganzen Zeit schiebt Alex einen Lichtbolzen nach dem anderen ins Ziel, sprengt ganze Panzerplatten ab, zertrümmert den freiliegenden Zylinder des an der Seite des helmähnlichen Kopfes montierten Lasers, macht sich über die zernarbten und rußgeschwärzten Stellen an Flanke und Beinen des Mechs her, wo dieser bereits zuvor Treffer hat einstecken müssen und die Panzerung bereits geschwächt ist.

Die Laser des *Wolfshund* treffen von hinten ihr Ziel, und das rechte Knie des Legions-Mech knickt weg. Alex' Kampfkoloß stürzt krachend zu Boden. Der Schlag läßt ihm einen Augenblick lang rot vor seinen Augen werden, und trotz der gepolsterten Sicherheitsgurte ist er nahe daran, das Bewußtsein zu verlieren. Er rollt herum, versucht, den Mech wieder aufzurichten, aber jetzt rücken der *Wolfshund* und der *Verteidiger* gemeinsam vor, machen sich daran, ihm den Gnadenstoß zu versetzen ...

Raketen schießen von links heran und explodieren auf Bein- und Rumpfpanzerung des *Verteidigers*. Einen kurzen Moment glaubt Alex, einer seiner Gegner habe sich im Ziel geirrt. Bei einem derart engen Schlagabtausch wie diesem besteht immer auch die Gefahr, von der eigenen Seite abgeschossen zu werden. Er schwingt den Mechrumpf nach links, während er die Maschine in eine sitzende Position hievt, und wird vom Anblick einer wogenden Staubwolke und der lodernden Plasmadüsen eines *Dunkelfalken* überrascht – einer seiner *Dunkelfalken* –, also muß es sich entweder um Feldwebel Propst handeln oder um ...

»Alex!« Eine vertraute Stimme, jung und aufgeregt, dringt über den taktischen Kanal der Legion zu ihm herein. »Alex, was, in Blakes Namen, machst du?«

»Verschwinde, Davis!« brüllt Alex, als der *Dunkelfalke* mit tief federnden Beinen landet. Als die feindlichen Mechs sich dieser neuen und unerwarteten Bedrohung zuwenden, bringt er den *Schützen* hoch und dreht gleichzeitig den Rumpf, bis das Fadenkreuz auf dem zerbeulten *Verteidiger* liegt, der ihm jetzt das Profil und den Rücken zuwendet. Laserfeuer zuckt auf; Panzerung an Schulter und Seite des Skye-Mechs verdampft in weißen Schwaden. »Verdammt!« brüllt Alex noch einmal. »Davis! Mach, daß du hier wegkommst!«

Aber Davis Carlyle Clay läßt sich nicht so einfach abschütteln. Der *Dunkelfalke* richtet sich auf und dreht sich nach links. Der lange, schwere Lauf der Imperator-Ultrakanone über seiner linken Schulter senkt sich. Im donnernden Stakkato der Hochgeschwindigkeitskanone schlagen die Explosivgranaten aus Clays AK/5-Ultra in Rumpf und Beine des *Verteidigers*, zertrümmern und verdrehen die schon vorher schwer angeschlagenen Panzerplatten, reißen, sprengen, fetzen mannsgroße Brocken frei und schleudern sie durch die rauchgeschwängerte Luft davon.

Davis Carlyle Clay ist die Nummer Vier in Alex Carlyles StabsLanze, 1. Kompanie, 1. Bataillon, Gray Death Legion ... und sein bester Freund. Er ist jung, impulsiv, ein geborener Krieger, wenn man von seinem Wagemut absieht, der Sohn eines der ersten Mitglieder der Legion. Sein Name spiegelt die Freundschaft und Kameradschaft innerhalb der Legion wider: Er ist nach Kommandanthauptmann Davis McCall benannt, einem anderen Veteranen der Einheit, und nach Grayson Carlyle, dem Gründer der Legion.

Alex' Vater.

Und jetzt steht Davis beinahe unmittelbar dem *Verteidiger* und dem *Wolfshund* gegenüber, tauscht in einem wilden Feuersturm heißlodernder Laserblitze Schuß um Schuß mit ihnen aus. Alex weiß, Clays *Dunkelfalke* hat keine einzige Langstreckenrakete mehr zur Verfügung. Wahrscheinlich hat ihn die Salve vorhin die letzten KSR gekostet, und allzuviel Reservemunition für seine Autokanone kann er auch nicht mehr haben. Wenn er erst die letzte Granate verfeuert hat, bleibt ihm nichts mehr außer dem einzelnen Laser am rechten Unterarm. Auch seine Maschine ist vor Halidon schwer angeschlagen worden, und große, schwarze Krater und Breschen durchziehen Rumpf und Schultern des Stahlriesen. Unter dem tödlichen, konzentrierten Beschuß der 4. Skye Rangers scheint der *Dunkelfalke* in eine schillernde Aura aus rotgoldenem Licht getaucht. Der aufgewirbelte Staub vermischt sich mit dem über dem Schlachtfeld hängenden Rauch, wird immer dichter und undurchdringlicher. Im wechselnden, unsicheren Licht scheint der *Dunkelfalke* zu bluten ... dampfende, dunkelgrüne Kühlflüssigkeit spritzt aus einem halben Dutzend Löcher in seiner Panzerung. Auch Davis Clays Mech muß unmittelbar vor der Stillegung stehen.

Aber die beiden Rebellenpiloten haben einen entscheidenden Fehler begangen. Sie haben Alex' Mech zu Boden gehen sehen und sich von ihm abgewandt, um den Neuankömmling zu erledigen. Sie haben geglaubt, er sei aus dem Rennen.

Nachdem er seinen *Schützen* wieder auf die Beine gebracht hat, lenkt Alex ihn vorwärts, bewegt ihn in den Rücken des *Verteidigers.* Er verschränkt die riesigen Fäuste des Mechs und schlägt sie hart gegen den Kopf des Rebellenmechs.

Metall protestiert kreischend und gibt nach. Die Wucht des Schlages wirft Alex' Maschine beinahe ein zweitesmal um, aber irgendwie schafft er es, auf den Beinen zu bleiben, als der *Verteidiger* mit eingeschlagenem Kopf nach vorne taumelt. Funken tanzen um die durchtrennten Stromkabel wie ein Glühwürmchenschwarm. Der Pilot ist wahrscheinlich schon tot, als die gewaltige Maschine lang ausgestreckt im Staub landet.

Der *Dunkelfalke* hämmert eine letzte Granatensalve in den WLF-2; ein leeres Magazin fliegt aus dem Verschluß der Autokanone, und die schwere Waffe verstummt. Immer noch feuergebadet schickt Clay ungerührt einen Laserstrahl nach dem anderen gegen seinen verbliebenen Gegner.

Aber jetzt ist er deutlich unterlegen. Der *Dunkelfalke* bringt zwanzig Tonnen mehr auf die Waage als der *Wolfshund,* der WLF-2 jedoch verfügt über drei mittelschwere Defiance-B3M-Laser im Rumpf. Und selbst der schwere Zyklop-XII-Armlaser ist Clays verbliebener Waffe überlegen.

Jetzt, nachdem der *Verteidiger* ausgeschaltet ist, wendet Alex sich dem *Wolfshund* zu und richtet das Fadenkreuz auf den Rücken der Maschine, wo die Panzerung am schwächsten ist. Als er den Feuerknopf drückt, nimmt ihn der rückwärtige Defiance-Laser des WLF unter Beschuß und trifft den rechten Arm des *Schützen.*

Auf Alex' Wärmeskala schießt die Anzeige über den Meßbereich hinaus, und der Bordcomputer empfiehlt ihm wieder auszusteigen. Er ignoriert die Lautsprecherwarnung ebenso wie den warnenden Schriftzug und feuert weiter, zielt auf die Kugelkupplung des Lasers im Rücken des *Wolfshundes.* Erst als die gegnerische Waffe in einem grellweißen Geysir schmelzenden Metalls verschwunden ist, zieht er das Feuer über die Rückenpartie der Rebellenmaschine hoch.

»Alex!« dringt Davis Clays Aufschrei über die Tak-Leitung. »Alex! Ich brenne!«

»Steig aus!« brüllt Alex zurück. Der *Wolfshund* versucht umzudrehen und seine Frontalbewaffnung gegen den *Schützen* zur Wirkung zu bringen, aber Alex hält den SHT-4M in Bewegung, umkreist den beschädigten Rangers-Mech so schnell er kann. Eine Explosion sprengt Wartungsluken an der Rumpfseite des *Wolfshundes* davon. Sie tanzen wirbelnd über das trümmerübersäte Flußbett.

»Alex! Hilf mir!«

Aber Alex Carlyle ist im Blutrausch der Schlacht gefangen. Der *Wolfshund* füllt sein Sichtfeld, seinen Geist, seine feuerumtoste Gestalt schimmert unter den peitschenden Lasern, während er immer näher kommt. Langsam, zögernd, bricht der feindliche Mech zusammen, sinkt in die Knie. Rauch steigt aus Schweißnähten und Rumpföffnungen. Funken tanzen und zucken durch die schattenschwarzen, dicht verdrahteten Nischen, die unter den abgesprengten Wartungsluken sichtbar geworden sind. Plötzlich flammt ein Lichtkreis um den Hals des *Wolfshundes* auf, und Sekundenbruchteile später steigt der gesamte Kopf des Mechs auf den Raketentriebwerken der Rettungsautomatik in die Höhe, während der Körper unter einer Detonation noch einmal erbebt, bevor er zertrümmert zu Boden kracht.

Jetzt erst dreht Alex sich um und sieht nach Davis …

Der *Dunkelfalke* steht in Flammen. Öliger schwarzer Qualm dringt aus einem Krater im Torso des Mechs knapp unter dem Cockpit, und gelborangene Flammenzungen lecken über den Rumpf der Maschine. *»Davis!«*

Er setzt sich in Richtung des *Dunkelfalken* in Bewegung. Im selben Augenblick bricht ein Feuerball aus dem Innern des Kolosses hervor, und sein rechter Arm wird davongeschleudert. Der halbgeschmolzene Stumpf zieht eine Rauchspur hinter sich her. Die Flammen breiten sich aus. Alex kann nicht sagen, was brennt. Möglicherweise ist der Reaktor des *Dunkelfalken* aufgebrochen und hat die Wolframträger zerschmolzen. Selbst Stahl brennt, wenn nur die Temperatur hoch genug ist...

»Davis!« schreit er. »Steig aus! Steig aus, verdammt! Steig aus!«

Die einzige Antwort ist ein kreischender Aufschrei nackter Todesnot, der durch seinen Neurohelm gellt.

Es dauert Sekunden, bis Alex den *Dunkelfalken* erreicht hat, der sich jetzt nicht mehr regt. Er lodert in hellen Flammen. Die Innentemperatur des *Schützen* ist hoch, und so dicht am Feuer steigt sie noch weiter, aber er ignoriert die Hitze, versucht einen Weg zu finden, die Flammen zu löschen, seinen Freund zu retten.

»Davis!«

Das Kreischen verstummt. Er hört nur noch eine lange tödliche Stille, unterstrichen vom Tosen der Flammen, dem Summen der Cockpitinstrumente, dem hellen ›Ping‹ überhitzten Metalls.

»Davis! Hörst du mich? Melde dich!«

Um genauer zu sein: die Schreie über die TakLeitung sind verstummt.

In seinen Gedanken gellen sie weiter, und weiter, und weiter...

1

Die Residenz, Dunkeld, Glengarry
Mark Skye, Vereinigtes Commonwealth

10. März 3057, 02:57 Uhr TNZ

Mit einem Aufschrei, der dem Kreischen in seinem Kopf um nichts nachstand, schreckte Alexander Carlyle hoch. Er saß aufrecht im Bett... in *seinem* Bett, in seiner Unterkunft in der Residenz, der alten Bergfestung, die von der Legion zur planetarischen Verteidigungszentrale und Heimatbasis ausgebaut worden war. Die Laken waren durchnäßt, sein nackter Körper von einer kalten Schweißschicht bedeckt. Zitternd ließ er sich zurück in die Kissen sinken, starrte mit geweiteten Augen in die Dunkelheit. Er wußte aus bitterer Erfahrung, daß an Schlaf für einige Zeit nicht mehr zu denken war, und auch der Gedanke an die Träume, die auf ihn warteten, war nicht angetan, ihn zu beruhigen.

»Computer«, sagte er in die Dunkelheit. »Licht.«

Gehorsam leuchteten die Wandschirme auf und erhellten das Zimmer. Der Raum war im Stil der frühen Kolonialperiode Glengarrys eingerichtet, und an den kahlen Stahlbetonwänden hingen dünne Vidschirme, die Livebilder von Kameras hoch auf den Festungsmauern oder beliebige Aufzeichnungen aus den Vidarchiven der Basis wiedergeben konnten. Im Moment spielten sie eine einfache Lichtshow geometrischer Formen in Blau- und Grüntönen ab. Die auf eine beruhigende Wirkung zielende Kreation war ein Werk des berühmten Künstlers Tomo aus dem 25. Jahrhundert auf New Edinburgh.

Alex vermittelte sie allerdings das Gefühl, unter Wasser in der Falle zu sitzen und jeden Augenblick ertrinken zu müssen. »Computer, normale Beleuchtung.«

Die Tomo-Bilder verblaßten und wurden durch ein

weiches, warmes Licht ersetzt, das an das normale Tageslicht der orangeroten Sonne Glengarrys angepaßt war. Alex schwang die Beine aus dem Bett, stand auf und tapste barfuß durch den Raum zum Hauptterminal. »Computer, Sprechverbindung, MedTech Jamison.« Er ließ sich auf den Stuhl sinken. »Kein Bild.«

Über der Konsole öffnete sich auf dem Wandschirm ein Fenster, das allerdings bis auf den blinkenden Schriftzug »Bitte warten« leer blieb. Der Schriftzug blinkte eine ganze Weile, länger, als Alex erwartet hatte, bevor er durch einen anderen Text ersetzt wurde. »Verbindung hergestellt – kein Bild«.

»Was ist?« fragte eine weibliche Stimme über das Lautsprechersystem des Zimmers. Sie klang brüsk und verärgert.

»Ellen? Hier ist Alex. Habe ich Sie geweckt?«

Eine kurze Pause. »Es ist zwei Uhr siebzig Ortszeit in der Nacht, und Sie fragen, ob Sie mich geweckt haben?«

»Tut mir leid, ich... ich dachte, Sie hätten Dienst heute nacht.«

»Heute nacht ist Watson dran.« Ein Gähnen verschluckte ihre Verärgerung. »Was ist? Wieder der Traum?«

»Ich kann nicht schlafen, Ellen.« Langsam, fast unwillig sah Alex hinab auf seine Hände. Sie zitterten immer noch, ein leises, kaum merkliches Beben, das sich jeder Kontrolle entzog. »Ich kann nicht einschlafen«, stellte er fest und war alles andere als stolz auf seine lahme Antwort.

»Ich komme.«

»Nein, hören Sie. Stellen Sie mich nur zu Watson durch. Es tut mir wirklich leid, daß ich Sie geweckt habe.«

»Jetzt bin ich schon mal wach. Geben Sie mir zehn Minuten Zeit, mich anzuziehen.«

Der Schriftzug auf dem Schirm veränderte sich. Nun stand dort: »Verbindung unterbrochen.«

Alex stand auf und sah an sich hinab. Ein Jahr war seit Halidon vergangen, vier Monate seit dem Abschluß des blutrünstigen, verzweifelten Guerillakampfes, der sich daran angeschlossen hatte, und er war noch immer so mager, daß er seine Rippen zählen konnte.

Er kam zu dem Schluß, daß er besser auch etwas anziehen sollte. Als MedTech war Ellen Jamison den Anblick nackter Männer gewohnt, aber er wollte nicht den Eindruck erwecken, sie für etwas anderes als ein Schlafmittel mitten in der Nacht aus dem Bett geholt zu haben. Ein kurzer Befehl an den Computer öffnete den Kleiderschrank, und wenig später trug er einen dunkelgrauen, kurzärmeligen Overall mit dem grauroten Totenschädelemblem der Gray Death Legion.

Der Traum …

Wieder …

Der Glengarryfeldzug hatte vor über einem Jahr mit dem Aufstand der Skye-Separatisten gegen das Vereinigte Commonwealth begonnen. Oberst Grayson Death Carlyle, Alex' berühmter Vater, hatte den Befehl über die Gray Death Legion zeitweilig seinem Sohn übertragen, mit dem Befehl, den Frieden auf der VerCom-Welt Glengarry zu sichern.

Den Befehl übertragen? Ja, klar. Mit alten Mechveteranen wie Davis McCall, Hassan Ali Khaled und Charles Bear in der Einheit war sein Gastspiel als Regimentskommandeur mehr ein Simulatortraining gewesen, mit einer ganzen Kompanie von Instrukteuren, um seine Leistungen zu bewerten.

Aber anders als im Simulator waren die Schlachten, das Leiden und der Tod nur zu wirklich gewesen. Bei Halidon hatte die Legion eine schwere und bittere Niederlage erlitten. Alex' Angriff auf die Vorhut der Verfolger am Rycopaß hatte die Legion gerettet, aber er hatte einen enormen persönlichen Preis dafür zahlen müssen. Und anschließend sieben Monate Guerillakrieg, Wespenstiche gegen die Rebellentruppen in Glengarrys

Städten. Insbesondere ein erbitterter Feldzug gegen die Nachschubwege des Feindes, insbesondere gegen Glengarrys Magnetbahnnetz.

Aber während die Rebellen Zugriff auf die Fabriken, Werkstätten und sonstigen technologischen Privilegien der Macht gehabt hatten, waren die Verluste der Legion nicht zu ersetzen gewesen. Mit stärker werdendem Einfluß der Rebellenregierung auf die Zivilbevölkerung des Planeten war der Zustrom neuer Rekruten nahezu völlig versiegt. Neue Mechs gab es nicht, und Ersatzteile, um die alten im Einsatz zu halten, hatten sie sich von den Schlachtfeldern holen müssen … oder sie mußten ohne auskommen. Es war die härteste und gnadenloseste Form des Krieges gewesen, ein Guerillakonflikt, den die Rebellen nur gewinnen konnten, wenn es ihnen gelang, die Legion zu stellen, sie nur einmal zu einer offenen Feldschlacht zu zwingen …

Es war von Beginn an eine Aufgabe gewesen, die ganz darauf abgestellt schien, unter Druck die Leistungen des jungen Carlyle und seine Befähigung zu testen, die Verantwortung eines Befehlshabers zu tragen.

»Du hast eine Verantwortung deinen Leuten gegenüber zu tragen, den Männern und Frauen, die zu dir aufblicken und Führung erwarten.« Das waren die Worte des normalerweise verschlossenen Charles Bear unmittelbar vor der Schlacht am Killiecrankiepaß gewesen, der das Ende des Glengarryfeldzugs markieren sollte. Bear, eine lebende Legende in der Söldnergemeinschaft, war ein MechKrieger in dritter Generation von Tau Ceti II, der ebenso wie McCall und Khaled zu den ersten gehört hatte, die sich dreißig Jahre zuvor Alex' Vater angeschlossen hatten, als dieser die Gray Death Legion gründete. Alex' Vater hatte sich auf Glengarry mehr oder weniger schon zur Ruhe gesetzt gehabt, als er mitbekam, in welch verzweifelter Lage die Legion war. Sein Erscheinen bei Killiecrankie und insbesondere der Moralschub, den er allein durch sein unerwartetes Auf-

tauchen auslöste, war möglicherweise der entscheidende Faktor gewesen, der das Kampfgeschick zum Vorteil der Legion gewendet hatte.

Verantwortung.

Ja, Alex hatte es zu verantworten, daß Davis Clay einen furchtbaren Tod gestorben war, eingeschlossen im Cockpit seines brennenden *Dunkelfalken* am Rycopaß. Er hatte es zu verantworten, daß Hassan Ali Khaled sechs Monate später beim Kampf im Lochabar Forest schwer verwundet wurde.

Zum Teufel, er hatte zu verantworten, daß die Gray Death Legion auf Glengarry über sechzig Prozent Verluste erlitten hatte, bis sein Vater endlich eingetroffen war, um die Belagerung zu brechen und ihn zu retten. Vom ersten bis zum letzten Mann waren sie seine Verantwortung.

Sechzig Prozent Verluste…

Es war eine erschreckende, blutige Statistik, und sie sagte nichts Gutes darüber aus, wie er den Feldzug geführt hatte. Um so schlimmer war es nach Alex' Meinung, daß er irgendwie den Ruf eines Helden erworben hatte, des Mannes, der die Legion zusammengehalten und die Rebellen der 4. Skye Rangers in der Defensive gehalten hatte, bis die Entsatztruppen eintreffen konnten. Es stimmte, die Rebellen waren beinahe in ebenso schlimmer Verfassung gewesen wie der Graue Tod, als der Rest der ›alten Garde‹ der Legion zusammen mit den berühmten Northwind Highlanders eingetroffen war. Alex' Kampagne gegen die Magnetbahnlinien hatte bemerkenswerte Erfolge gezeitigt.

Aber zu welchem furchtbaren, fluchbeladenen Preis. Alex wußte genau, was die Leute, die ihn den ›Helden von Glengarry‹ nannten, nicht einmal ahnten: daß Bear und Khaled und die übrigen Veteranen der Legion ihn gestützt und seine Fehler ausgebügelt hatten, daß er noch nicht bereit war für die Last des Kommandos und es vielleicht nie sein würde.

Die Türglocke erklang.

»Herein.«

Ellen Jamison war eine zähe, attraktive Brünette, eine fähige MedTech. Sie war während der Rebellion als Rekrutin zu Alex' auf der Flucht befindlichen Truppen gestoßen. Angefangen hatte es mit Besuchen bei der Legion in ihren Verstecken im dichtbewaldeten Hochland von Glencoe, bei denen sie Antibiotika und Verbandszeug mitgebracht und die ernsteren Verwundungen mit einem Feldscherpack behandelt hatte. Nachdem ihr Ehemann und ihr acht Jahre alter Sohn von Rebellen getötet und ihr Haus niedergebrannt worden war, hatte sie sich dann bei der Legion verpflichtet.

Ein Teil der Sichtschirmwand glitt auf, und sie kam herein. In einer Hand trug sie einen schmalen Stirnreif aus schwarzem Plastik, an den über mehrere Drähte eine Handkontrolleinheit angeschlossen war. »Na dann. Unruhige Nacht?«

»Könnte man sagen.« Alex deutete mit dem Kopf auf das Gerät in ihrer Hand. »Was ist das?«

»Ein elektronisches Beruhigungsmittel.« Sie hielt es hoch. »Es moduliert Ihre Alphawellen und gibt neurale Impulse ab, die den Adrenalinausstoß senken, die Muskeln entspannen und den Körper generell beruhigen.«

Er verzog das Gesicht. »Ich hatte auf etwas Stärkeres gehofft.«

»Worauf? Auf Pillen? Sie wissen, wie ich darüber denke.«

Ellen war bekannt für ihre Abneigung gegen jede auch nur möglicherweise psychisch oder physisch gewohnheitsformende chemische Behandlung. »Nun ...«

»Oder auf Sex? Da kann ich Ihnen nicht helfen, fürchte ich.«

»Nicht, daß Sie unattraktiv wären«, fuhr sie in beiläufigem Ton fort, während sie die Drähte des Geräts auseinanderwickelte. Sie bedeutete ihm, sich aufs Bett zu legen. »Ganz im Gegenteil. Aber es wäre ein Fehler, vor den Augen der Männer und Frauen unter Ihrem Befehl eine derartige Beziehung zu beginnen.«

»Ich bin *nicht* an Sex interessiert, MedTech«, stellte Alex klar. »Ich will einfach nur schlafen.«

»Dann ist das hier genau das Richtige.« Sie schob das Stirnband über seinen Kopf und stellte es ein. »Obwohl ich mich frage ... Wie geht es eigentlich Caitlin?«

»Caitlin? Was hat die denn damit zu tun?«

»Sie sagen, Sie haben kein Interesse an Sex. Ich frage mich, ob das ein Symptom Ihrer Depression ist, oder ob Sie sich mit Caitlin verkracht haben.«

»Depression?« Er schüttelte den Kopf. Gespräche mit Ellen Jamison waren häufig ein verwirrender Austausch unzusammenhängender Gedanken. Die Lady hatte einen blitzschnellen Verstand, der in unvorhersehbare Richtungen ausbrechen konnte. »Was für eine Depression?«

Sie studierte aufmerksam die Anzeigen des Kontrollgeräts und drehte vorsichtig am Widerstandsregler. Der durch das Band fließende Strom machte sich für Alex als leichtes Kitzeln bemerkbar. »Vor tausend Jahren«, stellte sie fest, »hätte man das, was Ihnen fehlt, als Gefechtstrauma diagnostiziert. Der klinische Fachausdruck war ›Posttraumatisches Streßsyndrom‹. Allgemeinverständlich ausgedrückt: Sie haben zuviel gesehen, zuviel erlitten, und Ihr Verstand möchte sich in einen kleinen Ball zusammenrollen und das Universum auffordern, sich zum Teufel zu scheren.«

»Ich dachte, das wäre Feigheit.« Alex war überrascht, wie verbittert er klang.

»Das auch. Der Krieg hat furchtbare Auswirkungen auf die Menschen. Besonders, wenn sie sich zuviel zu Herzen nehmen. Er kann einen starken Burschen in einen emotionalen Krüppel verwandeln. Er kann ihm jeden Funken Anstand und Sozialgefühl rauben und ihn unfähig machen, noch irgend jemandem zu glauben oder zu vertrauen, nicht einmal seinen engsten Vertrauten. Er kann einen Mann dazu bringen, sich soweit in sich selbst zurückzuziehen, daß alle Welt ihn für einen Feigling hält… oder für einen Katatoniker. Besonders die moderne Kriegsführung kann die Seele eines Menschen – trotz aller Konventionen und höfischen Formalitäten – im Handumdrehen zerblasen. Meiner Meinung nach liegt es daran, daß sie schwache, schutzlose menschliche Wesen gegen zwölf Meter hohe Kampfkolosse stellt. Mensch gegen Mordmaschine, Sie verstehen? Nur hat der Mensch nicht den Hauch einer Überlebenschance, es sei denn, er wird selbst zum Teil der Maschine.«

Das Stirnband summte jetzt leise, allerdings konnte Alex sich nicht auf den Ton konzentrieren. Er fühlte sich entspannter, aber an Schlaf dachte er überhaupt nicht.

Im Schlaf warteten die Alpträume auf ihn, und denen war er nicht gewachsen. Noch nicht. »Sie meinen, ich sollte mehr wie eine Maschine werden? Meine Emotionen abstreifen? Meine Gefühle?«

»Natürlich nicht. Aber möglicherweise sollten Sie einmal ernsthaft überlegen, ob Sie das Zeug zum Mech-Krieger haben. Selbst Helden müssen sich einmal zur Ruhe setzen.«

»Helden.« Das bittere Wort war fast ein Fluch, eine Anklage an die Ereignisse, die ihn hierher gebracht hatten.

»Sie sind der Held von Glengarry. Oder hatten Sie das vergessen?«

»Nein. Ich erinnere mich. Nur allzu gut. Und ich finde es reichlich schwer, dieser Rolle gerecht zu werden.«

»Daran ist nichts überraschend.«

»Es war nicht ich, der die Legion bei diesem Feldzug zusammengehalten hat, Ellen. Sie wissen das. Sie waren dabei.«

»Ich hatte den Eindruck, daß Sie sich ganz gut gehalten haben.«

»Ich hatte den Eindruck, daß mich Kommandanthauptmann McCall und die meisten übrigen Veteranen des Regiments mächtig gestützt haben. Die Hälfte der Zeit wußte ich nicht einmal, was ich tat.«

»Ich bin kein Militär, Alex. Ich kann keinen seitlichen Vorstoß von einem Seitensteak unterscheiden. Aber ich würde meinen, jeder gute Kommandeur stützt sich auf seine Untergebenen, wenn er Rat und Hilfe braucht… und braucht sie wohl auch hin und wieder, damit sie seinen Hintern retten. Sie haben die Legion zusammengehalten, bis die Entsatztruppen kamen.«

»Sie meinen, bis mein *Vater* kam.« Mit Donnerhall aus dem Himmel über Inverurie… Landungsschiffe voller neuwertiger Mechs. Und wie die Überlebenden der Legion bei dem Anblick außer Rand und Band geraten waren, im Wissen, daß *der* Carlyle zurückgekehrt war!

»Höre ich da eine gewisse Verbitterung? Oder etwa Eifersucht?«

»Eifersucht? Auf meinen Vater? Kaum.«

»Also Verbitterung. Darüber, daß er kommen und Sie retten mußte, wie Sie es ausdrücken.«

»Vielleicht. Vielleicht ist es das.« Er seufzte. »Ellen, ich glaube, ich bin einfach nur sehr, sehr müde. Ich bin es müde zu versuchen, dem Bild gerecht zu werden, das sich alle vom Sohn des großen Grayson Carlyle machen. Ich bin es müde, in seinem Schatten zu leben, müde zu versuchen, Standards der taktischen Brillanz und Führungsqualitäten zu erreichen, die er Jahre vor meiner Geburt gesetzt hat, müde, mit ihm verglichen zu werden, müde, nie wirklich gut genug zu sein…«

»Es gibt natürlich noch eine andere Erklärung.«

»Oh. Und wie lautet die?«

»Selbstmitleid.«

»Das mag auch sein.« Es schien ihm zuviel Mühe, den Vorwurf zu entkräften. Außerdem war es ihm recht gleichgültig, woran es wirklich lag. Eigentlich schien überhaupt alles gleichgültig.

»Haben Sie daran gedacht, alles hinzuwerfen? Einfach alles aufzugeben?«

Alex drehte den Kopf und versuchte, Ellen zu fixieren. Irgendwie schien die Atmosphäre des Raums in den letzten Augenblicken wieder zu den blaugrünen Lichtfeldern der Tomo-Abstraktion zurückgekehrt zu sein. Hatte er das angeordnet? Er konnte sich nicht daran erinnern. Aber er empfand es nicht mehr als unangenehm. Es war beinahe ... beruhigend ...

»Wie ... meinen Sie das?«

»Nur ein Gedanke.« Sie sah noch immer auf die Anzeige in ihrer Hand. »Wenn es Ihnen nicht liegt, einen Mech zu führen, was wollen Sie dann statt dessen tun?« Als er nicht sofort eine Antwort gab, fragte sie nach. »Immerhin, Alex, sind Sie nicht gezwungen, den Idealen Ihres Vaters nachzueifern, seinen Vorstellungen von Ihrer Zukunft zu folgen, oder meinen Sie doch?«

»Er hat mich nicht *gezwungen,* MechKrieger zu werden«, antwortete er. Aber war das tatsächlich die Wahrheit? Der Sohn Grayson Death Carlyles und Lori Kalmars konnte kaum umhin, den Mythos, die Sprache, das Lebensgefühl der Söldnermechkrieger in sich aufzunehmen. Ohne Zweifel hatte von Beginn an eine unausgesprochene Erwartung existiert, daß Alexander Carlyle eines Tages einen Mech führen würde. Er konnte sich erinnern, daß er schon mit sechs in Mechsimulatoren gespielt und im Salon der Regimentsunterkunft gesessen und den Geschichten der Veteranen gelauscht hatte. Soweit er sich zurückerinnern konnte, hatte er immer davon geträumt, ein MechKrieger zu werden, weniger aus Verlangen nach Ruhm oder Gefahr, sondern weil er sich einfach keine andere Zukunft hatte vorstellen können.

Aber seit einigen Monaten, seit dem Ende des Glengarry-Feldzugs, fragte er sich, ob es nicht besser für ihn wäre, sich seine eigene Zukunft aufzubauen, fern der Legion – abseits von seinen Eltern, abseits von Männern wie Kommandanthauptmann McCall, die schon fast seit er laufen konnte seine Lehrer und Vorbilder gewesen waren. Er hatte lange darüber nachgedacht. Er hatte etwas Geld – wahrscheinlich genug, um einen Flug nach Galatea oder in eines der anderen großen Söldnerzentren zu finanzieren… vielleicht sogar nach Outreach. All das Offiziersgetue und die Verantwortung einer Befehlsposition vergessen. Er würde sich bei irgendeiner anderen Söldnereinheit als einfacher MechKrieger verdingen, oder vielleicht sogar bei einer Hauseinheit anheuern.

Natürlich würde er dazu seinen Namen ändern müssen…

Verdammt, würde er *jemals* seiner Vergangenheit entrinnen, davor fliehen können, wer er war?

Es war möglich. Die gewaltige Raumkugel der Inneren Sphäre war größer, als der menschliche Verstand erfassen konnte. Mit über tausend Welten zur Auswahl sollte er eigentlich einen Platz für sich finden können, einen Ort, an dem er *nicht* der Held von Glengarry war… oder Grayson Carlyles Sohn.

Weit besorgniserregender aber waren die widersprüchlichen Gedanken, die Ellens Frage aufgeworfen hatte, was er wohl tun würde, wenn er kein MechKrieger mehr war. Einerseits kannte er nichts anderes, konnte sich nicht *vorstellen*, etwas anderes zu tun, etwas anderes zu sein. Andererseits jedoch war da diese insgeheime Angst – die er sich nur selten und auch dann nur sehr zögernd eingestand –, daß ihn der siebenmonatige Feldzug auf Glengarry zum emotionalen Krüppel gemacht hatte. Wie hatte Ellen es genannt? Posttraumatisches Streßsyndrom? »Gefechtstrauma« traf es besser.

Kurz gesagt schien es Alex, daß er jene spezielle Qualität eines Kriegers verloren hatte, die Geistes-, Reflex- und Sinnesschärfe, die ihm gestatteten, einen Mech in den Kampf zu führen und zu überleben. Seine jüngsten

Leistungen in den Simulatoren der Legion hatten eher entmutigende Ergebnisse erbracht. Die Auswertungen zeigten, daß er fast 25% langsamer geworden war, dazu neigte, alles zu überdenken, statt sich auf seine Ausbildung und Instinkte zu verlassen und einfach zu reagieren. Ein guter Mechpilot agierte, als wäre der Mech sein eigener Körper. *»Denk nicht soviel!«* hatte ihm Vernon Anders, der Waffenmeister des Regiments, immer wieder eingeschärft. *»Du mußt eins sein mit deinem Mech!«*

Eins mit seinem Mech? Seit Monaten schon *lenkte* Alex den riesigen Stahlkoloß nur noch, statt die perfekte Fusion von organischem Gehirn und stahlgepanzerter Maschine zu erreichen, die von einem guten MechKrieger erwartet wurde.

Was er niemandem anzuvertrauen gewagt hatte – ganz besonders Anders nicht –, war, daß er jedesmal, wenn er in den letzten vier Monaten in den Simulator gestiegen war, Davis Clays Todesschreie wieder gehört hatte.

Er bemerkte es nicht, als Ellen Jamison das Stirnband abnahm und das Zimmer verließ; er schlief ruhig und friedlich.

Der Traum weckte ihn erst im Morgengrauen wieder auf.

2

Die Residenz, Dunkeld, Glengarry
Mark Skye, Vereinigtes Commonwealth

10. März 3057, 09:15 Uhr TNZ

»Die gottverdammten Sassenachs!«

Davis McCall fiel nach hinten in die Polster des Sessels. Sein normalerweise lebhaft gefärbtes Gesicht war so bleich, daß das dichte Muster aus Sommersprossen und Altersflecken tiefbraun wirkte. Er hob eine fleischige Hand und strich sich mit den Fingern durch die dichte rote Mähne auf Kopf und Kinn, die schon seit langem an den Schläfen graumeliert war.

Er saß im Aufenthaltsraum des Freizeitbereichs der Legion, einem weiten Saal mit niedriger Decke, dessen Mitte von einem versenkten Spielareal eingenommen wurde. Entlang der Wände befanden sich zahlreiche halbgeschlossene Telekomstationen. Hinter ihm war eine kleine Gruppe Legionäre mit dem lebhaften Austausch freundschaftlicher Beleidigungen und Wetten über den Kampf beschäftigt, in dem zwei von ihnen holographische BattleMechs gegeneinander ins Feld führten.

Sie schienen den großen Caledonier nicht zu beachten, der seine nicht unbeträchtliche Körpermasse in eine der Komzellen gezwängt hatte.

Gut. McCall starrte auf die Schriftzeichen, die ihm vom breiten Vidschirm entgegenleuchteten.

```
ENDE DER HPG-SENDUNG
GEBÜHR CR 932
VIELEN DANK FÜR DIE WAHL COMSTARS
```

»Angus, Angus, du Schlawiner«, flüsterte er leise. »In was ferr eine Klemme hast du dich selbst nun wiederr gebracht?«

Während er gerne einen erkennbaren Akzent aufsetze, verfiel Kommandanthauptmann Davis McCall nur selten wirklich in den gälisch-durchsetzten Dialekt seiner Heimatwelt Caledonia, und reservierte sich diesen Luxus für Zeiten großer Belastung. Insbesondere mißfielen ihm die Reaktionen, wenn er unliebsame Zeitgenossen als Sassenachs bezeichnete – wörtlich ›Sachsen‹, sprich Engländer, ein verbales Relikt alter Streitigkeiten aus einem Ort über hundert Lichtjahre entfernt und einer Zeit vor über tausend Jahren.

Beinahe schuldbewußt sah er sich um. Beruhigt, daß niemand seinen leisen Ausbruch mitbekommen hatte, tippte er einen Befehl in das Terminal.

SENDUNG WIEDERHOLEN
ZUGRIFFSCODE: 3937

Der Bildschirm wurde dunkel. Sekunden später erschienen das ComStar-Logo und ein neuer Schriftzug:

HPG-SENDUNG
10. MÄRZ 3057
KEINE ANTWORT, KEINE PRIORITÄT
CALEDONIA NACH GLENGARRY,
VIA GLADIUS-RELAIS 3
5

Die ›5‹ auf dem Bildschirm wurde durch eine ›4‹ ersetzt, und in Intervallen von einer Sekunde ging der Countdown weiter bis zur ›1‹. Dann erschien das faltige, vom Alter gezeichnete Gesicht einer Frau.

»Sohn«, sagte sie, »'s ist deine Mutterr. S'tut mirr leid, dirr die Kosten ferr diesen Anruf aufbürrden zu müssen, aberr es ist eine wichtige Sache, weißt, und ich hab nicht genug Crreds ferr die Gebührren.«

Clara Stuart McCall war einundachtzig. Ihr bläulichweißes Haar, in ihrer Jugend einmal feuerrot, war inzwischen so schütter, daß Davis die fleckige Kopfhaut sehen konnte. Vor Jahrhunderten, im goldenen Zeitalter des Sternenbundes, hatten Regenerationstechnik und fortgeschrittene medizinische Therapiemethoden die menschliche Lebenserwartung auf das Doppelte und Dreifache der biblischen siebzig Jahre verlängert. Aber wie so vieles andere war auch das in den vergangenen drei Jahrhunderten gnadenloser und unablässiger Kriegsführung verlorengegangen oder bewußt zurückgehalten worden. Möglicherweise gab es ein paar wenige Menschen in der Inneren Sphäre – die Reichen und Mächtigen, die sich einen dem einfachen Volk verwehrten Luxus leisten konnten – die 150 Jahre alt wurden, ohne älter als 50 zu wirken. Auf Caledonia jedenfalls war 81 *alt* …

»Is' des verrdammte Dingsda an?« fragte sie plötzlich und sah nach rechts aus dem Bild. Caledonia war für eine lyranische Welt auf technischem Gebiet ziemlich rückständig. Die meisten Haushalte verfügten kaum über Elektronik, und selbst Computer waren bei der breiten Masse selten. Davis McCalls Mutter hatte Geräten dieser Art noch nie sonderliches Zutrauen entgegengebracht und sich allem Anschein nach in den fast zehn Jahren seit ihrem letzten Wiedersehn in dieser Hinsicht nicht geändert.

Irgend jemand außerhalb des Aufnahmebereichs mußte ihr versichert haben, daß die Kamera in der Tat eingeschaltet war. Sie wandte sich wieder zum Objektiv, nickte und sagte: »Och aye, es tut mirr leid, dirr des sagen zu müssen, Sohn, besonderrs nach all dem, was schon passierrt ist, aberr wirr haben Ärrgerr hierr, echt schlimmen Ärrgerr. Die Blackjackets ham deinen Brruderr Angus mitgenommen. Ich fürrchte, derr Verrwalterr hierr will ihn hinrrichten lassen, wie all die anderren.«

»All die anderren«, wiederholte McCall nachdenklich. »Was, zum Teufel, soll das heißen?«

»Es gibt nichts, was wirr tun können. Ben und Rroberrt warren beide in derr Zitadelle, um mit dem Verrwalterr zu rreden, aberr err hat gedrroht, sie auch anzuklagen. Es soll eine Verrhandlung geben, nach den VerrCom-Gesetzen, alles rrichtig und prroperr, aberr wirr wissen alle, daß es eine Farrce wirrd. Wilmarrth, derr Bahstarrd, wirrd nicht ...«

Und plötzlich, abrupt wie ein Schlag in die Magengrube, verschwand Clara McCalls Gesicht vom Schirm. Nach einer Sekunde erschien die Abschlußmeldung, die ihm ebensowenig half wie zuvor.

ENDE DER HPG-SENDUNG
GEBÜHR CR 932
VIELEN DANK FÜR DIE WAHL COMSTARS

Caledonia war zwanzig Parsek von Glengarry entfernt – über fünfundsechzig Lichtjahre –, aber McCalls Gedanken waren innerhalb eines Augenblicks wieder dort, und er blickte wieder von den abgeschliffenen Bergen über Mull auf den in der Sonne funkelnden Firth of Lorn hinab. Die beiden Monde Caledonias hingen tief am westlichen Himmel, groß und silbern Stirling, klein und golden Bannochburn. McCalls Familie lebte seit Generationen in Dundee, einer kleinen Bauernsiedlung am Rande von New Edinburgh, Caledonias rustikaler und isolierter planetarischer Hauptstadt. Die Zitadelle, die seine Mutter erwähnt hatte, war eine alte Sternenbundfestung, die in früheren Zeiten die Partikelkanonenbatterien der planetarischen Verteidigungsanlage auf den Klippen des Mount Alba beherbergt hatte. Heute war sie die Residenz des Verwalters.

McCall dachte nur noch selten an seine Familie. Er hatte Caledonia vor Jahrzehnten verlassen, und der Abschied war keineswegs freundschaftlich verlaufen. Davis McCall war der zweite Sohn, und entsprechend alter Tradition sollte der älteste Sohn und Erbe den Landbesitz der Familie erhalten.

In Davis McCalls Fall hatte dieses alte Erbrecht, von Terra nach Caledonia verpflanzt, wie so oft in der Vergangenheit einen Soldaten erzeugt. »Ich weiß nicht, wie ich es aushalten könnte, nur ein Schaustück zu sein«, hatte er seinem Bruder bei jener letzten Konfrontation vor dreißig Jahren an den Kopf geworfen. »Ich bin lieberr ein *echterr* Krriegerr als ein Spielzeugsoldat in einerr hübschen Uniforrm.«

Sein älterer Bruder Angus hätte natürlich gut für ihn gesorgt, wäre er geblieben. Ohne Zweifel hätte Davis den Posten des Gardekommandanten erhalten und eine geachtete Rolle im McCall-Haushalt spielen können.

Aber Davis McCall hatte die Vorstellung, *ausgehalten* zu werden ... für Unterkunft und Verpflegung von jemandem abhängig zu sein ... immer gehaßt. Er hatte sich statt dessen für das Leben als Söldner entschieden – und seine Familie hatte ihm das nie verziehen.

Es war eine Situation, wie sie sich im Laufe der Geschichte schon unzählige Male zugetragen hatte. Zweitgeborene Söhne hatten das alte Schottland auf der alten Erde für das Versprechen von Reichtum, Land und einer Zukunft auf der anderen Seite des Ozeans in der Neuen Welt verlassen. Und in späteren Jahrhunderten waren es die Zweitgeborenen gewesen, die Kultur und Ideale des alten Scotia über einen Ozean anderer Art getragen hatten, um Welten wie Glengarry und Caledonia zu besiedeln, auf denen noch Jahrhunderte später die Ortsnamen und die keltische Spachmelodie Schottlands regierten.

Bei allem Schmerz, den der Bruch mit seiner Familie hervorgerufen hatte, war McCall dennoch äußerst stolz auf sein schottisches Erbe. Er blieb ein Jakobit – ein Mitglied jener radikalen und weitreichenden schottischen Partei, die viele ihrer Ideen aus alten libertären Traditionen Terras zog, es aber irgendwie schaffte, sie mit Vorstellungen von einer wiederbelebten konstitutionellen Monarchie und Erbfolge zu verbinden. Er war sogar Jakobit geblieben, obwohl die unverblümte Machtpolitik der momentanen Parteiführung in den letzten Jahrzehnten ihm alle Illusionen ausgetrieben hatte; die

Streitereien und Intrigen innerhalb der Partei bildeten neben den Problemen mit seiner Familie einen zweiten Grund für seine Abreise von Caledonia. Angus war natürlich ebenfalls Jakobit, ein überzeugter Anhänger der momentanen Parteiführung.

Aber das wahre Problem war die Entschlossenheit des jungen Davis gewesen, sein Glück auf eigene Faust zu machen und ausgerechnet Söldner zu werden. Caledonia mußte in der Vergangenheit immer wieder unter Überfällen durch Söldnereinheiten leiden, und die McCalls hatten bei der Verteidigung New Edinburghs einige Familienmitglieder verloren, unter anderem seinen Großvater mütterlicherseits. Daß er seine Familie für das Blutgeld des Söldnerlebens verließ, wurde als eine Art Verrat angesehen.

Als Davis Caledonia verlassen hatte, wollte kaum einer seiner Verwandten noch ein Wort mit ihm wechseln.

Aber McCall war mindestens ebenso stur. Er hatte seine Feuerprobe bei einer Söldnereinheit auf Furillo bestanden, und war schließlich, pleite und arbeitslos, bei der Söldnervermittlung auf Galatea gelandet. Dort hatte er die Bekanntschaft des jungen Grayson Carlyle gemacht.

Die Jahre gingen dahin. McCall war der zweite MechKrieger-Rekrut Carlyles gewesen; nur Lori Kalmar diente noch länger bei der Gray Death Legion. Zusammen hatten die drei die neue Söldnereinheit zu einer Kompanie, dann zu einem Bataillon und schließlich zu einem Regiment aufgebaut. In dreißig Jahren war McCall genau zweimal wieder auf Caledonia gewesen – zum letztenmal 3048 zum Begräbnis seiner Schwester Katherine... der einzigen in seinem Clan, die noch mit ihm geredet hatte.

Der Rest, einschließlich seiner Mutter, wollte damals kaum eine Silbe mit ihm wechseln, abgesehen von den kühlen, knappen Förmlichkeiten, die dem Anlaß und der Situation entsprechend unvermeidlich waren. Ein sturer, uneinsichtiger Haufen Neomaulesel, die ganze Baggage. Wenn seine Mutter sich soweit verrenkte, ihn nach all dieser Zeit um Hilfe zu bitten …

Verdammt! In was für einen Schlamassel hatte sich der alte Angus jetzt wieder hineinmanövriert?

Zugegeben, seine Mutter hatte ihn nicht exakt um Hilfe *gebeten*, aber aus welchem anderen Grund hätte sie ihn anrufen sollen? Die Tatsache, daß ihre Mitteilung abrupt abgeschnitten worden war, deutete auf eine Form von Zensur am Ausgangspunkt der Sendung hin. Sie hatte Caledonias Verwalter als ›Bastard‹ bezeichnet, und einen Moment später hatte McCall nur noch einen leeren Bildschirm gesehen. Sie mußte vorgehabt haben, ihn um Hilfe zu bitten, war aber unterbrochen worden, bevor sie Gelegenheit dazu gehabt hatte.

Er brauchte mehr Informationen. Seit Jahren versuchte er, über die Geschehnisse auf seiner Heimatwelt auf dem laufenden zu bleiben, aber nicht immer mit Erfolg. Er wußte, daß der planetarische Verwalter seit fünf Jahren Wilmarth hieß. Was für ein Mensch war das eigentlich?

Mit einem Seufzen löschte McCall das ComStar-Logo vom Schirm und griff auf die Nachrichtenschiene des KomCenters zu. Einmal im Netz, gab er seine Suchbegriffe ein: ›Caledonia‹, ›New Edinburgh‹ und, aus einer plötzlichen Eingebung heraus, ›Jakobiten‹. Er grenzte die Suche auf die Nachrichten der letzten drei Monate ein. Dann bestimmte er eine Ausgabe als Text und Vid, ohne Sprache. Er wollte nicht, daß die anderen im Raum mitbekamen, was er tat.

Im Grunde bezweifelte er, daß seine Suche irgend etwas zu Tage fördern würde. Mehrere private Nachrichtenagenturen boten über ComStar ihre Dienste an, aber der von Menschen besiedelte Raum war so gewaltig, mit mehreren tausend bewohnten Planeten und einer Bevölkerung von einigen hundert Milliarden, daß kein Nachrichtendienst alles, was sich irgendwo zutrug, verarbeiten konnte.

Trotzdem suchte er nach einer Meldung über ein Ereignis, das sich vor kurzem auf einer nur zwanzig Parsek entfernten Welt zugetragen hatte, in einem System, das ebenso wie Glengarry zur Mark Skye des Vereinigten Commonwealth gehörte. Hätte er nach Nachrichten von irgendeinem Hinterwäldlerplaneten am entfernten Ende des draconischen Raums gesucht, oder im Niemandsland der Peripherie, jenseits der Grenzen der Inneren Sphäre, wären seine Chancen gleich Null gewesen. Aber so…

Ja! Eine, eine einzige Meldung umfaßte alle drei Suchbegriffe. Als er die Suche auf verwandte Themenbereiche ausdehnte, zeigte sich sogar, daß der kurze Textabschnitt die einzige Meldung über Caledonia im gesamten vergangenen Jahr gewesen war. Eine unscharfe digitalisierte Vidaufnahme begleitete den Text, der auf der linken Bildschirmseite neben den Bildern über den Schirm lief.

2. MRZ 3057 (STD)

TAUSENDE BEI LOKALEN UNRUHEN VERHAFTET

Caledonia, Mark Skye (VC) - Ein friedlicher religiöser Umzug verwandelte sich gestern in einen gewalttätigen Tumult, bei dem Tausende Menschen durch die Straßen New Edinburghs tobten und Verwalter Wilmarth veranlaßten, den Einsatz der Planetarischen Garde anzuordnen. »Die Ausrufung des Kriegsrechts ist eine traurige, aber unter den gegebenen Umständen notwendige Maßnahme«, erklärte Wilmarth heute morgen in einer Fernsehansprache aus seiner Pressestelle in der Zitadelle. »Die rechtschaffenen und unbescholtenen Bürger Caledonias können sich dafür bei dieser Handvoll religiöser Dummköpfe, politischer Radikaler und Straßenrowdies bedanken. Ich versichere Ihnen, daß sämtliche Bestimmungen des Kriegsrechts aufgehoben werden, sobald die Ordnung wiederhergestellt ist und anständige Menschen sich wieder auf die Straßen trauen können.«

Opfer wurden nicht erwähnt, aber Augenzeugen berichten, daß die Mechs der Planetarischen Garde einmal das Feuer auf eine große Gruppe Demonstranten eröffnete. »Es war furchtbar!« stellte eine Frau, die ihren Namen nicht preisgeben wollte, hinterher fest. »Wir wollten den Platz verlassen, aber wir kamen nicht durch das Gedränge, und diese riesigen schwarzen Maschinen standen nur da, blockierten die Ausgänge und schossen in die Menge. Ich habe so etwas noch nie erlebt!«

Die Demonstration war auf einen gemeinsamen Aufruf der Anführer der planetarischen Jakobitenpartei und des Hauptverkünders der Bewegung Wort des Jihad zustandegekommen, in dem zu zivilem Ungehorsam gegen die planetarische Regierung aufgefordert wurde. Es wird gemeldet, daß Mitglieder beider Gruppen untergetaucht sind und nicht für eine Stellungnahme zur Verfügung standen.

»Unruhestifter, Fanatiker und Ketzer, die ganze Bande«, stellte Gruppenführer Terrance Grant von den Planetarischen Verteidigungskräften nach dem Zwischenfall fest. »Anständige Leute sollten sich mit so einem Pöbel gar nicht erst einlassen.«

Das Büro des Verwalters gab gestern abend bekannt, daß der Kriegsrechtserlaß zunächst um eine Woche verlängert worden ist. Die Bürger wurden aufgefordert, sich ruhig zu verhalten und mit den amtlichen Stellen zusammenzuarbeiten. »Wir haben die Situation voll im Griff«, stellte ein Sprecher des Verwalters fest. »Die schlimmste Krise liegt hinter uns, und ich weiß, wir sind alle daran interessiert, Verwalter Wilmarth bei der Wiederherstellung von Recht, Ordnung und Frieden auf unserem Planeten zu helfen.«

McCall las den Text zweimal, dann ließ er sich die Begleitbilder noch einmal vorspielen. Es war kaum etwas zu erkennen. Die meisten Aufnahmen zeigten eine große Menge, die sich in der stadionähnlichen Ellipse des Malcolm Plaza in New Edinburgh drängte. Er schätzte die Menge auf fünf- bis sechstausend Personen – eine beachtliche Ansammlung, wenn man bedachte, daß New Edinburgh für eine planetarische Hauptstadt mit gerade achtzig- bis neunzigtausend Einwohnern reichlich klein war. Einige Großaufnahmen zeigten Frauen und Kinder, und niemand schien bewaffnet, nicht einmal die jungen Männer. Es waren allerdings zahlreiche Schilder und Transparente zu sehen. ›Der Tag ist gekommen‹, war ein häufiger Spruch, ebenso wie die rätselhafte Gleichung ›Maschinen = Tod‹. Caledonische Demonstrationen hatten schon immer eine starke maschinenstürmerische Unterströmung gehabt. Auch ›Freiheit der Gedanken; Freiheit des Geistes‹ war häufig zu lesen, ein Jakobitenslogan, der schon zur Zeit von McCalls aktiver Mitgliedschaft in der Bewegung alt gewesen war.

Wie es schien, hatte der Bericht recht damit, daß der Umzug im Grunde friedlich verlaufen war. Die Menge wirkte diszipliniert und geordnet, wenn auch lauthals lärmend. Aber dann machten die Bilder von der Menschenmenge ominösen Teleobjektivaufnahmen von gepanzerten Fahrzeugen Platz, unter ihnen mehrere BattleMechs, die sich durch die vertrauten grauen Straßen New Edinburghs bewegten. Die Menge ergriff die Flucht, als die Mechs in Sicht kamen, aber das Gedränge war zu groß, und der Platz konnte nicht sofort geräumt werden. McCall wünschte sich, er hätte eine Tonaufnahme. Hatten die Behörden die Menschen aufgefordert, den Platz zu verlassen? Sich zu ergeben? Oder waren die Soldaten einfach aufmarschiert und hatten das Feuer eröffnet?

Aus der Nachrichtensendung ließ es sich nicht entnehmen, und er vermutete, daß der Bericht vor der Sendung von den Regierungsbehörden Caledonias zensiert worden war, denn es gab keine Bilder vom Waffeneinsatz oder zivilen Opfern.

Jedenfalls kaum. Ein paar Szenen schienen den Zensoren offenbar entgangen zu sein, denn zweimal waren ganz kurz Leichen in einer verlassenen Straße zu sehen.

Ein kleines Drama jedoch nahm McCalls Aufmerksamkeit in Anspruch. Die Aufnahme war verwackelt, wie von einer Handkamera aus einiger Entfernung mit Teleobjektiv eingefangen, so daß man kaum Einzelheiten erkennen konnte. Aber McCall sah deutlich, daß der Mech auf den Bildern eine uralte, zusammengeflickte *Wespe* war: schwarzlackiert, mit leuchtendgelben Streifen, aber einige Panzerplatten fehlten, und sie bewegte sich mit einem Humpeln, das McCall als Folge fehlerhafter Hüftaktivatoren deutete. Als die Kampfmaschine mit langsamen, fast zaghaften Schritten auf die Malcolm Plaza trat, wurde sie für einen Augenblick von einem einzelnen Mann in weißem Hemd und schwarzer Hose aufgehalten, der sich ihr in den Weg stellte.

Die Konfrontation war so kurz, daß McCall sie beinahe übersehen hätte. Vielleicht konnte sie dadurch durch die Zensur kommen. Auch so mußte er den Film mehrmals wiederholen und mit Hilfe des Komsystems bearbeiten, um einen besseren Blick auf die Szene zu erhalten.

Soweit er erkennen konnte, stellte sich der Mann der vorrückenden *Wespe* in den Weg und schüttelte die Faust in Richtung des zehn Meter hohen Metallriesen. Der größte Teil der Menge war bereits geflohen, aber dieser einzelne Mann schien entschlossen, sich den Panzern der Miliz entgegenzustellen. Vielleicht wollte er für die Kameras, von deren Anwesenheit er wußte, eine Konfrontation erzwingen; möglicherweise war er einfach außer sich vor Wut. Etwa drei Sekunden stand er so da, ein unbewaffneter, ungeschützter Mann gegen zwanzig Tonnen Stahl und Keraplast.

Plötzlich bückte er sich, hob etwas vom Pflaster auf – einen Stein, wie McCall vermutete –, holte aus und warf. Die Bilder waren zu verschwommen um festzustellen, ob sein Wurfgeschoß ins Ziel traf oder nicht.

Die *Wespe* stockte einen Moment, als würde sie überlegen, wie sie diese aufsässige Ameise vor ihr am besten umgehen konnte. Dann hob sie fast beiläufig den linken Fuß und senkte ihn wieder. McCall zuckte zusammen und wandte kurz den Blick ab. »Och, Laddie«, sagte er leise, »das ist nicht ein Weg, einen Mech auszuschalten!«

Als der Kampfkoloß seinen Weg ins Zentrum des Platzes fortsetzte, blieb von seinem Gegner nichts als ein schmutzigroter Fleck auf dem Boden. Anscheinend hatten die Zensoren dieses Bild des hilflosen Widerstands übersehen.

Oder vielleicht hatten sie es auch bewußt durchgehen lassen, als eine Art Warnung, und nur die Bilder vom Massenmord entfernt, die möglicherweise eine Einmischung von außen in die Angelegenheiten Caledonias hätten auslösen können. Die Gedankengänge der Bürokraten blieben für Davis McCall ein Buch mit sieben Siegeln.

Wütend löschte er den Schirm und wollte das Nachrichtennetz schon verlassen, als ein blinkendes Logo in der oberen rechten Ecke seine Aufmerksamkeit erregte. Anscheinend existierte noch eine zweite Nachricht im Netz, die zumindest einen seiner Suchbegriffe enthielt. Was mochte das sein?

Als er die Meldung aufrief, ging ein Schlag durch McCall, wie er ihn noch nie erlebt hatte, schlimmer als der Maultiertritt in den Hintern, wenn die Treibladung eines Schleudersitzes zündete.

Der Artikel stammte überhaupt nicht aus dem Nachrichtennetz. Er war Teil einer Mediensendung von hier auf Glengarry. Das Datum auf dem Bild zeigte, daß sie sieben Tage alt war. Verdammt! Warum hatte er davon nichts gehört?

»... Und für die Mitglieder der Legion brodelt die Gerüchteküche heute abend über«, stellte die hübsche blonde Nachrichtensprecherin mit einem koketten Lächeln ihrer vollen Lippen fest, auch wenn ihre Worte, da die Sprachausgabe abgeschaltet war, nur als Untertitel über den Schirm liefen. »In Dunkeld heißt es, daß sie sich bald auf dem Weg nach Caledonia befinden werden, als Teil einer Friedenstruppe des Vereinigten Commonwealth! Die Berichte sind bislang unbestätigt, stammen aber aus den üblichen ›gutunterrichteten Kreisen‹. Man munkelt, daß die Dienste der Gray Death Legion bereits mit einem ansehnlichen Betrag gesichert worden sind. Zumindest können die Jungs und Mädels der Legion sich freuen, daß man auf Caledonia die gleiche Sprache spricht wie bei uns.«

Ansonsten enthielt der Bericht nichts von Bedeutung. Anscheinend hatte es sich um einen Füller an einem ansonsten ruhigen Tag gehandelt. Was McCall vor allem schockierte, war, daß er nicht ein Wort über dieses

Gerücht gehört hatte. Wie sämtliche Militärs seit den Tagen Sargons des Großen hing Kommandanthauptmann Davis McCall weitgehend von Gerüchten ab, wenn er herausfinden wollte, was in der Einheit wirklich vorging. Und wenn das Gerücht mit einer Versetzung der Legion auf seine Heimatwelt zu tun hatte …

Er verkniff sich einen besonders wilden gälischen Fluch. Wahrscheinlich war er gerade deshalb nicht informiert worden, *weil* er von Caledonia stammte, sei es, um seine Gefühle zu schonen, oder weil man annahm, er wüßte bereits, was dort los war. Eine Friedenstruppe für seinen Heimatplaneten? Das war ein Alptraum für einen Söldner. Eine Situation, in der man damit rechnen mußte, auszurücken, um einen Aufstand oder eine offene Rebellion niederzuschlagen, und sich plötzlich alten Freunden, wenn nicht sogar der eigenen Familie gegenüberzusehen.

Manchen machte das natürlich nichts aus. Der Pilot der schwarzgelben *Wespe* war wahrscheinlich Caledonier, und das hatte ihn nicht davon abgehalten, einen seiner Landsleute zu zermalmen. Aber für McCall war der Gedanke, gegen seinen eigenen Clan kämpfen zu müssen, eine Angelegenheit ganz anderen Kalibers …

Und das war ohne Zweifel auch die Erklärung, warum das Gerücht ihn nicht erreicht hatte. Möglicherweise ergaben dadurch auch die seltsamen Blicke einen Sinn, die er in letzter Zeit bemerkt hatte, und das plötzliche Schweigen ein- oder zweimal, als er einen Raum betreten hatte. Zum ersten Mal, seit er in die Legion eingetreten war, fühlte Davis McCall sich isoliert, einen Außenseiter, und das schmerzte besonders.

Die Legion? Nach Caledonia? Hatte das etwas mit Wilmarth und den Unruhen zu tun? McCall stand auf und sah sich unsicher zum Spielareal um, wo zwei Rekruten begeistert ihre holographischen BattleMechs in glitzernde Scherben schossen.

»Ich schätze«, meinte McCall mit einem Brummen zu

sich selbst, das an das Grollen eines in der Ferne dräuenden Gewitters erinnerte, »ich sollte mal mit dem Alten darrüberr rreden.«

Wenn es einen Menschen auf diesem ganzen Planeten gab, mit dem er über alles reden konnte, dann war das Oberst Grayson Carlyle.

3

Die Residenz, Dunkeld, Glengarry
Mark Skye, Vereinigtes Commonwealth

10. März 3057, 10:60 Uhr TNZ

Oberst Grayson Carlyle lehnte sich im Sessel zurück, rieb sich die Augen, reckte und streckte sich, um seine Verspannung zu lösen. Der Computermonitor schien ihn vorwurfsvoll anzustarren, als gönne er ihm keinen Augenblick Ruhe. Er kämpfte jetzt schon seit einer subjektiv endlos erscheinenden Zeit mit dieser Angelegenheit, und noch immer war keine Lösung in Sicht, nicht einmal das Versprechen, daß eine Lösung überhaupt möglich war.

»Wie im *Kosmos*«, stöhnte er, »kann jemand seine Unterlagen dermaßen verhunzen ...«

Zeit. Er war ein MechKrieger, zum Teufel, kein verdammter Zeitmesser, und auch kein verdammter Programmierer. Gerade jetzt konnte er das wirklich nicht gebrauchen ...

Seit die Menschen ihre Heimatwelt verlassen und sich ins All gewagt hatten, gab es Probleme mit Zeit und Datum. Mindestens seit Beginn des interstellaren Raumflugs hatten Raumfahrer zu diesem Zweck die sogenannte ›Terranormzeit‹, kurz ›TNZ‹ oder einfacher ›Standard‹, benutzt. Von den natürlichen planetarischen Zyklen Terras ausgehend, arbeiteten sie mit vierundzwanzig Stunden zu je sechzig Minuten am Tag, unhandlichen 365,25 Tagen im Jahr und zwei intermediären Zeiteinheiten, der ›Woche‹ und dem ›Monat‹, die keinerlei logische Grundlage zu haben schienen.

Aber für ein Raumschiff im Flug zwischen den Sternen funktionierte das System ganz ausgezeichnet. Seit undenklichen Zeiten hatte ComStar die notwendigen Standards der Zeitmessung garantiert und über das

Netz der Hyperpulsgeneratoren, deren Kommunikationswege die großen Reiche der Inneren Sphäre miteinander verbanden, aufrechterhalten. Da sich das Hauptquartier ComStars auf Terra befand, machte das auch Sinn. Aber seit der einst mächtige Orden einen Großteil seiner Autorität verloren hatte, ging die Furcht um, daß die Zeitmessung wie so vieles andere bald in der Verantwortung einzelner Systeme oder Regierungen liegen würde.

Und das würde natürlich zum absoluten Chaos führen, denn die Tausenden von Welten der Inneren Sphäre konnten sich schlicht und einfach über *nichts* einig werden, nicht einmal darüber, welcher Wochentag gerade war.

Es gab schon Chaos genug, dachte Carlyle mit schwarzem Humor, wenn sich eine raumfahrende Rasse wie die Menschheit längere Zeit auf einer Welt ansiedelte. Kein auf den Eigentümlichkeiten Terras basierendes System ließ sich ohne weiteres auf die Tag-Nacht- und Jahreszyklen eines anderen Planeten anwenden. Glengarry war ein gutes Beispiel. Im Orbit um einen Stern der Spektralklasse K1, kühler und kleiner als die irdische Sonne, war Glengarry von seinem Zentralgestirn angenehm kühle 0,577 Astronomische Einheiten entfernt: Selbst diese »AE« ein terranisches Relikt, die Entfernung Terras von Sol. Damit war das Jahr auf Glengarry nicht ganz halb so lang wie das Terras… 179 terranische Tage.

In sich wäre das nicht weiter schlimm gewesen. Die Umrechnung zwischen Normjahren und Glengarryjahren wäre einfach genug gefallen. Aber die Angelegenheit wurde dadurch verkompliziert, daß die hiesigen Tage nichts mit dem irdischen 24-Stunden-Tag zu tun hatten. Durch die größere Nähe zu seiner Sonne und entsprechend stärkeren Gezeiteneinwirkungen, drehte sich Glengarry einmal alle zweiunddreißig Stunden, vierzehn Minuten und zwölf Sekunden um sich selbst, was ein Jahr von nur 133,28 *planetarischen* Tagen ergab. Einem System entsprechend, das auf Glengarrys erste Siedler Ende des 23. Jahrhunderts zurückging, war das planetarische Jahr in neunzehn Sieben-Tage-Wochen unterteilt, die wiederum in sechs ›Monate‹ von je drei Wochen gruppiert waren. Die verbleibende Woche am Ende des Jahres war eine zwischenjährliche Feierperiode, deren letzter Tag neun Stunden länger war als üblich, um den Kalender wieder an die Orbitalperiode des Planeten anzugleichen. Die Monate waren, dem gälischen Erbe Glengarrys entsprechend, nach Gestalten der keltischen Mythologie benannt: Nemain, Myrddin, Mab und so weiter.

Heute war – Grayson sah auf seinen Armbandcomputer, um sich zu vergewissern – der sechzehnte Dana, mitten im Spätherbst Glengarrys. Nach dem Standardkalender jedoch war der 10. März, und der Frühling stand kurz bevor.

Entscheidend hierbei war, daß die beiden Kalendersysteme keine Gemeinsamkeiten hatten. Sie waren nicht zu vereinbaren, und wer einen Funken Verstand besaß, versuchte das auch gar nicht. In der Praxis paßten sich Einheiten wie die Gray Death Legion an die planetarischen Zeitsysteme an, und unterhielten für interne Zwecke ein eigenes TNZ-Zeit- und Kalendersystem. Für die meisten alltäglichen Aktivitäten ließ sich die achtzigminütige Glengarry-›Stunde‹ in die 24-Stunden-Uhr pressen, wenn man gegen Mitternacht eine Viertelstunde als Ausgleich anhängte.

Carlyle seufzte wieder, als er auf die Zeitanzeige seines Armbandcomps blickte. Achtzig-Minuten-Stunden ließen den Morgen sehr, sehr lang werden. Schlimmer allerdings war die Tatsache, daß der Mensch nicht an einen 32-Stunden-Tag angepaßt war. Die meisten Leute arbeiteten in 8- oder 10-Stunden-Schichten, mit dem Ergebnis, daß ihre Schlafperioden abwechselnd tags und nachts lagen. Andere, wie auch Carlyle, zogen einen längeren, zwölf bis sechzehn Stunden dauernden Arbeitstag mit anschließend entsprechend langen Ruheperioden vor. Unglücklicherweise zog sich die Arbeit, wenn sie sich aufstapelte, wie es bei der Führung eines Söldnerregiments der Fall war, häufig trotzdem bis in die Ruhezeit hinein, was für besonders lange und ermüdende Tage sorgte.

Besonders in Fällen wie diesem.

Eine neue Rekrutin aus Dunkeld, die sich gegen Ende des vorigen Jahres bei der Legion verpflichtet hatte, war nach Abschluß der Grundausbildung der Logistikabteilung des Legions-HQ zugeteilt worden. Vor zwei Monaten hatte sie begonnen, 1290er Formulare in den Regiments-Datenbestand einzugeben. Dabei handelte es sich um die Beschreibung jeweils eines bestimmten Nachschubteils, sei es Ausrüstung, Nahrung oder sonstige Gebrauchsgüter, das in regelmäßigen Abständen in großen Mengen planetarisch eingekauft wurde. Diese Datensätze regelten den automatischen Bezug von den verschiedenen Lieferanten solch routinemäßig benötigter Waren wie Küchenbedarf, gefrorenen Croghhälften – der Hauptfleischquelle im Gebiet um Dunkeld –, Stiefeln, Regenumhängen und Bürobedarf. Der Messeoffizier konnte zum Beispiel einmal monatlich mit der Lieferung von vierhundert gefrorenen Croghhälften rechnen.

Einmal *TNZ*-monatlich.

Als die ersten vierhundert Croghälften eine Woche zu früh eingetroffen waren, hatte Oberleutnant Dobbs das für einen einmaligen Ausrutscher gehalten und durchgehen lassen. Als es drei Wochen später wieder passierte, diesmal zwei Wochen vor dem erwarteten Datum, hatte er angefangen, sich Gedanken zu machen. Der Lagerraum in der Kühlhalle wurde knapp.

Und dann trafen die Rechnungen der Lieferanten in der Regimentsbuchhaltung ein.

Die Betriebsausgaben des Regiments lagen plötzlich

um 25% höher, als sie hätten sein dürfen, weil jeden Monat mehr Verbrauchsgüter geliefert wurden und die Rechnungen entsprechend früher fällig wurden. Die Gray Death Legion gehörte zu den erfolgreicheren Söldnereinheiten, aber wie jede Söldnertruppe war sie auf Gedeih und Verderb von ihrer Bilanz abhängig. Ein solch unerwartetes Defizit in den monatlichen Abrechnungen drohte, die Geldreserven der Legion anzugreifen. Schlimmer noch, es konnte den Erwerb anderen Nachschubs wie Langstreckenraketen, des längst fälligen Ersatzreaktors für Margo Shaeffers kränkelnden *Vollstrecker* oder eine Überholung des alten *Zeus* vom neuen Oberleutnant unmöglich machen. Wie hieß er doch gleich? Walter Dupré, genau.

Und das alles nur, weil eine neu angelernte Programmiererin vergessen hatte – wenn sie es sich überhaupt jemals klargemacht hatte –, daß die Legion den *TNZ*-Kalender benutzte, und nicht den unter der Zivilbevölkerung Glengarrys üblichen. Soweit Grayson es überblicken konnte, waren rund zweihundert Anforderungsformulare Nummer 1920 mit automatischen Bestelldaten ausgefüllt und ins System eingegeben worden, und alle basierten auf dreiwöchigen Glengarry-Monaten statt vierwöchigen Standardmonaten.

Grayson rieb sich abwesend den einstmals braunen, inzwischen aber buschig weißen Bart. Er hatte den größten Teil der Nacht – und den gesamten gestrigen Tag – mit dem Versuch verbracht, dieses Tohuwabohu auszubügeln, von dem er vor zwei Tagen erfahren hatte. Natürlich arbeitete auch in der Buchhaltung und im Nachschubbüro ein kleines Heer von Programmierern an dieser Aufgabe, aber irgend jemand mußte ihre Anstrengungen koordinieren und verhindern, daß die Verwirrung nicht durch neue Fehler bei dem Versuch, sie zu beseitigen, noch verschlimmert wurde. Weder Oberleutnant Dobbs noch sein Vorgesetzter, Hauptmann Levinson, der Nachschuboffizier des Regiments, besaßen die Erfahrung, die Carlyle sich jetzt gewünscht hätte, und er wollte die gesamte Operation kritisch im Auge behalten.

Normalerweise wäre so etwas Sache seiner Stellvertreterin gewesen, aber Lori Kalmar Carlyle war zur Zeit nicht auf Glengarry, sondern bei einer Konferenz auf Tharkad und wurde erst am Siebzehnten zurückerwartet. In ihrer letzten HPG-Nachricht hatte sie ihm für ihre Rückkehr eine Überraschung angekündigt. So wie er Lori kannte, konnte das *alles* sein. Sie war ebenso unberechenbar, wie sie – nach all den Jahren noch immer – schön war.

Wehmütig wünschte er sich, ihre Überraschung wäre ein Urlaub – etwa sechs Monate, *Standard*monate, nicht diese vermaledeiten Viertelliter-Glengarry-Monate, in einem tropischen Paradies einer Welt, das in den letzten fünfhundert Jahren einen BattleMech oder ein Landungsschiff nicht einmal gesehen hatte …

Das Niederschmetternde war das Wissen, daß unvermeidlich die nächste Krise auftauchen würde, sobald diese gemeistert war. Und danach eine weitere. Und noch eine im Anschluß daran. Zur Hölle, er verwandelte sich zusehends in einen glorifizierten Bürohengst im Rang eines Obersten, und das machte ihm weit mehr zu schaffen als die mühselige Waterei durch diese verwirrenden und inkompatiblen Zahlen.

Die Türglocke erklang.

Er fühlte so etwas wie Erleichterung. Im Moment war ihm jede Unterbrechung willkommen. »Herein.«

Eine Tür am anderen Ende des Raums glitt auf, und der Waffenmeister der Legion kam herein. WM Vernon Artman war ein muskulöser, streitlustig wirkender Schwarzer, der vor zweiundzwanzig Jahren auf Galatea zur Legion gestoßen war. Er hatte als Munitionsarbeiter begonnen und sich auf seinen jetzigen Posten hochgedient, auf dem er nicht nur die Munition des Regiments, sondern auch die gesamte Kampfausbildung verantwortete. Obwohl der Waffenmeister ein eigenständiger Spezialist auf Unteroffiziersebene war, zog er die Anrede ›Spieß‹ vor. Ihn zierte das harte Gesicht eines Drillsergeanten – verständlich, denn eine seiner Aufgaben war die Ausbildung der Rekruten. Vom exakt getrimmten, sauberen schwarzen Schnurrbart bis hinunter zur Bügelfalte seiner Uniformhose war kein Staubkorn zu entdecken, kein Haar, wo es nicht hingehörte, und er bewegte sich mit der selbstsicheren und präzisen Art eines Militärveteranen.

»Haben Sie eine Minute Zeit, Herr Oberst?«

»Für Sie immer, Spieß. Worum geht's?«

»Dasselbe wie immer, Oberst. Ärger.«

»Setzen Sie sich. Ich höre.«

Artman deutete auf den Computerschirm, auf dem sich die Zahlenkolonnen drängten. »Scheint, daß ich einen schlechten Augenblick erwischt habe.«

»Eine Ihrer letzten Rekrutinnen«, meinte Grayson. »Hat planetarische Zeitrechnung statt TNZ benutzt.«

»Lassen Sie mich raten: Callaway.«

»Stimmt. Julia Callaway. Woher wußten Sie das?«

Artman zuckte kaum merklich die Achseln. »Das war mir sofort klar. Sie hat es nie geschafft, sich wirklich auf TNZ umzustellen.« Er zögerte einen Moment, als wolle er Graysons Stimmung einschätzen. »Es geht um Ihren Sohn, Sir.«

Genau das hatte Grayson vermutet. Irgendwie hatte er es sofort gewußt...

»Was hat er jetzt angestellt?«

»Oh, er steckt nicht in Schwierigkeiten. Jedenfalls noch nicht. Aber ich finde, Sie sollten sich das hier ansehen.« Er schob eine schmale Speicherkarte über den Tisch. Grayson nahm sie und schob sie in den Leseschlitz des Schreibtischs. Auf dem Bildschirm öffnete sich ein Fenster über der 1290-Arbeit. Es war eine Liste von Simulatorergebnissen mit Reaktionszeiten, Abschußzahlen und Fehlerbeurteilungen.

»Gesamtreaktionen minus acht komma fünf Prozent allein in der letzten Woche«, stellte Artman im knappen, effizienten Stil eines Computers fest. »Das macht vierundzwanzig komma zwo Prozent seit Beginn der Trainingstests vor vier Monaten. Er macht Fehler im Simulatorkampf. Ein Plus von zehn Prozent, aber der wirklich erschreckende Punkt ist, daß es dumme Anfängerfehler sind.«

»Zum Beispiel?«

»Gestern simulierte er einen *Dunkelfalken* gegen einen *Attentäter*. Das hätte ein leichter Abschuß für den Jungen werden müssen. Er hat Talent, ein echtes Gefühl für das Führen eines Mechs. Er kann praktisch eins mit ihm werden. Aber dann – hier. Sehen Sie sich das an.« Artman beugte sich über den Schreibtisch und deutete auf das Gefechtsdiagramm auf dem Bildschirm, ein Arrangement farbiger Linien, das für jeden, der es lesen konnte, die ganze Geschichte erzählte. »Hier. Zwölf Sekunden nach Beginn bewegt sich der *Attentäter* nach links und dreht sich dabei von ihm weg. Das ist praktisch eine Einladung: ›He! Komm, schieß mich ab!‹ Die korrekte Antwort Ihres Sohnes wäre ein Vorrücken mit harter Drehung nach links in den Rücken des *Atti* gewesen. Statt dessen dreht er nach *rechts*.« Artmans dunkle Fingerkuppe zeichnete die Linien nach, bis zu einem Punkt, an dem sie sich trafen und nahezu senkrecht abstürzten. »Der *Atti* ergriff mit seiner größeren Geschwindigkeit die Initiative und bewegte sich seinerseits in den Rücken des *Falken*. Sechs Sekunden später...«

Grayson fühlte einen kalten Hauch im Genick. Es war nicht leicht, sich die elektronische Darstellung des Gefechtstods seines Sohnes anzusehen... selbst, wenn dieser Tod nur simuliert war.

»Meiner Meinung nach, Sir«, fuhr Artman fort, während er sich wieder aufrichtete, »hat sich Alex nicht von den Ereignissen während des Feldzugs im letzten Jahr erholt. Schlimmer noch, nach den Testergebnissen zu urteilen, verschlimmert sich sein Zustand rapide.«

Grayson betrachtete die Bildschirmdarstellung einen langen Moment, bevor er sich eine Antwort erlaubte. Er hatte an diesem Morgen schon ein Memo von Ellen Jamison gelesen, eine besorgte, sanft formulierte Notiz, daß Alex unter Schlafstörungen litt. Er hatte wiederkehrende Alpträume, in denen er verschiedene der Schlachten auf Glengarry noch einmal durchlebte. Ihre Diagnose lautete posttraumatisches Streßsyndrom; ihre Empfehlung war, Alex vom Kampfeinsatz zu suspendieren.

»Tja. Was würden Sie vorschlagen, Spieß?« fragte Grayson langsam.

»Auf jeden Fall muß er weg von den Mechs, das steht fest«, erwiderte Artman ohne Zögern. »Ich werde Sie nicht auffordern, ihn zu suspendieren, aber wahrscheinlich sollten Sie den Gedanken erwägen. Mehr als alles andere braucht Alex Zeit, seine Wunden zu heilen.«

»Wissen Sie, es gibt einen alten Ratschlag, nach dem man gleich wieder aufsteigen sollte, wenn man vom Pferd gefallen ist.«

Artman zog fragend die Stirn kraus. »Sir? Was ist ein Pferd?«

»Ein Reittier, ursprünglich terranisch. Vierbeinig, recht groß. Es wurde in der ersten Kolonisationswelle auf eine Menge anderer Welten mitgenommen, aber seine biologischen Eigenschaften sorgten dafür, daß es nur auf sehr erdähnlichen Welten Fuß fassen konnte. Es geht hier darum, daß es einige Geduld erforderte, darauf reiten zu lernen, und daß man wohl damit rechnen mußte, einige Male abgeworfen zu werden, bis man fest im Sattel saß. Es hieß, wenn einem das passierte, sollte man sofort wieder aufsitzen, damit man keine Angstgefühle aufbaute.«

»Da ist schon etwas Wahres dran, Sir. Aber es besteht auch eine Gefahr.«

»Welche Gefahr?«

»Die Gefahr, daß Sie Ihren Sohn zu schnell zu hart antreiben. Oder vielleicht sollte ich sagen, ihm gestatten, *sich selbst* zu hart anzutreiben, indem er versucht, Ihren Standard zu erreichen.«

»Ich verstehe. Gibt es Hinweise dafür?«

»Er ruft Ihre Simulatorprofile auf und studiert sie, bevor er selbst ins Simulatorcockpit steigt.«

»Davon wußte ich gar nichts.«

»Ich glaube, er betrachtet den Glengarry-Feldzug als persönliche Niederlage. Seine Einheit hat sechzig Prozent Verluste erlitten, bevor Sie eintrafen, um ihn zu entsetzen und ihn selbst vor den Augen seiner Einheit gerettet haben.« Artman schüttelte den Kopf. »Damit hätte jeder seine Schwierigkeiten. Und wenn man Grayson Carlyle zum Vater hat, wird es noch viel schwerer, Sir.«

»Ich weiß Ihre Offenheit zu schätzen.«

Artman breitete die Hände aus. »Dafür kassiere ich reichlich Sold, Oberst. Sie wußten, daß ich kein verdammter festverdrahteter Jasagertyp bin, als Sie mir die Rekruten anvertrauten.«

»Ich lasse Sie meine Entscheidung wissen. Danke für Ihren Besuch.«

»Nichts zu danken, Herr Oberst.« Artman nahm zackig Haltung an und salutierte. »Auf Wiedersehen, Sir.«

»Auf Wiedersehen.«

Grayson blieb in Gedanken vertieft zurück, als Artman das Büro verließ. Er hatte keine allzugroße Auswahl an Aktionsmöglichkeiten, und so ziemlich alles konnte falsch sein ... oder zumindest so aufgefaßt werden.

Der Glengarry-Feldzug war eine siebenmonatige Hölle gewesen, ein Feldzug, der beinahe das Ende der Gray Death Legion als Kampfeinheit bedeutet hatte. Vier Monate nach Abschluß der Aktion und der Niederschlagung der Skye-Rebellion war die Legion noch immer ernsthaft unterbemannt. Das lag nicht an einem Mangel an Neuzugängen – die Glengarrianer waren in die Rekrutierungszentren der Legion auf dem ganzen Planeten geströmt –, aber es kostete Zeit und die Erfahrung einiger Kampfeinsätze, um aus ihnen echte Legionäre zu machen.

Das Verwaltungsproblem, mit dem Grayson Carlyle sich gerade herumschlagen mußte, hing zum Teil damit zusammen, daß *alle,* die unter Alex' Befehl auf Glengarry gewesen waren, in diesem Feldzug gelitten hatten. Wollte Grayson jeden Legionär suspendieren, der noch immer unter Alpträumen litt, der enge Freunde verloren hatte, oder dessen Reflexe als Ergebnis der Kampagne gelitten hatten, konnte er die halbe Mannschaftsliste streichen.

Ebensowenig konnte er es sich leisten, den Eindruck zu erwecken, er würde seinen Sohn bevorzugen. Das war schon immer ein schwerer Nachteil der Tatsache gewesen, daß er in der Gray Death Legion auch Familienmitglieder befehligte. Schon der Anschein von Bevorzugung in seinem Verhalten oder in seinen Befehlen, und die Moral der gesamten Truppe wäre von einem Tag zum anderen zusammengebrochen. Er mußte fair erscheinen. Es war sogar hilfreich, wenn man ihn mit Alex und Lori härter ins Gericht gehen sah als mit irgend jemand anderem im Regiment. Und schließlich konnte er als Vater nicht einfach hingehen und das Leben seines Sohnes umkrempeln. Alex Carlyle war zwanzig Standardjahre alt, um Blakes Willen, alt genug, selbst zu entscheiden, was er aus seinem Leben machen wollte.

Zur Hölle, hatte er Alex etwa in ein BattleMech-Cockpit getrieben? Er dachte das nicht; auf keinen Fall war es seine Absicht gewesen. Selbst jetzt könnte Grayson es akzeptieren, wenn Alex kein MechKrieger werden wollte. In vielerlei Hinsicht hätte es ihm das Leben erleichtert, denn er haßte es, Befehle geben zu müssen, die möglicherweise Alex' Tod verursachten – seinen *wirklichen* Tod, nicht nur den auf einer Simulatoranalyse.

Aber die entscheidende Frage war: Was wollte Alex?

Er würde eine Aufgabe für seinen Sohn suchen müssen, die diesem Gelegenheit bot, sich von dem Feldzug zu erholen – und sich darüber klar zu werden, was er mit dem Rest seines Lebens zu tun gedachte.

Gerade als er sich wieder zum Computer umgedreht hatte und sich erneut in das Labyrinth aus Zahlen und Daten auf dem Bildschirm einzudenken versuchte, ertönte die Klingel ein zweitesmal. »Herein.«

Als die Tür sich öffnete, marschierte Kommandanthauptmann Davis McCall herein, in bester grauer Ausgehuniform. Die Orden und Gefechtsbänder, die er im Laufe der Jahre erworben hatte, waren auf der linken Brust zu einem beeindruckenden Muster aus Metall und Farben arrangiert. Dem Gesichtsausdruck des großen Caledoniers war abzulesen, daß diese Unterhaltung weniger angenehm werden würde als die vorhergegangene.

»Hallo, Mac«, begrüßte Grayson seinen alten Kampfgefährten. »Was gibt's?«

»Ich weiß nicht, wie ich anfangen soll, Oberrst.« McCall rieb sich den roten Bart und sah unbehaglicher aus, als Grayson ihn je gesehen hatte.

»Es ist das Gerücht über unseren Auftrag auf Caledonia, richtig?« fragte Grayson. Der Ausdruck auf McCalls Gesicht, eine Mischung aus Überraschung und Verärgerung, ließ keinen Zweifel daran, daß Carlyle ins Schwarze getroffen hatte. »Ich hätte dir eher davon erzählen sollen, aber es gab nichts Definitives zu erzählen. Teufel, es *gibt* bis heute nichts Definitives, und ich wollte nicht, daß du dir unnötig Sorgen machst.«

»Dann ist an dem Gerrücht nichts dran?«

»Jedenfalls noch nicht«, bestätigte Grayson. Er seufzte. »Es gab vor ein paar Wochen eine Anfrage von Comquadrat in dieser Richtung, und wahrscheinlich war das der Anlaß für das Gerücht. Aber es war *nur* eine Anfrage, ob wir zur Verfügung stehen, sollte eine sogenannte Friedenssicherung notwendig werden.«

»Und ... und was genau haben Sie geantworrtet, Sirr? Wenn ich frragen darrf?«

»Daß wir momentan nicht in der Verfassung für irgendeinen Auftrag sind. Das 3. Bataillon war noch nicht verfügbar. Und du weißt selbst, in was für einem Zustand Eins und Zwo immer noch sind.«

»Aye. Aye, das kenn ich.«

»Ich habe mit dem Gedanken gespielt – nur *gespielt* – das 3. Bataillon einzusetzen, wenn es nötig wird. Ich würde dich ganz sicher nicht gegen dein eigenes Volk in Marsch setzen.«

»Ich weiß das zu schätzen, Oberrst«, antwortete McCall. »Wirrklich. Aberr meinen Sie nicht, daß die Männerr das als eine Bevorrzugung sehen würrden?«

»Sie wissen ebenso, wie du es wissen müßtest, Mac, daß ich meine Leute nicht zwinge, gegen ihre eigenen Familien und Landsleute zu kämpfen. Meinst du nicht, daß das etwas viel verlangt wäre?«

McCall wirkte besorgt und legte den Kopf zur Seite. »Aye, aberr ist das 3. Batt schon wiederr einsatzfähig, Sirr?«

Typisch für ihn, dachte Grayson. *Er macht sich Sorgen um die Männer und Frauen der Einheit, obwohl er ganz offensichtlich mit eigenen Problemen ringt.* »Sie sind bereit genug.« Zumindest auf dem Bildschirm verfügte die Legion wieder über drei Bataillone. Das 3. Bataillon unter dem Befehl von Kommandanthauptmann Jonathan Frye war unmittelbar nach dem Glengarry-Feldzug ausgehoben worden, in erster Linie als Einnahmequelle. Es war eine Einheit von etwas über dreißig Mechs, die regelmäßig für kleinere Aufgaben verfügbar waren, wodurch sich die Legion konstante Einnahmen sicherte.

Aber das 3. war von seinem letzten Auftrag mit schweren Ausfällen nach Glengarry zurückgekehrt. Es hatte monatelang Grenzüberfälle aus dem Draconis-Kombinat zurückgeschlagen und den Feldzug mit einem Gefecht gegen einen Clanner-Einfall abgeschlossen. Die Verluste waren hoch gewesen, und es würde einige Zeit dauern, bis die Lücken durch die Ausbildungskader der Legion geschlossen werden konnten.

»Ein Garnisonsauftrag wäre ein Urlaub für die Leute, nach dem, was sie durchgemacht haben«, fuhr Grayson fort. »Worauf ich hinaus will, Kommandanthauptmann: Selbst wenn wir einen Auftrag auf Caledonia annähmen, bräuchtest du nicht dorthin auszurücken. Wir würden Kommandanthauptmann Frye, und wenn es die Situation erfordert, Kommandanthauptmann Houk einsetzen. Du würdest mit dem 1. Bataillon hier auf Glengarry bleiben.«

»Damit die Lads denken, ich hätte mich gedrrückt? Ich denke nicht, Oberrst.«

»Verdammt, Davis, das ist kein ›drrücken‹. Das Erste steht nicht zur Verfügung für den nächsten Auftrag, selbst wenn der auf Tharkad wäre. Jemand muß hierbleiben und die Stellung halten, und das wirst du sein.«

»Och, ich weiß Ihrre Besorrgnis zu schätzen, Oberrst«, erklärte McCall mit starkem Akzent. »Recht zu schätzen, aye. Aberr da gibt es ein paar Komplikationen mit dem Auftrrag, Sir ... Das ist keine plötzliche Eingebung. Ich habe lange darrüber nachgedacht.«

Grayson spürte, daß ihm ein Schlag bevorstand, und bereitete sich innerlich darauf vor. Davis McCall war einer seiner ältesten Kameraden und engsten Vertrauten in der Legion – und abgesehen von Lori sein bester und ältester Freund. »Ja?«

»Sirr, es schmerrzt mich zutiefst, aberr ich muß meinen Abschied vom Grrauen Tod einrreichen.«

4

Die Residenz, Dunkeld, Glengarry
Mark Skye, Vereinigtes Commonwealth

10. März 3057, 11: 15 Uhr TNZ

»Setz dich, Davis«, meinte Grayson, und deutete auf den Sessel vor seinem Schreibtisch.

»Sirr, ich …«

»Setz dich, Mann, und hör auf, auf mich runterzugucken, als ob du in deinem verdammten *Highlander* säßest.« Er wartete, bis McCall mit scheppernden Orden Platz genommen hatte. »Ich kann Ihr Entlassungsgesuch nicht annehmen, Kommandanthauptmann«, stellte er mit harter, tonloser Stimme fest. »Zur Hölle, Mann, wir brauchen dich. *Ich* brauche dich.«

»Es tut mir leid, Sirr. Wirrklich. Aberr ich habe perrsönliche Grründe …«

»Deine Familie? Auf Caledonia?«

McCall nickte.

»Ich dachte, du redest nicht mehr mit ihnen.«

»Well, ich habe eine Nachrricht bekommen.« McCall zögerte, als müsse er darüber nachdenken, was er erzählen wollte. »Es ist mein Brruder Angus, Sirr. Err wurrde von derr caledonischen Rregierrung unterr Arrest gestellt, und es hat irrgendeine Arrt Aufstand gegeben. Ich weiß nicht, was genau vorrgefallen ist, aberr ich muß hin, und zwarr schnell.«

Grayson schüttelte den Kopf. »Versteh ich nicht. Was können Sie denn da machen?«

»Ich weiß es nicht, noch nicht. Aberr Sie müssen verrstehn, Oberrst, jetzt, wo Angus nicht mehrr da ist, bin ich derr McCall. Sie brrauchen mich auf Glen Airre.«

»Glen Aire?«

»Das Landgut meinerr Familie außerrhalb von Dundee.«

»Ein Landgut? Ich hatte keine Ahnung, daß du so wohlhabend bist, Davis. Vielleicht sollten wir uns mal über die Finanzlage der Legion unterhalten.«

»Och, nicht wirrklich, Sirr. Aberr es gibt etwas Geld in derr Familie. Die McCalls warren die beste Familie in den Tagen der Kolonisation, Sirr. Wirr haben einen Teil des Kapitals fürr das Kolonistenschiff gestellt, das sie alle von Terra gebrracht hat. Einige McCalls waren planetarrische Verrwalterr.«

Grayson lehnte sich zurück und legte die Fingerspitzen aufeinander, während er sein Gegenüber musterte. Das eröffnete Möglichkeiten ...

»Dein Bruder ...«

»Angus Charrlie McCall, aye, Sirr.«

»Er ist wohl nicht der planetarische Verwalter. Wer ist es dann?«

»Ein Mann namens Wilmarrth, Sirr.«

»Der Titel ›Verwalter‹ deutet an, daß Caledonia fremdbestimmt ist. Aber der Begriff ist im Steiner-Raum nicht üblich ...«

»Aye. Derr Titel ist drei Jahrrhunderrte alt, aus derr Zeit, als die Drraconierr sich einen grroßen Teil des Lyrranischen Commonwealth unterr den Nagel gerriss'n hatten.«

»Die Kämpfe um Hesperus II.«

»Aye. Und die 4. Hofgarrde hat auf Caledonia sieben lange Jahrre gegen das Schlimmste ausgehalten, was derr alte Hugai und das Kombinat gegen sie zu bieten hatten. Schließlich haben sie aber verrlorren, und die Drracos haben die ganze verdammte Welt fast eingeäscherrt. Caledonia hat lange gebrraucht, um sich zu erholen, und ein, zwei Jahrhunderrte wurde der Planet von anderren aus rregierrt, erst von Hesperrus II, gleich nebenan, und dann, als das Lyrranische Commonwealth wiederr auf die Beine gekommen warr, von der Zentrralwelt Tharrkad aus. Der Verrwalterr wurrde von den Steinerrs errnannt und durrch Abstimmung im

Hohen Rrat von Caledonia bestätigt. In der Rregel warr es ein gebürrtiger Caledonier, den der Rrat selbst vorrgeschlagen hatte. Die Errnennung warr nurr eine Forrmalität, verrstehen Sie?«

»Ich nehme an, dieser... Wilmarth hieß er, ja? Aus deinem Tonfall entnehme ich, daß er kein Caledonier ist.«

»Ich weiß nicht viel über ihn, aye«, stellte McCall fest und wiegte den Kopf. »Aberr es heißt, daß er bei den Davions geschleimt hat und den Posten vorr ein paarr Jahrren als Belohnung errhielt.«

Grayson dachte nach. Die ganze verfluchte politische Situation wurde dadurch noch erheblich verschlimmert, daß er selbst vom höchstrangigen Davion überhaupt – Prinz Victor Ian Steiner-Davion – zum Baron von Glengarry ernannt worden war. Grayson Carlyle verdankte seine Stellung als Herrscher dieser Welt einer ähnlichen Belohnung durch die Davions, und mit jedem Tag fühlte er sich dadurch stärker in eine ihm äußerst unangenehme Enge gedrängt.

Als hätte er seine Gedanken gelesen, stockte McCall, und riß die Augen auf. »Ich hab nicht gemeint, Oberrst...«

»Schon gut, Davis. Ich weiß, daß du mich keinen Davion-Lakaien geschimpft hast. Aber es ist eine verdammt kitzlige Angelegenheit, aus welchem Winkel man sie auch betrachtet.«

»Aye, Sirr, das ist sie.«

Während der dreihundert Jahre der Nachfolgekriege waren das Lyranische Commonwealth des Hauses Steiner und die Vereinigten Sonnen des Hauses Davion separate Staaten gewesen, die beide jeweils über einige hunderte Sonnensysteme von der Umgebung Sols bis hinaus an die Grenzen der Peripherie herrschten, wenn ihre Reiche sich auch in entgegengesetzte Richtungen erstreckten. Gelegentlich kämpften sie gegeneinander, aber häufiger waren sie verbündet, da sie einerseits keine gemeinsame Grenze und andererseits in den Häusern Kurita und Liao gemeinsame Gegner besaßen.

In all den Jahrzehnten des Krieges war es keinem der großen fünf Nachfolgerstaaten gelungen, die Oberhand über die anderen zu gewinnen, aber das änderte sich, als 3022 Prinz Hanse Davion und Melissa Steiner heirateten. Das besiegelte eine Allianz dieser beiden mächtigen Reiche und veränderte das Kräftegleichgewicht ein für allemal zugunsten des neugegründeten – und gewaltigen – Vereinigten Commonwealth.

Aber während die aus politischen Beweggründen arrangierte Ehe zwischen Hanse und Melissa harmonisch war, konnte man das von der Verbindung der beiden Sternenreiche nicht behaupten. Von Beginn an hatte die Allianz gegen schwere Probleme zu kämpfen; die Zweite Skye-Rebellion, die erst im vorigen Jahr unter anderem auf Glengarry getobt hatte, war ein Versuch von Steiner-Separatisten gewesen, die alte Isle of Skye aus einem Staat herauszubrechen, der immer zentralistischer wurde und sich von den Bedürfnissen seiner Bürger immer weiter entfernte. Die Niederlage der Separatisten hieß nicht, daß die Unzufriedenheit abgenommen hatte.

Ganz im Gegenteil…

Die Ernennung eines Fremdweltlers zum Verwalter von Caledonia war keineswegs ein Einzelfall. Viele früher von loyalen Steiner-Offiziellen gehaltene hohe Regierungsposten waren seit 3022 an Davion-Anhänger vergeben worden, und der Widerstand in den entsprechenden Kreisen war stetig gewachsen, erst recht, seit Prinz Victor nach Hanse Davions Tod hinter den Kulissen daran arbeitete, seine Macht zu festigen. Herzog Ryan Steiner, der langjährige Anführer der Bewegung Freies Skye war in einer bemerkenswert glücklichen Fügung im vorigen Jahr zeitgleich mit dem Beginn der Niederschlagung der Rebellion einem Attentat zum Opfer gefallen. Danach hatte Prinz Victor Ryans Stellvertreter durch den äußerst Davion-freundlichen David Sandoval ersetzt, der als Herzog und Marschall der Mark fungierte. Diese Vermischung von militärischer und ziviler Autorität war für die Mehrheit der Bürger in der Mark Skye nicht weniger als die Einführung einer Militärherrschaft. Grayson konnte gut verstehen, daß sie unruhig wurden.

Unglücklicherweise bedeuteten diese politischen Verwicklungen – und der immer offensichtlicher werdende Zerfall der Steiner-Davion-Allianz – für Einheiten wie die Gray Death Legion und Einzelpersonen wie Grayson Carlyle jede Menge Probleme. Technisch war Grayson Carlyle zunächst David Sandoval als Herzog von Skye und über ihn Victor Gefolgschaft schuldig, der ihn zum Baron von Glengarry ernannt hatte. Der Söldnerkontrakt der Gray Death Legion jedoch war mit den Steiners geschlossen und stammte noch aus der Zeit vor der Gründung des Vereinigten Commonwealth. Derzeitiger rechtlicher Halter des Vertrages war VerComMilCom – das Militäroberkommando Vereinigtes Commonwealth, oder ›Comquadrat‹, wie es die meisten Berufsmilitärs nannten.

Persönlich und emotional gehörte Graysons Loyalität jedoch weiterhin dem Haus Steiner.

Schon ein seltsames Konzept, dachte er, *daß man bei einer Söldnereinheit überhaupt von* Loyalität *redet. Per definitionem und nach Meinung der meisten Nicht-Söldner, wenn man sie fragen würde, sind Söldner nur ihrer Geldbörse verpflichtet… und mit einem besseren Angebot kann sich der Feind der letzten Woche in den Arbeitgeber der nächsten verwandeln.*

Tatsächlich jedoch lagen die Dinge selten so einfach. Während manche Söldner tatsächlich von einem Arbeitgeber zum nächsten hüpften, waren die Besten ihres Gewerbes – und damit auch diejenigen, die auf dem Markt die höchsten Preise verlangen konnten – jene Einheiten, die bewiesen hatten, daß man ihnen auf lange Zeit vertrauen konnte. Nur wenige Auftraggeber waren bereit, ihre C-Noten für eine Söldnertruppe zu riskieren, die im Ruf stand, Kontrakte bei erster Gelegenheit zu lösen.

Und auch die Bindungen unter Kriegsveteranen spielten eine große Rolle. Wenn man einmal Seite an Seite mit jemand gekämpft, die Härten und Gefahren, die Triumphe und die Trauer mit ihm geteilt hatte, fiel es schwer, ihn später als Feind zu betrachten. Es gab in der Geschichte des Söldnerwesens einige Beispiele dafür, daß ehemalige Kameraden sich in der Schlacht als Feinde begegnet waren … und sich geweigert hatten, gegeneinander zu kämpfen.

Die Geschichte des Grauen Tods war unlösbar verbunden mit der jüngeren Geschichte des alten Lyranischen Commonwealth. Die Legion hatte auch anderen Auftraggebern gedient – speziell dem Haus Marik eine gewisse Zeit –, war aber immer zum Haus Steiner zurückgekehrt, für das sie erst im endlosen Schlagwechsel entlang der gemeinsamen Grenze gegen das Draconis-Kombinat und dann gegen die Clans gekämpft hatte, als die hochtechnisierten Nachkommen der alten Sternenbundarmee aus der Richtung des galaktischen Zentrums zurückgekehrt und über die Peripherie in die Innere Sphäre eingefallen waren.

Und jetzt wurden die politischen Bindungen zwischen den beiden Hälften des Vereinigten Commonwealth immer brüchiger. Viele Bewohner der lyranischen Distrikte fühlten sich angesichts der deutlichen Vorliebe Victors für Davion-Gewohnheiten vernachlässigt. Hinzu kam, daß die Lyraner im Krieg gegen die Clans schwer gelitten hatten, während die Davion-Hälfte der Allianz unversehrt geblieben war. Grayson Carlyle steckte in der Klemme. Seine persönlichen Sympathien lagen beim Volk und beim Haus Steiner, aber seine rechtliche Autorität und seine Bezahlung erhielt er von Victor Davion.

Und früher oder später, soviel war klar, würden er und die Gray Death Legion mit ihm sich hoffnungslos in diesem Netz widersprüchlicher Loyalitäten verstricken.

»Sirr?«

Grayson sah zu McCall hoch und erkannte, daß er nicht zugehört hatte. »Verzeihung, Davis. Was hattest du gesagt?«

»Ich sagte, Oberrst, wenn derr Grraue Tod nach Caledonia geht, sind wirr diesem Bastarrd Wilmarrth unterrstellt. Bei allem Rrespekt, Sirr, das kann ich nicht verrkrraften. Derr Kerrl hat BattleMechs ge'n eine zivile Demonstrration eingesetzt. Ich hab es mit meinen eigenen Augen gesehen, in einem Filmberricht auf dem HPG-Netz.«

Grayson zuckte zusammen. »Ich kann verstehen, daß Sie kein Verlangen verspüren, in einem Mech auf Caledonia zu sitzen und seine Befehle ausführen zu müssen.«

»Aye, aberr da ist noch mehrr. Ich muß hinfliegen und sehen, ob ich meinerr Familie helfen kann, meinem *Brruderr*. Verrstehen Sie, Sirr? Das würrde Sie und mich auf entgegengesetzte Seiten stellen, und wenn ich unterr Ihrrem Befehl bliebe, müßte ich mich entscheiden, zwischen Ihnen und meinerr Familie.«

Mit einem eisigen Schock erkannte Grayson, daß Entscheidungen wie diese seit Anbeginn der menschlichen Geschichte die Tragödie jedes Bürgerkriegs ausgemacht hatten. »Ich verstehe.«

»Ich wünschte, es gäbe eine anderre Möglichkeit...«

»Sag mal, Davis, haben diese Schwierigkeiten auf Caledonia irgend etwas mit deinen Jakobitenfreunden zu tun?«

»Aye«, bestätigte McCall mit einem schiefen Lächeln. »Wenn es aye Ärrgerr gibt auf Caledon, sind die Jakes garrantierrt mit von derr Parrtie.« Sein Lächeln gefror, verschwand ganz. »Sirr, Sie verlangen doch keine Namen von...«

»Mein Gott, nein«, wehrte Grayson ab und hob die Hand. »Wofür hältst du mich, Mann?«

»Sorrry, Sirr«, meinte McCall und entspannte sich wieder. »Aberr wenn die Legion eingesetzt wirrd, um den Aufstand …«

»*Falls,* Davis, und ein gehörig großes Falls dazu. Ich will einfach nur die Situation verstehen. Falls die Legion tatsächlich in diesen Schlamassel hineingezogen wird, will ich wissen, was los ist. Aber ich verlange nicht, daß du mir die Namen von Freunden oder Verwandten gibst, die darin verwickelt sein könnten, und wenn du nicht willst, brauchst du mir gar nichts zu erzählen.«

»Danke, Sirr.« McCall wirkte erleichtert, aber es war unverkennbar, daß er durch seine widersprüchlichen Loyalitäten in der Zwickmühle saß.

Wie Grayson.

»Die Jakobiten«, erklärte der Caledonier nach einer Weile, »sind in mancherr Hinsicht eine politische Parrtei, in anderrerr eherr eine Brruderrschaft oderr ein Geheimbund. Sie sind stolz auf ihrre Herrkunft, die sie bis ins alte Scotland auf Terra zurrückverfolgen, aberr es gibt keine Möglichkeit, diesen Ansprruch zu beweisen. Sie wollen ein altes Königsgeschlecht als Herrscherr über Caledonia wiederreinsetzen, aberr das ist mehrr eine Ehrrensache als ein echterr politischerr Ansprruch. Ihrre politischen Grrundsätze forrdern eine Verrfassung, die Grröße und Macht welcherr Rregierrung auch immer einschränken. Es ist eine Arrt Einstellung: Wenn mein Nachbarr nicht in der Lage ist, sein eigenes Haus und seine Finanzen in den Grriff zu krriegen, wie komme ich dann dazu, ihm die Macht überr mein Haus und meine Finanzen auch noch zu geben?«

»Eine durchaus vernünftige Frage.«

»Rregierrungen haben eine Abneigung gegen Leute mit dieserr Einstellung«, bemerkte McCall in einem Anflug düsteren Humors, »wenn ich auch keine Ahnung habe, warrum.«

»Und diese Demonstration, die Wilmarth mit Mechs zerschlagen hat... waren das die Jakobiten?«

»Um derr Wahrrheit die Ehrre zu geben, Sir, ich weiß es nicht. Sie warren beteiligt, aye, aberr in dem Berricht wurrde noch eine andere Gruppe errwähnt. Eine rreligiöse Grruppe, das Worrt des Jihad.«

»Das hat uns gerade noch gefehlt. Religion und Politik.« Grayson runzelte die Stirn. »Wort des Jihad? Noch nie gehört.«

»Aye, Sirr, ich auch nicht.« McCall wirkte nachdenklich. »Nach den Slogans auf manchen der Schilderr in der Demonstrration zu schließen, müßte ich aberr sagen, derr Jihad ist eine Arrt technologiefeindliche Bewegung. Das würrde natürrlich einen Sinn errgeben. Die Jakobiten warren nie sehrr errfreut über Maschinen und alles, besonders nicht angesichts der Kurrita-Mechs, die jahrraus, jahrrein immerr wieder die Felderr zerrtrrampelt haben. Eine Neoludditen-Bewegung könnte auf Caledonia rreichen Nährrboden finden.«

»Neoludditen?«

McCall nickte, und Grayson verschränkte die Arme und lehnte sich zurück. Die ursprünglichen Ludditen waren eine lose politische Gruppierung des neunzehnten Jahrhunderts auf Terra gewesen – in der Hauptsache Arbeiter, die Angst hatten, in der beginnenden Industrialisierung ihren Broterwerb zu verlieren, und sich mit Sabotageakten zu wehren versuchten. In den zwölfhundert Jahren, die seitdem vergangen waren, hatte es auf den verschiedensten Welten immer wieder neue Gruppen mit luddistischen Ängsten und Grundsätzen gegeben. Inzwischen war es möglich, den BattleMech als sichtbare Manifestation *aller* Maschinen anzuprangern und dadurch besonders einfach, die Technologie als Macht des Bösen hinzustellen, die drohte, die Zivilisation und schlußendlich die Menschheit zu zerstören.

Grayson hatte für derlei Argumentation wenig übrig. Wenn die Technologie die Menschheit auch durch die

Waffen bedrohte, so bot sie der Zivilisation doch gleichzeitig die einzige echte Hoffnung, den jahrtausendealten Kreislauf von Mangel, Dummheit und Krieg zu durchbrechen.

»Ich weiß, was Sie von Technologiefeinden halten«, meinte McCall. »Aberr sie sind nicht so sehrr böse als vielmehrr fehlgeleitet.«

»Zugegeben. Und wenn sie mit nichts als Pflastersteinen bewaffnet gegen BattleMechs antreten müssen, werden sie schnell herausfinden, wie fehlgeleitet sie sind.«

McCall schloß die Augen, als erinnere er sich an vergessene Schmerzen. »Aye«, gab er leise zu. »Das stimmt.«

Grayson drehte sich zu seinem Monitor um, schloß die Formulardatenbearbeitung und ging ins Archivnetz der Legion. Als Teil desselben planetarischen Datennetzes, aus dem McCall sich seine Informationen über Caledonia geholt hatte, wurde diese elektronische Enzyklopädie der Welten, Persönlichkeiten, Ereignisse und Gruppierungen der Inneren Sphäre ständig auf dem neuesten Stand gehalten. Hinter diesen Anstrengungen stand die Überlegung, daß alles, was auf benachbarten Welten geschah, eines Tages Teil eines politischen oder taktischen Problems für den Gefechtsstab der Legion werden konnte.

»Wort des Jihad«, befahl Grayson dem Computer. »Nur Schirm.«

Als der Text über den Bildschirm flimmerte, spürte er eine Enttäuschung. Die Datenbank bot herzlich wenig Informationen über die Gruppe, die allerdings auch erst vor kurzem aufgetaucht sein konnte. Anscheinend hatte sie ihren Ursprung in einer häretischen Abspaltung von der Bewegung des Unvollendeten Buches, einer quasireligiösen Gemeinschaft, die ein Jahrhundert zuvor in den Vereinigten Sonnen gegründet worden war und die Vereinigung der verschiedenen großen Glaubensrichtungen zum Ziel hatte.

Der Name »Unvollendetes Buch« leitete sich von der Tatsache ab, daß noch sehr viel an spiritueller Wahrheit unentdeckt war. Offenbar hatte sich das Wort des Jihad entschlossen, ein paar eigene Kapitel zu schreiben. Erwähnt wurde die neue Bewegung ausschließlich in Berichten über Aufstände und Rebellionen auf Welten des Vereinigten Commonwealth von Rigil Kentarus und New Earth bis Carstairs. Bis jetzt zumindest schien sie astrographisch auf die Mark Skye beschränkt, aber die Verbreitung der Bewegung hatte auf Tharkad und New Avalon – den Zentralwelten des Vereinigten Commonwealth – Besorgnis erregt. Es gab Befürchtungen, das Wort des Jihad – das, wie McCall es vermutet hatte, maschinenstürmerisch auftrat – könnte sich über die Mark Skye hinaus in andere Bereiche des VerCom ausdehnen.

»Interessant«, stellte Grayson fest, als er das Wenige gelesen hatte, was über den Jihad bekannt war. »Hier steht, das Wort des Jihad hält das Ende des Universums für gekommen.«

»Wirklich, Sir?«

»Mmmh. Sie behaupten, es wird eine Zeit großer Mühsal kommen, eine Zeit des Blutvergießens und der endlosen Kriege, die dreihundert Jahre andauert, gefolgt von einer Zeit der Säuberung, in der jeder, der nicht vom dämonischen Geist der Maschinen verseucht ist, von Gott die Macht erhält, alle Maschinen zu vernichten und dem Krieg für alle Zeiten ein Ende zu setzen.« Grayson sah McCall an und zog eine einzelne Augenbraue hoch. »Drei Jahrhunderte der Mühsal? Damit könnten wohl die Nachfolgekriege gemeint sein, vom Tod des Ersten Lords Simon Cameron an gerechnet.«

»Das warr… wann genau warr das, Oberrst? 275 oder 51, ungefährr? Sie sind ein bißchen überr die Zeit hinaus, wenn sie das glauben. Es sei denn, ihrre Zeit der Säuberrung hat schon angefangen.«

»Apokalyptische Religionen sind nicht allzu pedantisch, was ihre Zeitrechnung angeht. Die drei Jahrhunderte könnten auch vom Amarisputsch an gerechnet sein. Der hat den Zusammenbruch des Sternenbundes praktisch eingeleitet. Und das war 2766.«

»Wie auch immerr, ich kann verrstehen, daß derr Gedanke sie errregt. Nach drrei langen, blutigen Jahrrhunderten derr Verrnichtungskämpfe zwischen den grroßen Häusern sehn sie eine Zukunft kommen ohne Mechs, ohne irrgendwelche verrdammten Invasorren, ohne Krrieg...«

»Paradiesisch. Aber ich sehe nichts dergleichen kommen.«

»Ich auch nicht, Oberrst. Aberr das hält sie nicht davon ab, mit Pflasterrsteinen auf BattleMechs loszugehen. Die verrdammten arrmen Narren.«

Grayson löschte den Schirm und drehte sich zu seinem Offizier um. »Kommandanthauptmann McCall, ich kann Ihr Entlassungsgesuch nicht annehmen.«

McCalls Miene erstarrte, dann verhärtete sie sich zu einer wütenden Maske. »Sirr, es tut mirr leid, das zu hören...«

»Halt's Maul, Davis. Bevor du dich der Meuterei schuldig machst.«

»Sirr, ich...«

»Ich sagte, halt's Maul! Kein Wort mehr!«

McCall verstummte, aber seine Augen sprühten Feuer.

Grayson drückte einen Knopf auf der Tastatur des Schreibtischs. »Sandy?«

Die Stimme seines Adjutanten war aus dem Vorzimmer zu vernehmen. »Herr Oberst?«

»Bitte suchen Sie Hauptmann Carlyle. Ich möchte ihn sofort hier in meinem Büro sehen. Oder noch eher, wenn es geht.«

»Ja, *Sir*.«

Grayson sah wieder zu McCall und wedelte mit der Hand. »Um Himmels willen, Mac, hör auf, mich anzustieren!« Er zeigte zur gegenüberliegenden Wand des

Büros, wo sich hinter der Täfelung eine kleine, aber gutsortierte Bar versteckte. »Geh dir einen Drink holen. Es müßte noch was von dem Glenlivet da sein, der dir so gut schmeckt.«

Zwischen Trotz und automatischem Gehorsam gefangen erhob sich McCall, zögerte, und ging dann doch zur Bar. »Sirr«, meinte er nach einem Moment, während er drei Fingerbreit der goldenschimmernden Flüssigkeit über Eis goß. »Darrf ich rreden?«

»Natürlich. Ich wollte dich nicht anherrschen. Hier, unter vier Augen, kannst du mich nennen, wie immer es dir gefällt.«

McCall grinste schief. »Well, ich hatte nicht vorr, Sie zu beschimpfen, Sirr. Aberr ich frrage mich, was Sie sich dabei gedacht haben. Ich muß zurrück zu meinerr Familie, sicherr sehen Sie das ein, Sirr? Ich muß zurrück, selbst wenn ich dafürr deserrtierren müßte. Ihrre Befehle lassen mirr nicht viel Wahl...«

»Du würdest aus der Legion desertieren, Mac?« Graysons Stimme war weich wie Samt.

McCall gab ihm nicht sofort eine Antwort. »Ich möchte nicht in eine Position gedrrängt werrden, in derr ich vorr die Wahl gestellt wärre.«

»Möglicherweise müssen wir bald alle diese Wahl treffen, alter Freund.« Grayson zögerte, dann grinste er. »Mac, es gibt keinen Grund für dich, deinen Posten aufzugeben. Nicht gerade jetzt, wo ich dich für einen Sondereinsatz freistellen will.«

McCalls Augen weiteten sich etwas, und der Whisky in seinem Glas schwappte. »Sonderreinsatz, Sirr... Sie denken nicht darran, mich nach...«

»Caledonia, Mac. Du fliegst nach Hause... und ich möchte, daß du meinen Sohn mitnimmst. Was hältst du davon?«

»Ich würrde sagen, Sirr«, erklärte McCall, und wählte seine Worte mit Bedacht, »daß derr Oberrst seinen verrdammten Verrstand verrlorren hat. Sirr.«

5

Glencoe-Highlands, nahe Dunkeld, Glengarry
Mark Skye, Vereinigtes Commonwealth

10. März 3057, 12:18 Uhr TNZ

»Ach, Mist, *nein!*«

Das schrille Zirpen des Komsets schnitt durch die friedliche Stille der Hügellandschaft und scheuchte einen laut protestierenden Schwarm Käfervögel auf.

»Mist!« wiederholte Alex. »Ich *glaube* das einfach nicht!«

Unter ihm bewegte sich Caitlin DeVries und öffnete die Augen. Ihr dunkles Haar war wild zerzaust. »Hmm«, meinte sie, als das Komset weiterzirpte, zwei kurze Signale gefolgt von einem langen, immer wieder. »Solltest du nicht besser rangehen? Das ist der Basisruf.«

Er seufzte. »Sollte ich wohl.« Er neigte den Kopf und küßte sie lang und liebevoll. »Bin gleich zurück, Cait. Bleib so.«

Alex rollte zur Seite und krabbelte an den Rand der Decke, die sie auf dem Gras ausgebreitet hatten, um den Kleiderhaufen zu durchwühlen. »Nicht einmal während einer verlängerten Mittagspause läßt man uns in Ruhe«, stellte er fest, als er den Kommunikator unter seiner Hose vorzog. Er legte den Empfangsschalter um und hielt den Kopfhörer ans Ohr. »Carlyle!« bellte er. »Was ist?«

»Alex? Sandy Gunnarson hier. Sie sollten besser sofort zurückkommen. Ihr Vater will Sie sehen.«

Alex stöhnte. »Ich bin nicht in der Basis.«

»Weiß ich. Wir haben schon nach Ihnen gesucht. Als Ihre ID-Marke nicht zu lokalisieren war, dachte ich mir, ich versuche es über den Kommunikator. Wo sind Sie?«

»Oh, ähem, in den Glencoes«, wich Alex aus. Die Vorschriften verlangten, daß Legionäre während der

Dienstzeit innerhalb eines Umkreises von fünf Kilometern um den Castle Hill blieben, aber während der langsame Anstieg der Glencoe Highlands bis zur Achttausendmetermarke knapp außerhalb der Stadtgrenzen begann, hatte Alex Caitlin zu ihrem Schäferstündchen erheblich weiter ins Hinterland gebracht. Die Festung lag Luftlinie etwa zwanzig Kilometer im Südwesten und gut anderthalbmal so weit, folgten sie der ungepflasterten Straße, über die sie auch an den gefährlichen Abhängen entlang hierhergekommen waren.

»Na, sehen Sie zu, daß Sie schleunigst herkommen. Der Oberst will Sie sehen, und zwar, ich zitiere: ›Sofort, oder noch eher.‹«

»Ich bin in einer Stunde da.«

»Würden Sie ihm das bitte selber sagen?«

Alex grummelte verärgert. Als er sich umblickte, sah er Caitlin auf der anderen Seite der Decke in ihr Höschen schlüpfen. »Warte«, rief er. »Was machst du da?«

»Ich, ähem, das habe ich nicht verstanden, Alex«, meinte Gunnarson.

»Dein Typ wird verlangt«, meinte Caitlin und griff nach dem Oberteil. »Habe ich recht?«

»OK, OK«, sagte er ins Mikrofon. »Ich versuch es in dreißig Minuten zu schaffen.«

»Ich könnte Ihnen einen Hüpfer schicken. Wie sind Ihre Koords?«

»Äh, nein, nicht nötig. Ich habe mein Motorrad dabei. Hören Sie, sagen Sie dem Oberst, ich komme so schnell ich kann.«

»Na schön, aber beeilen Sie sich. Als nächstes könnte er einen Mech losschicken, um Sie zu holen.« Es folgte eine verschmitzte Pause. »Und grüßen Sie Caitlin von mir. Gunnarson Ende.«

Alex warf das Komset angewidert auf die Decke. »Sandy läßt dich grüßen.«

Caitlin saß inzwischen beinahe vollständig angezogen auf der Decke und schlüpfte in die Stiefel. »Lieber

Gott. Das heißt, der ganze Stützpunkt weiß, daß ich mit dir hier oben war.«

»Na ja, ein Geheimnis ist es nicht gerade, daß zwischen uns 'was ist.« Seit sie vor über einem Jahr als Neuling zu seiner MechLanze gestoßen war, hatte Alex sich immer von Caitlin DeVries angezogen gefühlt.

»Das macht es mir nicht gerade leichter, weißt du. Das Mädel vom Sohn des Obersten. Na gut, wer hat denn solche Sehnsucht nach dir?«

»Mein Vater.«

»Klar. Du solltest dich anziehen... oder willst du so zurück in die Stadt?«

»Was? O ja.« Alex hob seine Uniform auf. »Tut mir leid, daß wir unterbrochen wurden.«

»So was kommt vor. Wir hätten uns wirklich nicht so weit entfernen sollen.«

»He, bin ich der Sohn des Oberst oder nicht? Wozu soll das gut sein, wenn ich die Regeln nicht ein bißchen biegen kann?«

Er hatte es als Witz gemeint, aber sie warf ihm einen harten, zweifelnden Blick zu. »Ist das dein Ernst? Wenn es etwas gibt, was die Truppen an Grayson Carlyle verehren, dann die Tatsache, daß er keine Favoriten hat!« Sie zog einen Kamm aus der Gürteltasche und machte sich daran, ihre zerzausten Haare zu entwirren. »Weißt du«, meinte sie weiter, »manchmal frage ich mich, warum du ihm nicht ähnlicher bist.«

Das saß. »Sollte ich es das denn sein?«

»Du warst es mal. Ich glaube, genau das hat mich an dir angezogen. Aber in letzter Zeit weiß ich nicht mehr. Du hast dich... verändert. Du bist kälter, vielleicht sollte ich sagen abweisender, geworden. Ich weiß, es war nicht leicht für dich seit...«

»Vielleicht wäre dir mein Vater lieber«, knurrte Alex wütend. »Aber der ist natürlich verheiratet, was es für dich wohl etwas schwierig macht. Was bin ich, der annehmbare Ersatz?«

»So habe ich es nicht gemeint, Alex, und das weißt du auch! Sei nicht so widerborstig!«

Einen Moment vorher hatte er noch etwas Besonderes für diesen Abend vorschlagen wollen, zum Ausgleich für die Unterbrechung ihres Stelldicheins, vielleicht ein Abendessen, gefolgt von einem Spaziergang im Mondlicht hinauf an einen abgelegenen Teil des Strands über dem Firth of Moray, aber jetzt war die Stimmung zerschlagen. So schnell würde er *sie* nicht wieder einladen! In feindseligem Schweigen beendeten sie ihre Garderobe, packten die Decke und den Rucksack zusammen, in dem sie ihr Essen mitgebracht hatten, und verstauten alles im Gepäckfach seines Motorrads.

Die Maschine war eine niedrige, glänzende Defiance Bluestreak, ein schweres, gyrostabilisiertes Einrad mit Wasserstoffantrieb. Alex zog den Helm über, schwang das Bein über die Maschine und machte es sich auf dem Sattel unmittelbar vor der Radkuppe bequem. Während er die Instrumente durchcheckte, zwängte Caitlin sich hinter ihn und legte die Arme um seine Taille. Er startete erst den Motor, dann das Gyroskop. Das hohe Singen des Kreiselstabilisators zeigte an, daß er die lange, schlanke Maschine auf ihrem breiten Geländereifen jetzt ohne Probleme lenken konnte.

»OK?« fragte er über die Schulter, und Caitlin drückte ihn zweimal. »OK«, bestätigte sie. Er gab Gas, und die Bluestreak heulte auf. Kies flog unter dem Reifen davon. Das Einrad wurde fast ausschließlich über das Körpergewicht gesteuert, aber Alex hatte über den Kontrollknüppel, der das Schwungrad neigen konnte, eine gewisse Hilfe beim Bewältigen von Kurven. Die Straße zog sich in einer Abfolge steiler, enger Haarnadelkurven den Berg hinab; Alex fuhr sie in einem halsbrecherischen Tempo, das sie immer wieder von der Fahrbahn zu reißen drohte.

Selbst bei dieser gefährlich überhöhten Geschwindigkeit brauchten sie fast zwanzig Minuten, bis sie den Abstieg hinter sich hatten und der ungepflasterte Weg auf eine Asphaltstraße mündete, die in gerader Linie zu den Türmen und Kuppeln von Dunkeld führte. Alex gab Vollgas. Da Rad kreischte unter seinen Passagieren, und der Wind zerrte an ihrer Kleidung, als sie die Straße hinabdonnerten. Bald konnten sie die grimmig grauen Türme der Festung auf dem Castle Hill über der Stadt aufragen sehen.

Sie hielten erst an, als sie den Straßenposten der Legion am Stadtrand erreicht hatten, wo ein Soldat in kugelsicherer Montur mit einem Handscanner ihre Ausweise überprüfte, während ihm ein riesiger *Verteidiger* Deckung gab.

Als er hochblickte, erkannte Alex den Mech. Es war ein zusammengeflickter Überlebender des Glengarry-Feldzugs. Seine Pilotin hatte ihn *Tassones Terror* getauft.

»Tag, Hauptmann«, dröhnte eine lautsprecherverstärkte Frauenstimme von der elf Meter hohen Maschine herunter. »Und Caitlin. Was haben Sie den ganzen Morgen getrieben?«

MechKriegerin Veronica Tassone war ein frecher Rotschopf mit einer ausgeprägten Vorliebe für Tratsch, ohne Rücksicht auf seinen Wahrheitsgehalt. Außerdem wußte Alex, daß zwischen ihr und Caitlin böses Blut herrschte, eine brütende Feindseligkeit, über deren Ursache er schon häufig nachgedacht hatte. Der Gedanke, sie könnten sich wegen ihm zerstritten haben, schmeichelte ihm …

Er reagierte nicht auf Veronicas Versuch, ein Gespräch zu beginnen, und winkte nur kurz zu ihr hoch. Dann nahm er seinen Ausweis wieder entgegen, gab Gas und schoß in die verwinkelten Gassen Dunkelds hinein. Fünf Minuten später wurden ihre Ausweise am Eingangstor der Festung noch einmal kontrolliert, bevor sie in die Tiefgarage fahren durften.

Kaum hatte er das Motorrad auf den numerierten Parkplatz gefahren, als Caitlin bereits absprang und den Helm vom Kopf riß. »Was, zum Teufel, sollte das?« herrschte sie ihn an.

»Was, mit Ronnie Tassone? Sie ist nur neidisch …«

»Nein, du eitler Gockel. Ich meine deine verdammte Höllentour den Berg hinunter? Was ist los mit dir?«

»Na, vielleicht solltest du dich ja nicht noch mal darauf einlassen!« brauste er.

»Da hast du verdammt recht, Mister!« Jetzt war sie außer sich. Ihre dunklen Augen spien Feuer, die üblicherweise sehr helle und leicht sommersprossige Haut ihres Gesichts war gerötet. Sie stand direkt vor ihm, die Fäuste in die Hüften gestemmt, das Kinn trotzig vorgeschoben. »Ich habe dir ziemlich lange verdammt viel durchgehen lassen, Alex Carlyle, wegen dem, das mit Davis Clay geschehen ist und allem, aber jetzt gehst du, verflucht noch mal, zu weit! Du bist mürrisch, gereizt und unberechenbar! Du behandelst mich wie dein Privateigentum, als hättest du ein Recht, mich zu *benutzen*, wann immer es dir gerade gefällt, ohne irgendwelche Rücksicht auf meine Pläne oder Gefühle nehmen zu müssen, und wenn es einmal nicht ganz so läuft, wie du es gerne hättest, rast du davon wie ein Wahnsinniger und bringst uns auf deinem teuren Spielzeug beinahe beide um! Eine Minute gibst du damit an, der Sohn des Oberst zu sein, in der nächsten bist du so verschlossen, daß du keinen Menschen an dich ran läßt! Ich habe eine Priorität-A für dich, Hauptmann Carlyle. Ich habe deine Stimmungen satt. Ich habe *dich* satt. Wenn du dich das nächste Mal unerlaubt von der Truppe entfernst, um dir deinen Spaß zu gönnen, kannst du deine Freundin Ronnie mitnehmen!«

Sie stieß Alex den Helm in den Bauch, wirbelte herum und stürmte davon. »Na, wunderbar«, knurrte der und drehte den Helm zwischen den Händen. »Einfach *wunderbar* …«

Seine dreißig Minuten waren längst um, deshalb verzichtete er darauf, erst noch im Offiziersquartier die

Uniform zu wechseln. Statt dessen nahm er direkt den Aufzug ins 9. Stockwerk, wo er von einem gelangweilten Soldaten durch die Kontrolle ins Verwaltungszentrum der Legion gewinkt wurde. Hauptmann Sandy Gunnarson winkte ihn ebenfalls durch das Vorzimmer und ins *Allerheiligste* ... das Büro des Obersten.

Kommandanthauptmann Davis McCall war ebenfalls anwesend, und statt seiner üblichen Montur oder einem ölverschmierten Overall trug er eine komplette Ausgehuniform. Das Farbenspiel der Orden auf seiner Brust fing den Blick mit seinen goldenen und silbernen Glanzlichtern ein, die einen enormen Kontrast zum Dunkelgrau der Uniformjacke boten.

»Na endlich!« meinte der ältere Carlyle und sah vom Computermonitor auf seinem Schreibtisch auf. »Der verlorene Sohn kehrt zurück!«

»Tut mir leid, daß ich mich verspätet habe, Sir.«

»Und trritt man so vorr seinen Oberrst, Lad?« herrschte McCall ihn an. »Ich glaube kaum, daß du gerrade aus derr Schlacht kommst, und es gibt wenig anderre akzeptable Entschuldigungen fürr den Zustand deinerr Uniforrm.«

»Laß gut sein, Mac«, meinte Grayson. »Wo hast du gesteckt, Sohn?«

»Ich habe Mittagspause gemacht«, erwiderte Alex mit einer Spur von Trotz in der Stimme. »Ich war mit dem Motorrad in den Bergen über Dunkeld.«

»Der Zustand deiner Uniform interessiert mich nicht«, erklärte Grayson. »Besonders, da mein Befehl lautete, sofort herzukommen. Aber während der Dienstzeit bleibst du gefälligst in Reichweite. Ist das angekommen?«

»Ja, Sir.«

»Gut. Mehr wollen wir darüber nicht verlieren. Zu etwas anderem: Was weißt du über das Wort des Jihad?«

Alex legte die Stirn in Falten. Er hatte erst kürzlich

irgend etwas gehört... »Ist das nicht so ein religiöser Kult, fanatische Mechfeinde oder so was? Ich erinnere mich, etwas darüber gesehen zu haben. Es hatte mit einem Aufruhr auf New Earth zu tun.«

»Aye, das sind sie, Lad«, nickte McCall. »Und sie sind nicht nurr Mech-, sonderrn generrell *Tech*feinde. Wenn sie könnten, würrden sie uns alle zurrück in die Steinzeit führren, und wahrrscheinlich würrden sie selbst dann dagegen prrotestierren, daß wirr mit Feuerrstein Funken schlagen und Feuerr machen, um es warrm zu haben.«

»Auf Glengarry hätten sie es da schwer.« Glengarrys Klima war zwar kühl, aber für den größten Teil des Jahres recht mild. Die Winter jedoch waren lang und hart, besonders hier in den nördlichen Breitengraden des Planeten.

»Mag sein«, stimmte Grayson zu. »Aber sie scheinen erneut Ärger zu machen. Auf Caledonia.«

Alex sah zu McCall, aber die Miene des caledonischen Hünen war eine unbewegte Maske. »Wir haben einen Auftrag auf Caledonia?«

»Noch nicht, aber es könnte soweit kommen.« Auch Oberst Carlyle blickte zu McCall. »Mac? Willst du es ihm sagen?«

»Nein, Sirr. Tun Sie das. Ich halte die Idee immerr noch fürr bekloppt.«

»So mag ich meine Leute, Mac«, erwiderte Grayson mit einem leisen Lächeln. »Vollständiges und absolutes Vertrauen in den befehlshabenden Offizier. Also gut, Alex, die Lage ist folgende.« Und er erklärte seinem Sohn, was sich in letzter Zeit auf Caledonia ereignet hatte, einschließlich der Festnahme von McCalls Bruder Angus. »Ich kann Kommandanthauptmann McCalls Zögern verstehen, sich in eine Situation zu begeben, in der er schließlich gezwungen sein könnte, gegen seine eigene Familie zu kämpfen«, schloß er. »Ich kann auch verstehen, warum er nicht hierbleiben will, während seine Leute sterben... möglicherweise durch unsere Einmischung in ihre Angelegenheiten. Mein Vorschlag ist beinahe die schlimmste Möglichkeit, aber sie bietet ihm eine Alternative und dem Grauen Tod eine bessere Chance, falls wir tatsächlich als Friedenstruppe dorthinkommandiert werden. Ich gebe ihm einen Spezialauftrag und schicke ihn nach Hause. Ich möchte, daß du ihn begleitest.«

»Sirr, nach allem, was Sie wissen, könnten Sie in ein, zwei Monaten in Dundee eintrreffen und mich als Anführrerr einerr Rrebellenarrmee im Kampf gegen den Bastarrd von einem Verrwalterr vorrfinden.«

»In Wirklichkeit habe ich den Vorteil der Legion im Auge, Mac. Die politische Situation hört sich ziemlich verwirrend an, und die Legion braucht dringend einen Kundschafter vor Ort. Wenn wir landen, *falls* wir landen, müssen wir wissen, wer unsere Freunde und Feinde sind und wo ihre jeweiligen Stärken und Schwächen liegen. Und diese Informationen werden wir sofort brauchen, ohne sie erst noch sammeln zu müssen. Du weißt so gut wie ich, wie einseitig die offizielle Missionsbeschreibung aller Wahrscheinlichkeit nach ausfallen wird.«

»Well, aye, das muß ich zugeben. Und, um derr Wahrrheit die Ehre zu geben, Sirr, ich würrde diesem Wilmarrth-Charrakterr nicht weiterr trrauen, als eine KSR fliegen kann.«

»Das wird kein Kampfauftrag, Mac. Es wird nicht einmal unbedingt ein Geheimauftrag. Du kannst offen anreisen, deiner Familie helfen und dich um die Freilassung deines Bruders kümmern. Aber halte die optischen Sensoren Typ 1,0 offen.«

»Aye. Wissen Sie, Oberrst, beinahe errgibt das sogarr einen verquerren Sinn.«

»Aber warum soll ich mit?« stieß Alex aus.

Grayson fixierte ihn mit hartem Blick. »Gibt es irgendeinen Grund, warum du nicht mit dorthin solltest?«

Eine Menge, wollte Alex herausbrüllen, aber er kniff den Mund zusammen und sagte nichts. Ellen Jamison hatte seinen Vater bestimmt über seine schlaflosen Nächte auf dem laufenden gehalten. Als MedTech des Regiments gehörte das immerhin zu ihren Aufgaben. Und sein Vater mußte auch von seinen jüngsten Problemen in den Simulatoren wissen. Ihn darüber zu informieren war *Artmans* Pflicht.

Er war verwirrt. Seine Gedanken wirbelten durcheinander wie in einem Tornado. Sein Selbstvertrauen war so angeschlagen, daß er Zweifel daran hatte, je wieder als Mechpilot funktionieren zu können. Aber da war immer noch die Frage, was er statt dessen tun wollte, tun *konnte.*

Und er mußte auf jeden Fall hier weg – weg vom Regiment, weg von den anderen. Den anderen Legionären, die einmal seine Kameraden gewesen waren, aber jetzt mehr und mehr zu Fremden wurden. Alex konnte spüren, daß die Veränderung nicht von ihnen ausging, sondern von ihm selbst, von der Art, wie er auf sie reagierte. Nichts anderes hatte Caitlin ihm gerade erst vorgehalten.

»Nun, Alex?« fragte sein Vater. »Ich werde dir nicht befehlen zu gehen. Das ist eine Freiwilligenmission. Aber wenn du dich weigerst, werden wir uns über deine Simulatorergebnisse unterhalten müssen. Ich frage mich, ob dieser Auftrag dir nicht helfen könnte, deine Konzentration zu verbessern. Was meinst du?«

»Wie steht es, Lad? Bist du dabei?«

»Ich … ich gehe.«

»So ist's rrichtig, Jung-Alex!« sagte McCall grinsend. »Um die Wahrrheit zu sagen, dein Vaterr wirrd dich als Aufpasserr mitschicken. Er kann mirr nicht trrauen, wenn ich allein bin mit den Jakobiten, und err brraucht dich, um ein Auge auf mich zu haben.«

»Das stimmt nicht, wie du sehr wohl weißt, Mac. Aber ich möchte, daß du für alle Fälle jemand als Unterstützung mitnimmst. Und Alex kann die Erfahrung gebrauchen.«

»Aber was soll ich tun?« fragte Alex. Er fühlte sich immer deutlicher überfordert.

»Du wirst Kommandanthauptmann McCall den Rükken decken und ansonsten tun, was er dir sagt.«

»Aye«, fügte McCall hinzu. »Diesmal lassen wirr den Schlachtplan sich entwickeln, Alex. Oberrst? Wie bald können wirr abfliegen?«

Grayson befragte den Computer. »Nun, es macht natürlich keinen Sinn, dafür ein Regimentsschiff einzusetzen. Zu offensichtlich. Nächste Woche ist ein Passagierschiff angemeldet. Das Sprungschiff *Altair*.«

»Die *Altairr!* Das ist die, mit derr Lorri zurrück kommt, nicht?«

Grayson lächelte. »Jep. Mit ihrer ›Überraschung‹, wie immer die aussehen mag.«

»Es wärre eine echte Schande, sie zu verrpassen. Zwei Schiffe, die sich im Dunkeln begegnen, könnte man sagen.«

»Es läßt sich nicht ändern. Es sei denn, Sie wollen einen Monat auf das nächste planmäßige Passagierschiff warten. Oder ein Militärschiff nehmen.«

»Nein, das macht gar keinen Sinn. Die *Altairr* also, wenn Sie Ihrrer feinen Lassie meine besten Grrüße ausrrichten, sobald sie aufsetzt.«

»Das werde ich ganz sicher, Mac.« Grayson blickte Alex an. »Es tut mir leid, daß du deine Mutter verpassen wirst, Sohn. Dafür wird sie mir wahrscheinlich die Haut abziehen.«

Alex zwang sich zu einem schiefen Lächeln. »Mir tut's auch leid. Aber Sprungschiffskipper sind nicht gerade berühmt für ihre Geduld, nicht wahr?«

»Ich fürchte, da hast du recht.«

Sprungschiffe verbanden die Sonnensysteme des von Menschen besiedelten Weltraums miteinander. Die Reise zwischen den Systemen verlief praktisch in Nullzeit, aber es dauerte Tage – im Glengarrysstem acht – ihren Antrieb zwischen zwei Sprüngen aufzuladen. Unfähig, tief ins Innere der Schwerkraftsenke einer Sonne einzutauchen, blieben Sprungschiffe ständig im Leerraum, in der Regel am Zenit- oder Nadirsprungpunkt des Systems, in einer von der Masse des Zentralgestirns abhängigen Entfernung. Den Transport zwischen dem Sprungschiff und den Welten eines Systems übernahmen Landungsschiffe; Glengarry war bei einer konstanten Beschleunigung von 1 g fünf Tage Flugzeit von den Sprungpunkten entfernt.

Das Sprungschiff *Altair* würde entsprechend seines eng kalkulierten Flugplans morgen im System eintreffen – am Elften – und es acht Tage später, am Neunzehnten, wieder verlassen. Loris Landungsschiff würde sich kurz nach der Ankunft von der *Altair* abkoppeln und am Sechzehnten auf dem Raumhafen von Dunkeld eintreffen, aber Alex und McCall mußten Glengarry zwei Tage vorher verlassen, um die *Altair* noch vor dem Sprung zu erreichen. Die beiden Landungsschiffe würden sich im wörtlichsten Sinne in der Dunkelheit des Alls begegnen und in entgegengesetzten Richtungen passieren.

Grayson sah auf den Bildschirm. »Wie eilig haben Sie es, nach Caledonia zu kommen, Kommandanthauptmann?«

»Well, es wärre schön, wenn ich morrgen zum Tee da sein könnte, aberr dazu müßten wirr die Naturrgesetze verrbiegen.«

»Ein wenig. Die *Altair* hat auf dem Weg zwei Zwischenstops im Programm, bei Gladius und Laiaka.«

McCall verzog das Gesicht. »Bei je sieben oderr acht Tagen fürs Aufladen...«

»Dann würdet ihr Caledonia erst Mitte nächsten Monats erreichen. Aber es gibt eine andere Möglichkeit.«

»Aye? Eine Exprreßüberrgabe?«

Grason bearbeitete die Tastatur. »Ihr könntet über

Gladius auf ein VerCom-Militärschiff umsteigen. Die *Neptun*. Das würde den Aufenthalt im Gladius-System auf drei Tage abkürzen. Dann könntet ihr bei Lakaia wieder auf ein ziviles Schiff wechseln, einem Freihändler namens *Shoshone*.«

»Frreihändlerr sind nicht so sicherr, was ihrre Flugplanung betrrifft«, meinte McCall.

»Stimmt, aber wenn ihr euch einigt, könntet ihr die Wartezeit über Lakaia auf nicht mehr als zwei, drei Tage begrenzen. Ihr müßtet dann am 30. März auf Caledonia sein. Wenn ihr die *Shoshone* verpaßt, schafft ihr es immer noch zum 5. April.«

»Klingt gut«, stellte McCall fest. »Sehrr viel besser, als ich errhofft hatte.«

»April«, sagte Alex, ohne aufzublicken. »Wir werden die Feiern verpassen.«

Der 1. April war ein besonderer Festtag für die Legion, der alljährliche Heldentag, dem Gedenken gefallener Kameraden gewidmet.

Helden wie Davis Clay. Alex hatte *diesem* Heldentag seit fast einem Jahr mit einer Mischung aus Vorfreude und Angst entgegengesehen.

»Läßt sich nicht änderrn, Lad«, tröstete McCall ihn. »Vielleicht verranstalten wirr unserre eigene Feierr, auf Caledon.«

»Alles in Ordnung, Alex?« fragte sein Vater.

»Was? Ja, Sir. Ich war nur … in Gedanken.«

McCall zupfte sich nachdenklich den Bart. »Aberr ich frrage mich, Oberrst. Wieviel Spielrraum haben wirr mit der Ausrrüstung bei diesem Einsatz?«

»Nun, angesichts der Tatsache, daß ihr zwei in inoffiziellem Auftrag reist, sozusagen als Privatbürger, habe ich ernste Zweifel, daß die planetarische Regierung euch gestatten wird, zwei Kampfkolosse einzuschmuggeln.«

»Aye, an Mechs habe ich auch nicht gedacht. Zwei BattleMechs gegen eine Welt ist nicht meine Vorrstellung von einem fairren Kampf.«

»Es sollte sich etwas arrangieren lassen. Auf jeden Fall Handfeuerwaffen. Und ich möchte, daß ihr zusätzlich zu euren Komsets eine kleine Kommunikatorstation mitnehmt. Das können wir ohne Schwierigkeiten alles als Fracht tarnen.«

»Aye. Ich frrage mich, Oberrst, ob Sie uns errlauben würrden, auch noch zwei von den neuen Bairrns mitzunehmen.«

Alex sah ihn schockiert an. »Ist das eine gute Idee?«

Grayson grinste. »Das dürfte sich einrichten lassen, Kommandanthauptmann. Und Himmel hilf jedem, der sich uns in den Weg stellt!«

6

Die Residenz, Dunkeld, Glengarry
Mark Skye, Vereinigtes Commonwealth

18. März 3057, 09:55 Uhr TNZ

»Und?« fragte Lori Kalmar Carlyle und schmiegte sich in Graysons Umarmung. »Wie findest du meine Überraschung?«

»Wie Mac es ausdrücken würde«, erwiderte Grayson lachend: »Ich bin ja rrichtig vom Donnerr gerrührrt.« Er gab Lori frei, wandte sich zu dem kurzen, kompakt gebauten, grauhaarigen Bartträger neben ihr um und grinste. »Sie ahnen nicht, wie lange ich darauf gewartet habe, Sie zu treffen, Commander!«

»Ehrlich gesagt«, mischte Lori sich ein, »grenzt es zeitweise an Heldenverehrung. Es ist beschämend!«

»Mir geht es nicht anders, Oberst«, erwiderte der Mann, ebenfalls lachend. »Aber ich muß zugeben, ich bin froh, daß wir unsere Begegnung auf diese Weise arrangieren konnten und nicht irgendwo im Feld, Mech gegen Mech.«

Jaime Wolf, oberster Kommandeur von Wolfs Dragonern, war möglicherweise der berühmteste – und berüchtigtste – Söldner in der Inneren Sphäre und darüber hinaus. Es hieß, daß er nicht länger den Befehl im Feld führte und sich nach fast fünfzig aktiven Dienstjahren doch noch zur Ruhe gesetzt hatte. Der Tod seines Sohnes zwei Jahre zuvor war ein schwerer Schlag gewesen, und eine Rebellion von Mitgliedern der eigenen Einheit im Augenblick seiner Schwäche hatte ihn beinahe umgebracht. Aber er konnte sich noch einen letzten, entscheidenden Sieg erkämpfen und war dann auf seine Heimatbasis Outreach zurückgekehrt, um die Dragoner auf ihre neue Rolle als unabhängige Macht in der Inneren Sphäre vorzubereiten.

Lori war am Morgen des vorherigen Tages eingetroffen und hatte Jaime Wolf und mehrere Mitglieder seines Stabes mitgebracht. Sie war dem berühmten Söldner auf Tharkad begegnet und hatte ihn überredet, auf dem Rückflug nach Outreach auf Glengarry Station zu machen. Wolf, der seinerseits Interesse an einer Begegnung mit Grayson Carlyle von der berühmten Gray Death Legion bekundete, war sofort einverstanden gewesen. Eines seiner Sprungschiffe würde ihn in Kürze hier abholen. Er hatte es von Tharkad aus über HPG angefordert.

»Wahrscheinlich ist es besser so, Commander Wolf«, meinte Grayson. »Ihr *Schütze* gegen meinen *Victor*, das wäre nicht fair.«

»Bitte«, erwiderte der andere grinsend. »Nennen Sie mich Jaime.«

»Jaime. Wenn Sie Grayson sagen.«

»Mit Vergnügen, Grayson. Inwiefern wäre es unfair?«

»Ich hätte zehn Tonnen Gewichtsvorteil.«

»Zehn Tonnen ist nicht viel, was Panzerung angeht, aber es könnte einen Unterschied in der Beweglichkeit ausmachen. Mein alter Körper könnte Ihnen noch einige Überraschungen bereiten!«

Das freundschaftliche Wortgefecht machte beiden Spaß. Am Vorabend hatte die Legion ein Bankett zu Ehren von Jaime Wolf gegeben, aber der formelle Rahmen hatte Grayson kaum die Möglichkeit gelassen, sich mit Wolf zu unterhalten. Außerdem ›plagten‹ ihn in dieser Nacht andere Sorgen als die Unterhaltung mit dem berühmten Gast. Immerhin hatte er Lori fast sechs Wochen nicht gesehen, und nach der Feier hatten sie sich ohne Umschweife zurückgezogen.

Deswegen fing er gerade erst damit an, Jaime Wolf kennenzulernen, aber was er bisher gesehen hatte, gefiel ihm. Der Mann war intelligent, gewitzt und aufmerksam. Die gutmütige Aufschneiderei der MechKriegerveteranen paßte sehr viel besser zu ihnen beiden als die Ausgehuniform … oder die steife Förmlichkeit eines Banketts. .

»Genug, ihr Sesselkrieger, genug!« Lori trat lachend zwischen die beiden und hakte sich unter. »Dafür haben wir diese Schau hier heute arrangiert, damit ihr zwei euch nach Herzenslust produzieren könnt, ohne teure MechInnereien über die Landschaft zu verteilen!«

»Glaubst du immer noch, dieser Plan hilft der Legion, ihre Schulden abzuzahlen?« fragte Grayson, als sie die beiden einen Korridor hinab auf zwei riesige Torflügel zusteuerte.

»Da bleibt noch was übrig«, antwortete sie und strahlte ihn an. »Ihr macht euch das vielleicht nicht klar, aber ihr zwei Gentlemen seid momentan das Heißeste, was es auf Glengarry Trideo gibt, und es sieht so aus, als bekämen wir sogar eine Chance, die Rechte an Interstar Entertainment zu verkaufen.«

»Auf die Idee hätten wir schon vor Jahren kommen sollen, Grayson«, fügte Wolf hinzu. »Es ist billiger als ein Gefecht und nicht annähernd eine solche Verschwendung wie die Spiele auf Solaris.«

Carlyle lachte. Die gladiatorenähnlichen Arenagefechte auf Solaris waren ihm schon lange ein Dorn im Auge. Es waren sinnlose Schaukämpfe, in denen MechKrieger – generell verzweifelte Kämpfer, die unter akutem Mangel an Geld oder Anerkennung litten – und BattleMechs zum Vergnügen der Zuschauer und der Bereicherung der Spieler verheizt wurden. Computersimulationen boten ebensoviel Wirklichkeitsnähe und stellten Fähigkeiten, Erfahrung und Mut der Beteiligten nicht weniger auf die Probe, aber niemand wurde ernsthaft verletzt oder gar getötet.

Lori ließ sie los, als sie das Tor erreichten. »Also dann, Jungs. Euer Debut als Trideostars! Viel Glück!«

»Kommst du nicht mit rein?« fragte Grayson.

»Das ist eure Show. Aber ich werde zusehen.«

Die beiden Torflügel glitten beiseite und gaben den

Weg ins Herz von Dunkelds Bürgerarena frei, ein riesiges Amphitheater unter einem Kuppeldach, umgeben von hochaufragenden Tribünen. Als die beiden Männer in ihren prächtigen Uniformen eintraten, erhob sich die Menge wie ein Mann von den Sitzen, und donnernder Applaus hallte von allen Seiten durch die Kuppel. Nebeneinander stellten sich Grayson Death Carlyle und Jaime Wolf der Menge, die Arme erhoben, und drehten sich leicht von einer Seite zur anderen. Nach einer Weile schüttelten sie sich die Hände und gingen unter dem Jubel der Menge zu ihren Sitzen an entgegengesetzten Seiten eines enormen Holotisches.

Die gut fünfzig mal dreißig Meter messende Platte zeigte momentan in genauem 1:200-Maßstab eine wogende grüne Landschaft, dominiert von dunklen Wäldern, offenen Ackerflächen und einem Netz staubig wirkender ungepflasterter Straßen, die sich von einer Ansammlung altertümlicher Gebäude im ungefähren Zentrum des Tisches nach allen Richtungen erstreckten. Zwei lange, parallele Bergkämme verliefen von der Stadt aus nach Süden, und zwischen ihnen erstreckte sich ein breites, offenes Tal, das auf dieser Projektion fast einen Meter breit war. Die Berge waren teils dichtbewaldet, teils kahl und felsig. Weite Bereiche des Geländes, besonders nach Osten und Süden hin, waren zerklüftet und schwer passierbar, und manche wiederum waren so dicht bewaldet, daß es für BattleMechs kaum ein Durchkommen gab.

Grayson schob sich in die offene, ovale Kanzel seiner Station am Westende der Karte. Mehrere Bildschirme über und auf beiden Seiten neben seinem Sitz leuchteten auf, als er Platz nahm. Auf dem Primärschirm erschienen Zahlenangaben über Typ, Zustand und Koordinaten von BattleMechs

»Meine Herren! Sind Sie bereit?« fragte eine körperlose Stimme von irgendwo über ihnen.

»Bereit«, bestätigte Grayson.

»Es kann losgehen«, meinte auch Wolf. Seine Stimme klang so nahe, als befände er sich unmittelbar neben Grayson, statt dreißig Meter entfernt auf der gegenüberliegenden Seite des Tisches.

»Gut. Oberst, Commander«, ertönte die Stimme. »Wir sind hier auch soweit. Halten Sie sich bereit. Fünf ... vier ... drei ... zwei ...«

Laute, martialische Musik donnerte auf.

»Meine Damen und Herren«, ertönte eine andere Stimme und richtete sich an das Publikum. »Willkommen zum Hauptteil der Glengarry-Broadcasting-Sportextravaganza: Der Wolf gegen den Totenkopf, die holografische Schlacht des Jahres!«

Die Musik dröhnte weiter. Grayson rückte das Kehlkopfmikro zurecht und öffnete eine Privatverbindung zu Wolf. »Ich schwöre Ihnen«, sagte er. »Ich hatte keine Ahnung, daß sie es dermaßen aufblasen!«

»Kein Problem, Grayson«, erwiderte Jaime Wolf, dessen Stimme unter der Musik kaum zu verstehen war. »Ich an Ihrer Stelle würde mir mehr Sorgen darüber machen, was passiert, wenn Sie hier verlieren! Hört sich so an, als hätten Sie da draußen ein paar Fans, die böse auf mich werden könnten!«

Grayson konnte den Chor auch hören, eine tiefe, rhythmische Wiederholung: »Grauer Tod! Grauer Tod! Grauer Tod!«, begleitet vom Stampfen Hunderter Füße.

»*Falls* Sie gewinnen«, antwortete er fröhlich, und betonte das erste Wort so gut er konnte, »bin ich sicher, wir werden Sie irgendwie durch die Hintertür in Sicherheit bringen können.«

»Schön. Und beim nächstenmal veranstalten wir das auf Outreach, wo ich das Publikum mit *meinen* Fans vollpacken kann!«

»Gemacht.«

Die Musik verhallte, und die Stimme des Stadionssprechers faßte die strategische Ausgangssituation des Kampfes zusammen. Mit einem kurzen, hohen Surren materialisierten die Hologramme von Graysons Mechs am nordwestlichen Rand des Geländes: winzige, perfekte Abbildungen von BattleMechs, ganze fünf Zentimeter hoch.

Die Schlacht von Gettysburg, terranisch-amerikanischer Bürgerkrieg, 1. bis 3. Juli 1863, nachgespielt mit Mechs.

Das Spiel BattleTech war in seinen Myriaden Inkarnationen seit Jahrhunderten eine ungemein populäre Freizeitbeschäftigung, die in zahllosen Spielarten auf allen bewohnten Welten der Inneren Sphäre zu finden war. Die häufigste und populärste Variante waren Cockpitversionen für zwei bis acht Spieler, die einen halben Meter hohe Hologramm-Mechs auf kurze Distanz gegeneinander stellten, während Computer Treffer und Schaden festhielten. Genaugenommen bildeten sie kleine, zivile Versionen der Mechsimulatoren, in denen die Militärs ihre Ausbildung absolvierten.

Weniger verbreitet und schwieriger zu meistern waren strategische Versionen, bei denen ganze Feldzüge mit Hunderten, wenn nicht Tausenden Hologrammfiguren simuliert wurden, die vom Computer auf ein akkurat skaliertes, historisches Schlachtfeld detailliert projiziert wurden. Während die kleineren Simulatoren das taktische Geschick des MechKriegers in der Handhabung eines einzelnen oder der Koordinierung weniger BattleMechs testeten, stellten diese strategischen Schlachtfeldsimulationen die Fähigkeit eines Möchtegern-Generals auf die Probe, ein ganzes Heer zu kommandieren und sich nicht nur gegen den Feind durchzusetzen, sondern auch Schwierigkeiten des Geländes, Ausfälle und diverse Logistikprobleme zu meistern.

In dieser publizistisch voll ausgeschlachteten Begegnung zwischen den beiden berühmten Söldnerführern würde Jaime Wolf die Rolle von General George Gordon Meade an der Spitze der Unionstruppen übernehmen, während Grayson in die Rolle von Robert E. Lee als Kommandeur der Konföderierten schlüpfte.

Die Typenmixtur der BattleMecharmeen war vom Computer grob an den in der historischen Schlacht angetretenen Truppen ausgerichtet worden. Grayson konnte zu irgendeinem der Monitore über seinem Platz hochschauen und das Schlachtfeld so sehen, wie es sich aus dem Cockpit eines der Mechs darstellte, bis hin zum schwerfälligen Wiegen der die Straße entlangmarschierenden Kampfmaschine. Der als Spielleiter fungierende Computer konnte alle möglichen Blickwinkel errechnen, die sich von irgendeinem Punkt auf der riesigen Geländekarte aus ergaben, und das entsprechende Bild auf den Schirm bringen. Soweit er sehen konnte, hatte das Gefecht schon begonnen.

Die ersten Truppen Graysons repräsentierten die Infanterie eines Generals namens Heth. Sie bestanden aus einer Kompanie leichter und mittelschwerer Mechs. Diese eröffneten die Schlacht, indem sie in offener Formation entlang eines ungepflasterten Wegs Aufstellung nahmen, der in südöstlicher Richtung in das Dorf führte. An der Kuppe eines Hügelkamms wartete allerdings Wolfs Kavallerie auf sie ... in diesem Fall ein Dutzend leichtgepanzerte Schweber, seine schnellen Scouts, unterstützt von der Langstreckenschlagkraft eines einzelnen *Schützen*.

Ein *Schütze*. Grayson wußte, das war Wolfs bevorzugter Mechtyp. In dieser Simulation hatte jeder Spieler die Möglichkeit, sich jederzeit in einen der Mechs auf dem Feld zu ›transferieren‹, um ihn direkt zu kontrollieren; der andere Spieler konnte nicht feststellen, welcher Mech die persönliche Maschine seines Gegners war, aber es gab Punktabzug, wenn ein Spieler einen Mech unter seiner direkten Kontrolle verlor. Es war verlockend anzunehmen, daß der *Schütze* dort oben auf McPherson's Ridge von Jaime Wolf persönlich gesteuert wurde. Seine Zerstörung konnte Grayson einige Punkte einbringen.

Andererseits schien es möglich, daß Wolf genau darauf spekulierte. Der *Schütze* war zwanzig Tonnen schwerer als Graysons schwerste Maschine, ein *Centurion*. Es würde Zeit kosten, ihn mit einem konzentrierten Angriff zu Boden zu zwingen, möglicherweise lange genug für die Nachführung von Wolfs Verstärkungen.

Eine simulierte Raketensalve schoß aus den Rohren des *Schützen*, winzige flammende Punkte die sich wie Hagel auf die vorrückenden Mechs senkten. Grayson tippte einen Befehl ein … dann einen zweiten. Seine vier schwereren Kampfkolosse rückten vor. Sie zogen das Feuer des Gegners mit einem heftigen Bombardement auf sich, während die acht leichteren Maschinen zurückfielen, nach rechts auswichen und zu einer Zangenbewegung durch McPherson's Woods ansetzten.

Die zweite Schlacht um Gettysburg hatte begonnen.

Die beiden Männer beobachteten den Wettstreit mit einigem Interesse von der Mediengalerie aus, hoch über der Menge. Die Galerie bestand aus einer Reihe geschlossener Logen rings um das Stadion, die den Kommentatoren und Berichterstattern der elektronischen Medien eine angenehme Arbeitsumgebung garantieren sollten. Die Leichen der beiden vorherigen Benutzer, eines Mannes und einer Frau, lagen in langsam größer werdenden Blutlachen auf dem Boden.

Von diesem erhöhten Blickpunkt aus befanden sich die beiden Männer knapp achtzig Meter von Grayson Carlyles Platz entfernt. Es war schwierig, den Söldner von hier aus direkt zu sehen. Aber große Vidschirme auf den Konsolen der Loge lieferten auf Befehl Großaufnahmen von Wolf oder Carlyle oder beliebigen Teilen des Schlachtfelds. Beide Kontrahenten schienen ganz auf die Steuerung ihrer Armeen konzentriert, die zur leichteren Unterscheidung in Blau und Grau dargestellt wurden.

Die beiden Beobachter waren allerdings weniger an den simulierten Truppenbewegungen als an Carlyle interessiert.

»Ich könnte ihn jetzt erledigen«, knurrte der eine. »Kein Problem.«

»Noch nicht, Pardo«, meinte der andere, ein schmalerer, dunklerer Typ. Er hatte noch den Nadler in der Hand, mit dem er die beiden Reporter erschossen hatte. »Wir müssen beide Ziele gleichzeitig ausschalten. Wenn wir Carlyle jetzt abschießen, entkommt uns die Nummer Zwei womöglich.«

»Verdammt, Boß. Ich hasse diese Warterei.«

»Es dauert nicht mehr lange. Bald kommt eine Pause. Vielleicht geht es dann.«

Eine Stunde verstrich... dann eine zweite. Die Kämpfe des ersten Tages verliefen interessanterweise recht exakt nach dem Vorbild der Ereignisse am historischen Schauplatz 1863, natürlich mit dem Unterschied, daß die simulierten Mechs unter Graysons und Wolfs Kommando erheblich schneller und beweglicher waren als dichtgedrängte Regimenter Infanteristen oder von Pferdegespannen gezogene Artilleriegeschütze. Da sich bisher erst wenige der Truppen beider Seiten auf dem Feld befanden, hatte sich das Eröffnungsgefecht nordwestlich von Gettysburg schnell in eine Serie blitzschneller Vorstöße und Angriffe über die offenen wogenden Hügel und Kornfelder verwandelt, die schwere Verluste auf beiden Seiten zeitigten. Die Schwebepanzer und der einsame *Schütze* auf dem Bergkamm hatten die Stellung gehalten und sich dann allmählich in Richtung Ort zurückgezogen. Graysons Vorstoß durch McPherson's Wood war von schwierigerem Gelände als erwartet aufgehalten worden, und als seine *Heuschrecken* und *Hornissen* wieder ins Freie stießen, geschah dies zeitgleich mit der Ankunft der schwereren Unions-Mechs von Jaime Wolfs I. Corps aus dem Süden, so daß Grayson einen hastigen Rückzug befehlen mußte, um nicht abgeschnitten oder vor dem Wald gestellt und zerschlagen zu werden.

Aber auch die Verstärkungen der Konföderierten trafen auf dem Schlachtfeld ein, parallel zu ihrem Auftauchen in der Originalschlacht, aber in schnellerer Reihenfolge. Bald schon fanden sich Wolfs Unionstruppen zwischen einer schnell zunehmenden Zahl Konföderierter gefangen, die von Westen und Norden her aufs Feld drängten. Sein XI. Corps, nach der panischen Flucht bei Chancellorsville zwei Monate zuvor noch immer unsicher, zerfiel ohne Vorwarnung, als eine Handvoll von Graysons Mechs in seiner östlichen Flanke auftauchte. Bald befand sich die gesamte Unionsstreitmacht in vollem Rückzug durch den Ort.

Leider sah Grayson sich nicht in der Lage, diesen taktischen Vorteil auszunutzen, bevor der Einbruch der Nacht die Kämpfe beendete. Sein Befehl an eine der Divisionen, Culp's Hill südöstlich von Gettysburg einzunehmen – eine Position hinter der nördlichen Flanke des Gegners –, war nicht ausgeführt worden, vermutlich auf das Betreiben des Computers, der gelegentliche Schwierigkeiten dieser Art ins Spiel brachte, um die Konfusion der realen Schlacht zu simulieren.

Und dann versank das Schlachtfeld in Dunkelheit, während eine Stimme aus dem Nichts verkündete: »Zeit für eine Pause, meine Herren. Die Kämpfe des ersten Tages sind beendet.«

Blinzelnd sank Grayson in die Sitzpolster. Als die Saalbeleuchtung wieder aufflammte, wurde er sich der Schmerzen in seinen Schultern bewußt. Er fing Wolfs Blick von der anderen Seite des breiten Holotisches auf und grinste; Wolf antwortete, indem er zwei Finger hob.

»Der erste Tag geht nach Punkten und Position an Sie, würde ich sagen«, stellte seine Stimme in Graysons Ohr fest. »Aber der zweite Tag wird anders aussehen.«

»Der erste Tag war praktisch eine Wiederholung der

echten Schlacht«, meinte Grayson. »Bis hin zur Position der Truppen bei Anbruch der Nacht.« Er stand auf und studierte das abgedunkelte Gelände, auf dem simulierte Lagerfeuer flackerten und riesige Armeelager markierten. »Ich hätte wenigstens eine *gewisse* taktische Differenz erwartet!«

»Wir haben einander erst einmal abgetastet«, erwiderte Wolf. »Warten Sie bis zum zweiten Tag.«

»Wissen Sie, ich finde es ganz interessant, daß das Gelände in unserer Version der Schlacht eine ebenso wichtige Rolle spielt wie in der historischen. Nach der Position Ihrer Lagerfeuer auf Cemetery Hill und Cemetery Ridge zu schließen, werden wir am zweiten Tag um dasselbe Gelände kämpfen.«

»Ich habe die Erfahrung gemacht, daß die Geländebedingungen immer der entscheidende taktische Faktor sind, gleichgültig, ob man zu Fuß oder in einem BattleMech kämpft.«

»In diesem Durchgang haben Sie sich jedenfalls das bessere Gelände geholt.«

»Wollen Sie versuchen, es mir abzunehmen?« Wolfs Tonfall war der einer spielerischen Herausforderung.

Grayson wollte ihm gerade antworten, als er stockte und die Stirn runzelte. Er fühlte ein seltsames Prickeln im Nacken... dasselbe Prickeln, das er häufig in der Schlacht fühlte.

Gefahr...

Kaum ein Veteran zweifelt am sechsten Sinn, der einen Krieger vor einer Bedrohung warnt. Grayson hatte diese Warnung schon oft gespürt. Jetzt war sie unverkennbar, das Gefühl feindseliger Blicke. Er wirbelte herum und suchte die Ränge der Zuschauer ab. In der Pause hatten sich ihre Reihen gelichtet, aber noch immer schauten Hunderte Gesichter zu ihm herab, manche gespannt, andere uninteressiert.

Er sah nichts Bedrohliches, nichts, was seinen Verdacht erregte.

»Gibt es ein Problem, Grayson?« ertönte Wolfs Stimme.

»Tut mir leid«, antwortete Grayson. »Ich war nur einen Moment abgelenkt. Lampenfieber vermutlich.«

»Es sind tatsächlich eine ziemliche Menge Leute hier.«

Er schüttelte das nagende Gefühl ab, von Feinden belauert zu werden, drehte sich wieder zu den Kontrollen um und rief auf dem Hauptschirm eine kleine, ausgeleuchtete Version der Geländekarte auf.

Wie historisch vorgegeben, würden die Kämpfe des zweiten Tages auf den Bergen, Hügellkämmen und dem Farmland südlich des Örtchens Gettysburg stattfinden. *Gutes Gelände ...*

Grayson hatte die wichtigsten Geländemerkmale des Gebiets längst erkannt. Historisch waren die Berge und Hügel südlich des Ortes als der ›Angelhaken‹ bekannt gewesen. Der bewaldete Culp's Hill befand sich an der Spitze des Hakens und war durch einen langen, gekrümmten Sattel mit Cemetery Hill verbunden. Der Schaft des Angelhakens war der östliche der beiden langen Kämme, Cemetery Ridge, der vom Cemetery Hill über zwei Kilometer geradewegs nach Süden verlief. Südlich davon lag Little Round Top, an den Ost- und Südhängen dicht bewaldet, zum Westen hin kahl, mit einem Labyrinth riesiger Felsbrocken auf seiner Kuppe. Noch weiter nach Süden erhob sich, immer höher über die Felder und Wälder der Umgebung aufragend und selbst ganz und gar von Wald bedeckt, die Öse des Angelhakens – Big Round Top.

In der historischen Schlacht hatten die Unionstruppen unter Meade den Angelhaken in einer zweitägigen Defensivaktion besetzt gehalten, nachdem sie sich am ersten Tag geschlagen vom Feld hatten zurückziehen müssen. Ihre Gegner hatten einen größeren, äußeren Angelhaken besetzt, von den Wäldern östlich von Culp's Hill hoch und um den Ort herum, dann den westlichen bewaldeten Höhenzug des Seminary Ridge hinab, der nach dem lutheranischen Priesterseminar an seinem Nordende benannt war. Grayson wußte, der zweite Tag hatte keine Entscheidung gebracht, nur eine Serie harter Gefechte, die von einem gestaffelten Vorrücken der Konföderierten gegen die linke Flanke der Unionstruppen eingeleitet worden war. Fehler auf beiden Seiten und eine reichliche Mischung aus Glücks- und Unglücksfällen für beide Seiten hatten mit zu den heftigsten Kampfhandlungen des terranisch-amerikanischen Bürgerkriegs geführt, an Orten, deren Namen sich tief ins Gedächtnis eingegraben hatten: Peach Orchard, Wheatfield, Devil's Den, Little Round Top. Die meisten Militärhistoriker betrachteten den zweiten Tag der Schlacht um Gettysburg als ein Patt.

Grayson war entschlossen, eine Wiederholung der historischen Schlacht zu verhindern. Gelang ihm das nicht, würde sein Gegner am dritten Tag alle konföderierten Reserven aufgerieben haben und Graysons Armee deutlich überlegen sein. Es gab einen Weg für die Konföderierten, diese Schlacht zu gewinnen ... und Grayson würde ihn finden.

Die große Karte erhellte sich und die Reihen stumm wartender BattleMechs, Panzer und keine fünf Millimeter großen Infanteristen wurden sichtbar. Musik ertönte, und eine körperlose Stimme machte die erwartete Ankündigung. »Commander, Oberst, wenn Sie beide bereit sind. Fünf ... vier ... drei ... zwei ... Meine Damen und Herren, die Schlacht um Gettysburg, der zweite Tag. Live hier bei Glengarry Broadcasting!«

Hastig gab Grayson seine Befehle ein. Historisch hatte Lee am zweiten Tag unter anderem deswegen keinen Erfolg gehabt, weil einer seiner Untergebenen mit dem Angriff gezögert hatte. In dem Bewußtsein, daß er gegen die Zeit arbeitete, gegen die langsam über dem Tisch am holographischen Himmel emporsteigende Sonne, drängte Grayson seine Hologrammarmee zur Aktion.

»Die beiden Seiten sind noch immer ungefähr gleichstark«, stellte der Kommentator in seinem Kopfhörer fest. Grayson hatte sich entschieden, den Kanal zu öffnen und zuzuhören. Der die Sendung überwachende Computer würde alle Informationen ausblenden, die der Sprecher über die Position von Wolfs Einheiten verriet. »Wolfs Unions-Mechs haben möglicherweise einen leichten Vorteil an Zahl und Feuerkraft, und auf jeden Fall halten sie die höheren, stärkeren Positionen… den Angelhaken aus Bergen und Kämmen südlich des Ortes. Es wird sicher interessant werden, zu sehen, ob Wolf die historische Strategie der Union aufgreift, die darin bestand, diese Stellungen zu halten und Oberst Carlyle über offenes Gelände angreifen zu lassen, oder ob er den Bergkamm verläßt und einen Störangriff startet, etwa, um das Timing des Obersten durcheinanderzubringen.«

»Richtig, Bob«, meinte eine weibliche Stimme. »Und laß mich an dieser Stelle noch eine Neuigkeit hinzufügen. Wie wir soeben erfahren, haben sich sowohl der Nagelring auf Tharkad als auch Sanglamore auf Skye heute nachmittag in das HPG-Netz eingeklinkt, um diesen epischen Wettstreit zwischen zwei Meistertaktikern zu verfolgen…«

Grayson unterdrückte ein verächtliches Schnauben. Der Nagelring war wahrscheinlich die beste Militärakademie im Steiner-Raum, dicht gefolgt von Sanglamore. Live-HPG-Übertragungen waren unglaublich kostspielig. Wußten diese beiden Institutionen nichts besseres mit ihrer Zeit und ihrem Geld anzufangen, als zwei alten Haudegen beim Kriegsspiel zuzusehen?

»Nun, Linda«, stellte der Mann fest, »es scheint, daß Oberst Carlyle seinen Zug macht…«

Glücklicherweise würde der Computer diesen Teil des Kommentars unterdrücken, sofern Wolf sich das Geplauder ebenfalls anhörte. Was Grayson plante, hing völlig von der Tatsache ab, daß Wolf für das, was sich auf dieser Seite des Schlachtfelds abspielte, ebenso blind war, wie Grayson für das Geschehen auf Wolfs

Seite. Graysons Perspektive erlaubte ihm zahlreiche Sichten des Schlachtfelds, aber sie alle waren auf die Gebiete beschränkt, an denen seine Truppen standen, und auch nur vom Boden aus, da es in der Originalschlacht keine Luftaufklärung gegeben hatte. Die Simulation schränkte beider Kontrahenten Sicht des Schlachtfelds ein, um die Wirkungen der Entfernungen, zwischenliegenden Berge und Bäume und über den Boden driftender Rauchwolken zu simulieren.

Seminary Ridge war entlang seiner ganzen Länge dicht von Bäumen bestanden. Grayson zählte darauf, daß Wolf nicht in der Lage war, durch diese Barriere in das Tal im Westen zu sehen. Ebensowenig, wie er selbst ausmachen konnte, was sich östlich des Cemetery Ridge abspielte.

Wären ihre Positionen vertauscht gewesen, hätte Grayson natürlich mit Sicherheit Scouts ausgeschickt, um die Hauptstreitmacht des Gegners zu lokalisieren. Er mußte davon ausgehen, daß Wolf ebenso dachte. Das hieß, es konnte nicht mehr lange dauern, bis die feindliche Kavallerie aktiv wurde.

Damit Grayson Erfolg hatte, waren Geheimhaltung und Timing von essentieller Bedeutung…

In der achtzig Meter entfernten Presseloge hob der Mann namens Pardo vorsichtig den Aktenkoffer zu seinen Füßen auf den Schoß und öffnete ihn. Im Innern funkelten, sicher mit Schaumstoff abgepolstert, fünf Bauteile einer Waffe: Schaft, Kammer, Magazin, elektronisches Zielfernrohr und Lauf mit integriertem Schalldämpfer.

Der zweite Mann preßte einen Knopf, und eine der Glasscheiben vor ihnen senkte sich in die Wand, so daß sie eine freie Schußlinie auf ihr Primärziel hatten. »Also dann«, sagte er.

Pardo grunzte zustimmend und baute die Waffe mit schnellen, sicheren Bewegungen zusammen…

7

Im Anflug auf den Zenitsprungpunkt
des Glengarry-Systems
Mark Skye, Vereinigtes Commonwealth

18. März 3057, 13:00 Uhr TNZ

Seit anderthalb Tagen befand sich das zivile Landungsschiff *Skye Boat Song* im Bremsflug und verlangsamte mit stetigem Schub von 1 Terranormschwerkraft. ›Unter‹ ihr – soweit man im Weltraum überhaupt mit Begriffen wie ›oben‹ und ›unten‹ arbeiten konnte – lag der Zenitsprungpunkt des Systems, ein nicht weiter bemerkenswerter Koordinatenpunkt weit ›über‹ dem Nordpol der orangeroten Sonne Glengarrys. In weiteren zwanzig Stunden würden sie an der *Altair* andocken, die zur Zeit noch einige Millionen Kilometer entfernt und entsprechend unsichtbar war.

Alex und McCall hatten sich Sitze im kleinen Aufenthaltsraum des Schiffes gesichert – eine beachtliche Leistung, wenn man bedachte, daß es dort nicht einmal halb so viele Sitze wie Passagiere gab und allem Anschein nach *jeder* an Bord das Match Totenkopf gegen Wolf sehen wollte, das live von Glengarry übertragen wurde – oder so live, wie es über diese Entfernung möglich war, also mit einer Zeitverzögerung von fast siebenundzwanzig Minuten.

Im Augenblick zeigte der 2D-Schirm, der eine ganze Wand des Aufenthaltsraumes einnahm, das Kommentatorenpaar, das die Strategien des bisherigen Gefechtsverlaufs debattierte, eine Szene, die vor knapp einer halben Stunde über den Sender gegangen war. Natürlich drehten sich die Gespräche im Innern des Raumes weitgehend um dasselbe Thema.

»Ich denke, err wirrd einen Flankenmarrsch verrsuchen«, stellte McCall überzeugt fest. »Zurrückziehen,

Drrehung nach rrechts und gerradewegs in Jaime Wolfs Nachschublinien nach Süden.«

»Wären Sie bereit, darauf eine kleine Wette abzuschließen?« fragte ein rotgesichtiger Mann in knallbuntem Hemd, der rechts neben McCall saß. »Der Oberst weiß, daß Wolfs Truppen nach der Abreibung, die er ihnen verpaßt hat, immer noch desorganisiert sind. Er wird durch die Mitte vorstoßen. Pow! Direkt an die Kehle! So, wie er es letztes Jahr auf Glengarry gemacht hat!«

»Och, und ich sollte dirr dein Geld abnehmen, Lad, schon, um dirr beizubrringen, keine Wetten überr jemand wie Grrayson Carrlyle abzuschließen.«

»Hundert C-Noten, daß Carlyle durch die Mitte geht«, bot der Mann an. »Geradewegs an die Kehle!«

McCall gab vor, sich die Sache einen Moment zu überlegen. »Well, Lad, wenn du so wild darrauf bist, dein Geld zu verrlierren, gut! Meine Hunderrt sagen, er grreift aus derr Flanke an und zwingt den Wolf, zu ihm zu kommen! Alex? Was würrdest du an derr Stelle des Oberrsten tun?«

»Ich, ich bin mir nicht sicher… Davis.« Die beiden waren übereingekommen, einander nur mit Vornamen anzusprechen, allein schon, um Ruhe vor den anderen Passagieren zu haben. Aber es fiel Alex schwer, McCall ›Davis‹ zu nennen.

Die Tatsache, daß Davis Clay nach dem Caledonier benannt worden war, machte es ihm nicht gerade leichter. Es rief unangenehme Erinnerungen in Alex wach.

»Well«, meinte McCall, »wenn du den Befehl dorrt hättest…«

»Ich würde keinen Flankenmarsch riskieren«, stieß Alex aus. »Wenn der Gegner mitbekäme, was ich versuche, könnte er mich in konzentrierter Formation angreifen, während meine Mechs über drei bis vier Kilometer verteilt sind. Er könnte meine Linie in zwo, vielleicht sogar drei oder noch mehr Teile aufspalten und sie einzeln aufreiben.«

»Genau!« stimmte der Mann in dem grellen Hemd zu und grinste. »Der Junge hat eine Ader für Taktik, was, Scotty? Pow! Mitten durch!«

»Nun, Alex«, sagte McCall und ignorierte den Mann. »Du hast uns gesagt, was du nicht tun würrdest. Was würrdest du statt dessen tun?«

»Eine starke Verteidigungsposition aufbauen. Ihn kommen lassen.«

»Ach was«, widersprach der Fremde. »Nicht der alte Totenkopf Carlyle! Pow! Mitten durch!«

»Sagen Sie, Sirr«, fragte McCall mit sanfter Stimme. »Wo Sie ja so ein Kennerr der Militärrtaktik sind. Haben Sie je die echte Schlacht um Gettysburrg studierrt?«

»Das *echte* Gettysburg?« Der Mann blinzelte. »Also, Scotty, ich kann nicht behaupten, je von einem anderen gehört zu haben! Wo war das? Auf einer Welt im Draco-Kombinat?«

»Aye. Well, laßt uns sehen, wie es sich entwickelt.«

»Sieht so aus, als würde Oberst Carlyle wieder seine alten Tricks vorführen, Linda«, stellte der Kommentator fest. »Er zieht vor Jaime Wolfs Nase einen Flankenmarsch durch.«

»So ist es, Bob. Natürlich ist Jaime Wolf…«

Dann brach ihre Stimme ab, als der Computer einen Teil des Kommentars unterdrückte, der taktische Informationen über Wolfs Truppenbewegungen enthielt.

Egal. Ob es nun richtig war oder falsch, Grayson konnte nicht mehr zurück. Er hatte sich auf eines der gefährlichsten taktischen Manöver eingelassen – und seine Truppe angesichts eines zahlenmäßig überlegenen Gegners geteilt.

Der echte General Lee hatte genau das in der Schlacht um Chancellorsville getan, mit großem Erfolg. Longstreet, nach dem Tod des unsterblichen ›Stonewall‹ Jackson sein fähigster Leutnant, hatte zwei Monate später vor Gettysburg aus verschiedenen, inzwischen im

Nebel der Geschichte verlorengegangenen Gründen, ebendieses Manöver mit Nachdruck gefordert, aber Lee hatte sich statt dessen für eine Serie direkter Angriffe entschieden. Er hatte darauf gewettet, daß der Enthusiasmus seiner Veteranen ausreichte, ihre Feinde auf der Seite der Union, die sich im erhöhten, deckungsreichen Gelände eingegraben hatten, zu überrollen.

Aber das war eine Taktik, die Grayson Carlyle gar nicht lag. Er befahl den direkten Sturm auf einen starken Gegner nur, wenn er sich eines klaren Vorteils durch Überraschungseffekt und bessere Kampfmoral sicher war, oder wenn der Angriff Teil eines größeren strategischen Täuschungsmanöves war. In der Annahme, daß Jaime Wolf mit seinen Scouts das offene Tal zwischen den parallel verlaufenden Bergzügen des Cemetery und Seminary Ridge erkunden würde, hatte Grayson eine komplette Kompanie – zwölf Mechs – aus den Wäldern des Seminary Ridge den Hang hinab bewegt, unterstützt von einem Bataillon Fußtruppen und leichten Schwebern. Fast sofort waren seine Leute auf Wolfs Kavallerie gestoßen, eine starke Schwebepanzereinheit, die sich bereits auf dem Weg über den Emmitsburg Pike zum Seminary befand, wobei sie Unebenheiten des Geländes und vereinzelte Gebäude als Sichtschutz ausgenutzt hatte.

Auf den Feldern zwischen den beiden Kämmen entspann sich ein heftiges und äußerst bewegliches Gefecht, bei dem die Luftkissenfahrzeuge einander mit aufheulenden Motoren und engen, wirbelnden Drehungen unter Beschuß nahmen, und Graysons Mechs eine vernichtende Breitseite nach der anderen abgaben, um den Vormarsch der Infanterie zu decken. Grayson ging ein enormes Risiko ein; der größte Teil seiner Kavallerie – eine Entsprechung den historischen Truppen General Stuarts – war noch nicht auf dem Schlachtfeld eingetroffen, und diese Schweber stellten nahezu seine gesamte Kundschafterkapazität dar. Aber es handelte sich um ein kalkuliertes Manöver, mit der er Wolfs Aufmerksamkeit auf *dieser* Seite des Seminary Ridge binden wollte, während Graysons Hauptstreitmacht abzog.

Er hatte nur etwa dreißig Mechs in Stellung gelassen, vom Fuß des Culp's Hill im Nordosten in lockerer Linie bis zur nördlichen Hälfte des Seminary Ridge im Westen. Die überwiegende Mehrheit seiner Truppen, die gesamte I. und III. Division ebenso wie der größte Teil der II., und so viele Reserveeinheiten, wie er hatte zusammenkratzen können, waren in Bewegung, eine lange, sich in der Deckung des Waldes auf dem Ridge über das Gelände nach Süden schlängelnde Marschreihe von BattleMechs. Die schwierigste Aufgabe auf diesem Marsch bestand darin, feindlichen Beobachtern in den Wäldern auf Big Round Top auszuweichen, einem kegelförmigen Berg, der den gesamten Südteil des Schlachtfelds dominierte – und an der Anwesenheit dieser Beobachter konnte kein Zweifel bestehen.

Das Ganze war ein gewaltiges Risiko. Wolf erwartete sicher etwas in dieser Art von ihm, allein schon deshalb, weil Grayson Carlyle berühmt für wagemutige und unerwartete Schachzüge war.

Kenne deinen Gegner und erkenne dich selbst; dann wird dein Sieg niemals in Gefahr sein. Grayson hatte Sun Tzus unsterbliche *Kriegskunst* bereits vor langer Zeit auswendig gelernt. Die Grundprinzipien von Strategie und Taktik änderten sich im Laufe der Zeiten kaum und blieben unabhängig von der Natur der eingesetzten Waffen. Sie galten gleichermaßen für Pfeil und Bogen wie für *Schützen*. So sehr sie einander auch in vieler Hinsicht gleichen mochten, besaßen Wolf und Carlyle doch gänzlich unterschiedliche Kampfstile. Jaime Wolf neigte zu komplexen Plänen mit verschachtelten Strategien, Täuschungsmanövern und Überraschungen. Grayson dagegen zog spontanere Entscheidungen vor, konzentrierte sich auf Bewegung, Angriff und erneute Bewegung, mit einem flüssigen und flexiblen Kampfstil, der unentwegt nach Öffnungen in der Deckung des Gegners suchte, die er, einmal gefunden, blitzartig ausnutzte.

Nach allem, was er von Wolfs Charakter und Reputation wußte, erwartete er, daß sein Gegner sich auf den Bergen und Kämmen des Angelhakens eingraben würde, wie Meade es im historischen Vorbild ihres Kampfes getan hatte, während er im geschützten Tal außerhalb von Graysons Sichtfeld eine vielschichtige Überraschung vorbereitete. Ein spiegelbildlicher Flankenangriff als Gegenstück zu Graysons Manöver war denkbar aber unwahrscheinlich. Wolf würde eher auf dem erhöhten Gelände bleiben und Grayson zwingen, zu ihm zu kommen. Für einen imagebewußten Kommandeur wie Wolf war das eine ausgesprochen konservative Vorgehensweise, aber unter den gegebenen Umständen stellte sie die beste Verwendung für seine Einheiten dar.

Andererseits – wenn Grayson eine Sache über seinen Gegner wußte, dann, daß er unberechenbar war... und lange würde er sich von Graysons Scharade vor dem Cemetery Ridge nicht täuschen lassen. Carlyles Finger huschten über die Tastatur, um die Marschgeschwindigkeit seiner Truppen zu erhöhen.

»Länger sollten wir nicht mehr warten«, meinte Pardo. Das Gewehr, ein tödlicher, glattläufiger Fléchettewerfer, war zuammengebaut, das elektronische Zielfernrohr aufgesetzt und eingeschaltet. Im Dunkel der Presseloge warf das Licht der Zielanzeige einen fahlen, gelblichgrünen Schein über seine Augenpartie. »Ich sage, wir knallen das Primärziel ab. Das Sekundäre wird schon schnell genug in unser Visier kommen, wenn er erst daliegt, oder?«

»Beherrsch dich, Pardo«, sagte der andere Mann. »Bleib ruhig!« Er überprüfte mit einer schnellen, nervösen Geste den Nadler. »Wir warten auf mein Signal, verstanden?«

»Verstanden.« Pardo konzentrierte sich wieder auf das Bild in seinem Zielsucher. Auf diese Entfernung und bei zehnfacher Vergrößerung nahm Carlyles Kopf fast den gesamten Bildschirm ein. Ein leuchtendes weißes Fadenkreuz teilte ihn sauber in vier Teile.

Sein Finger spannte sich unmerklich um den Abzug. *Verdammt,* wie er diese Warterei haßte!

Das dominierende Objekt auf dem Schlachtfeld war keine natürliche Geländeform wie ein Berg oder Höhenzug. Etwa ein, zwei Kilometer östlich des Cemetery Ridge, nahe der Taneytown Road, ragte eine imposante Stahlstruktur hundert Meter oder mehr über das Gelände auf. Der nur als ›National Tower‹ identifizierte Turm war eine häßlichgraue Monstrosität primitiver Ingenieurstechnik, deren Existenz im ursprünglichen Gefecht Grayson stark bezweifelte. Aber eines der Probleme bei der Nachstellung historischer Ereignisse war nun einmal die Unsicherheit der Quellen – besonders in einem Fall wie diesem, bei einer vor über tausend Jahren geschlagenen Schlacht. Viele der Gebäude in und um den simulierten Ort Gettysburg waren das Produkt von Spekulation und Computerextrapolationen, insbesondere die Restaurants, Motels und Souvenirläden.

Und der National Tower.

Aber gleichgültig, ob dieser Turm nun zur Zeit der historischen Schlacht existiert hatte oder nicht, in diesem Gefecht war er ein definitiver Faktor. Wolf hatte mit Sicherheit einen Ausguck dort oben postiert, und von diesem Beobachtungsposten aus konnte dieser in alle Richtungen fast das gesamte Schlachtfeld überblicken.

Der Turm mußte weg.

Bis jetzt hatte Grayson es geschafft, seine Marschkolonne außer Sichtweite des Turms zu halten, indem er in den Wäldern und Senken hinter dem Seminary Ridge geblieben war. Aber bald würde ihm nichts anderes mehr übrigbleiben, als auf offenes Gelände zu treten. Wenn Wolf dort oben Beobachter postiert hatte, konnten sie Graysons Mechs dann nicht übersehen.

Er sah auf die Uhr. Jeden Moment jetzt...

Ein Donnern hallte über das Schlachtfeld, gefolgt vom Aufschrei der begeisterten Zuschauermenge. Im Zentrum des Schlachtfelds erbebte der Turm, dann geriet seine untertassenförmige Spitze ins Wanken, kippte nach Osten, stürzte, stürzte, krachte als ein Haufen verdrehter Stahltrümmer auf die Taneytown Road.

Jetzt! Los! Unter Graysons Fingern klapperte die Tastatur. Ein erneutes, aber unumgängliches Risiko. Mit der Einleitung seiner Truppenbewegung hatte er gleichzeitig ein Team von vier Soldaten in Gefechtspanzern losgeschickt, um durch Wolfs Linien zu brechen und Sprengladungen am Fuß des National Tower anzubringen. Lange würde es nicht dauern, bis Wolf andere Beobachter auf Posten hatte – in den Bäumen oben auf Big Round Top, falls sie nicht ohnehin schon dort saßen –, aber die unerwartete Vernichtung des Turms mochte Grayson ein paar kostbare Augenblicke relativer Sicherheit verschaffen.

Graysons ›konföderierte‹ Mechs sprinteten ins offene Gelände runde zwei Kilometer südlich der Round Tops und rannten so schnell sie konnten gen Osten. Sie riskierten bewußt eine Überhitzung, um das offene Gelände in der kürzesten Zeit hinter sich zu bringen. Selbst ohne den Turm war es fast unvermeidlich, daß die feindlichen Scouts sie entdeckten, aber das durfte jetzt eigentlich nichts mehr ausmachen. In einer klassischen Rechtsverlagerung hatte Grayson Wolfs linke Flanke umgangen und stieß nun in dessen Rücken vor. Jeden Moment mußte er auf Wolfs Außenposten treffen...

Kontakt! Eine Gruppe leichter BattleMechs – hauptsächlich *Jenners* und *Heuschrecken* – versperrte den Weg. Grayson gab einen Befehl ein, und seine vordersten

Kampfkolosse stürmten in einer Feuerwalze aus Raketen und Lasern auf die feindliche Linie zu. Es gab Treffer, es gab Ausfälle, aber Grayson befahl seinen Truppen, die angeschlagenen Gegner zu ignorieren und in Bewegung zu bleiben. Beschädigte oder flüchtende Zwanzigtonner stellten in seinem Rücken kaum eine Gefahr dar, und gerade jetzt war Schnelligkeit entscheidend.

Als die Linie aus fast zweihundert BattleMechs sich vom Südrand des Big Round Top bis zum Rock Creek erstreckte, gab Grayson einen weiteren Befehl, und sämtliche Mechs der Formation drehten simultan nach links.

Die Konföderierte Schlachtreihe, jeder Mech sechzig Meter von seinem Nebenmann entfernt, rückte nach Norden vor, geradewegs in den Rücken der Unionstruppen und quer über die südlich verlaufenden Nachschublinien des Gegners. Jetzt mußten sie ebenfalls Treffer einstecken, hauptsächlich vereinzelte Schüsse isolierter Einheiten von Fußtruppen und leichter Panzerfahrzeuge. Grayson fühlte wachsende Besorgnis. Wo waren Jaime Wolfs schwere Mechs? Er hatte erwartet, hier auf Wolfs simulierte Armee zu treffen, im Tal östlich des Cemetery Ridge und der Round Tops, aber bis jetzt …

Ein Alarmton erklang, gefolgt von den über den Primärschirm laufenden Textzeilen. Feindliche Mechs waren im Sichtfeld einiger seiner Truppen aufgetaucht.

Da! Grayson schluckte ein plötzliches Lachen herunter. Jaime Wolfs Armee trat tatsächlich ins Freie. Als hätte sie das Kavalleriegefecht zwischen den Kämmen angezogen, strömten seine schweren und überschweren Kampfkolosse im Westen vom Cemetery Ridge her und griffen die Mechs an, die Grayson südlich des Seminary in Stellung gelassen hatte. Das Bild, das Grayson sah, stammte von einem der wenigen Verteidiger, die er zurückgelassen hatte. Auf den offenen Feldern und zwischen den Restaurants und Motels entlang der Emmitsburg Road am Rand von Gettysburg entbrannte ein wildes Feuergefecht.

Sieh an... Wolf hatte sich also für die riskantere Option entschieden und war zur Offensive übergegangen. Er hatte alles riskiert, indem er seine vorbereiteten Stellungen verlassen hatte, hätte allerdings weit mehr dadurch gewinnen können, wenn seine Annahmen richtig gewesen wären. Hätte er Graysons Truppen noch in der Bewegung gestellt, hätte das die Entscheidung bringen können.

Aber jetzt lag der Vorteil bei Grayson. Wolfs Nachschublinien nach Süden waren durchtrennt, und er konnte in Stellung gehen und Wolf zwingen, umzukehren und ihn anzugreifen, sicher in dem Bewußtsein, daß der Verteidiger in aller Regel im Vorteil war. Genaugenommen hatte diese Überlegung von Beginn an eine große Rolle in Graysons Plan gespielt, aber hier bot sich ihm eine großartige Möglichkeit.

Grayson tippte wie besessen Befehle ein. Er trieb seine Mechs mit Höchstgeschwindigkeit voran, von Süden die Taneytown Road hoch, ließ sie hinter den Round Tops eine Schwenkung wie ein Torflügel ausführen und von Südosten auf den Cemetery Ridge vorstoßen. Als die Linie auseinandergezogen wurde, loderten neue Feuersalven vom Nordosten heran und trafen einen Mech nach dem anderen. Grayson, dessen Beobachterposition sich jetzt im Cockpit eines konföderierten *Marodeur* befand, hielt an und betrachtete das Gelände nach Norden hin. Von einem bewaldeten Hügel am nordöstlichen Horizont stiegen dichtgepackte Raketensalven auf. Ein schneller Blick auf die topographische Karte auf einem der Hilfsbildschirme zauberte ein Lächeln auf sein Gesicht. In einer Ironie des Schicksals trug die Erhebung, von der aus der LSR-Beschuß ausging, den Namen Wolf's Hill. Es war eine niedriger, dichtbewaldeter Höhenzug im Rücken der Unionsstellungen. Auch von den Round Tops stürzten jetzt Raketen herab; dort oben mußten einige *Schützen* oder *Apollos* stehen, die ihre LSR in indirektem Beschuß durch das Baumdach feuerten.

Sollte er stoppen und gegen sie vorgehen? Oder weitermarschieren? Er hatte sich die Frage kaum gestellt, da hatte er sie auch schon beantwortet. Hätte er angehalten, um die Geschützstellungen auszuheben, die Jaime im Rücken der Union verstreut hatte, wäre er in kleinen Teilgefechten verzettelt worden, und seine Hauptstreitmacht hätte keine Chance gehabt, sich rechtzeitig wieder zu lösen. Wolf hätte dann seine Armee umkehren lassen und wäre aus allen Rohren feuernd auf den Cemetery Ridge zurückgekehrt. Er mußte in Bewegung bleiben und die Verluste durch den Feindbeschuß von beiden Seiten hinnehmen.

Sein Ziel hieß Cemetery Ridge und lag keine zwei Kilometer voraus. Simulierte Explosionen zuckten und donnerten links und rechts von ihm auf, und Grayson zog unwillkürlich den Kopf ein. Selbst bei einer Simulation konnte man die Erregung des Gefechts und der flüssigen Bewegungsabläufe auf den Bildschirmen nicht abschütteln, und beide Spieler zuckten zusammen und duckten sich, wenn ihnen ein Einschlag zu nahe kam. Eine weitere Rakete detonierte ganz in der Nähe, und diesmal flackerten rote Warnlämpchen auf der Primäranzeige auf: Sein *Marodeur* hatte schwere Schäden erlitten und humpelte nur noch. Der rechte Beinaktivator war praktisch ausgefallen.

Weiter! Weiter! An den Trümmern des National Tower vorbei und die sanfte Steigung empor. Den computersimulierten Bildern zufolge, die er von den zurückgebliebenen Einheiten südlich von Gettysburg erhielt, waren Wolfs Truppen über das Tal ausgeschwärmt und tobten jetzt durch die Bäume auf dem Seminary Ridge. Die meisten von Graysons Maschinen an dieser Front waren auf der Flucht oder zerschossen, aber einige wenige nahmen den vorrückenden Gegner noch immer unter Feuer. Hatte Wolf noch nichts von der Bedrohung in seinem Rücken bemerkt? Die Konföderierten lagen seit Minuten unter Beschuß. Wolf *mußte* von ihnen wissen…

Ah! Jetzt drehten einige UnionsMechs um, nahmen in einer nach *Osten* ausgerichteten Schlachtreihe Aufstellung. Aber ihre Bewegung war schwerfällig, langsam und erkennbar unkoordiniert. Es kostete Zeit, kostbare Zeit, die Stoßrichtung einer Armee um hundertachtzig Grad zu drehen, besonders, wenn sie voraus bereits Feindberührung hatte.

Am dritten Tag der historischen Schlacht hatte Lee – unfähig, die feindliche Flanke mit den Angriffen am zweiten Tag aufzurollen – ein Selbstmordunternehmen gestartet und runde zwölftausend Mann frischer Truppen in einem massierten Großangriff quer durch das offene Tal geschickt, einem Sturmangriff, der als Pickett's Charge in die Annalen der Kriegsführung einging. Diese Verzweiflungsaktion war von Anfang an zum Scheitern verurteilt gewesen. Die Konföderierten wurden durch konzentriertes Feuer vom Kamm des Cemetery Ridge aus niedergemäht. Nur ein paar hundert Soldaten hatten es bis zu der Steinmauer geschafft, die von Norden nach Süden entlang des Ridge verlief, eine Stelle namens The Angle – und von denen, die über die Mauer gelangten, war nicht einer zurückgekehrt. Vielleicht sechzig Prozent der Männer bei diesem heldenhaften Sturmangriff wurden getötet, verwundet oder gefangen, und weniger als fünftausend Konföderierte waren schließlich unverletzt zu den eigenen Reihen zurückgekehrt.

Grayson hatte beabsichtigt, Lees Fehler zu vermeiden. Man stürmte *niemals* befestigte Feindstellungen, es sei denn, man verfügte mindestens über eine vierfache Übermacht, und selbst dann brauchte man noch einen verdammt guten Grund für ein derartiges Wagnis. Jetzt aber hatten das Schicksal und ihre jeweiligen Manöver beiden Kontrahenten einen faszinierenden Streich gespielt: Wolf, in der Rolle Meades, stürmte von Westen auf den Cemetery Ridge zu, so wie es Lee in der historischen Schlacht getan hatte.

Gleichzeitig stürmte Grayson, der Lees Stelle eingenommen hatte, denselben Höhenzug von Osten her. Das Ganze war ein Wettrennen, und wer auch immer die Krone des Ridge als Erster erreichte, konnte seinen Gegner auf der anderen Seite mit einem vernichtenden Feuerhagel empfangen...

Lori Kalmar Carlyle mochte keine Menschenmengen, außerdem wäre es ihr im Gedränge der Arena unmöglich gewesen, sich auf das Spiel zu konzentrieren. So hatte sie sich entschlossen, die Schlacht aus einem der Büroräume des Gebäudes zu verfolgen. Der wandgroße Vidschirm des Raumes lieferte ihr eine gute Übersicht der Geländekarte, die jetzt übersät war mit Hunderten winziger, sich bewegender BattleMechs und Computergrafiken, die Bewegung und Zielobjekte anzeigten, aber der kleine Bildschirm des tragbaren Computers auf dem Schreibtisch bot ein sehr viel besseres Bild. Sie rief eine Nahaufnahme von Grayson auf, studierte sein Gesicht und lächelte. Den Ausdruck purer, intensiver Konzentration auf seinem Gesicht kannte sie nach über dreißig Jahren Ehe nur zu gut. Sie konnte seinen Kopf hin und her rucken sehen, als er seinen Mech steuerte und sich inmitten einer langen Reihe in Flammen und Explosionen gehüllter Kampfkolosse den hinteren Abhang hochkämpfte.

Er wirkte müde, von der puren Gewalt und Intensität seiner Konzentration ausgelaugt.

»So etwas habe ich überhaupt noch nie erlebt, Linda«, hörte sie den Kommentator sagen. »Die beiden Armeen haben einander mit Flankenbewegungen umgangen und die Ausgangspositionen komplett vertauscht. Die konföderierten Truppen unter Oberst Carlyle bewegen sich jetzt aus *Osten* auf den Cemetery Ridge zu, während Wolfs Unionisten von Westen her auf dieselbe Position marschieren. Das ist einfach noch nie dagewesen.«

»Stimmt, Bob. Und so, wie es jetzt aussieht, werden die Hauptstreitkräfte beider Armeen auf der Kuppe des Kamms aufeinanderprallen ...«

Andere Bilder zeigten das Publikum, das von den Geschehnissen auf dem Schlachtfeld in einen absoluten Taumel versetzt wurde. Manche Zuschauer standen auf ihren Sitzen, sprangen auf und ab und schrien, was die Lungen hergaben. Lori sah dicke Bündel C-Noten den Besitzer wechseln, als die Wetteinsätze immer höher stiegen. Die Buchmacher mußten heute Jahrhunderteinnahmen machen.

Der Wettstreit näherte sich offensichtlich dem Höhepunkt, einer gewaltigen Mechschlacht, deren Ausgang sicherlich das Endergebnis sein würde. Lori entschied, daß sie dieses Finale live miterleben wollte, selbst wenn sie sich dazu ins Getümmel stürzen mußte.

Sie schaltete die Schirme aus und verließ den Büroraum. Ihr Ausweis würde ihr einen Sitz verschaffen, und wenn sie sich dafür mit jemand prügeln mußte.

Sie wollte dabei sein, wenn Grayson gewann.

»Da!« Der Anführer der beiden Attentäter packte seinen Partner an der Schulter und zeigte in die Arena. »Da ist sie!«

»Wo? Ich sehe niemanden ...«

»Da links im Gang, auf dem Weg runter nach vorne.« Der Attentäter hatte die Menge mit einem kleinen elektronischen Fernglas abgesucht. »Siehst du sie jetzt? Nimm das Zielfernrohr, zum Teufel!«

Pardo schwenkte das Gewehr nach links und suchte die Gesichter in der Menge ab. Ein bekanntes Gesicht zuckte kurz über den Schirm, verschwand, tauchte wieder auf, als er zurückschwenkte. »Na, wer sagt's denn«, grinste Pardo. »Unser Sekundärziel! Sie macht es uns leicht.«

»Die Schlampe muß sich irgendwo verkrochen haben.«

»Eine typische Politikerin, was? Taucht nur für den Applaus und die Reden am Schluß auf. Kann ich sie erledigen?«

»Erst das Primärziel. Wir müssen sicher sein, daß Carlyle weg vom Fenster ist, vorher nützt es uns gar nichts, die Schlampe wegzupusten.«

»Du bist der Boß.« Pardo brachte das Gewehr wieder herum, bis Grayson Carlyles Hinterkopf den Schirm des Zielfernrohrs ausfüllte.

»In Ordnung, Pardo! Knall ihn ab. Jetzt!«

Pardos Finger spannte sich um den Abzug …

8

Die Residenz, Castle Hill, Dunkeld, Glengarry
Mark Skye, Vereinigtes Commonwealth

18. März 3057, 13:42 Uhr TNZ

Sein *Marodeur* wurde wieder getroffen, ein grellblauer Blitzschlag aus einer feindlichen PPK, und Grayson zuckte instinktiv zusammen und duckte sich nach rechts...

Im selben Augenblick blitzte der Hauptcomputerschirm weiß auf, als das Glas des Schirms in einem Splitterregen auseinanderflog. Der Plastikrahmen des Monitors wurde zerfetzt, und die Elektronikbauteile explodierten in zischenden Funken und durch die Luft zuckenden Platinenbruchstücken. Irgend etwas schlug in die glänzende Oberfläche der Steuerkapsel hinter Grayson ein, und er fühlte einen heißen Luftzug, als Dutzende Geschosse mit dem hellen Sirren eines Insektenschwarms an seinem Kopf vorbeiflogen.

Seine kampferprobten Instinkte sorgten dafür, daß er die unwillkürliche Bewegung fortsetzte und sich schräg nach vorne warf, als ein zweiter todbringender Projektilschwarm seine Tastatur in Plastikschrapnells verwandelte. Er schlug mit den Händen auf den Boden, rollte sich über die Schulter ab und hechtete unter den Holotisch, während weitere Schüsse durch die substanzlosen Holobilder und in die harte Plastikoberfläche der Tischplatte schlugen.

Er prallte gegen die Mittelsäule des Tisches, in der die Projektionselektronik untergebracht war, und kroch hastig noch einen Meter nach hinten, als weitere Schüsse in den nur Zentimeter über seinem Kopf liegenden Tisch schlugen. Seine Hand fiel auf die KK98-Laserpistole im Syntholederholster am Bein. Er zog die Waffe und warf den Energieschalter um, konnte das

Feuer aber nicht erwidern. Er konnte nicht einmal ein Ziel finden, ohne sich dem tödlichen Geschoßhagel auszusetzen.

Ein Feuerstoß verfehlte den Tisch und schlug in seiner Nähe ein. Winzige graue Projektile schlidderten über den Boden. Fléchetten – Fliegerpfeile, drei Zentimeter lang, wahrscheinlich aus einer Automatikschrotflinte abgefeuert. Jedes dieser Geschosse war ein winziger, aus Blei gegossener Pfeil mit kleinen Stabilisierungsfinnen am hinteren Ende. Zu zwanzig oder mehr in einer Schrotpatrone gebündelt, waren sie auf Entfernungen von bis zu 100 Metern tödlich.

Gewehrschüsse hallten durch den Saal, das gleichmäßige, langsame Trommeln einer automatischen Schrotflinte, und diesmal war das Feuer auf das Publikum gerichtet.

Die Zuschauer! Menschen auf den Tribünen kreischten, schrien, die Menge geriet in helle Panik. Grayson nahm sich zusammen. Er konnte nicht hier unter dem Tisch kauern und untätig bleiben.

Er fühlte eine feuchte Wärme an der linken Hand und sah nach unten. Blut bedeckte den linken Arm und drang durch den Hemdsärmel. Er war getroffen, und hatte es nicht einmal bemerkt…

Pardo schwang die Waffe über die Menge und suchte nach dem Sekundärziel. *Verflucht… wo steckt sie?* Er war sich ziemlich sicher, daß er das Primärziel getroffen hatte, auch wenn es außer Reichweite unter den Projektionstisch gerollt war. Er hatte Blut spritzen sehen, als Carlyle zuckte und umfiel. Jetzt mußte er noch die Frau töten. Aber wo steckte sie?

Lori Carlyle hatte sich beim Krachen des ersten Schusses reflexartig zu Boden geworfen und in Deckung gerollt. Als sie wieder auf die Knie kam, die Imperator 9-mm-Autopistole gezogen und durchgeladen, mähte das Gewehrfeuer die Zuschauer ringsum nieder. Sie blieb, wo sie war, sicher in Deckung der Barriere zwischen Arenabereich und Publikum.

Aber der Rest der Menge befand sich im direkten Schußfeld des Heckenschützen. Unmittelbar neben Lori starben die Menschen im dichten Gedränge einen furchtbaren Tod. Eine übergewichtige Frau in einem modisch verzierten braunorangefarbenen Overall warf die Arme empor und sackte nach hinten in die Menge, Kleidung und Brust zerfetzt und blutig; ein älterer Mann starrte auf den blutenden Stummel, der sein Arm gewesen war; ein Teenager fiel mit halbem Gesicht neben Lori zu Boden …

»Runter!« schrie sie den Leuten zu und versuchte, das Kreischen der Menge zu übertönen. »Versteckt euch hinter den Sitzen!«

Sie hätte ebensogut gegen einen Orkan anbrüllen können. Die Menschen, die Sekunden zuvor noch hinter und neben ihr gesessen hatten, schrien wie besessen, stießen und schlugen wie wild um sich im verzweifelten Versuch zu entkommen. Lori selbst befand sich in großer Gefahr, weniger erschossen als von der panischen Menge zertrampelt zu werden. Der Mann, der seinen Arm verloren hatte, verschwand unter den Füßen der Flüchtenden. Lori wurde mit einer Gewalt gegen die harte Plastikbarriere gerammt, die ihr den Atem raubte. Sie konnte sich nicht bewegen, nicht atmen. Sie dachte daran, ihre Pistole in die Luft zu feuern, aber das hätte die Panik nur noch gesteigert. Außerdem hatten die Leute, die sich gegen sie preßten, keine andere Wahl.

Immer weiter hämmerten die Schüsse in die Menge, und die Schreie wurden immer schriller und gellender. Das Ausmaß der Verwüstung, die eine für das offene Schlachtfeld entwickelte Waffe in einer dichtgedrängten, in die geschlossene Halle gezwängten Menschenmenge anrichtete, war unbeschreiblich. Lori versuchte sich über den Rand der Barriere zu kämpfen, um Atem holen und etwas sehen zu können. Sie war ziemlich sicher, daß die Schüsse aus einer der Presselogen über den Sitzreihen kamen, aber sie mußte sich vergewissern.

Ein Mann, der sie seitlich einklemmte, zuckte zusammen, und sein Blut spritzte Lori über Kopf und Schultern. Der Druck der Menge nahm noch zu, und sie fühlte einen scharfen, beißenden Schmerz in der Seite …

Jaime Wolf in seiner Spielkabine nur dreißig Meter von Grayson Carlyle entfernt auf der anderen Seite des Tisches war ebenfalls beim ersten Schuß abgetaucht, aber seine trainierten Ohren und Instinkte machten ihm klar, daß der Schütze es nicht auf ihn abgesehen hatte … zumindest noch nicht. Er zog seine Waffe, eine alte, aber noch funktionstüchtige Nova Mark XXI Laserpistole, schaltete sie ein und wartete, bis die Energiekammer aufgeladen war. Als er das hohe Singen der feuerbereiten Waffe hörte, hob er vorsichtig die Augen über die Tischkante, wobei er darauf achtete, die Deckung der holographischen Berge und Wälder auszunutzen.

Er suchte nach dem Schrotflintenschützen. Die Schüsse kamen von oben … *Ja! Dort!* Die Presselogen, fast exakt gegenüber seiner Position. Auf diese Entfernung – deutlich über hundert Meter – konnte er keine Einzelheiten erkennen, aber er sah den Schatten eines Mannes, der sich über seine Waffe beugte und in die Menge rechts von Jaime schoß.

Vorsichtig, langsam, um keine Aufmerksamkeit zu erregen, hob Wolf die Nova, packte sie fest in beide Hände und stützte die Unterarme auf die Tischkante. Er atmete ein … hielt die Luft an … und zog durch.

Pardo schrie auf, als seine Lederjacke Feuer fing. Flammen schlugen aus seiner rechten Schulter, und von seinen langen Haaren stieg Rauch auf. »*Aiiiee!* Boß! Ich brenne!«

»Das ist Wolf!« Der andere Mann beugte sich ans Fenster und hob den Nadler. Die Waffe gab ein hartes Keuchen von sich, als sie eine Salve Hartplastiknadeln auf Wolfs Seite des Tisches hin abschoß, aber der Söldner war bereits wieder in Deckung, als die Geschosse den Rand der Platte zertrümmerten, an dem er Sekunden zuvor gehockt hatte.

Der Mann sah nach links, wo Pardos Feuer eine blutigrote Bresche in die panische Menge geschlagen hatte. Mit einer im Lederhandschuh steckenden Hand hob er das elektronische Fernglas an die Augen und suchte die verkrümmten Leichen und sich windenden Verletzten ab, aber Carlyles Frau war nicht zu sehen. Bei Carlyle konnte er sich auch nicht sicher sein, auch wenn Pardo keinen Zweifel hatte, ihn getroffen zu haben. *Verdammt!* Er brauchte Gewißheit...

Grayson war zu dem Schluß gekommen, daß seine Verletzungen nicht ernst waren, auch wenn ihm der Blutverlust sicher schon bald zu schaffen machen würde. Um so wichtiger, daß er *jetzt* handelte. Nach der Geräuschkulisse zu urteilen, hatte der unsichtbare Heckenschütze in die Menge gefeuert und dann abrupt das Feuer eingestellt.

Dem Einschlagswinkel der Projektile nach zu urteilen, befand sich der Schütze in erhöhter Position, wahrscheinlich in einer der Medienlogen, die direkt hinter Graysons Spielkabine unter der Decke hingen. Hastig überprüfte er die Einstellungen seiner KK98 und vergewisserte sich, daß sie auf Standardfeuer geschaltet war. Er hätte es vorgezogen, mit mehr Schlagkraft zu arbeiten, um einen tödlichen Treffer zu garantieren, aber in dieser Situation konnte er sich seiner Zielgenauigkeit nicht sicher sein, daher war es vernünftiger, mit möglichst hoher *Feuergeschwindigkeit* zu arbeiten.

Grayson stieß sich mit den Beinen von der Tischsäule ab und rutschte mehrere Meter über den glatten Boden, die Laserpistole in beiden Händen, auf der Suche nach einem Ziel. Kaum hatte er den Rand des Projektionstisches überquert, als er auch schon den ersten Schuß auf die breite Fensterfront des Medienbalkons abgab, einen intensiven Lichtblitz, so kurz, daß er ihn mehr fühlte als sah. Ein heller werdender Summton zeigte an, daß die Waffe sich wieder auflud. Wenig später blinkte ein grünes Licht auf, und er feuerte wieder. Und wieder ...

Sie rollte die Leiche beiseite, als die Flut der panischen Zivilisten die Ränge emporbrandete. Keuchend, die schmerzende Seite haltend, zog Lori sich hoch und sah Wolf und Grayson, die beide mit ihren Lasern auf den Medienbalkon feuerten. Sie stützte sich an der Barriere ab, hob die Imperator, zielte auf die Logen und drückte ab.

Eine handtellergroße Sektion des Logenfensters zwei Meter neben ihnen wurde milchigweiß, dann zersprang sie unter der Hitze eines Lasertreffers. Ein anderer Laserimpuls zog eine schwarze Brandspur über die Decke. Eine Kugel zertrümmerte das Glas, eine zweite schlug durch die dünne Seitenwand der Loge und ließ eine Lampe zerplatzen. Der Logenplatz der Scharfschützen hatte sich in eine Zielscheibe verwandelt – und in eine Todesfalle.

»Los, bloß weg hier!« rief Pardo. Eine Seite seines Gesichts war von dem ersten Laserschuß, der nur Zentimeter an der Haut vorbeigelodert war, grausam verbrannt; seine Jacke qualmte immer noch. Als er aus der Deckung hinter dem offenen Fenster aufstand, blitzte ein weiterer Laserimpuls auf, und Pardo riß die Hände vors Gesicht. »Meine Augen! Meine Augen!«

Es war keine Zeit zu verlieren. Mit kühler Berechnung warf der zweite Mann seinen Nadler vor Pardos

Füße, zog die Handschuhe aus und holte seine andere Waffe, eine schwere militärische TK70-Laserpistole aus dem Holster. »Adieu, Pardo.«

Er zog den Abzug durch und feuerte die Waffe mitten in die Brust des Schützen. Ein Zehntel Megajoule Energie in einen Zehntelsekundenlichtimpuls gepackt entsprach einer Explosion von zwanzig Gramm TNT. Pardo war sofort tot.

Laserschüsse und Kugeln aus der Arena schlugen weiter durch Glas und Wände der Loge. Geduckt, den Laser noch in der Hand, stieß der Mann mit einer Hand die Tür auf und huschte rückwärts ins Freie.

Ein mit Geländer gesicherter Laufsteg verband die Logen mit einem Aufenthaltsraum hinter der abgerundeten Innenwand der Arena. Vier Legionäre stürmten von dort heran, die Lasergewehre im Anschlag.

»Nicht schießen!« rief der Mann, noch immer geduckt, den Lauf der TK70 auf die Decke gerichtet. Seine Stimme brach. *Das war verdammt knapp!* »Nicht schießen!«

»Waffe fallen lassen!« bellte ein wütender Soldat mit dem Rangabzeichen eines Feldwebels, und der Mann konnte die Mündungen der Lasergewehre auf sich gerichtet *fühlen,* als er die Waffe mit einem metallischen Klappern auf den Laufsteg fallen ließ. »Hoch die Hände! Hoch! Höher!«

Der Mann gehorchte. »Ich hab ihn erwischt!« sagte er keuchend, als er sich langsam aufrichtete. »Ich hab ihn erwischt, Feldwebel!«

Der Feldwebel kam näher, die Waffe unbeirrt auf den Kopf des Mannes gerichtet. »Wen hast du erwischt, du Hurensohn?«

»Den Heckenschützen, Feldwebel! Ich hab ihn erwischt! Er ist da drin!«

Auf dem Gesicht des Soldaten hinter dem transparenten Visier seines Helms zeichneten sich Zweifel ab. »Wer sind Sie?«

»Darf ich?«

»Vorsicht! Keine plötzlichen Bewegungen!«

Langsam, sehr langsam, griff der Mann in seine Jacke. Zwischen Daumen und Zeigefinger zog er noch langsamer seine Ausweiskarte und reichte sie dem Feldwebel.

Zwei der Soldaten schoben sich vorbei und betraten die Loge. Einer von ihnen kam einen Moment später mit aschfahlem Gesicht zurück. »Jesus!« stieß er aus. »Da drinnen sieht es aus!«

Der Feldwebel reichte die Karte dem vierten Soldaten, der noch hinter ihm stand. »Blaine! Überprüfen Sie das!«

Blaine zog die Karte durch ein Lesegerät und studierte den Bildschirm. »Hier steht, er gehört zu uns, Feldwebel! Oberleutnant Walter Dupré, 2. Kompanie, 3. Bataillon.«

»Oberleutnant Dupré, eh?« knurrte der Feldwebel. »Ich habe Sie noch nie gesehen.«

»Ich bin auch noch neu, Feldwebel«, erwiderte Dupré. »Habe mich erst vor zwei Wochen verpflichtet.«

»MechKrieger?«

»Richtig. Ich war früher bei der Lyranischen Garde, aber ich bin schlauer geworden und hab' auf Söldner umgesattelt. Die Legion ist mehr mein Stil.«

Der Feldwebel entspannte sich kaum merklich, aber der Lauf seines Gewehr blieb unbeirrt auf Duprés Stirn gerichtet. Er warf einen Blick auf dessen Zivilkleidung. »Sie sind außer Dienst?«

»Stimmt. Ich war hier unten, um mir das Simgefecht anzusehen.«

»Was ist passiert?«

Dupré streckte vorsichtig den Arm aus. »Ich saß da unten, dort, in der Nähe der Tür.«

Der Feldwebel ignorierte Duprés Arm. »Weiter.«

»Als die Schießerei losging, konnte ich hören, daß die Schüsse aus dieser Loge kamen. Ich hatte meine Waffe dabei, also duckte ich mich aus der Tür und kam hier hoch, um zu sehen, was ich tun konnte. Ich ging durch die Tür – zum Glück hatte der Kerl sie nicht verriegelt. Hab ihn erwischt, als er sich gerade vom Fenster wegdrehte. Es ... es sah aus, als hätte er schon zwei Leute ausgeschaltet, die ihn gestört hatten, bevor ich kam.«

»Umdrehen.«

»Was?«

»Umdrehen!«

Dupré gehorchte. Grobe Hände tasteten ihn mit routinierten Bewegungen gründlich ab. Dann packte sein Bewacher Duprés rechten Arm und zog ihn nach unten. Er fühlte das kalte Metall einer Handschelle und hörte das Klicken des Schließmechanismus.

»Tut mir leid, Kumpel«, meinte der Feldwebel, als er Duprés linken Arm ebenfalls nach unten zog und an den rechten fesselte. »Aber ich muß auf Nummer Sicher gehen. Du verstehst?«

»Natürlich, Feldwebel. Standardverfahren. Sie müssen mich erst überprüfen.«

»Ganz genau. Aber machen Sie sich keine Sorgen. Wenn ihre Geschichte stimmt, werden Sie ein Held!«

»Ich habe nur getan, was ich tun mußte«, meinte Dupré lächelnd. Dann ließ er das Lächeln verblassen. »Moment! Es sah so aus, als würde der Kerl auf den Oberst feuern. Hat er ...«

»Ich hab den Oberst das Feuer erwidern sehen«, grinste der Feldwebel. »Allzu schlimm kann es ihn also nicht erwischt haben, wie?«

»Oh! Gut. Das ist ... gut!«

»Um den Oberst auszuschalten, braucht es mehr als einen einzelnen Irren mit einer Schrotflinte«, fügte Blaine hinzu. »Soviel steht verdammt noch mal fest!«

»Eine Schande, daß Sie den Bastard gebraten haben«, meinte einer der anderen Soldaten. »Der Hurensohn hat mit Fletchladungen in die Menge geballert.« Er verzog das Gesicht. »Wenn Sie mich fragen, dann ist er noch viel zu leicht davongekommen!«

»Sie fragt aber keiner, Cellini«, erwiderte der Feldwebel. »Gehen wir, äh, Oberleutnant. Die Sicherheit wird Sie überprüfen ... und wenn Sie sauber sind, geh'n die Drinks auf mich.«

»Das, Feldwebel«, meinte Dupré mit einem ehrlich erleichterten Seufzer, »kommt mir sehr gelegen!«

»Paps!« Alex sprang mit weit aufgerissenen Augen von seinem Sitz, als sich die auf dem Bildschirm übertragene Szene in ein Chaos aus kreischenden, panischen Menschen und krachendem Gewehrfeuer verwandelte. Die Kameras zeichneten das Geschehen mit unbeteiligter, wertfreier Schärfe auf. Entsetzt sah Alex die Schnellfeuerschüsse über Grayson Carlyles Spielkabine schwenken und ihn – so schien es – aus dem Sitz und unter den Tisch schleudern. Er sah, wie das Gewehrfeuer weiter hinüber ins Publikum schwenkte, sah das Blutbad unter den Zivilisten und fragte sich, ob irgendwo in dieser außer Kontrolle geratenen Menge seine Mutter war.

»Rruhig, Sohn«, ermahnte ihn McCall und legte ihm sanft, aber bestimmt die Hand auf die Schulter. »Es gibt nichts, was du fürr ihn tun kannst ...«

Alex erstickte fast an einer Mischung aus Frustration, Wut und Angst. »Wir müssen ...«

»Lad, Lad ... was wirr hier sehen, ist vorr einerr halben Stunde passierrt! Denk an die Zeitverrzögerrung!«

Die Kamera fuhr zu einer Totalen zurück, und Alex sah wie gebannt zu. Sein Atem kam in kurzen, harten Stößen. Das Bild war so scharf und klar, daß man unwillkürlich glaubte, man säße mitten im Geschehen. Aber die Signale, mit denen diese Szene übertragen wurden, hatten trotz Lichtgeschwindigkeit runde siebenundzwanzig Minuten benötigt, um die Strecke von Glengarry bis zur *Skye Boat Song* zurückzulegen, die sich schnell dem Zenitsprungpunkt des Systems näherte.

Inzwischen mußten die Ereignisse, die er gerade erst sah, bereits ein Ende gefunden haben. So oder so …

Der Schütze befand sich in einer Presseloge über der Menge. Jaime Wolf tauchte auf und feuerte seinen Laser über eine für eine Handwaffe schier unmögliche Distanz. Und da war sein Vater! Er rutschte unter dem Projektionstisch vor und feuerte mehrere Schüsse auf die Loge ab. Und seine Mutter … auch sie war da, über die Absperrung gebeugt, und schoß mit ihrer 9mm-Pistole. Eine Reihe von Soldaten am Rand der Arena hatten ebenfalls das Feuer eröffnet. Sie alle konzentrierten den Beschuß auf die Presseloge, die unter dem Gegenfeuer erbebte und zitterte. Das Glas der Logenfenster flog in glitzernden Wolken auseinander. Er bemerkte gepanzerte Infanteristen, die über den Laufsteg hinter den Logen stürmten, aber der Blickwinkel der Kamera gestattete keine Einsicht. Es blieb verborgen, was sich dort weiter ereignete.

»Meine Damen und Herren«, übertönte die Stimme des Kommentators den Hintergrundlärm. »Das ist furchtbar … einfach furchtbar! Vor einer Minute waren wir noch Zuschauer eines Kriegsspiels … und dann plötzlich, o Gott! O mein Gott!«

Seine Stimme versagte, und seine Kollegin übernahm. »Bob, von hier aus scheint es, als seien einige Soldaten in die Loge eingedrungen, aus der geschossen wurde. Es scheint … ja! Sie scheinen den Schützen festgenommen zu haben. Ich kann sie einen Mann in Handschellen abführen sehen. Meine Damen und Herren, wir versuchen gerade näheres über die Opfer zu erfahren. Es scheint – ich wiederhole, es *scheint* sich um einen versuchten Anschlag auf Oberst Carlyle gehandelt zu haben. Ich sehe MedTechs, die in die Arena stürmen. Ich sehe Oberst Carlyle. Er ist, ja! Er ist auf den Beinen! Anscheinend wurde er verwundet, aber er ist auf den Beinen und geht auf die Absperrung zu.«

»Linda«, unterbrach Bobs Stimme, immer noch schwach und zittrig. »Ich habe gerade näheres aus der Arena erfahren. Dutzende Zivilisten wurden bei diesem brutalen Anschlag getötet oder verwundet. Grayson Carlyle und Jaime Wolf sind unverletzt…«

»Der Oberst *ist* verletzt, Bob. Ich kann Blut an seinem Arm und im Gesicht sehen, aber er ist auf den Beinen und zum Rand der Menge unterwegs. Er… ich nehme an… ja… er sucht seine Frau, Oberstleutnant Lori Kalmar-Carlyle. Sie war auf den Rängen, die der Attentäter unter Beschuß genommen hat, und sie scheint… mein Gott, sie ist ebenfalls blutverschmiert, und sie bewegt sich, als sei sie verletzt…«

»Ich muß zurück.« Alex hauchte die Worte nur, aber McCall hörte sie.

»Alex, Alex, benutze wenigstens einmal, was du in deinem Dickschädel hast! Wir können nicht mitten im Flug umdrrehen, korrrekt? Und es gibt nichts, das wir tun könnten! Was du auf dem Schirrm siehst, was du hörrst… *das ist alles schon vorrbei!*«

Alex schluckte hart. Seine Fäuste waren geballt, seine Augen brannten, aber er nickte. »Sorry, D-Davis.«

»Schon gut, Lad. Ich fühl mich auch nicht besserr. Es ist frrustrrierrend, zusehen zu müssen, nichts tun zu können.«

»Wir können zumindest einen Funkspruch abschikken«, meinte Alex. »Das können wir doch tun, oder? Um sicherzugehen… sicherzugehen, daß es ihnen gut geht.«

»Das werrden wirr, Lad.«

»He«, meinte der Mann mit dem grellen Hemd, der jetzt hinter McCall auftauchte. »Hat der Junge ›Paps‹ gerufen, als die Schießerei losging?«

»Wie? Oh, aye, aye. Sein Vaterr warr im Publikum. Err ist ein wenig besorrgt um ihn, wie Sie sich vorrstellen können.«

»Oh, yeah. Das ist echt hart. Und zu dumm, daß unsere kleine Wette damit auch hinfällig geworden ist, eh, Scotty? Ich meine, sie haben das Spiel nicht beendet.«

McCall streckte einen muskelbepackten Arm aus und ließ ihn auf die Schulter des Mannes fallen. Sein Daumen preßte schmerzhaft gegen dessen Schulterblatt. »Wenn ich mich rrichtig an unserre Überreinkunft errinnerre«, stellte er gelassen fest, »ging die Wette darrum, ob derr Oberrst gerradeaus stürrmt oder überr die Flanke zieht. Ich denke, diese Frrage warr berreits geklärrt, bevorr die Aufrregung losging, oder nicht?«

»Ich… au!« Der Mann verzog schmerzhaft das Gesicht. »Ja! Yeah, ich schätze, so war es wohl. Hier!«

»Danke, Sirr. Es ist ein Verrgnügen, mit jemand wie Ihnen Geschäfte zu machen!« McCall akzeptierte die Creditnoten und zählte sie mit geübter Daumenbewegung durch. »Einhunderrt, Korrekt'. Und, nurr nebenbei, Sirr, ich heiße nicht ›Scotty‹!«

»Herr Oberst?« fragte Gunnarson. »Er ist hier, Sir.«

»Schicken Sie ihn rein.«

»Sie können sich glücklich schätzen, solche Männer zu haben, Oberst«, meinte Jaime Wolf von der anderen Seite des Zimmers. »Wer weiß, wie viele Menschen noch gestorben wären, hätte er nicht so schnell reagiert.«

»Danke, Commander. Ich bin froh, daß es nicht mehr geworden sind.«

Grayson Carlyle stand hinter seinem Schreibtisch auf und warf Lori, die ihm gegenüber saß, einen kurzen Blick zu. Beide waren mehrfach bandagiert. Graysons Stirn war von einer weißen Mullbinde umhüllt, und der linke Arm lag in einer Schlinge, um die verletzte Schulter zu entlasten. Laut Ellen Jamison, die ihn noch in der Arena verarztet hatte, war er von einem der Hochgeschwindigkeits-Fléchetteschwärme so eben gestreift worden.

Im Grunde war er bemerkenswert glimpflich davongekommen. Lori hatte ernstere Verletzungen erlitten. Unter dem panischen Druck der Menge waren zwei ihrer Rippen gebrochen. Ellen hatte ihr Bettruhe verordnet, aber wie nicht anders zu erwarten, bestand sie darauf, herzukommen, auch wenn sie unter der Uniformbluse eingepackt war wie eine Mumie. Hinzu kamen Bandagen an Stirn und rechter Hand, wo ihr die unsanfte Begegnung mit der Absperrung böse Abschürfungen beschert hatte.

Ein Mann in der Uniform eines Oberleutnants der Legion trat ins Büro, blieb stehen und salutierte schneidig. »Oberleutnant Dupré meldet sich wie befohlen, Sir.«

»Stehen Sie bequem, Oberleutnant. Stehen Sie bequem. Darf ich Ihnen Oberst-Commander Jaime Wolf vorstellen?«

»Es ist mir eine Ehre, Sir.«

»Meine Stellvertreterin kennen Sie.«

»Guten Abend, Frau Oberstleutnant. Ich habe gehört, daß Sie auch verletzt wurden.«

»Nichts Ernstes, Oberleutnant«, erwiderte Lori. »Danke der Nachfrage.«

»Man hat mir gemeldet«, fuhr Grayson fort, »daß Sie es waren, der den Heckenschützen erledigt hat. Das war gute Arbeit.«

»Danke, Sir.«

»Aber war das nicht reichlich unbedacht, mit nichts als einer Laserpistole durch die Tür zu stürmen? Wenn er nun einen Begleiter gehabt hätte?«

»Ich habe nur die eine Waffe gehört, Herr Oberst. Ich dachte mir, wenn es mehrere Attentäter gewesen wären, hätten sie auch beide gefeuert.«

»Der Schütze hatte auch noch einen Nadler«, unterbrach Wolf. »Eine gemeine Waffe. Er hat zwei Pressekorrespondenten damit umgebracht, bevor er die Schrotflinte auspackte. Und er…« Jaime stockte und runzelte die Stirn.

»Gibt's ein Problem, Commander?« fragte Grayson.

»Nicht wirklich. Aber ich frage mich, warum der Schütze an einem Punkt die Schrotflinte wieder beiseite gelegt und mit dem Nadler auf mich gefeuert hat. Seltsam. Ist mir vorhin gar nicht bewußt geworden.«

»Vielleicht hatte die Flinte Ladehemmung?« schlug Oberleutnant Dupré vor. »Oder er hatte keine Munition mehr?«

»Das könnte eine Erklärung sein«, gab Wolf zu.

»Auf jeden Fall sind wir Ihnen dankbar, Oberleutnant«, stellte Grayson fest.

»Freut mich, daß ich zu Diensten sein konnte, Sir.«

»Aus Ihrer Sicherheitsüberprüfung entnehme ich, daß Sie Offizier bei der 15. Lyranischen Garde waren«, meinte Lori. »Acht Jahre lang?«

»Fast neun, Frau Oberstleutnant.«

»Wo waren Sie stationiert? Hesperus II?«

»Richtig.«

»Warum haben Sie Ihren Abschied eingereicht?«

»Ach, es war die Bürokratie. Die Verknöcherung. Ich brauchte eine Einheit, bei der ich mehr Ellbogenfreiheit habe, verstehen Sie. Also bin ich Söldner geworden.«

»Ich verstehe. Ein ehrgeiziger Mann.«

»Ja, gnädige Frau. Ich will eines Tages meine eigene Kompanie führen.«

»Ich bin sicher, das werden Sie, *Hauptmann*«, sagte Grayson.

Der Mann blinzelte, dann trat ein breites Grinsen auf seine Züge. »Danke, Sir!«

»Tut mir leid, daß ich Ihnen zu dem entsprechenden Rang keine Kompanie geben kann, Hauptmann Dupré«, sprach Grayson weiter. »Aber Hauptmann Riveras Beförderung ist noch nicht lange genug her, um ihn auf der Karriereleiter eine weitere Sprosse nach oben zu schieben, und es sind auch keine anderen Posten vakant. Außerdem habe ich etwas dagegen, meine Offiziere auf Befehlsposten zu befördern, solange ich sie nicht in Aktion erlebt habe. Auf dem Schlachtfeld, meine ich. Aber Sie können sich als auf die Warteliste gesetzt betrachten. Sie bekommen eine eigene Kompanie, sobald ich Sie bei der Arbeit gesehen habe und ein Posten frei ist. Und ich habe die Überholung Ihres *Zeus* in die höchste Priorität eingestuft.«

»Vielen Dank, Sir! Ich werde mein Bestes geben!«

»Ich weiß, Sohn«, antwortete Grayson. »Wegtreten.«

Dupré salutierte, drehte auf dem Absatz um und marschierte hinaus.

»Netter Kerl«, meinte Wolf. »Meinen Sie, er wäre für einen Transfer zu den Dragonern zu haben?«

»Er vielleicht, Jaime«, erwiderte Grayson grinsend. »Aber ich nicht. Er gehört mir!«

Sie lachten.

Draußen meldete Hauptmann Walter Dupré sich beim Wachtposten ab und fuhr mit dem Aufzug hinunter zu den Offiziersunterkünften. Er war begeistert.

Ja! Ja! *Ja!*

9

Am Zenitsprungpunkt des Glengarry-Systems
Mark Skye, Vereinigtes Commonwealth

19. März 3057, 10:20 TNZ

»Du siehst, hier ist alles in Ordnung«, stellte Lori mit einem warmen, liebevollen Lächeln fest. »Dein Vater und ich sind am Leben, und es geht uns gut. Nur ein paar Schrammen.«

Ein statisches Rauschen zog sich durch das durchscheinende dreidimensionale Bild seiner Mutter, das vor dem Holoprojektor der Landungsschiffskabine stand, die Alex und McCall sich mit vier anderen männlichen Passagieren teilten. Alex saß allein am winzigen Schreibtisch der Kabine. McCall hatte die anderen sanft aber bestimmt in den Gang befördert, um ihm eine gewisse Privatsphäre zu ermöglichen.

Eine unbedachte Bewegung ließ ihn davontreiben, und er mußte sich mit einer Hand an der Tischkante festhalten, um die Drehbewegung zu stoppen. Seit fast acht Stunden, seit dem Andockmanöver am Sprungschiff *Altair* am Morgen dieses Standardtages, herrschte an Bord der *Skye Boat Song* Schwerelosigkeit.

Richtiger wäre natürlich *Mikrogravitation* gewesen, korrigierte sich Alex in Gedanken. Mit den geeigneten Instrumenten hätte er die lokale Schwerkraft – oder die Schubkraft des Schiffes, was im Endeffekt dasselbe war – messen können. Sprungschiffe umkreisten zwischen ihren Hyperraumsprüngen nicht den jeweiligen Zentralstern, sondern hingen am Zenit- oder Nadirsprungpunkt, wo sie mit ihren einen Kilometer oder noch mehr durchmessenden tiefschwarzen Solarsegeln die Strahlung auffingen, die notwendig war, um ihre Kearny-Fuchida-Triebwerke aufzuladen. Seit acht Tagen hing die *Altair* jetzt schon auf diesen Koordinaten, das Solarsegel zwischen Rumpf und Sonne entfaltet, und hielt sich mit einem sanften, unmerklichen Strom geladener Teilchen in Position, die konstant aus den Heckdüsen und durch die kreisrunde Zentralöffnung des Segels schossen.

Aber der dadurch erzielte Schub war so gering, daß die Passagiere der *Skye Boat Song,* die inzwischen an einem der Dockkragen der *Altair* hing wie ein Floh am Körper eines Hundes, sich für alle praktischen Zwecke ebensogut in völliger Schwerelosigkeit hätten befinden können. Vor ein paar Stunden hatte dann auch diese minimale Beschleunigung durch die Positionsdüsen aufgehört, als die Schiffsbesatzung mit den Vorbereitungen zum Sprung ins Gladius-System begonnen hatte. Nach dem Versiegen des Partikelstroms hatten die Servomotoren das Solarsegel langsam und mit äußerster Vorsicht eingeholt und verstaut. Glengarrys orangerote Sonne war fast eine halbe Milliarde Kilometer entfernt und leuchtete mit einem bleichen, müden Schimmer ihrer gewohnten Wärme »unter« dem Heck der *Altair,* jetzt nicht länger durch das Solarsegel verdeckt.

Als ein Bild, das achtundzwanzig Lichtminuten durchs All unterwegs war, sprach Alex' Mutter mit ihrem Sohn.

»Die Sicherheit geht davon aus, daß der Anschlag von Mitgliedern der Hand angezettelt wurde. Der Schütze wurde als ein Schmalspurkiller identifiziert, der schon früher für sie gearbeitet hat. Wir nehmen an, daß die Hand eine Menge Geld auf einen Sieg Commander Wolfs gesetzt und ihren Mann in Stellung gebracht hatte, um einen möglichen Sieg deines Vaters zu verhindern.«

Alex zog zweifelnd die Brauen hoch. Er wünschte sich, er hätte seiner Mutter Fragen stellen, sie unmittelbar nach Einzelheiten ausfragen können, aber die Naturgesetze sorgten dafür, daß über diese Entfernungen selbst die intimsten Gespräche nur in Form solcher Einbahnbotschaften ablaufen konnten. Lori Carlyle hatte diese Botschaft vor einer halben Stunde abgeschickt – genaugenommen sogar noch früher, denn Alex betrachtete auf seiner Konsole eine von der Funkzentrale der *Skye Boat Song* überspielte Aufzeichnung. Es würde eine weitere halbe Stunde dauern, bis seine Fragen sie erreichten, und noch einmal eine halbe Stunde, bevor er ihre Antwort erhielt.

Und bis dahin würde er natürlich gar nicht mehr hier sein.

Die Hand war die informelle Bezeichnung für die lockere Allianz krimineller Banden, die Glengarrys Unterwelt kontrollierte. Auf allen bewohnten Planeten der Inneren Sphäre gab es eine Spielart des organisierten Verbrechens, häufig Ableger ähnlicher Gruppen, die dem Rest der Menschheit schon im ersten Exodus vor Jahrhunderten von Terra ins All gefolgt waren. Wie die meisten dieser Gruppen galt auch die Hand als skrupellos, halsabschneiderisch, brutal, cliquenhaft, geheimnisumwittert, rachsüchtig und ausgesprochen gefährlich. *Dumm* war sie allerdings nicht, und was Alex gerade gehört hatte, klang reichlich blöde.

Würden Glengarrys Mobfamilien derart ihre weitere Existenz aufs Spiel setzen, indem sie einen Mordanschlag auf den Baron von Glengarry inszenierten – nur um ein paar lächerliche Millionen Credits zu sparen? Das ergab doch überhaupt keinen Sinn!

»Der Sicherheitsdienst geht der Spur natürlich nach«, redete Lori weiter, von Alex' Stirnrunzeln unberührt, da sie es nicht sehen konnte. »Man wird einige der bekannten Köpfe der Hand verhören, aber konkrete Ergebnisse versprechen wir uns davon eigentlich nicht. Die Hauptsache ist, dein Vater und ich sind sicher. Insgesamt sind bei dem Angriff sechsundzwanzig Menschen ums Leben gekommen. Weitere einhunderteinundachtzig wurden verletzt. Vernon Artman meint, der

Kerl, der das getan hat, war ›von seinen Logikschaltkreisen abgekoppelt‹, um seine Worte zu verwenden. Er glaubt nicht, daß die Hand es riskieren würde, ohne guten Grund so viele Menschen zu töten. Er vermutet eine tiefergehende Verschwörung.«

Alex nickte. Wenigstens *einer,* der seinen Verstand gebrauchte! Der gute alte Spieß!

»Natürlich gehen wir auch dieser Möglichkeit nach. Wir beide, dein Vater wie auch ich, werden seit dem Anschlag streng bewacht. Du brauchst dir also keine Sorgen um uns zu machen. Man kümmert sich um uns. Das ist so ziemlich alles, was ich jetzt sagen kann, Alex. Danke für deinen Anruf. Es tut mir leid, daß du dir Sorgen gemacht hast, und ich wünschte, wir hätten etwas Zeit zusammen verbringen können. Dein Vater wird teuer dafür bezahlen müssen, daß er dich zwei Tage vor meiner Rückkehr nach Caledonia in Marsch gesetzt hat! Aber wir werden alles nachholen, wenn du zurück bist. Auf Wiedersehen, Alex. Viel Glück bei deiner Mission, und grüß Kommandanthauptmann McCall von mir. Wir freuen uns schon auf deine Rückkehr.«

Das Bild blieb noch einen Moment im Raum stehen und schien sich, verankert auf der Projektionsplatte, wie es war, dem richtungslosen Treiben des freien Falls zu widersetzen. Dann löste es sich mit statischem Krachen auf.

Alex stieß sich ab, trieb zur Tür und drückte sie auf. »OK, Davis, ich bin fertig.«

McCall kam zurück in die Kabine, gefolgt von den vier ungehaltenen Männern, die sich die Kabine der *Song* mit den beiden teilten. »Well, Lad?« Er wirkte besorgt. »Was gibt es Neues?«

»Es geht ihnen gut, allen beiden.« Alex lächelte, als McCall die Lippen schürzte und erleichtert die Luft ausstieß. »Sie wurden beide verletzt, aber nur leicht.« Alex warf den anderen Männern einen Blick zu, dann senkte er die Stimme. »Mac? Sie denken, es war die

Hand, die verhindern wollte, daß Paps das Spiel gewinnt. Findest du, daß das einen Sinn ergibt?«

»Hmm. Well, Lad, wenn deine Mutter dirr diese Nachrricht überrmittelt hat, dann möglicherrweise nurr, weil sie in einerr nicht kodierrten Sendung nicht mehrr sagen konnte. Du verrstehst?«

»Ja, ich denke schon.«

»Deine Elterrn sind nicht dumm, Lad. Sie hätten nicht so lange überrlebt, wenn sie das wärren.«

Ein Summton drang aus dem Kabinenlautsprecher, gefolgt von drei Glockenschlägen und einer weiblichen Stimme. »Achtung, Achtung, alle Passagiere und Besatzungsmitglieder. Die *Altair* springt in zwanzig Minuten. Um eine Desorientierung durch das Sprungsyndrom zu vermeiden, werden alle Passagiere gebeten, bis zum Freigabesignal nach der Ankunft an die Kojen geschnallt zu bleiben. Bordpersonal auf die Sprungstationen.«

»Ich weiß«, meinte Alex. »Aber ich wünschte, ich könnte noch einmal anrufen und nachfragen ...«

»Dafürr ist es jetzt zu spät, Alex. Nun sind wirr beide auf uns gestellt ... und sie sind es auch! Mach dirr keine Sorrgen darum. Sie werrden das alles rregeln!«

Zwanzig Minuten später entfalteten sich die in den Energiespeichern der *Altair* gesammelten Energien zur Sprungzelle des Kearny-Fuchida-Antriebs und verformten das Gewebe des Raum-Zeit-Kontinuums, in dem sie trieb. Für einen außenstehenden Beobachter würde dabei der Eindruck entstehen, als ob das einen halben Kilometer lange Raumschiff schimmerte und seine Form in surrealen optischen Verzerrungen tanzte, während sich der Weltraum um es herum faltete. Dann würde es abrupt in einem lautlosen Lichtblitz vor seinen Augen verschwinden.

Die Transition durch den Hyperraum ins fast zwanzig Lichtjahre entfernte System des Planeten Gladius verlief praktisch in Nullzeit.

10

Hauptquartier der 3. Davion Guards, Hesperus II
Mark Tamarind, Vereinigtes Commonwealth

19. März 3057, 22:30 Uhr TNZ

Marschall Felix Zellner lehnte sich in seinem exquisit gearbeiteten automatischen Sessel zurück und legte die auf Hochglanz polierten Stiefel auf eine Ecke des teuren Hartholzschreibtischs. Er genoß die Bequemlichkeiten seines Büros hier auf Hesperus II beinahe so sehr wie das Unbehagen seines Untergebenen.

»Aber M-Marschall Zellner«, stotterte das Hologramm auf der anderen Seite des Schreibtischs. »Das bedeutet das Aus für den Plan des Feldmarschalls!«

»Ruhig, Thurman, ruhig«, meinte Zellner gelassen. »Es ist gar nichts aus. Ich finde sogar, auf lange Sicht wird uns das nützen.«

»Und wenn der Sicherheitsapparat des Grauen Tods den Attentatsversuch bis zu Feldmarschall Gareth zurückverfolgt? Grayson Carlyle ist beliebt, Herr Marschall. Vielleicht sogar zu beliebt, besonders momentan auf Glengarry. Deshalb wurde dieser Anschlag ja überhaupt erst befohlen.«

Zellner nahm die Stiefel vom Tisch und setzte sich auf. Er warf der Komkonsole einen schnellen Blick zu. »Das ist eine gesicherte Leitung«, erinnerte er seinen Untergebenen. »Aber trotzdem würde ich vorschlagen, daß Sie etwas… vorsichtiger in ihrer Wortwahl sind, General. Selbst interne Gespräche lassen sich abhören… oder Büros.«

Commander General Thurman Vaughn schluckte sichtlich erschreckt, dann wischte er sich mit dem Taschentuch über die Stirn. Zellner konnte den Schweiß auf dem fast kahlen Kopf des Hologramms glänzen sehen. Vaughn war für diese Art von Aufgabe einfach nicht geschaffen, dachte Zellner amüsiert.

Aber ist das überhaupt einer von uns? Lange Zeit hatte der Militärdienst, erst unter dem Haus Davion, dann in den letzten dreißig Jahren im gemeinsamen Vereinigten Commonwealth, aus einer berechenbaren Routine von Laufbahnen, Tauglichkeitsberichten und – mit Glück und Können – Beförderungen bestanden, manchmal gefährlich, in der Regel langweilig oder zumindest alltäglich... und selten, wenn überhaupt, durch das Melodram geheimer Identitäten oder verdeckter Einsätze gefärbt. Hatte man es erst einmal zum Hohen Offizier geschafft – für das Haus Davion hieß das, zum Rang eines Colonels oder höher –, waren Beförderungen nur noch eine Frage der Politik, von Beziehungen und dem möglichen oder tatsächlichen Austausch von Gefälligkeiten. Zellner hatte im Verlauf seiner Karriere, beim Betreiben seiner Beförderungen und der gewisser Offiziere seiner Umgebung, durchaus seinen Teil an Intrigen mitgemacht, aber ein Komplott dieser Größenordnung, das mehrere Systeme und Hunderte VCS-Offiziere umfaßte, war ihm ebenso neu wie Commander General Vaughn.

Oder selbst, so nahm er zumindest an, Feldmarschall Gareth.

Trotzdem, Zellner genoß das Gefühl der Macht, Geheimnisse zu kennen, deren Enthüllung die Karriere einflußreicher Offiziere oder noch mächtigerer Politiker zerstören konnte. Jahrelang war er 1. Adjutant des Marschalles Caesar Steiner gewesen, eine Position, die zumindest äußerlich komplette Hingabe und Loyalität erforderte. Als er jedoch die ersehnte Beförderung zum Marschallsrang erreicht hatte, war er endlich in der Lage gewesen, Informationen, die ihm von loyalen Zuträgern während seiner gesamten Laufbahn übermittelt worden waren, effektiv zu benutzen. »Was die Sicherheit meines Büros angeht, mache ich mir nur wenig Sorgen«, fuhr er fort. Tatsache war, daß er den Raum regelmäßig mit empfindlichen Suchgeräten abtasten ließ, die selbst passive Abhörgeräte entdecken konnten. »Ich kann mich jedoch nicht für das Ihre verbürgen.«

»Ich habe vollstes Vertrauen in meine Leute«, erwiderte Vaughn steif. Aber während er das sagte, zuckten die Augen in seinem fleischigen Gesicht unsicher hin und her.

Tatsächlich war sich Zellner über Vaughn und dessen Büroräume ebenso sicher wie über seine eigenen. Vaughn hatte Zellners Abhörmikrofone *nicht* entdeckt, aber da Zellner auch Wanzen im Büro der Sicherheitsabteilung und an einigen weiteren Schlüsselstellen des Hauptquartiers der 3. Guards hatte, bestand keine Gefahr, daß irgend jemand eine Untersuchung gegen Zellner oder Vaughn einleiten konnte, ohne daß Zellner davon Wind bekam.

»Ich habe vollstes Vertrauen in Sie, General«, meinte Zellner entspannt freundlich. »Und in Ihre Leute. Bitte. Fahren Sie mit Ihrem Bericht fort.«

»Da gibt es nicht mehr viel zu berichten, Herr Marschall. Feldmarschall Gareths Plan scheint völlig fehlgeschlagen zu sein. Der Söldner Grayson Carlyle lebt, und einer der Attentäter ist tot.«

»Und der andere Attentäter?«

»Ich besitze keine Informationen über ihn, Sir. Erste Meldungen deuten darauf hin, daß er festgenommen wurde, aber ich war bisher nicht in der Lage, dafür eine Bestätigung zu bekommen.«

»Wenn schon, er weiß zuwenig, um uns gefährlich werden zu können.«

Zellner dachte nicht daran, Vaughn wissen zu lassen, daß Hauptmann Dupré den Dienst wiederaufgenommen hatte … und noch befördert worden war. Manche Informationen, wie die Tatsache, daß es Zellner gelungen war, einen von Gareths Meuchelmördern zu bestechen, waren in der Hinterhand besser aufgehoben. Ein

Agent im Grauen Tod konnte sich für Zellners Pläne als sehr wertvoll erweisen …

Vaughns Hologramm schüttelte unglücklich den Kopf. »Herr Marschall … ich fürchte, ich bin für diese, diese Geheimaktionen nicht geeignet. Ich will ehrlich sein: Ich habe Angst davor, was der Feldmarschall zu tun versucht. Es ist … es ist zu viel. Zu groß! Und dieser Anschlag gegen Grayson Carlyle war gefährlich. Er hätte uns alle ruinieren können!«

»Inwiefern, Thurman?«

»Carlyle ist populär. Besonders auf Glengarry. Die Leute lieben diesen Kerl, und seine Truppen lieben ihn noch mehr. Wäre das Attentat erfolgreich gewesen, würden sie keine Ruhe geben, bis sie denjenigen gefunden hätten, der dahinter steckte. Ich bin mir nicht sicher, daß sie das nicht trotzdem versuchen werden, allein schon, weil jemand ein Attentat versucht hat! Herr Marschall, wissen Sie denn gar nichts über den Grauen Tod?«

»Was gibt's da zu wissen? Es sind Söldner …«

»Söldner, ja, auch wenn sie einen langfristigen Kontrakt mit dem Commonwealth haben, der bis in die Zeit vor Abschluß der Allianz zurückgeht. Schon mindestens dreißig Jahre. Sie werden im ganzen Steiner-Raum bewundert, besonders von den Militärs. Auf manchen Welten, wie Glengarry, sind sie Helden. Auf Caledonia möglicherweise auch, schon allein, weil beide Planeten ein gemeinsames ethnisches Erbe teilen. Die Geschichte von den Leistungen der Legion auf Glengarry während der 2. Skye-Rebellion sind schon zu einem kleinen Heldenepos geworden.«

»Commander General, ich fürchte, Sie machen aus einer Mücke einen Elefanten.«

»Bei allem gebotenen Respekt, Herr Marschall, ich untertreibe eher noch.«

»Ähem. Sagt Ihnen *Der Fürst* etwas?«

Vaughn wirkte verwirrt. »Prinz Victor Davion?«

Zellner unterdrückte eine schmerzhafte Grimasse. *Lernen diese jungen Offiziere heute denn gar nichts mehr?* »Nein, General. *Der Fürst* ist der Titel eines Buches, das vor fünfzehnhundert Jahren geschrieben wurde, von einem Mann, einem Renaissance-Italiener, namens Niccolò Machiavelli.« Er tippte beiläufig einen Befehl in das kleine Lesegerät auf dem Schreibtisch vor ihm, gab einen Suchbegriff ein und drückte eine weitere Taste. Der Wandschirm an einer Seite des Büros, die in Vaughns Blickfeld lag, leuchtete auf und zeigte die Vergrößerung einer Druckseite.

»Ein Herrscher, der sich auf Söldner stützt«, lautete der Auszug, den Zellner längst auswendig kannte, *»wird niemals auf festem Boden stehen und sicher sein; denn Söldner sind uneinig, machtgierig, ohne Disziplin und treulos, überheblich gegenüber den Freunden, feig vor dem Feind, ohne Furcht vor Gott, ohne Redlichkeit gegen die Menschen. Man schiebt seinen Untergang nur so lange hinaus, als man den Angriff hinausschiebt. Im Frieden wird das Land* von ihnen *ausgeplündert, im Krieg* vom Feind. *Der Grund hiefür ist der, daß sie sich durch nichts gebunden fühlen und kein anderes Motiv sie im Feld hält als das bißchen Sold, der nicht ausreicht, um sie gern für dich sterben zu lassen. Sie wollen wohl deine Soldaten sein, solange du keinen Krieg führst; doch wenn wirklich Krieg kommt, ...«*

»Das«, stellte Zellner fest, und schaltete das Gerät wieder aus, »gilt heute ebenso wie im sechzehnten Jahrhundert. Ich würde in jedem Fall einer starken, gut trainierten und disziplinierten regulären Armee den Vorzug geben. Einer Armee, deren Loyalität *mir* gehört und dem Staat, für den ich stehe. Söldner sind nur der allmächtigen C-Note loyal.«

»Noch einmal, bei allem Respekt, Sir«, wandte Vaughn ein. »Das trifft für die Legion so nicht zu. Die niederen Ränge sind Carlyle fraglos ergeben. Und was ihn selbst angeht... er scheint seine Loyalität der Zivilisation zu widmen.«

»Was… der Oper? Der Kultur? Der Literatur? Was meinen Sie damit, der ›Zivilisation‹?«

»Ich meine, er hat Angst, daß die Zivilisation zerfällt, daß eine Fortsetzung der Kriege alles vernichten wird, was die menschliche Rasse aufgebaut hat. Er hat Angst, wir könnten selbst die Möglichkeit der Raumfahrt verlieren, daß die Menschheit als Barbarenhaufen endet, über die Lichtjahre verstreut.«

»Sehr poetisch. Und reichlich unwahrscheinlich. Woher wissen Sie das alles?«

»Ich habe meine… Quellen.«

Also hat er eigene Spione in Carlyles Lager. Darum werde ich mich kümmern müssen. »Grayson Carlyle«, stellte Zellner langsam fest, »ist gut, sogar sehr gut. Aber er ist nur ein Söldner. Wenn er erst tot ist, wird man ihn vergessen. Auch seine Truppen werden ihn vergessen.«

»Aber es ist gefährlich. Ich verstehe nicht, was der Feldmarschall sich dabei denkt, und ich mache mir Sorgen wegen des Sicherheitsdienstes des Grauen Tods. Der ist nämlich auch sehr gut!«

Zellner fragte sich, wieviel er Vaughn erzählen sollte. Immerhin hatte der Mann nur sehr entfernt mit der Operation Excalibur zu tun. Und jetzt zeigte er Anzeichen, aussteigen zu wollen…

Felix Zellner schuldete Feldmarschall Brandal Gareth keine besondere Loyalität. Sicher, er verdankte dem Mann einen großen Teil seiner jüngsten Erfolge. Aber das würde ihn nicht davon abhalten, zu tun, was nötig war, um in der bevorstehenden Krise zu überleben – wenn möglich, seine Macht und seinen Einfluß auszubauen.

Jeder, alle höheren Offiziere in den Vereinigten Commonwealth-Streitkräften, wußte, daß das Davion-Steiner-Bündnis unter schweren internen Spannungen litt. Natürlich erwähnte das niemand in der Öffentlichkeit, aber untereinander gab es kaum ein anderes Gesprächsthema als die Möglichkeit eines Bürgerkriegs.

Die meisten sahen der Zukunft mit Schrecken entgegen, ob sie nun Pro-Steiner, Pro-Davion oder Pro-VerCom waren.

Aber ob man ihn nun fürchtete oder nicht, die Gefahr eines offenen Bürgerkriegs war nur zu real.

Das Vereinigte Commonwealth bildete keine natürliche Einheit. Das alte Lyranische Commonwealth unter der Obhut des Hauses Steiner war bereits eine Union dreier Staaten gewesen, des Tamarpakts, des Protektorats Donegal und der Skye-Föderation, die sich 2341 unter einer gemeinsamen Regierung zusammengetan hatten. Diese Union konnte sich zumindest aus über siebenhundert Jahren gemeinsamer Erfolge in Handel, Wirtschaft, Diplomatie und Krieg eine Legitimation erwerben, aber selbst so hatte sie mehr als einmal Unruhen und Unabhängigkeitsbestrebungen ihrer Teilstaaten aushalten müssen.

Die Allianz der Vereinigten Sonnen und des Lyranischen Commonwealth war weit plötzlicher und unerwarteter zustande gekommen, praktisch über die Bevölkerung über Nacht hereingebrochen. Und diese Allianz hatte im Laufe weniger Jahre viele der Sitten und traditionellen Problemlösungen über den Haufen geworfen, insbesondere in Regierungs- und Militärkreisen. Ein Punkt war die Ernennung planetarischer Herrscher durch den Prinzen, sei es als Belohnung für irgendwelche Dienste oder als offene Bestechung, statt der demokratischen Wahl eines Herrschers durch die planetarische Bevölkerung.

Die meisten dienstälteren Offiziere der VCS waren davon überzeugt, daß die Skye-Rebellion des vergangenen Jahres nur das Vorspiel zu einem größeren und weitaus ernsteren Aufstand gebildet hatte.

Möglicherweise zu einem Bürgerkrieg, der das Vereinigte Commonwealth zerreißen würde.

Wenn die Allianz wieder in zwei Staaten zerfiel, in die Häuser Davion und Steiner, würden alle Vorteile, die man in den letzten dreißig Jahren gewonnen hatte, verlorengehen... und mehr noch, weil die zerfallende Allianz unzählige Mittel und Ressourcen militärischer und ziviler Natur in dem Krieg verpulvern würde, der ihr Ende bedeutete.

Einige wenige Offiziere der VCS schmiedeten bereits detaillierte Pläne für den Fall, daß es zum Schlimmsten kam. In Gareths Fall sah die Planung vor, ein kleines Sternenreich im Herzen der ruhelosen Mark Skye aufzubauen. Die Welten dieser Provinz waren reich. Viele wurden von den letzten Jahrhunderten des Krieges kaum berührt. Und dann gab es da noch Hesperus II, den Planeten, auf dem er es geschafft hatte, sich stationieren zu lassen. Mit dem riesigen Mechfabrikenkomplex in den majestätischen Myubergen war Hesperus der wichtigste Planet im gesamten Steiner-Raum. Ohne BattleMechs konnte sich niemand lange an der Macht halten.

»Der Feldmarschall ist der Ansicht, daß Carlyles Popularität auf Glengarry und in den angrenzenden Systemen ihn beim Start Excaliburs zu einem Bannerträger der Opposition machen könnte. Ihn aus dem Weg zu räumen, schien die einfachste Art, den Grauen Tod als mögliches Hindernis für unsere Pläne auszuschalten.«

»Schön. Und warum die Frau?«

»Sie ist Carlyles Stellvertreterin und würde nach seinem Tod voraussichtlich den Befehl übernehmen. Durch das Attentat sollten beide sterben, damit der dritthöchste Offizier der Legion den Befehl übernimmt.«

»Wer ist das?«

»Ein Caledonier. Ein gewisser Kommandanthauptmann McCall.«

»Kenne ich nicht. Warum wollen Sie gerade ihn als Kommandeur?«

»Sind Sie mit der Lage auf Caledonia vertraut, General?«

»Es handelt sich um eine relativ rohstoffarme Welt ein paar Parseks von Hesperus II entfernt. Soweit ich weiß, ist das der einzige strategische Wert des Planeten.«

»Korrekt. Und der Gouverneur ist ein Mann Feldmarschall Gareths. Er war früher Gareths Sekretär und erhielt den Gouverneursposten, der lokale Titel ist Verwalter, von Prinz Victor auf ausdrückliches Ersuchen des Feldmarschalls.«

»Was hat das mit … Ah! Sie erwähnten, daß McCall Caledonier ist.«

»Und er befindet sich im Moment auf dem Flug zu seiner Heimatwelt. Der Feldmarschall war überzeugt, daß wir in einer ausgezeichneten Position wären, McCall und über ihn die Legion zu kontrollieren, sollte er den Befehl über den Grauen Tod erhalten.«

»Aber wie?« Vaughn schüttelte den Kopf. »Ich verstehe das immer noch nicht. Wie gesagt … ich glaube nicht, daß ich mich für diese Art Unternehmen eigne. Ich bin ein einfacher Mann, und diese ganzen Verschachtelungen sind mir zu komplex, als daß ich für irgend …«

»Unsinn, General! Wir brauchen Sie, und wir haben vollstes Vertrauen in Ihre Fähigkeiten. Sie werden bei Excalibur Ihren Mann stehen!«

»Ich weiß das zu schätzen, Sir. Aber was wird jetzt geschehen, nachdem der Plan des Feldmarschalls fehlgeschlagen ist?«

»Aber nein, er ist nicht fehlgeschlagen. Nicht wirklich. Ich gebe zu, die Lage wäre einfacher, hätte es geklappt, die Carlyles aus dem Weg zu räumen. Aber wie die Dinge nun mal stehen, haben wir immer noch eine exzellente Gelegenheit, den Grauen Tod unter unsere Kontrolle zu bringen … oder zu vernichten.«

»Zu vernichten?«

»Beides, Commander General Vaughn«, stellte Zellner lächelnd fest, »würde *unseren* Zielen dienen.«

11

Raumhafen New Edinburgh, Caledonia
Mark Tamarind, Vereinigtes Commonwealth

31. März 3057, 12:30 TNZ

Am Nadirsprungpunkt des Gladius-Systems gingen Alex und McCall an Bord der *Neptun*, eines VCS-Transporters ins benachbarte System von Lakaia, der Platz für zwei Passagiere von Bord der *Altair* bot. Drei Tage später waren sie gesprungen und hatten über Lakaia einige Tage in Verhandlungen mit dem wenig vertrauenserweckenden Eigner/Kapitän des unabhängigen Frachters *Shoshone* verbracht, bevor dieser sie als Passagiere akzeptierte und für den Hyperraumsprung nach Caledon an Bord nahm.

Das Landungsschiff *Tagalong* der *Shoshone* hatte die beiden über die letzte Etappe ihrer Reise beherbergt, bis es sich auf einer grellweißen Flammensäule in Start-/Landegrube Nummer Fünf des Raumhafens von New Edinburgh senkte. Alex und McCall brauchten keine Stunde für die Zollabfertigung, das Abholen ihres Gepäcks und die notwendigen Formalitäten, um McCalls Frachtkontingent nach der Ausschiffung aus dem Laderaum der *Tagalong* in einer Lagerhalle unterzubringen.

Kurz nach Mittag Ortszeit waren sie soweit, Ausschau nach einer Fahrmöglichkeit zu McCalls Familiensitz in Dundee zu halten. Caledonias Tag ähnelte dem terranischen von der Länge her recht stark, weshalb die planetarische Zeitrechnung – bis auf eine um sieben Minuten verkürzte zusätzliche 25. Stunde in der Mitte der Nacht – mit der 24-Stunden-Uhr der terranischen Standardzeitrechnung identisch war. New Edinburgh, die Hauptstadt des Planeten, lag, ebenso wie Dunkeld auf Glengarry, in der ›Terranischen Zeitzone‹.

Der Aufstand war, wie sie später erfuhren, bereits am Morgen dieses Tages ausgebrochen.

»Tut mir leid, Gentlemen«, teilte ihnen der schwerbewaffnete und gepanzerte Soldat vor dem Ausgang des Terminalgebäudes mit. »Heute sind die Straßen nicht sicher. Sie sollten ein Zimmer im Raumhafenhotel nehmen, bis sich die Lage geklärt hat.«

Alex sah sich zu der Menge um, die sich im Aufenthaltsraum drängte. Hunderte von Menschen hatten jeden verfügbaren Sitzplatz mit Beschlag belegt, und viele saßen in abgelegeneren Ecken in gedrückter Stimmung auf dem Teppichboden. Er hatte wenig Hoffnung, daß noch Hotelzimmer frei waren.

Nicht, daß McCall bereit gewesen wäre, sich aufhalten zu lassen.

»Laddie«, meinte er fröhlich, und zog eine Kaliber.50 Starfire, seine bevorzugte Handfeuerwaffe. »Nachdem ich all diesen Weg gekommen bin, werrd ich mich nicht von irrgendwelchem Pöbel von meinem eigenen Zuhause ferrnhalten lassen. Trritt beiseite!«

Möglicherweise war es die Waffe, oder etwas in der akzentreichen Stimme. Der junge Soldat setzte zu einer Antwort an, dann zuckte er die Schultern und winkte sie durch. »Wenn du unbedingt willst, Mann. Es ist dein Begräbnis.«

Alex bemerkte, daß der Mann die schwarzgelbe Uniform der caledonischen Heimatgarde trug, eines Milizregiments unter dem direkten Befehl des planetarischen Verwalters. Als die beiden durch die Schiebetüren ins Freie getreten waren, machte Alex eine entsprechende Bemerkung zu McCall. »Der Soldat eben.«

»Aye. Hierr nennt man sie ›Blackjackets‹. Wichtigtuerr ...«

»Er klang gar nicht wie du. Kein schottischer Akzent.«

»Das ist dirr aufgefallen, aye? Nicht alle Caledonier beherrschen den rreichen Schatz unserrer Sprrache so wie die alten Familien. Aberr es stimmt, err klang nach einem Frremdweltlerr. Imporrtierrt, wahrrscheinlich.«

»Importiert? Von wem?«

»Seinerr Majestät, dem Verrwalterr, natürrlich. Derr arrme Mann hat Ärrgerr, Unterrstützung bei den Einheimischen zu finden, also muß err sich seine Helferr woanderrs einkaufen. Ah. Paß auf jetzt, Alex. Das könnte interressant werrden.«

Der Raumhafen erstreckte sich auf einer weiten Ebene am Rand von New Edinburgh, in einem ärmlich wirkenden Viertel verwahrloster Häuser, baufälliger Lagerhallen und altersschwacher Fabriken. Über den Slums und billigen Fabriplastbauten konnte Alex in der Ferne die silbrigweißen Bahnen erhöhter Straßenzüge sehen, aber hier waren nur wenige Fahrzeuge zu finden. Ein U-Bahnhof lag am anderen Ende eines müllbedeckten Parks. Aus den Türen des Bahnhofs strömte ein Mob, nur zum Teil bewaffnet mit Stöcken und improvisierten Waffen, auf den zentralen Platz der Anlage. Über den Köpfen der wütend brüllenden Menge waren zahlreiche Schilder zu sehen. Alex las auf einer ganzen Reihe von ihnen mit roten Buchstaben, die herabtropfendes Blut andeuteten, das Wort MÖRDER!

»Hierr entlang, Lad.« McCall stieß ihn mit dem Ellbogen an. Seine Hände waren voll, in der einen hielt er die Pistole, in der anderen seinen Koffer, aber er schaffte es trotzdem, Alex von der Straße zum Park weg in eine Seitengasse zu steuern, die an der Umzäunung des Raumhafens entlangführte. Die mit jeder Sekunde größer werdende Menge strömte weiter in den Park, füllte den Mittelplatz und bedeckte auch den größten Teil des kahlen Bodens ringsum, der wohl irgendwann einmal eine Grasfläche gewesen war.

Eine der Anführerinnen des Mobs war auf ein improvisiertes Podium gesprungen – den Sockel einer in der Mitte des Platzes aufragenden Bronzestatue, eine junge Frau mit langen braunen Haaren, die sie mit einem roten Stirnband gebändigt hatte. Sie trug karierte Hosen und ein T-Shirt mit der geballten linken Faust des Hauses Steiners.

»Bürrger!« rief sie, und ihre Stimme wurde durch ein unsichtbares Lautsprechersystem verstärkt. »Caledonier! Man hat auf unserren Rrechten herrumgetrrampelt und hat sie uns genommen, bis wirr kaum mehr warren als die Sklaven von Wilmarrth und seinen Genossen!«

Alex hätte gern mehr gehört, aber ihr Weg führte sie hinter eine Lagerhalle, und die Stimme der Rednerin verwandelte sich in ein unverständliches Dröhnen der Lautsprecherbässe. Aber der donnernde Applaus der Menge, die ihre Rede bejubelte, folgte ihnen ungedämpft.

»Würrde selbst gerrne hörren, was die Lassie zu sagen hat«, erklärte McCall, als sie die Gasse entlangliefen, »aberr ich halte es fürr besserr, uns nicht mit ihrresgleichen einzulassen, kaum daß wirr einen Fuß auf den Planeten gesetzt haben.«

»Du hast bestimmt recht.« Sie schlugen noch einige Haken in schneller Folge und zogen eine verwirrende Spur durch das Labyrinth der Lagerschuppen. »Äh, Sie wissen doch, wohin wir gehen, Kommandanthauptmann? Oder nicht?«

»Lad, hierr hat es seit Jahrren keine Neubauten gegeben. Ich hab als Bairrn vor vollen fünfzig Jahrren in diesen Gassen gespielt.«

»Wirklich? Mein Vater hat mir erzählt, daß du aus einer der reichen Familien hier stammst. Und du hast in den Gassen gespielt?«

»Aye, das habe ich. Ich warr schon damals ein Rrebell. Bin hierrherr gekommen, wann immerr ich eine Chance dazu hatte, um den Landungsschiffen zuzusehen. Die großen, rrunden Schiffe, die auf weißen Flammensäulen zu den Sterrnen aufstiegen, hatten damals etwas Rromantisches für mich. Da wärren wirr. Paß auf deinen Kopf auf.« Er zog eine loses Stück Maschendraht beiseite und öffnete eine schmale Lücke im Zaun. Alex zwängte sich hindurch in eine andere Gasse, die in einiger Entfernung in eine schmutzige, müllübersäte Straße mündete.

Er konnte die Truppen kommen hören, lange bevor er sie sah.

McCall steckte die Pistole ein und setzte den Koffer ab. »Warrten wirr, Alex«, meinte er. »Blick frreundlich und frriedlich. Wie ein harrmloserr Tourrist.«

Sie standen am Eingang der Gasse, als die Panzerkolonne vorbeifuhr, zwölf offene Schweber, die mit schrill kreischenden Hubrotoren die Straße entlangrasten. Der Windzug, der unter den Schürzen der Luftkissenantriebe hervorheulte, wirbelte den Müll hoch, und die beiden wurden von einem Schauer aus Staub und Schmutz getroffen. Die Soldaten auf den Truppentransportern trugen schwarze Panzer. Ihre Gesichter waren hinter polarisierten Helmvisieren verborgen, aber Alex konnte ihre uninteressierten Blicke spüren. Hinter ihm grinste McCall schwachsinnig und winkte.

Als der letzte Truppentransporter laut heulend vorbei war, wollte Alex auf die Straße hinaustreten, aber McCall legte ihm die Hand auf die Schulter. »Warrt, Lad.« Dann hörte auch Alex, was McCall gehört hatte, ein vertrautes, unverwechselbares Zischen, Keuchen und Schlagen bewegter Maschinerie.

BattleMechs.

Der vorderste Kampfkoloß war eine *Wespe*, lackiert im Schwarz und Gelb der Heimatgarde. Trotz der Farbe konnte Alex deutlich erkennen, daß die Maschine in schlechtem Zustand war. Große Rostflecken hatte man nur übermalt, und sie blieben wie Male durch die Farbschicht zu sehen. Fehlende Wartungsluken gaben den Blick auf bunte Verdrahtung oder Myomerbündel frei: Schwachstellen in der Panzerung des Mechs.

Trotzdem, selbst als MechKrieger – *besonders* als MechKrieger – war Alex kaum jemals in der Situation gewesen, einem potentiell feindlichen Mech aus dieser Position gegenüberzustehen, unbewaffnet und im Freien, wo die Maschine hoch über ihm aufragte. Die *Wespe* wog nur zwanzig Tonnen und ragte etwa acht Meter hoch – war also mehr als viermal so groß wie Alex. Die humanoide Maschine hatte lange Beine und einen eher gedrungenen Rumpf. Alex hätte sich recken müssen, um ihr Knie zu erreichen. Der geradezu lächerlich kleine Kopf zwischen den vier Duotech-Funkantennen wirkte beinahe menschlich, als er sich den beiden Männern am Straßenrand zuwandte. Als der Schlitz des Kanzeldachs sichtbar wurde, konnte Alex den Neurohelm des Piloten erkennen. Der Schädel des Mechs war so winzig, daß nur Kopf und Schulterpartie des Piloten aus der ansonsten im oberen Rumpfbereich liegenden, bedrückend engen Pilotenkanzel ragten. Der Eindruck war mehr der eines Mannes in einer extrem großen Rüstung als der eines Piloten am Steuer einer Kampfmaschine.

Mit einem schwerfälligen Krachen und dem Quetschen metallener Scharniere marschierte die *Wespe* vorbei, hinter den Schwebern her. Während der Reise von Glengarry hatte McCall den Nachrichtenfilm aus dem Netz abgespielt. Alex fragte sich, ob das wohl dieselbe *Wespe* war, die den einsamen Protestierer auf der Malcolm Plaza zertreten hatte.

»Sie scheinen zum Park zu wollen«, stellte er fest.

»Aye, Lad. Man sieht nicht häufig BattleMechs im Einsatz bei Orrdnungsaufgaben.«

»Sah auch nach einem kompletten Infanteriebataillon aus. Die Lage muß ziemlich ernst sein.«

»Aye, Lad. Und sie wirrd schlimmerr. Wirr gehen *hierr* lang.«

Nachdem sie die Umgebung des Raumhafens hinter sich gelassen hatten, wirkte New Edinburgh weniger bedrohlich und beengend. Die Passanten ähnelten weitgehend den Bürgern aller anderen Welten, die Alex kannte. Vielleicht ein Viertel der Männer trug Kilts in verschiedenen farbenfrohen Tartans, während viele der Frauen Trews, lose Hosen in Schottenmustern trugen. Es waren keine Soldaten zu sehen.

Malcolm Plaza war ein viel größerer und gepflegterer Park als der beim Raumhafen, und momentan schien er durchaus friedlich. Trotzdem bemerkte Alex Spuren der Auseinandersetzung, die hier stattgefunden hatte, die pockennarbigen Krater von Einschüssen auf einer Betonwand, einen blassen, bräunlichen Fleck auf der Straße, der noch nicht komplett verschwunden war. Hinter der Plaza lag eine Monorailstation, Teil desselben öffentlichen Verkehrsnetzes wie die U-Bahn am Flughafen. Alex und McCall schleppten ihr Gepäck hinüber, kauften sich Fahrkarten und stiegen in einen wartenden Magnetzug. Innerhalb von Minuten fuhren sie durch das Herz der Stadt, durch den sie umgebenden Gürtel von Fabriken und Leichtindustrie hinaus in die grünen Hügel des Umlands.

»Hübsche Gegend«, stellte Alex fest, während er sich in die Polster zurücklehnte und aus dem Fenster sah.

»Aye, das ist sie.«

»Freust du dich, wieder hier zu sein?«

»Das würrde ich vielleicht«, gab McCall zu. »Ich wärre es bestimmt, unterr anderen Umständen. Wenn wirr nichts *damit* zu schaffen hätten.« Er zeigte nach draußen. Alex drehte sich um und sah zum erstenmal die Zitadelle.

Das Gebäude hatte Ähnlichkeit mit der Burg auf Glengarry. Die Bauweise war typisch für die frühen Jahrhunderte des Sternenbunds. Aus dieser Entfernung ließen sich Einzelheiten nur schwer erkennen, aber sie duckte sich auf der Spitze einer Klippe über den Chrom- und Glastürmen New Edinburghs wie eine riesige schwarze Raubkatze über ihrer Beute. Zum größten Teil schien sie aus einem ungeheuren Block Obsidian gehauen und poliert, denn sie schluckte das Licht der gelborangenen Sonne Caledonias ohne die kleinste Reflexion. Von der Außenmauer reckten sich Türme in den Himmel. Früher einmal hatten sie leistungsstarke Sensorphalanxen, Strahlgeschütze der Raumabwehr und Boden-Raum-Raketenbatterien enthalten. Heute beherbergten sie wahrscheinlich menschliche Posten und Beobachter, denn auch auf Caledonia hatten die Jahrhunderte der endlosen Kriege, wie auf so vielen anderen Welten der Inneren Sphäre, zu einem stetigen Verlust an technologischen Möglichkeiten geführt.

»Eine echte Festung. Wie kommt man da hoch?«

»Oh, es gibt eine Arrt Strraße. Sie schlängelt sich durrch die Hügel unterr derr Klippe.«

»Sieht nach einer guten Verteidigungsposition aus.«

»Aye. Ohne Zweifel genau das, was ihrre Bauherrren beabsichtigt haben. Es gibt nurr einen Eingang am Boden, und derr führrt überr eine Steinbrrücke überr eine drreißig Meterr tiefe Schlucht. Die Außenmauerrn sind aus Stahlbeton und zwanzig Meterr hoch. Vielleicht nicht hoch genug, um einen Mech mit Sprrungdüsen zu stoppen, aber es gibt sehrr wenige Punkte in derr Nähe, von denen aus ein Mech absprringen könnte. Das Fundament ist natürrlicherr Fels, aus dem Herrz des Berrgs geschmolzen. Mount Alba nennen wirr ihn.«

»Alba. Weißer Berg?« Im strahlenden Sonnenschein wirkte der Berg dunkel grauviolett, und die Umarmung der Sternenbundfestung ließ ihn noch düsterer erscheinen.

»Wie? Aye, du denkst an das lateinische Albus. Nein, ›Alba‹ ist ein alter gaelischer Name für Scotland. Könnte möglicherrweise urrsprrünglich aus dem Lateinischen stammen, werr weiß, aberr das warr vorr langerr, langerr Zeit.«

Die Einschienenmagnetbahn fuhr durch einen dunklen Wald, der den Blick auf die Zitadelle abschnitt. Als sie wieder ins Licht trat, bremste sie bereits für den Halt in Dundee ab.

Dundee war ein Landstädtchen aus niedrigen Kristallkuppeln und organischen Gebäuden, die mehr gewachsen als gebaut schienen. Es lag an der Bucht des Firth of Lorn, durch die graubraune Wand der zerklüfteten Isle of Mull vor Caledons gelegentlichen Coriolisstürmen geschützt. Die niedrigen Berge, die sich im Norden und Süden um die Stadt gruppierten, waren Ausläufer von steilen, das ganze Jahr über schneebedeckten Hochgebirgsgipfeln, und die Reflexe vom Neviangletscher badeten die Bergwände an klaren und sonnigen Tagen in weißes Feuer.

Das Gut der McCalls lag in den Bergen im Nordosten, von denen man einen freien Blick über die Stadt und die Bucht hatte. Ein Mietwagen brachte sie nach zwanzigminütiger Fahrt zu den reichverzierten Eingangstoren.

»Meine Güte«, stieß Alex aus, als sie anhielten. Hinter dem Tor war nichts außer Wald und steilen Hängen zu sehen. »*Das* hast du aufgegeben, um Söldner zu werden?«

»Es gab gewisse Umstände, die mirr die Entscheidung errleichterrten, Alex.« McCall grinste trocken. »Außerrdem, ich warr schon immerr ein Rrebell.«

Der alte Torhüter, der zu ihrer Begrüßung herauskam, trug zivile Kleidung, aber die Schärpe von der linken Schulter zur rechten Hüfte gab ihm trotz seines unübersehbaren Alters ein militärisches Gepräge; sie war im strengen rotschwarzen Tartan des Clans McCall gewebt. Als er das Gesicht des Mannes am Steuer des Wagens erkannte, riß er die Augen auf. »Jung-Davis!« rief er. »Sie sind zurück!«

»Aye, Miles, das bin ich. Errwarrten sie mich auf dem Berrg, was meinst du? Ich hab nicht angerrufen, nachdem wir aufsetzten.«

»Noch fürr mindestens zwei Wochen nicht, Sairr.

Aberr ich weiß, daß Ihre Nachrricht von Glengarry angekommen ist. Sie haben eine Woche von kaum etwas anderrem gesprrochen.«

»Was meinst? Ein frreundlicher Empfang? Oderr so wie beim letzten Mal?«

»Frreundlich genug, würrd ich meinen, Sairr, aberr Sie wissen natürrlich, daß es ein rrechten Zwist gegeben hat, ob Ihrre Mutterr Sie anrrufen soll oderr nicht.«

»Kann ich mirr denken. Weiß man schon was überr Angus?«

»Nichts, Sairr, nurr, daß es eine Verrhandlung geben soll. Aberr es gibt neuen Ärrgerr in derr Stadt, und Wilmarrths Kerrkerr müssen inzwischen überrfüllt sein.«

»Kann ich mirr denken. Wirr haben auf dem Weg hierrherr allerrhand gesehen.«

Der Torhüter sah von McCall zu Alex, dann wieder zu McCall. »Und das ist Ihrr Adjutant? Jung-Alex Carrlyle?«

»Das ist err, Myles.«

»Well, dann können Sie zwei passierren. Ich werrd oben Bescheid geben, und sie wissen lassen, daß Sie kommen.«

»Ein Diener?« fragte Alex, als die Tore aufschwangen und McCall den Wagen hindurch lenkte.

»Ein Gefolgsmann, und mehrr als nurr das. Myles ist bei unserrerr Familie, solange ich zurückdenken kann. Er warr mirr immerr ein guterr Frreund.« Er grinste. »Err hat mirr geholfen, allein rraus zu kommen, wenn ich frrische Luft brrauchte, als ich noch ein Bairrn warr.«

»Wieviele Gefolgsleute hat deine Familie?«

»Und woherr soll ich das wissnen, Lad? Es ist Jahrre herr, daß ich hierr warr.«

Das Haus lag tief im Wald, eine Ansammlung von Trägern und Untertassen, die aus der steilen Bergwand ragten und sich über einem stufigen Wasserfall an einem Felsbach in die Luft erhoben.

»Davis!« Eine große, attraktive Frau Mitte Vierzig kam eine geschwungene Treppe herab, als der Wagen unter einem Vordach anhielt. »Ich habe gehört, daß du unterrwegs bist. Es tut gut, dich wiederrzusehen!«

»Hallo, Marrta.«

»Komm rein! Die anderren warten drinnen.«

»Well, dann werrde ich mich wohl am Besten derr Musik stellen. Oh, Marrta? Das ist Alex Carrlyle, mein Adjutant und Prrotégé. Alex? Darrf ich dirr die Schönste allerr McCall-Schönheiten vorrstellen, Marrta. Sie war dumm genug, vorr ein paarr Jahrren mein' Brruderr Rroberrt zu heirraten, aberr das war lang nachdem ich forrt warr, deshalb nimmt sie mirr nichts übel. Zumindest… soweit ich weiß?«

»Idiot«, antwortete sie mit einem Lächeln. »Und der Dümmste in unserrerr Familie dazu. Komm schon. *Jetzt* nimmt dirr hierr niemand etwas übel. Nicht nach dem, was mit Angus geschehen ist.«

Die ›anderen‹ waren zwei Männer, jünger als Davis, aber mit deutlich ähnlichen Gesichtszügen, ebenso scharfen Nasen, ebenso kühlen blaugrauen Augen. Davis stellte sie als seine jüngeren Brüder Robert und Ben vor. Neben Marta waren noch drei weitere Frauen anwesend. Julia und Kristal – die Ehefrauen von Ben und Angus – und eine alte Frau, die Davis als ›Mutterr‹ vorstellte.

»Und dein Rregiment, Davis«, sagte die alte Frau, als McCall fertig war. »Kommt es bald nach?«

»Nein, Mutterr«, erwiderte Davis. »Ich bin nurr mit dem Lad hierr gekommen.«

Ihre Miene verhärtete sich. »Ist das alles? Und wie willst du es mit Willmarrth und seinerr ganze Arrmee Frremdweltlerr aufnehmen, eh? Mit deinen zwei Händen?«

»Wirr wissen, daß unsere Nachricht an dich unvollständig war«, meinte Ben McCall, in dessen Stimme nur ein leiser Anflug von Akzent lag. »Aber wirr dachten, du hättest genug Verstand, deine Einheit mitzubringen, Davis. Die Leute oben in der Zitadelle meinen es errnst!«

»Aye, Ben«, antwortete McCall gelassen. »Und ich auch. Wirr brauchen den Grrauen Tod nicht, um einen Bettlerr wie Nelson Wilmarrth zu verrtrreiben, selbst wenn es möglich wärre, sie herr zu brringen.«

»Ja«, stellte Robert mit einer Spur von Selbstgefälligkeit fest. »Deine Leute sind Söldner, nicht wahr? Wir werden wohl einiges Geld brauchen, um sie anzuheuern. Wenn du dich erinnerst, wir *haben* gewisse Möglichkeiten. Wieviel würdest du verlangen, Davis? Wieviel kostet es, damit du deiner Familie hilfst?«

Davis zog die Brauen zusammen. »Rroberrt, derr Grraue Tod ist nicht mein Eigentum. Ich kann ihn nicht ausheuerrn. Aberr glaubst du wirrklich, Ihrr müßtet meine Dienste errkaufen?«

»Bitte, Jungs«, bettelte Marta. »Keinen Streit, nicht jetzt! Robert, Davis ist gekommen, um zu helfen. Er hat kein eigenes BattleMech-Regiment, das er als seine persönliche Armee befehligen könnte!«

»Aye«, stellte Ben fest. »Aber Wilmarth hat eine, und wirr haben ihm herzlich wenig entgegenzusetzen.« Er schüttelte entmutigt den Kopf. Er blickte McCall und Alex traurig an. »Ich nehme nicht an, daß einerr von euch einen BattleMech dabei hat?«

»Wir brauchen eine Armee, Ben«, meinte Robert. »Und ich weiß nicht, wo wir eine her bekommen sollen!«

»Well«, meinte McCall gedehnt. »Es scheint mirr, daß ihr berreits die Anfänge davon habt, in New Edinburgh. Wir haben eine Grruppe gesehn, als wirr ankamen ...«

»Was?« stieß Robert aus. »Dieser Pöbel? Das ist kaum eine Armee. Demonstranten und Gossenabschaum, allesamt.«

»Du wärrst überrascht, was man mit ›Gossenabschaum‹ alles erreichen kann«, sagte McCall. »Aberr unserre errste Aufgabe wirrd leichterr als das.«

»Was?« fragte Kristal. Sie war eine streng aussehende Frau mit einem energischen Kinn. »Was hast du vorr, Davis?«

»Wieso, Lass«, erwiderte McCall fröhlich. »Ich denke, daß Alex und ich gleich als errstes morrgen frrüh unserrem Frreund Wilmarrth einen Höflichkeitsbesuch abstatten werrden!«

»Was? Wir gehen in die Zitadelle?« Alex sah McCall ungläubig an.

»Aye, es sei denn, du meinst, wir sollten ihn hierrherr einladen. Irrgendwie glaube ich aberr nicht, daß er käme.«

»Bist du wirklich so dumm?« fragte Robert. »Niemand geht dorthin, nicht freiwillig. Und diejenigen, die hingehen, well, die kommen im allgemeinen nicht wieder.«

Kristal schluchzte gepreßt, dann stand sie auf und lief aus dem Zimmer. »Fahr zur Hölle, Robert«, stieß Julia aus, und eilte hinterher.

»Ich habe gehörrt, daß du und Ben dorrt warrt, nachdem Angus festgenommen wurrde«, sagte McCall in die peinliche Stille, die folgte.

»Aye«, bestätigte Ben. »Wir waren da, aberr sie haben uns nicht eingelassen. Haben uns erklärt, Angus würde vor Gericht gestellt, sie würden an ihm ein Exempel für ganz Caledonia exerzieren, und wirr könnten gar nichts dagegen unternehmen.«

»Mit wem habt ihrr gerredet? Mit einem Posten?«

»Genaugenommen war es Wilmarths Verbindungsoffizier zum VerCom-Militär«, erklärte Robert. »Eine schleimige Kröte von einem Mann namens Folker.«

»Folkerr?« fragte McCall, und kniff die Augen zusammen. »Das war nicht zufällig eine bestimmte Krröte namens Kellen Folkerr, oderr doch?«

»Kommandant Kellen Folker«, meinte Ben, und nickte. »So heißt er. Wieso, kennst du ihn?«

»Als ich ihn zuletzt gesehen habe, warr er nicht Kommandant. Aber ich war auch nicht Kommandanthauptmann damals. Aye, ich kenn ›Killer Kellen‹ sehrr gut.«

»Ist das gut?« wollte Alex wissen. »Ich meine, kannst du mit ihm reden, ihn dazu bringen, daß er uns hineinläßt, damit wir mit dem Verwalter reden können?«

»Ich werrde sehen, was ich tun kann«, antwortete McCall langsam, nachdenklich. »Es könnte sein, daß unserre Bekanntschaft das möglich macht ...«

»Ja?«

»Immerr vorrausgesetzt, daß keinerr von uns den anderren vorrherr umbrringt.«

12

Die Zitadelle, New Edinburgh, Caledonia
Mark Tamarind, Vereinigtes Commonwealth

1. April 3057, 09:20 Uhr TNZ

Sie fuhren mit dem Mietwagen die Serpentinenstraße zum Gipfel des Mount Alba hinauf. Alex saß auf dem Beifahrersitz und überprüfte ihre Handwaffen, während McCall steuerte. Sie waren nicht unbedingt auf Ärger aus, aber beide Männer trugen an Stelle der Zivilkleidung, in der sie auf dem Planeten angekommen waren, Gefechtsmontur und Munitionswesten. Den Gedanken hinter dieser Entscheidung hatte McCall seinen Brüdern am Frühstückstisch erklärt. Zivilisten hatten bereits vergeblich versucht, zu Wilmarth vorzudringen. Also würden sie einen militärischen Ansatz ausprobieren.

Sie hatten bereits mehrere Sperrschilder und einen Betonpfeiler passiert, der mit Sicherheit Sensoren beherbergte. Als die Bergkrone aus schwarzen Mauern und Türmen sich vor ihnen in den Himmel erhob, hatte Alex das dumpfe Gefühl, genau beobachtet zu werden.

»Wo hast du diesen Killer Kellen eigentlich kennengelernt?« fragte er McCall.

»Auf Furrillo.«

»Wann war das? Bevor du zur Legion gestoßen bist?«

»Aye. Ich muß so ungefährr 17, vielleicht 18 gewesen sein. Sag mirr, Lad, hast du je von den Guarrdians o' Camerron gehörrt?«

Alex überlegte. »Ich kann mich nicht – Moment. Söldnereinheit? Hatte einen zweifelhaften Ruf?«

»Den hatten sie. Ein seltsamerr Haufen, das.«

Über die gesamte Innere Sphäre verstreut existierten Hunderte, wenn nicht Tausende Söldnereinheiten zur Verstärkung der Militärs der verschiedenen großen

Häuser, aber auch einzelner Welten oder Konzerne, und Dutzende kamen jedes Jahr hinzu. Einige wenige – der Graue Tod und Wolfs Dragoner waren zwei Beispiele – hatten die vergangenen blutrünstigen Jahrzehnte überstanden und waren sogar gewachsen und gediehen. Viele andere waren spurlos verschwunden, aufgelöst worden, weil sie ihre Vertragsverpflichtungen nicht mehr einhalten, ihre Rechnungen nicht mehr bezahlen konnten, oder im Gefecht so vernichtend geschlagen wurden, daß sie sich nie mehr davon erholt hatten.

Der Rest schlug sich mehr schlecht als recht durch, ständig auf der verzweifelten Suche nach Munition, Ausrüstung und Mitgliedern. Eine Handvoll wählte in einem Versuch, ein einigendes Motiv zu finden, ungewöhnliche Uniformregeln, Rekrutierungsstandards, Philosophien oder sogar Hobbies, alles mit dem Ziel, sich vom Rest der Söldnerzunft abzuheben. Die meisten Veteranen betrachteten solche Gimmicks mit großer Skepsis. Alex hatte von einer Einheit gehört, die archäologische Artefakte für ihr eigenes Museum sammelte. Eine andere rekrutierte angeblich nur Frauen, die einem bestimmten Schönheitsideal entsprachen, aber diese Geschichte war mit ziemlicher Sicherheit erfunden, einer der seltsameren Mythen, die sich innerhalb der MechKriegergemeinschaft entwickelt hatten.

»Und was war ihr Tick?«

»Ihrr Kommandeurr hatte eine seltsame Vorrstellung vom Krrieg«, erwiderte McCall. »Ritterrtum. Ehrre. Derr Strreit fürr eine verrlorrene Sache, selbst wenn derr Auftrraggeberr nicht zahlen konnte.«

Alex nickte. *Das hehre Rittertum verschafft dir einen hübschen Grabstein* war ein Lieblingsspruch des Spießes auf Glengarry, obwohl es bis zum heutigen Tage Leute gab, die den Krieg für eine Art glamourösen Kontaktsport hielten, der vor allem mit Begriffen wie ›Ehre‹ und ›Ruhm‹ zu tun hatte. Die meisten davon hatten noch nie auf dem Schlachtfeld einem Mech gegenübergestanden… oder sie waren Politiker in Generalsuniform. Im Bild der Öffentlichkeit wurden BattleMechs häufig mit solchen Konzepten in Verbindung gebracht, zumindest auf den Welten, die keine Erfahrung mit angreifenden Mecharmeen hatten, die ihre Städte, Industrien und Bauernhöfe in qualmende Trümmerhaufen verwandelten. Unter diesen Unwissenden und bei ein paar vereinzelten Veteranen, die sich am Image des Einzelkämpfers aufgeilten, blieben MechKrieger das moderne Gegenstück zum Ritter des Mittelalters, hehre Streiter, die sich untereinander im Zweikampf maßen.

»Das Errgebnis warr«, fuhr McCall fort, »daß es den Guarrdians nicht so gut ging, zumindest finanziell.«

Unausgesprochen blieb die offensichtliche Tatsache, daß McCall sich vor Jahren gerade dieser Einheit angeschlossen hatte. Alex erinnerte sich an McCalls Erzählungen, wie er sich als junger Bursche zum Raumhafen von New Edinburgh davongeschlichen hatte, um die Landungsschiffe starten zu sehen. Irgendwie mußten die Guardians of Cameron den naiven jungen Caledonier beeindruckt haben.

Das war eine Seite in Davis McCalls Wesen, die Alex bisher verborgen geblieben war.

»Und dieser Kellen Folker?«

»Aye. Err warr einerr derr Altgedienten, als ich gerrade frrisch aus derr Ausbildung kam. Err und ich hatten einen Strreit auf Furrillo. Wirr kämpften gegen Marrik-Techrräuber bei einem Überrfall auf eine Rreaktorrfabrrik vorr derr Hauptstadt. Killerr wurrde von ein paarr Schüssen aus einem Dorrf getrroffen und wurrde zum Tierr. Hat das halbe Dorrf niederrgebrrannt, weiß Gott wie viele Zivilisten getötet. Danach hat ihn derr Kommandeurr derr Guarrdians aus derr Einheit geworrfen.«

»Du hast gesagt, ihr hattet einen Streit. Das hört sich nach einer persönlichen Auseinandersetzung an.«

»Aye, das warr es auch. Ich warr in seinerr Lanze, ein

Grrünschnabel in meinem errsten Gefecht. Ich warr es, derr vorr dem Krriegsgerricht gegen ihn ausgesagt hat.«

»Ah.«

»Seitdem habe ich immerr wiederr mal was von ihm gehörrt, bin ihm sogarr ein, zwei Mal begegnet, auf Gladius und woanderrs. Err steht im Rruf eines harrtgesottenen Frrelancerrs, eines Söldnerrs, der fürr genügend C-Noten *alles* tut.«

Alex dachte an den Vorwurf, den er am vergangenen Nachmittag von McCalls Bruder gehört hatte, daß McCall seiner Familie nur helfen würde, wenn er dafür Bezahlung erwarten konnte. Jetzt erschien ihm dieser Vorwurf noch ungerechter und ungerechtfertigter als zuvor. »Sagen Sie, Kommandanthauptmann, äh...« Er stockte. Wie konnte er diesem Mann so eine Frage stellen?

»Rraus damit, Lad. Ich glaube, ich weiß schon, was du frragen willst.«

»Ich weiß nicht, wie ich es diplomatisch ausdrücken soll.«

»Mirr gegenüberr brauchst du nicht den Diplomat zu spielen. Dafürr kenne ich dich und deinen Vaterr schon zu lange.«

»Hmm. Ich frage mich nur, wie... wie weit kannst du ihnen trauen? Deiner Familie, meine ich.«

»Eine gute Frrage. Es hat böses Blut gegeben zwischen uns im Laufe derr Jahrre.«

»Wir haben unsere Heimatbasis bei ihnen aufgeschlagen... das Funkgerät.« Sie hatten an diesem Morgen auf der Tenne des McCall-Schobers ihre Funkausrüstung aufgebaut. Falls der Graue Tod hier landete, sollte die Einheit auf diese Weise in der Lage sein, Kontakt aufzunehmen – oder eine automatische Sendung mit Aufzeichnungen aller bisherigen Ereignisse aufzufangen.

Aber die Gefahr, an die Regierungstruppen verraten zu werden, blieb überaus real.

»Ich glaube nicht, daß sie verrsuchen werrden, mich gegen Angus auszutauschen, falls du das meinst«, antwortete McCall. »Sie hassen Wilmarrth, das hast du bestimmt mitbekommen. Vielleicht hassen sie ihn sogarr genug, um jemand wie uns beiden zu trrauen.«

»Das will ich hoffen.«

»So ist es nun mal, Lad. Die Schotten strreiten gerrne unterreinanderr. Wenn kein anderrerr Clan da ist, den sie verrprrügeln können, fliegen die Fetzen in derr Familie, als wärren sie ein Nest voller Crragclaws. Aberr wenn ein Frremder kommt und sie bedrroht, dann halt dich fest!«

Der Wagen fuhr um die letzte Kurve, bremste ab und hielt an. Die Zitadelle ragte jetzt direkt vor ihnen auf, am anderen Ende einer Brücke über eine gut fünfzig Meter breite und dreißig Meter tiefe Felsschlucht. Ein Soldat in schwarzer-gelber Rüstung hielt sie mit erhobenem Arm an; andere kamen mit in der Armbeuge liegenden Waffen näher. Alex ließ unauffällig die Hand zur Laserpistole an der Hüfte gleiten, aber McCall bemerkte die Bewegung. »Rruhig, Lad. Halt die Hände, wo sie sie sehen können.«

Ein Soldat, auf dessen altertümlichem Kevlarpanzer Sergeantenwinkel gemalt waren, trat an die Fahrerseite des Wagens. »OK ihr zwei«, knurrte er. »Wo wollt ihr hin?«

»Wieso, wirr wollen nurr dem Verrwalterr einen Höflichkeitsbesuch abstatten«, meinte McCall fröhlich. »Und einem alten Waffenbruder Hallo sagen, wenn err noch hierr ist.«

»Und wer soll das sein, Scotty?«

»Kommandant Kellen Folkerr«, erwiderte McCall. »Auch wenn wirr ihn ›Killerr‹ nannten.«

Die Überheblichkeit des Sergeanten bröckelte, als er den Namen hörte. »Und Ihr Name, Sir?«

»Kommandanthauptmann McCall. Von derr Grray Death Legion.«

Der Sergeant musterte Alex, der den Blick gelassen erwiderte. »Hauptmann Alex Carlyle«, stellte er sich vor, ohne auf eine Aufforderung zu warten. »Ebenfalls vom Grauen Tod.«

»Einen Augenblick bitte, Sirs«, meinte der Sergeant und trat einen Schritt zurück, bevor er über die Komeinheit seines Helms mit jemandem in der Zitadelle sprach. Nach einigen gespannten Momenten, in denen die Posten, die den Wagen umstanden, mit ihren Waffen spielten, trat der Sergeant wieder vor. »Sie können durch«, meinte er zu McCall. »Jemand wird sie am Torhaus abholen.«

»Aye, danke, Lad.«

Der Wagen rollte langsam über die Brücke auf das Doppeltor zu, dessen Flügel sich vor ihnen öffneten. Der Eingangsturm bildete die höchste und beeindruckendste Befestigung. Er erhob sich fünfzig Meter über das Fundament und wurde von bedrohlich wirkenden kleineren Türmchen mit Viererbatterien von Hochgeschwindigkeitsautokanonen flankiert, die den Wagen auf seinem Weg nicht aus der Schußlinie ließen.

In den oberen Bereichen legte die abbröckelnde Fassade der Außenmauern allerdings den Schluß nahe, daß die Besitzer dieser Festung schon vor langer Zeit aufgehört hatten, sie in Stand zu halten, und das bedeutete mit großer Sicherheit, daß auch die Technologie ruiniert war. Als sie durch das Tor ins schattige Innere des Turmes fuhren, bemerkte Alex zahlreiche Nischen in den Mauern beider Seiten, die einmal Kameras und Sensoren enthalten haben mußten. Jetzt waren sie leer. Ab und zu schien es, als ob jemand die Verdrahtung herausgerissen hatte, wahrscheinlich um sie zu verkaufen.

Die meisten Soldaten, die im Torhaus auf sie warteten, glichen denen im Freien und waren in schlechtsitzende und nicht zusammenpassende Rüstungsteile aus schwarzgelbem Kevlar gekleidet. Ein großgewachsener

Mann jedoch fiel aus der Reihe. Voll herausgeputzt in der Ausgehuniform eines Kommandanten des Vereinigten Commonwealth gab er eine imposante Erscheinung ab, besonders in dieser Umgebung.

»Well, Killerr«, meinte McCall, als er und Alex ausstiegen. »Es ist ein paarr Jahrre herr, nicht wahrr?«

»Na, wenn das nicht der Boy Scout ist«, antwortete sein Gegenüber mit rauher Stimme. Obwohl deutlich älter als McCall, und das um mindestens zehn Jahre, glänzten sein Haar und Bart in tiefem Schwarz. »Was, zur Hölle, bringt dich auf diesen Dreckwasserball?«

»Zum einen ist es meine Heimat. Zum anderrn dein neuerr Boß da drrinnen.«

»Der Verwalter?« Folker schnaufte verächtlich. »*Der* ist nicht mein Boß.«

»Aye, ich sehe, du trrägst eine neue Uniform. VerrCom?«

»Und ranghöchster Militärberater des Verwalters von Caledonia.« Folkers bürstete leicht über das Stabsabzeichen auf seiner Brust, über den Reihen mit Feldzugs- und Dienstabzeichen. »Wie du siehst, Davis, habe ich Karriere gemacht. Eure Waffen, bitte.«

»Wie?«

»Eure Waffen. Ihr müßt sie hierlassen. Niemand darf bewaffnet in die Nähe des Verwalters.«

McCall griff nach dem Gurtschloß. »Nerrvöserr Typ, eh?«

»Es sind gefährliche Zeiten, Scout. Schon dreimal hat irgendein Fanatiker versucht, den Mann umzubringen. Auf dieser Welt schwelt eine Revolution, oder hast du davon noch nichts gehört?«

»Oh, ich hab es gehörrt.« McCall reichte seinen Waffengurt einem der Posten.

Alex nahm ebenfalls den Gurt ab. »Was ist das, Kleiner?« fragte Folker, und deutete auf ein mit dem Griff nach unten an Alex' Gefechtsweste hängendes Kampfmesser.

»Vibroklinge«, antwortete Alex. Er klopfte auf die rechte Brusttasche. »Und hier drin habe ich einen Monodraht. Wollen Sie die auch?«

»Behalt deine Spielsachen«, erklärte der Mann grinsend. »Laser und Pistolen machen den Alten nervös, aber du kämst nie nahe genug an ihn heran, um ihm mit einem *Messer* gefährlich zu werden! Hier entlang, Gentlemen, wenn Sie so freundlich wären.«

»Was ist mit dirr?«

»Eh? Wieso mit mir?«

»Läßt du deine Waffe nicht hierr?«

»Die Regel gilt für Einheimische und für Fremde. Ich bin einer der engsten Assistenten des Verwalters.«

»Aye? Und wobei genau assistierst du ihm?«

Folker reckte sich ein wenig. »Gentlemen, ich bin hier als spezieller militärischer Verbindungsoffizier beim Verwalter von Caledonia. Im Klartext heißt das, ich bin sein Militärberater. Ich helfe ihm, seine Miliz zu trainieren, die Mechs in Schuß zu halten...«

»Und wo du so ein feinerr und errfahrerrener Mech-Krrieger bist...«

»Ja, ich habe seine Mechs gesteuert. Im allgemeinen nehme ich die *Wespe.*«

»Aye, ich dachte, ich errkenne deinen Stil, als ich vorr ein paarr Wochen ein Vid von einerr *Wespe* in New Edinburgh gesehen habe.«

»Was, vom Aufruhr im Malcolm Square?« Folker lachte. »Ja, das war ich. Der Pöbel ist gehörig gerannt, was?«

»Aye, die Menschen sind gerrannt. Die meisten von ihnen.«

»Waren Sie an Bord der *Wespe,* die wir gestern in der Stadt gesehen haben, Herr Kommandant?« fragte Alex.

»Ich habe im allgemeinen Wichtigeres zu tun, als Unruhestifter zu verhaften, Junge. Ich habe die Operation hier von der Zitadelle aus geleitet.«

Begleitet von Folker und einer Eskorte aus vier bewaffneten Soldaten verließen sie den Eingangsturm und traten in den Innenhof. »Gott im Himmel!« murmelte Alex schockiert. McCall sagte nichts, aber Alex konnte seine geballten Fäuste sehen. Die Sehnen standen weiß und fest auf dem Handrücken hervor.

Im Hof hingen die Leichen von sechs Männern, aufgespießt auf drei Meter hohen spitzen Eisenpfählen. Manche der Leichen hingen offensichtlich schon länger hier – es lag ein schwerer, süßlicher Gestank in der Luft. An einem Pfahl hingen nur abgeschlagene Köpfe, wie Perlen an der Schnur. Die untersten waren weiß grinsende Totenschädel, die obersten noch frisch, mit Haar, Haut und starr blickenden Augen.

Um den Horror komplett zu machen, gingen zahlreiche Menschen – Soldaten, Techs, selbst ein paar zivile Arbeiter, was bedeutete, daß Robert mit seiner Bemerkung unrecht gehabt hatte, daß niemand freiwillig hierher kam – im Schatten dieser greulichen Trophäen ihrer Arbeit nach, als sei alles völlig in Ordnung. Zwei Soldaten lehnten keine drei Meter von einem blutigen Pfahl entfernt an der Wand und schienen sich Witze zu erzählen.

Über der Schreckensgalerie ragte ein einzelner BattleMech auf, die schwarz-gelbe *Wespe,* die sie am Tag zuvor gesehen hatten.

Die innere Befestigung der alten Sternenbundfestung war die eigentliche Residenz des Gouverneurs, eine Bastion mit dicken Mauern, Geschütztürmen und Funkantennen. Im Innern durchquerten sie zunächst einen Vorraum und mehrere Bürozeilen, bevor Schiebetüren den Weg in einen langen, düsteren Audienzsaal mit zwei Reihen steinerner Säulen und einer Kuppeldecke freigaben, der Alex unwillkürlich an das Innere einer alten Kathedrale erinnerte. Möglicherweise hatte dieser Saal einmal als Kapelle für das hier stationierte Sternenbundpersonal gedient; aber wenn dem so war, dann hatte man Sitzreihen und Altar schon vor langer Zeit entfernt, und heute benutzte der Verwalter ihn für Gespräche mit Bittstellern und zur Unterhaltung seiner Gäste.

Besonders zur Unterhaltung, dachte Alex mit schwarzem Humor. Der Saal war eine Schreckenskammer. Skelette und mumifizierte Leichen waren wie makabre Wachtposten an die Säulen zu beiden Seiten des abgetretenen roten Teppich gekettet. Ein frischer Leichnam hing nackt und blutig an einer Klaviersaitenschlinge von der Decke und drehte sich wie eine Hälfte frischgeschlachtetes Vieh. Alex hatte gehört, daß man auf diese Weise erhängt langsam und qualvoll erstickte, statt sich schnell und sauber das Genick zu brechen. *Was für ein krankhaftes Monstrum ist dieser Wilmarth?*

Am hinteren Ende des Saals erhob sich der Sitz des Verwalters wie ein Thron auf einem über einer flachen Bühne aufgebauten Podest. Hinter dem Thron ragte, durch seine spezielle Bauweise wie ein Baldachin über den Sitz hängend, ein schwarzgelber *Heuschreck* auf, selbst in diesem hohen Saal bis unmittelbar unter die Decke, und seine unerwartete Präsenz im Innern des Bauwerks verlieh dem Mech eine düstere, dämonische Aura.

Als sie sich, einige Schritte hinter Folker, dem Thron näherten, bekam Alex erneut einen Schrecken, der ihn beinahe stolpern ließ. Er zog zischend die Luft zwischen den Zähnen ein und stieß McCall an.

»Ich seh sie, Lad«, murmelte der Kommandanthauptmann leise, während er gelassenen Schrittes den roten Teppich hinabging. »Akzeptierr es. Du darrfst dirr nie anmerrken lassen, daß es dirr etwas ausmacht.«

Akzeptieren sollte er das? Wie? Zwei Gefangene, ein Mann und eine Frau, waren zur Hinrichtung in diesen Saal gebracht worden, wo Nelson Wilmarth nur wenige Meter entfernt zu Mittag aß. Nackt, gefesselt und geknebelt, standen sie auf einen halben Meter dicken Eisblöcken, Klaviersaitenschlingen um den Hals, deren anderes Ende hoch über ihren Köpfen an einem Holzbalken befestigt war. Keiner der beiden wagte es, sich zu bewegen, aber Alex sah ihre verzweifelten, flehenden Blicke. Die Frau stand nahezu auf Zehenspitzen, um den tödlichen Druck der Drahtschlinge um ihre Kehle zu lockern. Sie zitterte vor Kälte, Erschöpfung oder Angst – wahrscheinlich alles zusammen. Lange würde sie sich auf dem schnell schmelzenden Eisblock nicht mehr halten können. Der Mann neben ihr stand ruhig wie ein Felsen, aber seine Beine waren blau vor Kälte.

»Nun, Major?« fragte Nelson Wilmarth von seinem Platz hinter dem Tisch. »Ist das der Mann, von dem Sie mir erzählt haben? Ihr alter Kamerad?«

»Er ist es tatsächlich, Sir. Verwalter, darf ich Ihnen Kommandanthauptmann McCall und seinen Adjutanten, Hauptmann Carlyle, vorstellen. Gentlemen, das ist Nelson Wilmarth, Verwalter des caledonischen Systems für das Vereinigte Commonwealth.«

Nelson Wilmarth war ein ungeheuer fetter, fahlgesichtiger Mann mit dunklen Augen, ungekämmtem Haar und teigiger Haut, in deren schweißglänzenden Falten seine Gesichtszüge fast verschwanden. Der Tisch, hinter dem er saß, krümmte sich fast unter den Bergen von Essen, und von Tischmanieren schien der Verwalter nie etwas gehört zu haben.

»Freut mich, Gentlemen«, meinte Wilmarth und wischte sich mit dem fetten Handrücken den Mund. »Carlyle. Dann sind Sie der Sohn des Anführers der berüchtigten Gray Death Legion?«

»So ist es«, bestätigte Alex. Er deutete mit dem Daumen auf die beiden Gefangenen. »Sie sadistischer Bastard! Was, zur Hölle, soll das?«

»Rruhig, Lad«, meinte McCall. »Berruhig dich, nu...«

»Rebellenpöbel«, zuckte Wilmarth die Schultern. »Gerade gestern festgenommen. Sie waren die Rädelsführer einer Demonstration in der Nähe des Raumhafens, und ich habe mich entschlossen, ein Exempel an ihnen zu statuieren.«

Alex schaute zu ihnen hinüber. Den Mann erkannte er nicht, aber plötzlich wurde ihm klar, daß er die dunkelhaarige Frau schon einmal gesehen hatte – in caledonischen Trews, einem T-Shirt und rotem Stirnband, als sie am Raumhafen zu der Menge geredet hatte.

»Verdammt, so etwas können Sie nicht machen!«

»Ach, nein?« Wilmarth schien von Alex' Ausbruch unberührt. »Als Verwalter dieser Welt, mein Junge, habe ich sowohl eine Verantwortung als auch eine gewisse Macht. Es ist meine Verantwortung, hier für das Vereinigte Commonwealth den Frieden zu erhalten, und zwar mit allen Mitteln, die ich für angebracht halte. Und dazu gehört, Kommandanthauptmann McCall, daß ich Ihren älteren Bruder vor Gericht stelle wegen Anstiftung zum Aufruhr, Gefährdung der öffentlichen Moral und Verrat. Ich nehme an, das ist der *wahre* Grund für Ihre Anwesenheit hier, nicht *die* beiden da.«

»Was meinen Brruderr betrrifft«, meinte McCall gelassen, »gehe ich davon aus, daß Sie etwas bestimmtes wollen, oderr Sie hätten nicht so lange gewarrtet. Haben Sie *den* beiden eine Gerrichtsverrhandlung gewährrt, bevorr Sie sie so aufgehängt haben?«

Wilmarth blickte zu Folker und grinste. »Wie Sie gesagt haben, Kommandant. Er ist schlau.«

Folker grinste zurück. »In mancher Hinsicht, Verwalter. Wenn wir ihm nur diese üble idealistische Ader austreiben könnten …«

Der Gouverneur drehte sich, immer noch grinsend, wieder zu McCall um. »Da gibt es in der Tat etwas, was Sie für uns tun könnten, Kommandanthauptmann. Wir haben, äh, gehört, daß Ihr Regiment bald hierher beordert wird.«

»Aye, das haben Sie?« McCalls Lächeln war so eiskalt wie der Tod. »Und Sie denken, derr Grraue Tod könnte Ihnen bei den Einheimischen helfen, falls das Verreinigte Commonwealth unserren Verrtrrag überrnimmt und uns hierrherr schickt.«

»Man *wird* Sie hierher schicken, Kommandanthauptmann«, erklärte Folker. »Wir haben eine entsprechende Bestätigung erhalten, kurz nachdem wir auf Tharkad um Unterstützung gegen die Revolte ersucht haben.«

»Dann sehe ich nicht, wozu Sie *meine* Hilfe brrauchen, Verrwalterr. Ich bin nurr einerr von Grrayson Carrlyles Offizierren ...«

»Aber, aber, nicht so bescheiden, Kommandanthauptmann«, widersprach Folker. »Sie sind Nummer Drei in der Kommandofolge. Und Sie sind einer der ältesten Freunde Oberst Carlyles. Ganz zu schweigen davon, daß Ihre Familie auf dieser Welt eine wichtige Rolle spielt. Wir gehen davon aus, daß Sie einen gewissen Einfluß bei ihr besitzen. Und Ihre Familie wiederum hat einen gewissen Einfluß auf die Bevölkerung Caledonias.«

»Aye, so ist das also, eh?«

Alex hörte die Drohung in McCalls Stimme und sah aus dem Augenwinkel den Blick, so kurz, daß er kaum wahrnehmbar war, den der Caledonier ihm zuwarf. Er kannte diesen Blick. *Paß auf! Auf mein Zeichen!*

»Ich will meinen Brruderr sehen«, erklärte McCall mit gesenkter Stimme und hartem Ton. Er trat einen Schritt vor ... und Alex hörte das harte Schnappen vom Durchladen schwerer Waffen, gefolgt vom hohen Singen von Servomotoren. Über dem Verwalter hatten die beiden Waffenmodule an den Seiten des *Heuschreck* sich bewegt, und die schweren Maschinengewehre zeigten direkt auf McCall.

Alex erstarrte. Sie standen genau vor der acht Meter hohen Mordmaschine. An der Seite des Saales öffnete sich eine versteckte Tür in der Wand und drei Mann mit Sturmgewehren tauchten auf.

Alex war nicht sicher, was als nächstes geschehen würde, aber plötzlich sah es aus, als würde es in diesem Raum bald eine weitere *Unterhaltung* geben, mit ihm und McCall als Hauptdarstellern.

13

Die Zitadelle, New Edinburgh, Caledonia
Mark Tamarind, Vereinigtes Commonwealth

1. April 3057, 10:35 Uhr TNZ

Der *Heuschreck* bewegte sich erneut und senkte den Rumpf auf den nach hinten geknickten Beinen ein Stück ab. Die Maschinengewehre zu beiden Seiten des Rumpfes blieben auf Alex und McCall gerichtet.

»Keine Bewegung!« befahl Folker.

»Ich an Ihrer Stelle würde bleiben, wo ich bin«, fügte der Verwalter hinzu. »Lieutenant Dahlgren hier neigt zu bösen Reaktionen, wenn er eine Bedrohung meiner Person wahrnimmt. Habe ich recht, Lieutenant?«

»Richtig, Verwalter«, dröhnte eine Stimme aus dem Außenlautsprecher des *Heuschreck* über ihnen. »Ich hab den Bastard im Fadenkreuz.«

»Aye, und jetzt werrde ich einmal das Rreden überrnehmen, und du wirrst mirr zuhörren, du fettes, schleimiges Wiesel.« McCall schien den BattleMech wenige Meter vor ihm gar nicht zur Kenntnis zu nehmen. »Du wirrst meinen Brruder frreilassen, und du wirrst diese beiden hierr frreilassen, und du wirrst all die anderren frreilassen, die du in deinem scheußlichen Loch festhältst. Ich werrde tun, was ich kann, um die Leute zu berruhigen, aye, aber ich werrde diese Rrevolte nicht stoppen können, bevorr du aufhörrst, dich im Blut derr Menschen zu suhlen. Alex! Schneid die beiden los!«

»Stop!« befahl Wilmarth und erhob sich ein Stück aus seinem Sessel. »Ich werde sie …«

»Du wirrst mich was, du errbärrmlicherr, krrankerr Bastarrd? Errschieß mich, oderr schlimmerr noch, errschieß den Lad hierr, und whenn derr Grraue Tod hierr *auftaucht*, wirrd keine Macht auf Caledon ihn darran hinderrn, deinen fetten Kadaverr zu ein paarr Kilogrramm Schmalz zu verrarrbeiten! Du wirrst dir wünschen, du könntest diesen Berrg auf dich herrunterrbrringen, um dich vorr Oberrst Carrlyle zu verrstecken, und ich sag dirr was: Err würrde dich *trrotzdem* finden, Lad, und dafürr sorrgen, daß du den Tag verrfluchst, an dem du geborren wurrdest! Alex! Beweg dich!«

Mit einer schnellen, flüssigen Bewegung hatte Alex die Vibroklinge aus der Scheide gezogen und aktiviert. Ein tiefes Summen füllte den Raum, und die schlanke Klinge, deren Molekularstruktur durch starke Magnetfelder in Vibrationen versetzt war, glühte auf, bis sie in weißer Hitze strahlte. Er wirbelte herum und zog die Klinge knapp über den Kopf der Frau. Der Draht zersprang mit einem lauten Knall. Er trat einen Schritt nach vorne, als sie zusammensackte, fing sie mit dem linken Arm auf und half ihr sanft zu Boden. Dann streckte er sich noch einmal und durchtrennte den Draht um den Hals des Mannes. Beide Gefangene zitterten, als sie auf den Teppich sanken, und er schaltete die Klinge aus, um sie nicht versehentlich zu verletzen. Nachdem er es zurück in die hitzeunempfindliche Scheide geschoben hatte, holte er den Monodraht heraus, zwei knopfgroße Spulen aus schwerem Metall, zwischen denen, zog man sie auseinander, der gefährlich glänzende, fast unsichtbare Monofilamentdraht freilag. Mit schnellen, entschiedenen Bewegungen benutzte er den extrem dünnen Draht dazu, die Handschellen zu zerschneiden, mit denen die Arme der beiden auf den Rücken gefesselt waren. Die Bruchstücke schepperten fröhlich, als sie zu Boden fielen.

»D-d-d-das können Sie nicht machen!« schrie Wilmarth und streckte den Finger aus. Seine plumpe Hand zitterte vor Aufregung. »Folker! Dahlgren! Greifen Sie ein!«

Kellen Folker zog seine Waffe, eine schwere Laserpistole. Alex sah McCall reagieren… eine blitzschnelle Bewegung, die kaum zu verfolgen war. Noch bevor Folker oder der *Heuschreck*-Pilot reagieren konnten, stand McCall hinter Folker, die Arme über die Schultern des Mannes gestreckt, die geballten Fäuste unmittelbar vor dessen Gesicht.

Niemand bewegte einen Muskel.

»M-mein Gott, Davis«, brach Folker das Schweigen. Er hatte noch immer die Laserpistole in der Hand, deren Lauf zur Decke zeigte. »Nicht…«

»Warrum legst du dein Spielzeug nicht da auf den Tisch, nu?«

Mit äußerst langsamen Bewegungen tat Folker, was McCall von ihm verlangt hatte. Es war überdeutlich, daß er enorme Angst vor dem hatte, was McCall in den Händen hielt. Alex erkannte die Haltung. McCall hatte ebenfalls einen Monodraht gezogen und hielt ihn fest gespannt zwischen den Fäusten. Ein falscher Schritt Folkers, und der unsichtbare Draht schnitt durch seinen Hals wie ein heißes Messer durch Butter und ließ seinen Kopf über den Boden davonkullern.

»Alex?« sagte McCall. »Tu mirr einen Gefallen und nimm die Pistole des Kommandanten.«

Als Alex die Pistole aufgehoben hatte, trat McCall zurück, und die Monofilamentspulen verschwanden irgendwo in seiner Weste. »Halt die Waffe auf unserren Frreund hierr. Du! Du! Aye, und du auch!« Er deutete auf die drei Blackjacketwachen, die aus der Seitentür getreten waren. »Eurre Waffen auch.«

»Lieutenant Dahlgren!« kreischte Wilmarth. »Zertreten Sie den kleinen Bastard!«

Die Mündung der Pistole in Alex' Hand schnellte vom Kopf Folkers zu dem des Verwalters. »Ich an Ihrer Stelle würde den Befehl ganz schnell zurücknehmen, Verwalter!«

Wilmarth quietschte entsetzt auf. Der *Heuschreck* bewegte sich etwas nach hinten, tat aber sonst nichts. Kaum war die Waffe nicht mehr an seinem Kopf, setzte Folker zur Flucht an, aber Alex stoppte ihn, indem er mit dem Lauf der Waffe an die Schläfe des Kommandanten klopfte. »Nicht doch, Sir. Ich möchte den hübschen Teppich des Verwalters nicht schmutzig machen.«

McCall hatte inzwischen einem der Soldaten das Sturmgewehr aus der Hand genommen und die Waffe an die Schulter gehoben. »Darrüberr würde ich mirr keine Sorrgen machen, Alex«, meinte er. »Immerrhin ist derr Teppich rrot. Ihrr zwei«, sprach er die beiden befreiten Gefangenen an. »Könnt ihrr mit einem Gewehrr umgehen?«

»Und ob!« rief die Frau und zog die Waffe aus den Händen eines anderen Postens.

»Wirr nehmen dieses gottverdammte Loch auseinanderr«, erklärte der Mann mit schwerem Akzent, hob die dritte Waffe vom Boden auf und lud sie durch. Beide zitterten noch immer, aber Alex spürte, daß dieses Beben jetzt Ausdruck kaum beherrschter Wut war. Besonders die Augen der Frau loderten, und der Ausdruck ihrer gefletschten Zähne verhieß nichts Gutes für ihre Peiniger. Sie wirbelte abrupt herum und brachte einen der Soldaten mit einem Kolbenschlag in die Nieren auf die Knie.

»Rruhig, Lass«, ermahnte McCall sie. »Warrum sucht ihrr zwei euch nicht was zum Anziehen. Es ist etwas kühl drraußen. Und Stiefel. Wirr haben einen kleinen Spazierrgang vorr uns, und anschließend eine Fahrrt.«

Während die Gefangenen daran gingen, die Soldaten um deren Kleidung zu erleichtern, drehte McCall sich wieder zu Wilmarth um, der mit geballten Fäusten auf dem Thron saß und wütend das Schauspiel betrachtete, das sich vor seinen ungläubigen Augen abspielte. »Lad, wirr werrden uns von hierr verrabschieden, und wirr werrden deinen VC-Frreund ein Stück mitnehmen, du weißt schon, als Verrsicherung. Ich schlage vorr, du bleibst ganz still sitzen, solange du uns noch sehen kannst. Glaub mirr, ich könnte dirr mit diesem Gewehrr noch vom Eingang aus die Hirrnschale wegpusten. Und währrend du uns beim Abmarrsch zusiehst, solltest du darrüber nachdenken, was mit dirr passierrt, wenn derr Lad hierr oderr ich verrletzt oderr getötet werrden, weil du so dumm warrst zu versuchen, uns drraußen aufzuhalten. Oberrst Carrlyle ist nicht so ein sanfter und gnädigerr Mann wie ich.«

»Ich will diesen Hurrensohn!« erklärte die Frau. In schwarzen Stiefeln, Hose und Kampfjacke trat sie einen Schritt vor und legte auf den Verwalter an.

»Nein, Lass«, warnte McCall. »Wenn du das tätest, gäbe es noch viel schlimmerren Ärrgerr.«

»Sie wissen nicht, was die Bastarrde *getan* haben!«

»Aye, ich kann es mirr vorrstellen, Lass, und es tut mirr leid. Aberr das ist nicht derr Zeitpunkt, um alte Rrechnungen zu begleichen. Und nicht derr Orrt.«

»Was ist mit deinem Bruder?« fragte Alex.

Er konnte sehen, wie McCall überlegte und ihre Chancen abwägte. Der Caledonier schüttelte leicht den Kopf. »Nein, Lad. Wirr werrden fürr ihn wiederrkommen müssen. Hast du gehörrt, Verrwalterr? Ich komme wiederr, um Angus McCall zu holen, und wenn ich komme, solltest du ihn besser gesund und munterr hierr haben, und berreit, mit mirr zu gehen!«

Sie verließen rückwärts den Saal. Alex, McCall und die beiden befreiten Gefangenen, Folker im Schlepptau, angetrieben vom Lauf der Pistole an seinem Kopf. Der Verwalter, der *Heuschreck* und die drei entwaffneten Wachen sahen ihnen hinterher, ohne sich zu rühren.

Auch als sie durch die äußeren Büros hasteten oder ins grelle Sonnenlicht des Hofes traten, versuchte niemand sie aufzuhalten.

»Ich verstehe das nicht, Kommandanthauptmann«, meinte Alex, während sie über den Innenhof liefen. »War das nicht unsere beste Chance, deinen Bruder zu befreien? Jetzt wird Wilmarth dich erwarten. Schlimmer noch, was, wenn er sich entschließt, Angus zu töten?«

»Ich denke nicht, daß err so dumm sein wirrd«, erwiderte McCall. »Was meinst du, Kommandant? Ist derr Verrwalterr so dumm?«

»Du hast dir da einen erbitterten Feind geschaffen, McCall«, antwortete Folker. »Du hast ihn vor seinen Leuten das Gesicht gekostet. Das wird er dir nicht vergessen. Mein Gott, ich möchte nicht in deinen Stiefeln stecken, wenn Wilmarth dich in die Finger bekommt.«

»Ich habe nicht vorr, das zuzulassen. Aberr das warr nicht die Frrage, Lad.«

Alex gab Folker einen Stüber mit dem Laser. »Beantworten Sie die Frage, Kommandant.«

»Dein Bruder ist sicher«, gab Folker zu. »Jedenfalls vorerst. Aber es war schlau von dir, es vorhin nicht darauf ankommen zu lassen. Er ist gut bewacht. Ihr wärt niemals bis zu ihm vorgedrungen.«

»Aye, das hab ich mirr auch gedacht. Aber du weißt, ich kann nicht zulassen, daß ihr den Bastarrd Angus als Drruckmittel gegen mich benutzt.«

»Ich wüßte nicht, was du dagegen machen kannst.«

»Well. Ich könnte den Grrauen Tod mitbrringen, eine Kompanie schwerre Mechs oder so. Was würrde err dann sagen?«

»Daß deine Söldner, wenn sie nach Caledonia kommen, unter Vertrag mit den Vereinigten Commonwealth-Streitkräften stehen. Mit anderen Worten, mit *mir* und unter meinem Befehl. Wenn ihr den Vertrag brecht, seid ihr am Ende, du und deine Söldner!«

»Trrotzdem könnte es Spaß machen zu sehen, wie weit wirr deinen Boß unterr Drruck setzen könnten, mit ein bis vierr BattleMechs im Rrücken. Da wärren wirr. Es macht dirr doch nichts aus, uns noch den Berrg rrunter zu begleiten, oderr?«

Sie betraten zusammen das Torhaus, wo der Mietwagen auf sie wartete. Unter den unbewegten Blicken eines Dutzends Bewaffneter zwängten die fünf sich in das Fahrzeug, Folker eingeklemmt zwischen den beiden befreiten Caledoniern auf dem Rücksitz. Niemand versuchte sie aufzuhalten, als sie aus dem Turm, über die Brücke und den Berg hinab fuhren. Alex drehte sich auf seinem Platz um und beobachtete die Autokanonenbatterien, die sie verfolgten, aber es gab keinen plötzlichen Feuerstoß als Abschiedsgruß.

Zehn Minuten später kamen sie am Stadtrand von New Edinburgh an, und McCall fuhr den Wagen auf den Seitenstreifen, um Folker freizulassen.

»Nein!« erklärte der Mann im Fonds. »Wirr sollten ihn zum...«

»James!« bellte die Frau. »Halt den Mund!«

»Wir könnten ihn verrhörren! Er könnte uns sagen, wieviele Mechs und Soldaten...«

»Ich glaube nicht, daß das so eine gute Idee wärre, Lad«, stellte McCall fest. »Kommandant, Sie können gehen.«

»Das ist nobel von dir, McCall«, meinte Folker. »›Ehre unter Söldnern‹, eh?«

»Wenn du meinst, aye. Hau ab! Und, Kommandant!« fügte McCall noch hinzu, als Folker ins Freie kletterte. »Noch etwas. Errinerre deinen Verrwalterr darran, daß er noch feststellen könnte, daß err hierr einen Tigerr am Schwanz gefaßt hat.«

»Was ist ein Tiger?«

»Eine Raubkatze, so ähnlich wie ein arkturischer Messerfell«, erklärte Alex, der sich an ein Lehrvid über ausgestorbene terranische Tierarten erinnerte, das er ein paar Jahre zuvor gesehen hatte. »Aber größer.«

»Aye, und schnellerr, und wilderr«, bestätigte McCall. »Wilmarrth wirrd Prrobleme haben, seinen fetten Schwabbelbauch in Sicherrheit zu brringen, ohne verrspeist zu werrden.«

Er trat das Gaspedal durch, und der Wagen schwang sich mit lauter werdendem Summen zurück auf die Straße und fuhr in die Stadt. Kellen Folker blieb am Straßenrand zurück.

»Gut gemacht, Kommandanthauptmann!« rief Alex und ließ sich in die Sitzpolster sinken. »Eine Zeitlang dachte ich, sie hätten uns in der Falle!«

»Aye, Lad. Für ein, zwei Sekunden warr es ein wenig eng.« McCall drehte sich halb um und grinste die beiden Passagiere an. »Ich fürrchte, wirr hatten nicht Zeit uns vorrzustellen. Ich bin Kommandanthauptmann McCall, und dieserr hübsche junge Lad hierr ist Hauptmann Carrlyle.«

»Frreut mich, Sie kennenzulerrnen«, stellte der Mann fest. »Sie wissen garr nicht, wie sehrr ich mich frreue. Ich bin James Graham.«

»Allyn McIntyre«, stellte die Frau sich vor. »Sie beide sind gerrade rechtzeitig gekommen, Kommandanthauptmann. Meine Füße warren von dem Eis so kalt, daß ich von den Knien abwärts nichts mehrr gefühlt habe.«

»Frreut mich, daß ich zu Diensten sein konnte. Ich nehme an, Sie beide warren bei derr Verrsammlung gesterrn am Rraumhafen.«

»Sie warr die Frrau auf dem Standbild«, stellte Alex fest.

»Aye, wirr warren da«, bestätigte sie. »Und die verdammten Sassenach Bastarrds sind mit ihrren Schweberrtrruppen und einem rriesigen BattleMech angerrückt. James und ich wurrden gefangen, bevorr wir weg konnten.«

»Wie viele Gefangene befinden sich noch in der Zitadelle?« fragte Alex.

»Ich weiß es nicht genau, Hauptmann« erwiderte Graham. »Aberr eine Menge. Vielleicht hunderrt. Wenn… wenn Ihrr Bruder dabei warr, Herr Kommandanthauptmann, ist err mirr nicht aufgefallen.«

»Wirr wurrden nicht lange bei den anderren gelassen«, erklärte Allyn. »Wilmarrth hat uns früh heute morrgen rrauszerrren lassen, um seinen Spaß mit uns zu trreiben. Err hat gesagt, er würrde unserre Leichen auf den Malcolm Squarre werrfen lassen, wenn err mit uns ferrtig ist, als Warrnung an die anderren.«

»Derr Verrwalterr scheint es errnst zu meinen«, sagte McCall. »Ich nehme an, ihr habt eine Orrganisation hinterr euch, Lass?«

»Wie kommen Sie darrauf, Kommandanthauptmann?« fragte James.

»Die Arrt, wie ihrr da hinten die Waffen gebrraucht habt«, erklärte McCall locker. »Ich konnte sehen, daß ihrr beide Errfahrrung damit habt. Ich schätze, ihrr habt ein paar Veterranen, die euch wenigstens gezeigt haben, wie man Sturrmgewehrre benutzt. Und Sie, James, haben beinahe die Katze aus dem Sack gelassen, als Sie unserrm Frreund vorrhin errklärrt haben, daß Sie ihn irrgendwohin zum Verrhörr mitnehmen wollten. Das sagt mirr, daß Sie eine Arrt Nachrrichtendienst haben.«

»Keinen besonderrs guten«, gab Allyn zu. »Jedenfalls noch nicht. Aberr Sie haben rrecht. Wir haben eine Grruppe. Wirr nennen uns die Schnitterr.«

»Wieviele seid ihr?« fragte Alex.

»Genug fürr den Anfang«, meinte James. »Hauptsächlich Jakobiten.«

»Aye«, setzte Allyn hinzu. »Und Jihaderr.«

»Das Wort des Jihad?«

James nickte. »Sie haben einen zusätzlichen Grrund, gegen Fat Willies BattleMechs zu kämpfen, wissen Sie. Glauben, sie tun Gottes Werrk, indem sie die Maschinen verrnichten.«

»Ich kann nicht sagen, daß ich mit den Ideen derr Jihaderr überreinstimme«, meinte McCall. »Aber ich würrde sie und eurre Leute trrotzdem gerrne kennenlerrnen. Ich bin selbst Jakobit. Oderr ich warr einerr. Es ist einige Jahrre herr, daß ich hierr warr.«

»Sie sind einerr von *den* McCalls«, stellte Allyn fest. Sie riß die Augen auf. »Oh. *Derr* Kommandanthauptmann McCall! Ich hab die Verrbindung nicht herrgestellt, als ich es vorrhin gehörrt hab.«

»Wirr hatten gehörrt, daß Sie Ihrre Familie und Ihrren Clan verrlassen haben«, sagte James zögernd. »Daß Sie ausgestoßen warren.«

»Vielleicht. Aberr nun bin ich wiederr da.«

»Wirr sollten ihn auf jeden Fall zum Generral brringen«, meinte Allyn zu James. »Err könnte den Schnittern eine grroße Hilfe sein.«

»Es sei denn…« James stockte, überlegte einen Moment, dann schüttelte er den Kopf. »Verrstehen Sie mich nicht falsch, Kommandanthauptmann, aberr ich habe Sie mit dem Bastarrd Folkerr rreden hörren. Wenn Ihrre Einheit herrkommt, kommt sie dann, um gegen uns zu kämpfen? Um die Rrebellion niederzuschlagen? Well, wenn dem so ist, stehen wirr gegeneinanderr, und wirr werrden nicht einfach die Waffen niederrlegen und uns von dem Monsterr in derr Zitadelle abschlachten lassen!«

»Lad, glaubst du wirrklich, ich könnte fürr einen Wahnsinnigen wie diesen Wilmarrth kämpfen?« Er schüttelte den Kopf. »Ich habe damit zu leben, nicht wahrr.«

»Ich glaube, mein Vater würde den Kommandanthauptmann erschießen, wenn er so etwas auch nur vorschlagen würde«, fügte Alex hinzu. »Das ist ohnehin einer der Gründe für unsere Anwesenheit hier. Um festzustellen, auf welcher Seite wir stehen *sollten*.«

»Söldner, die sich Gedanken darüber machen, auf welcher Seite sie stehen?« Allyn zog die Brauen hoch. »Das ist mal was Neues!«

»So neu nun auch wieder nicht«, widersprach Alex. »Wenn möglich, suchen wir uns unsere Gegner aus. Anders könnten wir weder als Einheit noch als Geschäft lange existieren.«

»Aye, aberr dieserr Verrtrrag, von dem Folkerr gerredet hat. Zwischen Ihrrerr Einheit und dem VerrCom. Wie wollen Sie den umgehen?«

»Es gibt Möglichkeiten, Lad«, stellte McCall fest.

»Aberr wirr pflegen keine Geschäftsgeheimnisse mit Leuten zu berreden, die wirr gerrade aus dem feindlichen Lagerr befrreit haben.«

»Weißt du«, meinte James, und grinste entspannt, »ich *mag* diese Burrschen, Allyn.« Er lachte. »Kommandanthauptmann, das warr eine tolle Nummerr, die sie bei Folkerr mit dem Monofilamentdrraht abgezogen haben.«

»Ich hab ihn sich noch nie so schnell bewegen sehen, Kommandanthauptmann!«, stellte Alex ebenfalls lachend fest. Er klopfte auf die Tasche der Gefechtsweste, in der er seine Spulen mit Monodraht hatte. »Ich wußte nicht einmal, daß du welchen dabei hast.«

McCall grinste trocken. »Aye. Hat das denn werr behauptet?«

Alex fiel der Mund auf. »Das war ein *Bluff?*«

»Well, nu. Monodraht ist ein wenig schwerr zu sehen, wenn das Licht genau rrichtig darrauf fällt.« Er nahm das Steuer des Wagens einen Moment zwischen die Knie und hielt seine Fäuste ein paar Zentimeter auseinander. »Und wenn du glaubst, daß ich in jederr Hand eine Spule halte, genau vorr deinerr Kehle, well, da kann es schon vorrkommen, daß man Dinge sieht, die garr nicht da sind.«

»Fahr uns nicht in den Graben«, ermahnte Alex ihn und schüttelte den Kopf. »Meine Güte, du hast einen Söldner mit einem Bluff dazu gebracht, seinen Laser aufzugeben!«

»Es ist gut, sie auf unserrer Seite zu haben, Herr Kommandanthauptmann«, meinte Allyn. Ihre Augen glänzten. »James, wirr sollten sie heute nacht noch zum Generral bringen.«

»Ah, Lassie«, wandte McCall ein. »Ich fürrchte, da haben wirr Terrminprrobleme. Wir können euch heute nacht nicht begleiten.«

»Warum denn nicht?« fragte Alex. »Was haben wir vor?«

»Na, wirr werrden unserren Frreunden da oben in derr Zitadelle heute nacht einen Besuch abstatten.«

James wirkte verwirrt. »Aberr Sie haben gesagt, Sie würrden mit dem Grrauen Tod zurrückkommen, und mit BattleMechs. Soll das heißen, Ihrre Leute sind schon hier?«

»Wirr haben noch nichts davon gehörrt«, stellte Allyn fest. »Sind sie sehrr weit weg?«

»Kommt drauf an«, meinte Alex. »Sind sechzig Lichtjahre für Sie weit?«

»Aberr ...«

»Well, Lass, ich hab nie gesagt, daß die Legion *hierr* ist, oderr?«

»Noch ein Bluff!« lachte Allyn.

»Nurr ein Ablenkungsmanöverr«, erwiderte McCall. »Das rrichtige Worrt zum rrichtigen Zeitpunkt kann manchmal Wunderr vollbrringen.«

»Deswegen hat er darauf bestanden, Folker gehen zu lassen«, erklärte Alex. »In der Zitadelle werden sie jetzt an anfliegende Landungsschiffe und BattleMecheinheiten denken. Möglicherweise schickt Kommandant Folker eine HPG-Nachricht nach Tharkad und bittet um Anweisungen. Sie werden versuchen herauszubekommen, ob die Legion Glengarry schon verlassen hat, und wann sie eintreffen könnte.«

»Aye. Und all das heißt, sie werrden nicht errwarrten, daß wirr heute nacht noch einmal auftauchen. Wirr machen uns auf den Weg, sobald es dunkel ist.«

»Aberr ... haben Sie BattleMechs?« fragte James. »Hierr?«

»Sie werrden BattleMechs brauchen, um es mit derr Armee da oben aufzunehmen«, meinte Allyn. »Ich kann Ihnen nicht sagen, wie viele Trruppen er hat, aberr wir haben mindestens vier Sorrten Mechs gesehen.«

»Aye«, sagte McCall. »Wirr haben die *Wespe* und den *Heuschreck* gesehen.«

»*Heuschreck?* Welcherr ist das?«

»Derr Mech, derr euch da in derr Halle bewacht hat, wo ihrr euch kalte Füße geholt habt«, erklärte McCall. »Was hat err sonst noch?«

»Ich kann die verrschiedenen Typen nicht vom Ansehen her unterrscheiden«, meinte James. »Aber ich habe jemand überr etwas namens *Stadtkoloß* rreden hörren.«

»Und einen *Kommando*«, warf Allyn ein. »Ich hab den Generral über einen Mech namens *Kommando* rreden hören.«

»Gibt es von irgendeinem dieser Typen mehr als nur ein Exemplar?«

»Ich glaube schon«, antwortete Allyn. »Aberr wir haben keine echten Zahlen.«

»Aye«, stellte McCall fest. »Heut nacht werrden wirr mehrr herrausfinden, Lad.«

»Aberr wie?« fragte James. »Die haben mindestens vierr BattleMechs da oben und jede Menge anderrerr Verrteidigungsanlagen. Wie können Sie beide dagegen etwas ausrrichten?«

»Alex und ich werrden das schon machen«, beruhigte McCall ihn. »Wirr müssen nurr vorrher beim Frrachtlagerr des Rraumhafens vorrbei.«

»Was haben Sie da?« fragte Allyn. »BattleMechs?«

»Keine Mechs«, erklärte Alex. »Aber etwas, das beinahe genauso gut ist.«

»Aye«, fügte McCall hinzu. »Wirr müssen unserre Bairrns abholen ...«

14

Mount Alba, New Edinburgh, Caledonia
Mark Tamarind, Vereinigtes Commonwealth

1. April 3057, 21:45 Uhr TNZ

»Ihr solltet nicht näher kommen«, meinte Alex. »Sie haben da oben bestimmt Sensoren, die euch trotz der Dunkelheit orten.«

»Ich wünschte, wirr könnten mitgehen«, meinte Allyn mit leiser, aber entschlossener Stimme.

Alex drehte sich zu ihr um und war sich dabei des Zischens und Singens der Servomotoren äußerst bewußt, mit denen sein Gefechtspanzer die Position veränderte. Die Sensoroptik war auf Infrarot gestellt, und Allyn erschien durch die Sichtscheibe als frauenförmiger Farbklecks, in warmen Orange- und Gelbtönen in Gesicht, Torso und Oberschenkeln, die zum Ende der Gliedmaßen in kühlere Grün- und Blautöne übergingen. Eine alphanumerische Sichtprojektion auf der rechten Seite der Sichtscheibe teilte ihm mit, daß sie 0,42 m in Richtung 142 Grad entfernt war, 58 kg wog und ein voll aufgeladenes Lasergewehr trug. Die Sensoren waren auf diese Entfernung empfindlich genug, um den steten Schlag des Herzens in ihrer Brust und das warme Flattern des Pulses an ihrem Hals zu verzeichnen.

»Ich weiß, Allyn«, meinte Alex. Seine von der Elektronik des Anzugs aufgefangene und an einen Außenlautsprecher weitergeleitete Stimme hatte einen seltsamen metallischen Klang. Er schaltete die Ortung mit der Zunge auf Normaloptik um. An die Stelle des bunten Farbkleckses trat Allyns mit Tarnfarbe bemaltes Gesicht. In ihrem Blick lag Besorgnis. »Aber der Kommandanthauptmann und ich haben mehr Chancen, wenn wir alleine gehen.« Er klopfte mit in Karbonstahl gehüllten Knöcheln gegen den Krötenpanzer. »In diesen Dingern.«

Hydraulische Gefechtspanzer. Der Gedanke gefiel Alex nicht, aber er wußte, daß der Krötenpanzer möglicherweise die technologische Neuerung war, die eines Tages die Herrschaft des BattleMechs im Bodenkampf beenden würde. Der alte Sternenbund hatte verschiedene Arten solcher Individualpanzer benutzt, insbesondere für Erkundungsaufgaben und als mobile Infanterieunterstützung schwerfälliger Mecheinheiten. Die Clans trugen dann bei ihrem unerwarteten wilden Ansturm auf die Innere Sphäre, in dessen Verlauf sie dank ihrer technologischen Überlegenheit gewaltige Gebietsgewinne gemacht hatten, den sogenannten Elementar- oder Krötenpanzer auf die Schlachtfelder – mannsgroße, sprungfähige Panzeranzüge, die beinahe so widerstandsfähig und tödlich waren wie ein Mech. Es gab Aufzeichnungen von Fällen, bei denen ein Schwarm von Elementaren sich im Gefecht auf einen Mech gestürzt und ihn buchstäblich zerrissen hatte.

In den letzten Jahren waren dann auch bei Einheiten der Inneren Sphäre Krötenpanzer aufgetaucht, sei es, daß man sie vor Ort mit wiederentdeckter Technologie entwickelt oder in vergessenen Waffenlagern aus der Sternenbundzeit entdeckt hatte. Nur die wenigsten Söldnereinheiten konnten sich diese Ausrüstung leisten, aber der Graue Tod hatte das Glück gehabt, ein paar dieser Anzüge in seinen Besitz bringen zu können, kaum daß sie verfügbar waren. Und vor kurzem gelang der Legion noch ein enormer Glückstreffer, als Kommandanthauptmann Frayes 3. Bataillon bei einer Mission jenseits der lyranischen Grenzen in der Freien Republik Rasalhaag in einem subplanetarischen Sternenbunddepot auf Karbala eine Anzahl fabrikneuer, noch nicht einmal ausgepackter *Nighthawk* Mk. XXI-Anzüge entdeckte. Die Techs der Legion hatten die verwendete Technologie modifiziert und zwei eigene Versionen entwickelt, einen Gefechtsanzug und einen leichteren, beweglicheren Scoutanzug. Alex und McCall trugen zwei dieser Scoutpanzer.

»Wir werden auf euch warten, Alex«, sagte Allyn. »Ihr könnt auf uns zählen!«

»Das tun wir.«

Die Schnitter hatten sich als eine Gruppierung von mindestens vier- bis fünfhundert Männern und Frauen entpuppt, auch wenn General Ambrose McBee und seine Offiziere sich nicht auf exakte Zahlen festlegen ließen. Alex nahm es ihnen nicht übel; sie hatten bereits herbe Verluste durch Überfälle und Fahndungen der Miliz erlitten. Er schaltete wieder auf IR-Sensoren und drehte sich um, um nach McCalls *Nighthawk* zu suchen. Verglichen mit den auf der Infrarotanzeige tanzenden Flammen der Rebellen ringsum war McCalls Anzug praktisch unsichtbar. Wie der, in dem Alex steckte, strahlte auch er bei geringer Aktivität kaum Wärme aus. Hinzu kam, daß der Computer des Anzugs konstant die Umgebung auf Licht- und Farbmuster abtastete und die Oberfläche des Anzugs entsprechend anpaßte. Das machte die Anzüge nicht unsichtbar, aber auf eine gewisse Entfernung oder unter schlechten Lichtverhältnissen erschwerte es ihre Entdeckung ungemein.

Besonders, wenn man nicht auf sie vorbereitet war.

»Na dann, Kommandanthauptmann«, meinte Alex, und ging zu der zweiten gepanzerten Gestalt hinüber. Er benutzte den Lautsprecher des Anzugs. Die Gefahr, daß man in der Zitadelle den Funkverkehr überwachte, war zu groß. »Hast du, was wir an Informationen brauchen?«

»Genug, denke ich«, antwortete McCall. »Die Zitadelle ist ein verrdammter Irrgarrten, aberr ein paarr derr Schnitterr sind drrin gewesen und wiederr rraus gekommen. Als Gefangene oderr auf irrgendeinerr Besorrgung. Zumindest in derr Hinsicht lag Rroberrt falsch.«

»Heute morgen haben wir auch Zivilisten gesehen.«

»Aye. Die Menschen änderrn sich nie, was auch geschieht. Drreh dich um. Wirr sollten die Enerrgiesysteme noch einmal überrprrüfen.«

»Ja, Sir.«

Alex und McCall hatten die beiden Anzüge aus den zwei Meter langen Kisten mit der Zolldeklaration ›Maschinenteile‹ geholt, die sie bei ihrer Ankunft im Raumhafenlager von New Edinburgh deponieren konnten. Anschließend hatten sie den größten Teil des Nachmittags auf dem McCall-Landgut damit verbracht, die Einheiten einzustellen, die Reaktormodule zu installieren, Waffen und Programme zu checken und die Anzüge auf den Einsatz vorzubereiten. Die *Nighthawk*-Anzüge wurden wie ungewöhnlich schwere und sperrige Raumanzüge angelegt, waren aber überraschend leicht zu tragen. Sensoren in Armen und Beinen des Anzugs registrierten die Bewegungen des Trägers und reagierten mit entsprechender Myomerunterstützung. Ein Mann in einem *Nighthawk* war keineswegs unsichtbar, aber er war ungeheuer stark. Beide Männer verfügten über Lasergewehre und Mikrogranatwerfer sowie verschiedene Sorten Munition. McCall hatte zusätzlich eine Reihe Polydetalin-Bündelladungen mit Abzugsringen dabei, die er scherzhaft seine ›Dietriche‹ nannte.

Sie brachten lange Stunden damit zu, vor der Mission ihre gesamte Ausrüstung zu überprüfen und hatten dabei besonderes Gewicht auf die Energiezellen im Tornister der Anzüge gelegt. Nachdem McCall jetzt bei Alex eine letzte Diagnose durchgeführt und den Anzug für voll einsatzbereit erklärt hatte, drehte er sich um, und Alex erwiderte den Dienst.

»Alles klar«, meinte er. »Ich denke, wir sollten allmählich ausrücken.«

»Aye, das sollten wirr.«

Die Schnitter hatten die beiden Männer bis zu einem Wäldchen an den unteren Hängen des Mount Alba begleitet, etwa fünf Kilometer abseits der Straße, die sich zur Brücke über die Felsenschlucht hochzog. Hier ließen sie die caledonischen Rebellen in lockerer Gefechtslinie zurück und machten sich auf den Weg durch das dichte Unterholz hinauf zur noch unsichtbaren Zitadelle.

Sie redeten nicht. Höchstwahrscheinlich waren in diesem Gebiet Funkscanner und RF-Detektoren versteckt, die selbst eng gebündelte Richtfunksignale auffangen konnten, und empfindliche, geräuschaktivierte Mikrofone, die jedes Wort aufgefangen hätten. Aber sie brauchten auch nichts zu sagen. Sie hatten den Plan während der Arbeit an den Anzügen immer wieder durchgesprochen.

Die Schnitter waren eine ungewöhnliche Rebellentruppe – in der Hauptsache Bauern und Kaufleute, und nur eine Handvoll hatte auch nur die geringste militärische Erfahrung. Allyn zum Beispiel war die Tochter eines Weinhändlers aus New Edinburgh, die in einer AgroMechfabrik ihrer Heimatstadt arbeitete – zivile Arbeitsmaschinen für Caledonias Agrarsektor. James Graham, ein Schuster aus einem Dorf in der Nähe Dundees, war Sohn einer Neomaultierzüchterfamilie. Selbst der General, den Alex und McCall schließlich am späten Nachmittag doch noch getroffen hatten, war in seinem wahren Leben, wie er scherzhaft meinte, Apotheker. Ambrose McBee war ein dicker, fröhlicher Mensch, der beinahe die Leibesfülle Wilmarths erreichte. Er hatte den beiden beim Abendessen gestanden, daß er nur sehr kurz im Militär gedient hatte. Vor langen Jahren war er Hauptmann der 1. Crucis-Lanciers gewesen, bevor er nach Caledonia zurückkehrte, um in der planetarischen Miliz zu dienen, die damals den stolzen Namen Caledonia-Schnitter trug. Wie viele andere Einheimische hatte er jedoch kurz nach der Ernennung Wilmarths zum Verwalter vor fünf Jahren den Abschied eingereicht. Es gab damals zu viele Veränderungen bei den Schnittern... und zu viele Fremdweltler-Neuzugänge für seinen Geschmack.

Die meisten Welten unterhielten zur Unterstützung regulärer oder Söldnereinheiten, die als Garnison auf dem Planeten stationiert waren, eigene planetarische Milizen. Diese Einheiten in Regimentsstärke bestanden aus Einheimischen, die miteinander trainierten und übten. Generell waren Milizen nicht allzugut ausgebildet und nur schlecht bestückt. Die beste Ausrüstung ging automatisch an aktive Fronttruppen, und es gab nie genug Geld zur Anschaffung von BattleMechs oder modernen Waffensystemen. Aber trotz all dieser Mankos war schon mehr als ein Überfall, ja, sogar schon manche planetarische Invasion, von den entschlossenen Männern und Frauen einer solchen Miliz zurückgeworfen worden. Der Schlüssel zu ihrem Erfolg lag in der Tatsache, daß sie Einheimische waren, die auf eigenem Boden und für ihre Heimat und Familien kämpften.

In den vergangenen fünf Jahren jedoch hatte sich der Charakter der Caledonia-Schnitter grundlegend gewandelt. Immer mehr ihrer Mitglieder, so hatte es den Anschein, wurden von anderen Welten eingeflogen, Söldner... oder unter den gescheiterten Existenzen verschiedenster Raumhäfen für Sold und Plündergut bei einfachem Dienst rekrutiert. Sie hatten ihre traditionellen Farben – den alten Tartan der Black Watch – zugunsten von Uniformen in Schwarz und Gelb aufgegeben und schließlich sogar den Namen geändert. Sie nannten sich jetzt die Bloodspillers und benahmen sich kaum noch wie eine Militäreinheit, sondern vielmehr wie eine brutale Straßenbande. Immer arroganter und immer gewalttätiger trieben sie sich in den Straßen der größeren Städte Caledonias herum, wo sie erpreßten, raubten und vergewaltigten, wie sie die Laune gerade überkam. Ihre Exzesse hatten zur Neugründung der Schnitter geführt, aber als eine Art Geheimbund, der sich jede Woche in einem anderen Haus traf und seine Waffen in geheimen Lagern versteckte, die über das ganze Land verteilt waren.

Viele der Veränderungen bei der Miliz waren von Wilmarth persönlich eingeführt worden. Man erzählte, daß er ursprünglich von Robinson stammte, einer heftig umkämpften Welt in den Davion-Distrikten des Vereinigten Commonwealth, und man nahm allgemein an, daß viele der Offiziere bei den Bloodspillers ebenfalls von dort stammten, alte Kumpane von ›Willie‹ waren, wie der Verwalter verächtlich genannt wurde.

Hinter Wilmarths psychotischem Verhalten steckte mehr, als man auf den ersten Blick sah, dachte Alex. Der Mann hatte zuviel Macht für einen so offensichtlich Geistesgestörten. Wer war der Drahtzieher hinter Caledonias Regierung… Folker? Das schien wenig wahrscheinlich, auch wenn der Mann Caledonias angeblichen Verwalter offensichtlich kontrollierte – oder zumindest führte. Es mußte noch jemand geben, der höher in dieser speziellen Regierungshierarchie angesiedelt war und die wirklichen Entscheidungen traf.

Was würde Paps wohl tun, wenn er hier wäre? Diese Frage hatte sich Alex in den vergangenen Stunden immer wieder gestellt. Was er und McCall vorhatten, war illegal – absolut und ohne jeden Zweifel ungesetzlich. Doch McCall hatte Alex' Zweifel mit einem Achselzucken quittiert. »Derr aufgeblasene Bastarrd hat sich selbst außerrhalb derr Gesetze gestellt, Alex«, hatte er gemeint. »Err bekommt nurr, was err verdient.«

Erstaunlicherweise machte Alex der Gedanke, wieder in den Kampf zu ziehen, überhaupt nichts aus. Er hätte erwartet, bei der Aussicht auf einen Kampf das große Zittern zu bekommen, aber in Wahrheit war er, seit er mit McCall auf Caledonia gelandet war, viel zu beschäftigt gewesen, um darüber nachzudenken.

Und *jetzt* war ganz sicher nicht die Zeit dafür.

Das Unterholz vor ihnen lichtete sich. Sekunden später trat Alex wenige Meter vom Rand der Schlucht entfernt aus dem Wald. Direkt voraus, in etwa fünfzig Metern, erhoben sich die Mauern der Zitadelle glänzendschwarz auf dem jenseitigen Klippenrand. Die Brücke und die Straße zur Stadt lagen rechts von ihm. McCalls *Nighthawk* stand reglos zu seiner Linken, zwischen Laubwerk und verwittertem Fels kaum zu entdecken. Als er die oberen Bereiche der Zitadellmauern abtastete, sah Alex die Wärmesignaturen mehrerer Wachen, die entlang der Brustwehr patrouillierten.

McCall hob eine gepanzerte Hand und hielt den Daumen hoch. Alex erwiderte die Geste und ging in die Hocke. Er spannte die Oberschenkelmuskeln an und drückte einen Auslöser im linken Panzerhandschuh, der die Sprungsequenz initiierte.

Dann stieß er sich ab. Die Sprungbewegung wurde durch die Elektronik des Anzugs in einen gewaltigen Satz verwandelt, der ihn über den Rand der Klippe trug. Einen Augenblick später flammten die Sprungdüsen auf und stießen mit lautem Kreischen superheiße Luft aus den Düsen zu beiden Seiten des Tornisters. Nur Sekunden danach hatte er auf der Mauer aufgesetzt und ließ sich, den Laser schußbereit, in die Hocke fallen. McCall landete zwanzig Meter entfernt auf der Mauerkrone und sprang leichtfüßig hinunter auf den Brustwehrgang. Ohne Zweifel hatte der Lärm der Sprungdüsen die Wachen alarmiert, aber falls die Sicherheitssysteme der Zitadelle nicht erheblich besser waren, als Alex und McCall für realistisch hielten, hatte man sie wohl nicht gesehen.

Gelbe Farbflecken bewegten sich durch Alex' Sichtfeld. Soldaten rannten über die Brustwehr auf ihre Position zu. Hastig sprang er hinab auf die Brustwehr und weiter auf einen tieferen Laufgang, der sich um den Innenhof zog. Die Lichter im Innern der Anlage warfen weiße Inseln auf das Pflaster, aber die Schatten auf den Brüstungen waren nachtschwarz und außer mit Infrarotgeräten undurchdringlich.

»Was war das?« fragte jemand ganz in der Nähe. Alex' Außenmikros fingen jedes Wort ein. »He! Was geht da draußen vor?«

»Ach, das war wahrscheinlich bloß der Wind«, antwortete eine zweite Stimme.

Sekunden später kamen die beiden Sprecher knappe zwei Meter an Alex vorbei, der sich an eine schwarze Stahlbetonmauer preßte. Keiner der beiden warf auch nur einen Blick in seine Richtung. *Die hätten mich wahrscheinlich auch ohne Scoutanzug nicht gesehen,* dachte Alex. Das grelle Licht im Innenhof mußte ihre Nachtsicht ruiniert haben.

»Also dann, Alex«, flüsterte McCall über den Außenlautsprecher seines Anzugs. »Es wirrd Zeit, daß ich loslege.«

»Roger«, erwiderte Alex. »Viel Glück!«

Er sah und hörte nichts von McCalls Aufbruch.

Alex suchte sich einen Platz auf der inneren Brustwehr, von dem aus er einen guten Blick auf den Innenhof hatte, und wartete.

McCall hatte die Ortung von IR auf normale Optik mit Lichtverstärkung umgeschaltet, um sich besser orientieren zu können. Er brauchte nicht lange, um zu finden, wonach er suchte. Ein junger Schnitter, der mehrere Monate in der Zitadelle beschäftigt gewesen war, hatte ihm von der Tür erzählt, die es ermöglichte, den Haupteingang der inneren Festung zu umgehen. Sie lag versteckt in einer Ecke des Bergfrieds, genau unter dem zweithöchsten der zahlreichen Türme, und führte in die Küche. Die Dienstboten der Residenz benutzten sie, um die Speisekammern aufzufüllen. Natürlich war die Tür verriegelt, und McCall war versucht, eine seiner Sprengladungen einzusetzen, aber es gab eine leisere Methode. Mit seiner myomerverstärkten Muskelkraft fiel es ihm leicht, einen Wartungsdeckel abzureißen. Er verband mehrere Drähte aus einem Steuergerät am

Gürtel seines Anzugs mit den freigelegten Schaltkreisen und spielte innerhalb von Sekunden Zehntausende Binärcodes durch, bis die korrekte Sequenz gefunden war und die Tür leise aufglitt.

Im Innern der Küche stand ein Posten, das Sturmgewehr über der Schulter. McCalls gepanzerte Faust schoß vor, schneller als jede Schlange zustoßen konnte, und tötete ihn mit einem Hieb. Dann klopfte er auf den Türöffner, und die Tür glitt hinter ihm wieder zu. So weit, so gut.

Die Frage war, wie weit er in die Anlage eindringen konnte, bevor ein Alarm ausgelöst wurde. Im zentralen Burgfried der Zitadelle und den Kasernen rund um den Innenhof lebten sicher bis zu tausend Menschen – einschließlich mehrerer hundert Soldaten der Bloodspiller-Miliz. Früher oder später würde man ihn bemerken, aber bis dahin konnte er sich ungestört der Beschreibungen bedienen, die ihm die Schnitter vom Korridorlabyrinth der Zitadelle geliefert hatten. Dieser Gang führte hinunter zur Küche, unter dem Mittelpunkt des Gebäudes; aber es gab eine Abzweigung, die ihn zu einem Vorratsraum bringen würde, unter Umgehung der Bereiche, in denen er damit rechnen mußte, arbeitenden Zivilisten zu begegnen.

Da! Noch ein Einsatz des elektronischen Nachschlüssels, und McCall konnte den Lagerraum betreten.

Die Hintertreppe dort vorne führte hinab in die Kellergewölbe, wo die Gefangenen festgehalten wurden…

»Was war das? Da oben!«

Alex erstarrte, aber es war zu spät. Eine Gruppe Milizionäre war aus einer dreißig Meter entfernten Tür auf die Brustwehr getreten, und zumindest einer von ihnen trug einen Helm mit IR-Sensoren, Visier und Sichtprojektion, der in seiner Leistung Alex' Gerät in nichts nachstand. Und wenn der *Nighthawks*-Anzug die Infrarotabstrahlung auch erheblich reduzierte, so hatte er den Panzer doch schon Stunden getragen, darin eine schwierige Kletterpartie über unwirtliches Gelände abgelegt und zum Abschluß noch die Sprungdüsen eingesetzt. Damit war er für IR-Sensoren alles andere als unsichtbar.

»Halt!« rief eine Stimme. »Sie da! Stehenbleiben, wer Sie auch sind!«

Alex sprang. Der Innenhof lag zehn Meter unter der Brüstung, und er löste im letzten Moment die Sprungdüsen aus und bremste seinen Fall. Der Feuerstoß einer Automatikwaffe krachte von der Brustwehr; Kugeln pfiffen an seinem Kopf vorbei. Eine traf seine Brust und prallte mit einem metallischen Klirren von der Panzerung ab.

Alex schwang herum und sah hoch zur Brustwehr. Die Sichtprojektion verzeichnete die sich hastig bewegenden Wärmequellen und kennzeichnete sie mit blinkenden Klammern. Als er das Lasergewehr hob und auf das nächstgelegene IR-Objekt zielte, gab die Anzugelektronik die Information an den Computer weiter. Zwischen der Klammern der Sichtprojektion erschien ein grün blinkendes Fadenkreuz.

Er zog den Abzug durch. Ein Lichtblitz zuckte auf, und die Außenlautsprecher fingen das Kreischen des Getroffenen auf, als seine Kleidung und der Kevlarpanzer Feuer fingen. Der Mann stürzte rückwärts von der Mauer, und Alex nahm ein anderes Ziel ins Visier. Ein zweiter Soldat, der den Laufgang entlang rannte, wurde von einem Lichtbündel voll in die Brust getroffen und war sofort tot.

Alex löste noch einmal die Sprungdüsen aus, um in die Deckung einiger geparkter Fahrzeuge zu springen. Er landete mit einem schrillen Zischen und in einer Wolke von Staub. Kurz vor ihm traten zwei Soldaten aus der Kasernentür. Sie waren bewaffnet, hielten ihre Gewehre aber in entspannter, unbesorgter Manier. Alex erschoß den rechten, aber der andere schrie auf und ließ sich brüllend zurück ins Gebäude fallen.

Soviel zur Geheimhaltung.

Nun, allzuviel Hoffnung hatten sie sich ohnehin nicht gemacht. Die Verteidigungsanlagen der Zitadelle überwinden und längere Zeit unentdeckt bleiben zu können, schien angesichts der Anzahl von Soldaten und des Zivilpersonals, die hier ständig unterwegs waren, unrealistisch. Irgendwo tief im Innern des Zentralgebäudes schrillte ein Alarm, ein gellendes Kreischen, das in den Zähnen weh tat. Auf dem Eingangsturm rechts von Alex Position drehte mit mechanischem Knirschen ein Geschützturm, und die beiden Zwillings-AKs senkten sich in seine Richtung. Er feuerte seinen Laser, und ein blaugrüner Lichtimpuls peitschte durch das rechte Doppelgeschütz, schnitt einen Lauf komplett ab und kochte in einer Explosion heißen Dampfes einen faustgroßen Krater in den zweiten.

Aus den beiden verbliebenen Geschützen antwortete Kanonendonner. Einschläge zerschmetterten das Pflaster, auf dem Alex eben noch gestanden hatte – aber der war schon wieder abgesprungen und flog in die Nacht, während er eine neuerliche Lasersalve auf die Antennen der Zielerfassung an der Oberseite des Geschützturms abgab. Als er wieder aufkam, duckte er sich in Deckung und zog den Imperator-Delta-Autogranatwerfer vom Anzug. Er ließ die erste Mikrogranate, einen Explosivsprengsatz, in die Kammer fallen, wählte ein Ziel auf der anderen Seite des Hofs, und feuerte. Explosionen zerfetzten geparkte Wagen und Stapel mit Ausrüstungsbehältern.

Plötzlich hatte sich der Innenhof in eine von Rauchschwaden durchzogene und von Explosionen zerrissene Gefechtszone verwandelt. Unter dem gellenden Lärm der Alarmsirene erschienen von allen Seiten gepanzerte Soldaten. Im Burgfried öffneten sich unter dem höchsten seiner Türme die Haupttore eines Mechhangars, fünfzehn Meter hoch und aus solidem doppelkarbongehärtetem Stahl gegossen. In den Tiefen des dahinter auftauchenden Aufmarschtunnels flackerte ein rotes Blinklicht. Männer in leichtem Panzer oder Gefechtsmontur kamen die Stahlbetonrampe herauf ins Freie gerannt, wo sie in den Detonationen der Granaten schon Sekunden später tot zusammenbrachen.

Alex öffnete einen Funkkanal. »Schädel Eins hier Schädel Zwo. Hier draußen wird es langsam heiß. Hören Sie mich? Ende.«

Er erhielt keine Antwort außer einer Sturmgewehrsalve aus den Schatten auf der anderen Seite des Hofs. Alex visierte die Wärmesignatur des Schützen an und erwiderte das Feuer mit einem Laserstoß, der die ihre Deckung wechselnde Gestalt im Laufen niederstreckte.

»Schädel Eins! Schädel Eins! Hören Sie mich?«

Die Nacht war erfüllt von Feuer und Lärm, aber Davis McCall blieb stumm.

15

Unter der Zitadelle, New Edinburgh, Caledonia
Mark Tamarind, Vereinigtes Commonwealth

1. April 3057, 23:08 Uhr TNZ

Davis McCall war trotz der leistungsstarken Empfangsgeräte seines Anzugs zu tief in den Kellergewölben des Bergfrieds, um eine Funknachricht empfangen zu können. Er hatte auch keine Schüsse gehört, wohl aber den Alarm, ein kreischendes Schrillen, das durch sämtliche Etagen des Gebäudes hallte.

Er wich einer Gruppe von Soldaten aus, die er hinter einer Tür hörte. Mit einem Sprung senkrecht nach oben packte er mehrere Stromkabel und Leitungen, die unter der vier Meter hohen Steindecke verliefen, schlang die Beine um ein Bündel Wasserrohre und blieb regungslos hängen, während die Tür aufglitt und die Soldaten unter ihm durchstürmten, ihre Helme keine zwei Meter unter McCalls Schultern.

Natürlich konnte er sie aus seiner Position nicht sehen, aber er erkannte an dem Lärm, den sie machten, wo sie waren – knallende Stiefel, klappernde Ausrüstung, nervöse Wortwechsel und schwerer Atem. Als wieder Stille herrschte, ließ McCall los und fiel leichtfüßig nach unten. Sein Gefechtspanzer verlor bereits im Fallen das surreale Tarnmuster aus Drähten, Röhren und Schatten, das er noch Sekunden zuvor gezeigt hatte. Der Caledonier gratulierte sich, daß er einer üblen Begegnung erfolgreich ausgewichen war, nahm das Lasergewehr von der Schulter, stieß die Tür auf und kollidierte fast mit zwei überraschten Nachzüglern.

Instinktiv hob McCall das Gewehr und drückte ab. Ein greller, blaugrüner Lichtblitz beendete das Leben des ersten Soldaten.

Sein Kamerad griff nach der Waffe – einer kurzläufigen Maschinenpistole –, riß den Abzug durch und feuerte aus nächster Nähe eine lange Garbe mitten in McCalls Brust. Der Kugelhagel warf den Söldner nach hinten, aber die Geschosse prallten singend in alle Richtungen von der Brustplatte ab. Er zog die Waffe herum, drückte aber nicht ab. Es war nicht notwendig. Sein Gegner war bereits von wenigstens einem Dutzend Querschlägern aus der eigenen Waffe getroffen worden. Noch immer den Abzug durchgedrückt haltend, brach er zusammen. Die letzten Kugeln des Magazins fraßen sich in die Korridordecke.

McCall trat über die beiden blutüberströmten Leichen in einen weiten, runden Raum mit niedriger Decke und zahlreichen Türen. In der Mitte des Raums stand eine nicht ganz kreisförmige Konsole, in deren Mitte ein weiterer Soldat saß, ein Offizier der Bloodspillers, der jetzt aufsprang und nach der Waffe griff.

»Lassen Sie's!« befahl McCall und richtete den Laser auf die Brust des Offiziers. Ein sanfter Fingerdruck löste den Laser mit Minimalenergie aus und zeichnete einen hellen blaugrünen Punkt auf das Brustbein des Mannes. »Ich brrauche nurr die Faust zu schließen, Lad, und du bist tot!«

Der Offizier sah mit zitterndem Blick hinunter auf seine Brust und hob langsam die Hände über den Kopf. »Nicht schießen!« rief er. »Bitte!«

Ohne den Laser vom Ziel zu nehmen, trat McCall näher und betrachtete die Konsole. Auf Dutzenden kleiner Monitore waren Männer und Frauen in steinernen Zellen zu sehen, allein oder in kleinen, zerzausten Grüppchen. »Aufmachen«, befahl McCall. »Laß sie frrei!«

Der Mann gehorchte und drückte die Zentralfreigabe. Mit einem lauten Zischen öffneten sich alle Türen in den Wänden des Raumes. In einer plötzlichen Bewegung zuckte die Hand des Offiziers zur Laserpistole an seiner Hüfte, aber McCall war schneller. Der Mann schrie einmal kurz auf, dann fiel er zu Boden.

»Rraus mit euch!« dröhnte der Caledonier über den Außenlautsprecher des *Nighthawk,* als sich zunächst keiner der Gefangenen herauswagte. »Ihrr seid frrei!«

Als erste steckte eine Frau den Kopf aus der Tür. Einen Moment später traten zwei Männer unsicher aus ihrer Zelle, dicht gefolgt von drei weiteren.

»Werr sind Sie?« wollte einer von ihnen wissen.

»Unwichtig«, erwiderte McCall. »Hörrt mirr gut zu, Leute. Ich suche Angus McCall. Ist err hierr?«

»Hierr bin ich«, sagte eine Stimme, und McCall drehte sich um. Sein Bruder war kaum wiederzuerkennen, eine verdreckte Vogelscheuche in zerrissenen weißen Lumpen und mit zerzaustem Bart. »D-Davis? Bist *du* das in dem Ding?«

»Aye, Angus. Was hast du nu wiederr angestellt, was dirr einen solchen Ärrgerr eingebrracht hat?«

»Ich ... ich trraue mein' Augen nicht!«

»Mutterr hat mich geschickt, dich zu holen, Angus«, meinte McCall. »Sie sagt, es wirrd Zeit, daß du heimkommst!«

»Da hast rrecht, Davis.«

Irgendwo weit über ihnen donnerte es.

Alex mußte einen Weg finden, um sich und McCall ein paar kostbare Momente völliger Konfusion unter den Verteidigern der Zitadelle zu verschaffen, und wahrscheinlich hatte er ihn schon. Gleich hinter dem in den Innenhof ragenden Eingangsturm waren mehrere Reihen Kraftwagen und leichtgepanzerte Schweber abgestellt. Unter ihnen stand auch ein kleiner, silbriger Tanklaster. Alex konnte nicht sehen, was er geladen hatte, oder ob der Tankbehälter überhaupt etwas enthielt, aber Wasser gab es auf Caledon reichlich, also bestand die Ladung, wenn es eine gab, wahrscheinlich aus etwas ausgesprochen Unangenehmem. Und selbst wenn der Tank leer war, konnten verbliebene Dämpfe von Düsenbrennstoff oder explosiven Petroleumprodukten ihn unter den richtigen Umständen in eine enorme Bombe verwandeln.

Er entschloß sich, für diese Umstände zu sorgen. Mit der linken Hand zog er eine Bündelhandgranate mit Zeitzünder von einem der Tragehaken des Anzugs. Mit einer Drehung stellte er den Zünder auf eine Minute ein. Der von der elektronisch gesteuerten Myomermuskulatur des *Nighthawk* verstärkte Wurf ließ den silbergrauen Zylinder achtzig Meter weit fliegen, bevor er die gegenüberliegende Mauer traf, von der Fahrerkabine eines Schwebetransporters abprallte und zehn Meter neben dem Tanker auf das Pflaster schlug.

Noch bevor die Handgranate ausrollen konnte, war Alex bereits nach hinten in die tiefen Schatten der Zitadellenmauer zurückgewichen. Er duckte sich etwas, um die Deckung eines rostigen *Pegasus*-Schwebepanzers mit abblätternder Lackierung und eines Stapels Plastikkisten auszunützen. Als er regungslos erstarrte, veränderten die Tarnschaltkreise des Anzugs dessen Farbe in ein Muster aus schwarzen und dunkelgrauen Flekken.

Sekunden später stürmte ein Trupp laserbewaffneter Soldaten vorbei, hinaus auf den Innenhof, um nach den gemeldeten Eindringlingen zu suchen. Der Kampflärm war im Augenblick verstummt, aber die Nacht war ein Chaos aus brüllenden Stimmen und knallenden Stiefeln. Die Alarmsirene gellte ununterbrochen, und das blinkende Warnlicht hinter den offenen Hangartoren tauchte den Hofbereich in wechselnde rote und schwarze Schatten.

»Wo sind sie?« gellte eine Stimme aus der Nähe eines an einem Schuppen geparkten Treibstofftankers. »Wo sind sie hin?«

»Ich glaub nicht, daß sie reingekommen sind, Rodriguez«, antwortete eine andere Stimme. »Der Cap'n hat gemeint, sie schießen nur Granaten zu uns rein.«

»Wer?«

»Die Rebellenhunde natürlich, wer sonst? Die Revanche für gestern.«

Ein Soldat in Gefechtsmontur und mit einem schweren Sturmgewehr trat in die Lücke zwischen dem *Pegasus* und den Kisten und starrte mißtrauisch in die Dunkelheit. Alex erkannte genau die vor Furcht geweiteten Augen des Mannes, war nahe genug, um die Schweißperlen über sein Gesicht laufen zu sehen. Der Drang sich zu bewegen, sich zu verteidigen, zu *schießen* war kaum zu bändigen, aber Alex zwang sich, absolut regungslos zu verharren ... und der Blick des Soldaten glitt über ihn hinweg, an den Kisten hoch, und dann hatte er sich umgedreht und war fort.

»Johnny hat gesagt, er hat hier drüben jemand gesehen«, meldete sich eine Stimme aus der Nähe.

»O Mann, Johnny würde keinen BattleMech sehen, wenn er ihm ...«

Auf der anderen Hofseite explodierte die Handgranate in einem Stakkato über das halbe Gelände zuckender Miniladungen. Explosionen knallten und spuckten wie Feuerwerkskörper oder kreischten als Feuerbahnen durch die Luft. Zwischen den abgestellten Fahrzeugen stieg eine Flammenwand empor, und keinen Atemzug später flog der Tankwagen in einer blendenden, ohrenbetäubenden Detonation auseinander.

Ein orangeroter Explosionspilz stieg in die Nacht. Sein Licht überstrahlte Lampen und Scheinwerfer, sein Krachen war wie das Donnern eines enormen Gewitters. Fahrzeugtrümmer regneten qualmend auf das Gelände herab; ein kreischender Soldat rannte mit brennender Montur aus der Deckung. Ein zweites Fahrzeug explodierte ... dann ein drittes, in einer Kettenreaktion, die mit jeder neuen Explosion den Boden unter Alex' Füßen erzittern ließ. Die ganze Anlage war ein einziges flammendes Chaos mit immer neuen Explosionen aus allen Himmelsrichtungen.

Alex duckte sich tiefer, als die Nacht auf dem Innenhof sich in glutheißen Tag verwandelte.

»Was den Rrest von euch angeht, ihrr seid alle frrei«, richtete McCall sich an die anderen Gefangenen, die in zunehmender Zahl in den Raum strömten. Es mußten inzwischen achtzig oder neunzig Männer und Frauen sein. »Aberr ich kann euch keinen sicherren Abzug aus derr Zitadelle garrantierren! Es hörrt sich an, als würrde da draußen geschossen, und wahrrscheinlich wirrd es gefährrlich.«

»Bestimmt nicht gefährrlicherr als hier zu bleiben!« rief eine schmutzige, zerlumpte Gefangene zurück. »Der Bastarrd Wilmarrth hat verrsprochen, die meisten von uns umzubrringen!«

»Aye«, bestätigte eine andere Frau. »Und die Hoffnung auf diese Errlösung warr alles, was einige von uns auf den Beinen gehalten hat!«

Ein paar andere lachten, und McCall mußte grinsen. Weder Wilmarth noch die Bloodspillers oder der Kerker hatten den Willen dieser Menschen brechen können, nicht einmal annähernd! »Werr von euch bleiben und sein Glück mit Wilmarrth prrobierren will, kann das tun«, erklärte er. »Wenn ihrr noch in eurren Zellen seid, kann err euch nicht beschuldigen, an einem Ausbrruch teilgenommen zu haben. Aberr wenn ihrr rraus wollt, müßt ihrr draußen die Begegnung mit Wilmarrths Soldaten rriskierren. Wenn ihrr es durrch das Torr schafft, sind Schnitterr im Wald, die sich um euch kümmerrn werrden. Aberr soweit zu kommen dürrfte ein bißchen schwierrig werrden...«

»Besserr das als Wilmarrths verdammte Folterrknechte!« bellte ein Mann. Er trat einen Schritt vor und spuckte auf die Leiche des Offiziers. »Zeigen wirr Wilmarrth, was wirr von seinerr drreckigen Gastfrreundschaft halten!«

Allgemeiner Jubel antwortete ihm... unterstrichen

von einem tiefen, rollenden Donnerschlag irgendwo über ihnen. Das Licht flackerte bedrohlich, und Staub regnete von der Decke.

»Werr weiß, wie man das bedient?« fragte McCall und hielt die Laserpistole des Offiziers hoch. Dutzende Hände, männliche und weibliche flogen hoch oder streckten sich danach. »Aye«, meinte McCall und reichte die Waffe Griff voraus einem bärtigen Mann mit einer lebhaft bunten Tätowierung auf dem rechten Bizeps – einem BattleMech, der einen riesigen Hammer emporstreckte. Er wußte, daß dieses Bild bei vielen MechKriegern im Mannschaftsrang beliebt war, und schloß daraus, daß der Mann Militärdienst geleistet hatte. »Veterran?«

»Zwölf Jahrre Stahl bewegt bei den 5. Crrucis-Lanciers«, knurrte der Mann. »Veterran genug fürr Sie?«

Die 5. Crucis gehörten zu den besten. »Gut genug. Name?«

»Rross.«

»OK, Rross. Du überrnimmst die Rrückendeckung und sorrgst dafürr, daß alle, die mit rraus wollen, auch rraus gehen. Halt dich nicht auf. Werr stehenbleibt, soll hierr bleiben! Ich gehe vorraus.«

»In Orrdnung.« Ross nahm den Laser und zog den Ladehebel zurück, um mit offensichtlich erfahrenem Blick die Energiespule zu überprüfen.

»Angus! Wo steckst du?«

»Hierr, Davis.« Sein Bruder wirkte noch immer benommen, als könne er nicht voll erfassen, was geschah. »Bist … bist du es wirrklich?«

»Aye, Lad. Ich bin es wirrklich.«

»Du bist *gekommen …*«

»Ich hab in mein' Leben schon viele Dummheiten begangen. Bleib dicht bei mirr. Nach all dem Ärrgerr will ich dich nicht verrlierren!«

Wieder ertönte über ihnen ein Donnern, lauter und anhaltender als zuvor, und wieder flackerten die Lichter. »Was ist das? Hast du deine BattleMech-Söldnerrfrreunde mitgebrracht?«

»Nurr einen«, erwiderte McCall. »Aberr derr ist dem, was Willie gegen ihn aufbieten kann, mehrr als gewachsen. Bewegung, Leute! Aufstellung! Wirr rrücken aus!«

Die Menge strömte zum Ausgang.

Alex duckte sich in die Deckung des *Pegasus* Schwebepanzers, während die Explosionen über den Platz tosten. Die meisten auf der anderen Hofseite abgestellten Fahrzeuge existierten nur noch als brennende Wracks. Aber auf dieser Seite war noch etwa ein halbes Dutzend Fahrzeuge verblieben, einschließlich des alten *Pegasus*. Sie auch noch auszuschalten, bevor die beiden Angreifer die Zitadelle verließen, wäre ein hübscher Bonus gewesen. Wilmarth würde lange brauchen, um seine militärische Infrastruktur wiederaufzubauen!

Als nächstes standen der Eingangsturm und das Tor ins Freie auf seiner Liste. Er konnte den Eingang von seiner Position aus sehen ... auf der Innenhofseite stand er offen, aber das Außentor war verschlossen. Er schob ein neues Magazin mit zehn Mikrogranaten in den Werfer, ließ die erste in die Kammer fallen, hob die Waffe an die Schulter und löste einen anhaltenden Feuerstoß mitten durch das offene Innentor aus.

Das Innere des Vorwerks leuchtete unter dem Stakkato der Explosionen sonnenhell auf. Fensterscheiben wurden weggesprengt, und eine schwere Sekundärexplosion riß ein Segment der Turmmauer weg, als ein Fahrzeug oder ein Munitionslager im Innern des Bauwerks detonierte. Rauch und Staub quollen aus der klaffenden Bresche in der Fassade des Turms, aber weder aus den oberen Fenstern noch von der Mauer wurde zurückgefeuert. Nur um sicher zu gehen lud Alex nach und feuerte sorgfältig gezielte Mikrogranaten durch einzelne Fenster und Schießscharten. Aus einem offenen Fenster in Brustwehrhöhe leckten Flammen, aber noch immer gab es kein Zeichen von Leben innerhalb des Turms.

Alex richtete sich hinter seiner Deckung auf und suchte die Außenmauern zu beiden Seiten des Eingangsturms ab. Beide AK-Türme schienen außer Gefecht, mit zerschmolzenen oder zertrümmerten Zielerfassungsanlagen und verbogenen Geschützläufen. Der Innenhof war übersät mit Leichen, Ausrüstungstrümmern und Schutt. Ein paar der Toten waren Wilmarths Opfer, seine makabren Trophäen, aber das Gemetzel, das Alex in ein paar kurzen Minuten angerichtet hatte, ließ ihre Zahl gering erschienen.

Einige der herumliegenden Gestalten waren noch am Leben, und ihre Schreie gaben der Szenerie eine schreckliche, surreale Note. Alex hob den rechten Arm und erschoß einen Mann, der möglicherweise verwundet war, aber ein Lasergewehr im Arm gehalten hatte. Hier war kein Platz für Ritterlichkeit, nicht, wenn die Grenze zwischen Erfolg und Tod so schmal war.

Nachdem Vorwerk und Außentor offensichtlich gesichert waren, blieb als seine Hauptsorge das offene, fünfzehn Meter hohe Tor geradewegs ins Herz des Burgfrieds. Wilmarth verfügte über mindestens vier Mechs. Wahrscheinlich waren sie irgendwo in einem Mechhangar hinter diesen Karbonstahltoren untergebracht und würden jeden Augenblick auftauchen. Es war eine Weile her, seit Alex irgendeine Bewegung aus dieser Richtung gesehen hatte. Einige Tote in der Toröffnung markierten den letzten Versuch von Wilmarths Truppen, von dort heraus ins Freie zu stürmen.

Es würde Zeit kosten, einen Mech in Gang zu setzen, um mit den Eindringlingen abzurechnen. Seit dem ersten Schuß waren erst knapp zehn Minuten vergangen – im Gefecht eine Ewigkeit, aber zu kurz, um an Bord eines abgeschalteten Mechs zu gehen und ihn einsatzbereit zu machen. Sofern Wilmarth keinen Kampfkoloß in Bereitschaft hatte – angesichts der mangelnden

Professionalität seiner Truppen eine äußerst fragwürdige Annahme, aber Alex und McCall hatten die Möglichkeit in Betracht ziehen müssen – würden die beiden Angreifer längst wieder abgerückt sein, bevor die Krieger des Verwalters in ihre Maschinen klettern, sie hochfahren und die Stahlriesen in Bewegung setzen konnten. Trotzdem, mit jeder verstreichenden Sekunde wurde es wahrscheinlicher, daß in Kürze ein Bloodspiller-Mech auf die Szene trat. Alex schaute auf die Zeitanzeige der Sichtprojektion. 23:16 … nein, jetzt 23:17. *Komm schon, McCall! Wo, zum Teufel, steckst …*

»Schädel Zwo! Schädel Zwo!« erklang abrupt McCalls Stimme in Alex' Helm. »Wirr kommen rrauf. Wie sieht's aus da oben?«

»Kommandanthauptmann!« rief er erleichtert. »Gott sei Dank! Hier ist es ziemlich heiß hergegangen, aber im Moment ist nicht viel los. Vorwerk und Torverteidigung sind neutralisiert.«

»Gut gemacht! Ich habe etwa achtzig Leute hierr. Schaffen wirr es bis zum Torr?«

»Im Moment ist der Weg frei«, erwiderte Alex, und sah sich noch einmal um. »Aber das Haupttor des Bergfrieds ist offen, und vermutlich wird da ziemlich bald etwas wirklich Angsteinflößendes auftauchen.«

»Verrstanden. Halt dich bereit, Laddie. Wirr kommen raus! Jetzt!«

Alex hob den Granatwerfer und zielte geradewegs ins offene Hangartor. »Ich gebe euch Deckung. Los! Los!«

McCall stieß die Küchentür auf und trat über die noch immer dort liegende Soldatenleiche. Sein Arm war erhoben und bewegte sich schnell nach links und rechts, als er jede Ecke, jeden Schatten nach einem Hinterhalt oder unerwarteten Schwierigkeiten absuchte. Der Innenhof vor ihnen war rauchverhangen, so dicht, daß der Eingangsturm und die Mauern der Zitadelle nur als vage schwarze Schatten hinter dem blendenden Glanz ein paar verbliebener Scheinwerfer und brennender Fahrzeuge zu erahnen waren. Die Szenerie unterschied sich grundlegend von der einige Minuten zuvor, als McCall die Tür in die andere Richtung durchquert hatte. Alex Carlyle war nicht untätig geblieben …

Er sah keine Bewegung, überhaupt kein Anzeichen von Leben. »Derr Mann sagt los«, teilte McCall den Leuten hinter ihm im Gang mit. »Du!« Er deutete auf Angus. »Siehst du den Eingangsturrm, gerradeaus vorr dirr?«

»Ja, Davis, ich seh ihn.«

»Setz dich in Bewegung, und halt auf keinen Fall an. Du!« Er zeigte auf die Frau, die hinter Angus stand. »Folg ihm. Ihrr anderren, folgt eurrem Vorrderrmann, einerr nach dem anderren. So schnell ihrr könnt. Los! Los! Los!«

Alex sah den ersten befreiten Gefangenen aus den Schatten am Fuß des Bergfrieds auftauchen, dicht gefolgt von einem weiteren und noch einem … eine lange Kette zerlumpter, stolpernder Menschen, die sich über das rauchverhangene Schlachtfeld des Stahlbetonplatzes zog. Sie kamen von links nach rechts an ihm vorbei, genau zwischen seiner Stellung neben dem *Pegasus* und den offenen Haupttoren des Gebäudes.

Das war ein Fehler. Wenn Wilmarths Soldaten jetzt aus dem Hauptgebäude stürmten, waren die befreiten Caledonier im Kreuzfeuer gefangen. Aber jetzt ließ sich daran nichts mehr ändern. Alex sprang auf das Heck des Schwebepanzers, um besser sehen zu können.

Es war nahezu unmöglich, irgend etwas zu erkennen. Alex schaltete von IR auf Lichtverstärkung auf Normaloptik, aber außer der Menschenkette und dem pulsierenden Rotlicht im Eingang zum Bergfried war nichts zu sehen. Von seinem neuen Beobachtungsposten aus hatte Alex eine gute, freie Sichtlinie zum Tor der Zitadelle, aber der Rauch der brennenden Fahrzeuge war zu dicht.

Eine Bewegung...

Er schaltete zurück auf Infrarot, verzog das Gesicht, schaltete weiter, versuchte mit Hilfe des Computers ein klareres Bild von dem zu erhalten, was er gesehen hatte. Konnte das... ja! Ein Schatten. Ein riesiger, unförmiger Schatten, der sich vor das blinkende rote Licht im Innern des Hangartunnels schob.

Schüsse knallten durch die Toröffnung. Einige der rennenden Zivilisten im Innenhof schrien auf und stürzten zu Boden. Hinter ihnen bewegte sich etwas sehr Großes im Torweg, begleitet vom vertrauten Zischen und Knirschen von Ferrofibritpanzerung.

Dann stapfte der BattleMech in Sicht, sauber eingerahmt von den offenen Toren des Bergfrieds.

Und die flüchtenden Zivilisten gerieten in Panik.

16

Innenhof der Zitadelle, New Edinburgh, Caledonia
Mark Tamarind, Vereinigtes Commonwealth

1. April 3057, 23:18 Uhr TNZ

Es war ein *Stadtkoloß*, eine gedrungene, häßliche Maschine, die mehr einem monströsen Küchengerät mit abgerundetem Deckel glich als einem BattleMech. Statt Armen und Händen besaß er Waffen, eine Imperator-B-Autokanone rechts, einen leichten Harmon-Laser links. Dicht hinter ihm folgte ein Dutzend gepanzerter Infanteristen ins Freie.

Stadtkolosse wogen nur dreißig Tonnen, aber sie waren für ihre Größe langsam und schwer zu steuern. Die für den Kampfeinsatz in enger, zugebauter Umgebung und schmalen Straßen zwischen hohen Gebäuden ausgelegte Konstruktion verzichtete zugunsten besserer Panzerung auf Geschwindigkeit, zugunsten größerer Feuerkraft auf Beweglichkeit. In einem Mechgefecht betrachteten die meisten MechKrieger sie als Tontauben – leichte Beute. Gegen Bodentruppen jedoch – oder gegen eine auseinanderstiebende Menge befreiter Gefangener, die um ihr Leben rannten – waren sie tödlich.

Alex gab einen langen, vollautomatischen Feuerstoß aus dem Granatwerfer über die Köpfe der Zivilisten ab, der allerdings weniger das Ziel hatte, den Mech zu beschädigen, als die Truppen auszuschalten, die dem *Stadtkoloß* in den Hof folgten. Selbst ein *Stadtkoloß* besaß genug Panzerung, um die Explosion von Mikrogranaten zu ignorieren – ebenso wie den leichten Laser an Alex' Arm.

Eine Kette von Detonationen riß das Pflaster hinter dem *Stadtkoloß* auf und warf Wilmarths Soldaten nach links und rechts. Der Mech hielt an, und seine obere Rumpfhälfte drehte sich mit schrill knirschenden Maschinengeräuschen, um die Autokanone auf Alex' Position auszurichten. Der Pilot konnte den *Nighthawk*-Anzug wahrscheinlich nicht sehen, aber die Dalban-Ortungs- und Zielerfassungssysteme des Mechs mußten das Mündungsfeuer verzeichnet und seine Position auf der Sichtprojektion des Cockpits mit einem blinkenden roten Signal gekennzeichnet haben.

Zeit, sich zu verabschieden.

Alex löste die Sprungdüsen aus und stieg vom Dach des *Pegasus* empor, um tief über einige andere geparkte Fahrzeuge davonzufliegen, während hinter ihm die Autokanone des *Stadtkoloß* bellend das Feuer eröffnete.

Fahrzeugtrümmer flogen durch die Luft; ein leichter Lastwagen ging in einem Flammenmeer hoch, und blendendhelle Explosionen rissen Krater in die Stahlbetonmauern. Aber Alex war bereits außer Reichweite und setzte leichtfüßig nahe des Innentors zum Eingangsturm auf. McCall war bereits dort, hielt den Torflügel auf und winkte die befreiten Zivilisten mit ausladenden Armbewegungen weiter.

»Hast du ihn gefunden?« rief Alex.

»Aye«, bestätigte McCall, und Alex sah ihn durch die schmale Sichtscheibe des Helms grinsen. »Aye, auch wenn wirr keine Zeit fürr eine Wiederrsehensfeierr hatten. Err ist schon drraußen.«

Alex schaute ins Vorwerk. Das Außentor stand offen. McCall hatte die Abdeckung der Torsteuerung aus der Wand gerissen und den Öffnungscode geknackt. Zivilisten stürzten an den beiden Legionären vorbei in die Nacht außerhalb der Zitadelle, aber eine große Zahl von ihnen war auch in den unterschiedlichsten Verstecken im Innenhof verstreut, ihr Fluchtweg durch den 30-Tonnen-Mech abgeschnitten. Der stand in der Mitte des rauchverhangenen Hofes und drehte den Rumpf hin und her auf der Suche nach seinem verschwundenen Ziel. Er wirkte beinahe konfus. Trotzdem, die ungeschützten Flüchtlinge hatten keine Chance, wenn sie versuchten, durch das Schußfeld dieses Monsters zu laufen.

»Wie viele Zivilisten sind es noch?« fragte Alex McCall.

»Ich weiß nichtn, Lad«, erhielt er zur Antwort. »Ich hatte keine Zeit, sie zu zählen. Aberr es sind mindestens drreißig oderr vierrzig, die es nicht an dem Ungetüm vorrbei geschafft haben.«

»Wir können sie nicht einfach hier zurücklassen.« Er deutete auf die gepfählten Leichen im Hof. »Wenn Wilmarth sie wieder in seine bluttriefenden Klauen bekommt...«

»Aye. Aberr was können wirr zwei gegen einen Mech ausrrichten?« McCall zeigte hinüber zu dem *Stadtkoloß*, der noch immer wie ein verwirrter Riese vor dem Haupttor des Bergfrieds stand. »Selbst gegen so was wie *das* komische Ding?«

Ihre Planung hing anfangs davon ab, daß es ihnen gelang, in die Zitadelle einzudringen und wieder hinauszukommen, bevor Wilmarth seine Mechs ins Spiel bringen konnte. Den Überlegungen nach, die sie am Nachmittag angestellt hatten, war es jetzt höchste Zeit, durch das Vordertor abzuhauen und in der Nacht unterzutauchen. Jeden Moment mußten weitere Mechs aus den Tiefen der Festung auftauchen, und die Szenerie sich in ein Blutbad verwandeln.

Aber all die Menschen...

»Es gibt eine Möglichkeit«, meinte Alex und packte den Ellbogen von McCalls *Nighthawk*. »Bleib hier und zeig dem Rest den Weg. Ich kümmere mich um den Kampfkoloß.«

»Alex! Was hast du vorr?«

»Vertrauen Sie mir, Kommandanthauptmann! Ich bin gleich wieder da!« Bevor McCall ihn aufhalten konnte, löste sich Alex, startete die Sprungdüsen und flog über den Innenhof davon. Der *Stadtkoloß* ortete die Bewegung und wirbelte herum. Laser und Autokanone gaben schnelle, abwechselnde Feuerstöße ab. Alex kam hinter dem umgekippten Wrack eines Panzerwagens auf, zog eine Bündelgranate, stellte den Zünder auf fünfzehn Sekunden ein und warf sie so weit er konnte hinter den drohenden Schatten des *Stadtkoloß*. Die Dreißig-Tonnen-Mordmaschine kam jetzt auf ihn zu, mit schwerfälligen Schritten, während der obere Teil des Rumpfes mechanisch singend hin und her schwenkte. Die Sekunden tickten vorbei... dann explodierte die Handgranate in einem Stakkato von Detonationen zwischen den Wracks und Trümmern hinter dem langsamen BattleMech. Schrapnells prallten knallend von dessen Rückenpanzerung ab; ein ausgebranntes Fahrzeugchassis kippte mit lautem Getöse um.

Der *Stadtkoloß* stockte, fast, als müsse er diese neue Wendung verarbeiten, dann drehte er sich langsam zum Knallen und Blitzen der Bündelgranatenexplosionen um. Alex rannte augenblicklich los. Noch bevor die Maschine sich ganz umgedreht hatte, sprintete er im Zickzackkurs durch die Trümmer zurück in Richtung des *Pegasus*-Scoutpanzers.

Da war er! Autokanonengranaten hatten seine linke Flanke getroffen, die Schürzen durchlöchert und eine Reihe häßlicher Krater in den polierten Rumpf gebohrt, aber die beiden Geschütztürme waren noch intakt. In den Abschußrohren konnte man die stumpfen Köpfe der schweren Starstreak-KSR sehen.

Alex sprang auf das Oberdeck des Panzers und suchte nach der Luke. Da... kurz vor den Lafetten! Sie war natürlich verriegelt. Man brauchte eine Schlüsselkarte oder ein kodiertes Funksignal, um sie zu öffnen. Alex beugte sich vor, packte den Lukengriff und zog.

Die Aktivatoren des Krötenanzugs protestierten lautstark, als er mit ganzer Kraft zerrte, fester, noch fester, immer *fester*. Er fragte sich schon ernsthaft, ob er die Stärke des Verschlußmechanismus möglicherweise doch unterschätzt hatte, als dieser mit einem lauten Knall zerbrach und die Luke aufschwang.

Er ließ sich ins Innere fallen, schaltete mit einem Schlag auf den Druckschalter die Cockpitbeleuchtung ein und sah sich um.

Der *Pegasus* gehörte noch immer zu den beliebtesten und verbreitetsten Erkundungsfahrzeugen der Inneren Sphäre, wenn er auch, wie dieses Modell, allmählich in die Arsenale von Miliztruppen verdrängt wurde. Normalerweise hatte er eine Besatzung von vier Mann – Fahrer, Bordschütze, Funker/OrtungsTech und Kommandeur, aber er ließ sich auch von einer Person steuern. Der Cockpitbereich war überraschend geräumig, auch wenn Alex sich in seinem *Nighthawk* ducken mußte, um nach vorne ans Hauptbedienungspult zu gelangen. Er zwängte sich in den Fahrersitz, strich mit der Hand über die Sensortasten der Konsole und wurde mit einer Galaxis roter und gelber Lichter und einem lauter werdenden Summen belohnt, als der Panzer die automatische Startsequenz einleitete. Ein Monitor nach dem anderen flammte auf und zeigte die lodernde Nacht jeweils aus einem anderen Blickwinkel. Manche Schirme zeigten eine Normalsicht, andere benutzten Infrarot oder Lichtverstärkung.

Die Waffen konnten ein Problem werden, da er nicht über die erforderlichen Autorisations- und Freigabecodes verfügte, aber vielleicht ließ sich das umgehen. Während der *Pegasus* noch hochfuhr und die roten und gelben Lämpchen nach und nach grün wurden, lehnte Alex sich hinüber zur Konsole des Bordschützen, griff nach unten und riß die Abdeckung ab.

Ein Gewirr von Drähten und Platinen fiel heraus. Er mußte ein paar Sekunden suchen, dann fand er einen an den Hauptbus angeschlossenen Buchsensatz, der den Anschluß von Testgeräten ermöglichte.

Alex öffnete einen Deckel am Tornister seines Anzugs und zog drei Elektrokabel heraus, die er an die externen

Buchsen anschloß. Unter einer Abdeckung am linken Arm erschien eine Zifferntastatur, in die er eine Zahlenreihe eingab. Danach übernahm der Computer des *Nighthawk* die weitere Arbeit und feuerte mit blitzartiger Geschwindigkeit serienweise Codierungen in das Leitsystem der Geschützkontrollen.

Allzu groß war die Wahrscheinlichkeit nicht, daß er damit Glück haben würde. Falls es nicht gelang, konnte Alex nur noch den Panzer selbst als riesiges Geschoß einsetzen. Möglicherweise würde das ohnehin notwendig werden, aber wenn es ihm gelang, die beträchtliche Feuerkraft des Luftkissenpanzers in den Kampf zu werfen, würde es die Dinge erheblich vereinfachen.

Ein Donnern hallte durch den Rumpf des Schwebepanzers, und das Fahrzeug schüttelte sich. Alex wurde in seinem Sitz hin und her geworfen. Er sah zu den Bildschirmen hoch und bemerkte den *Stadtkoloß* keine fünfzig Meter entfernt, die Autokanone direkt auf den geparkten Panzer gerichtet und im Salventakt feuernd. Eine Explosion nach der anderen krachte auf den Rumpf des *Pegasus*. Die Sensoren des *Stadtkoloß* mußten das Hochfahren der Panzermotoren geortet haben, und jetzt versuchte der Pilot das Fahrzeug zu zerstören, bevor es Alex gelang, Antrieb und Geschütze einsatzbereit zu bekommen.

Drei heftige Detonationen schleuderten den *Pegasus* nach rechts und ließen den Panzer von einer Seite zur anderen wippen. Mit lauter werdendem Heulen der Turbinenpropeller baute sich das Luftkissen auf, und die Antriebsschürzen füllten sich. Eine weitere Granate schlug in den Rumpf ein, und diesmal rutschte das Fahrzeug auf seinem Luftkissen davon, statt wie vorher über das Pflaster zu schrammen. Hastig packte Alex den Steuerknüppel und korrigierte die Bewegung. Der *Pegasus* lag in einem Winkel von zehn Grad nach vorne gekippt in der Luft ... das Ergebnis der durchlöcherten Schürze, die er beim Einstieg bemerkt hatte. Auf dem

Monitor sah er den Mech mit flammender Autokanone vorrücken. Ein Dutzend Lichter auf Alex' Konsolen blinkten rot auf und meldeten Schäden an Rumpfpanzerung, Funkantennen, Sensoren und Scheinwerfern ...

Dann zog ein neuer Satz blinkender grüner Lichter seine Aufmerksamkeit auf sich, diesmal auf der linken Seite der Sichtprojektion im Innern seines Helms. Der Gefechtscomputer des *Pegasus* hatte einen der Freigabecodes akzeptiert. Die KSR-Lafetten des Panzers waren entsichert und feuerbereit.

Mit einer Hand hielt er den Steuerknüppel des Schwebepanzers ruhig, mit der anderen tippte er einen Feuercode ein. Ohne Bordschützen mußte er die beiden Geschütztürme des Panzers von Hand ausrichten und statt einzelner Geschütze den ganzen Panzer drehen, aber auf diese Entfernung war ein exaktes Zielen nicht so wichtig.

Alex drückte die Eingabetaste und schickte das codierte Signal durch die Leitungen. Der Schwebepanzer erzitterte, als die linke Raketenlafette die Umgebung in taghelles Licht tauchte und die erste Kurzstreckenrakete aus dem Abschußrohr glitt und über den Hof zuckte.

Er wartete, beobachtete den Flug des ersten Geschosses, dann jubelte er, als es in die rechte Flanke des *Stadtkoloß* einschlug, knapp unter der Kupplung der Imperator-AK. Schnell löste er fünf weitere Schüsse aus. Die zweite Rakete ging daneben, zuckte auf einer Flammenspur am rechten Bein des *Stadtkoloß* vorbei und explodierte im Tunneleingang, wo sie die noch immer dort kauernden Infanteristen wegschleuderte. Die nächsten vier hämmerten eine nach der anderen in Rumpf und Seite des Mechs. Das Flackern der explodierenden Sprengköpfe zuckte durch die Nacht wie riesige Blitzlichter. Panzerplatten wurden abgerissen und davongesprengt. Der *Stadtkoloß* erwiderte das Feuer mit dem steten Stakkato seiner Schnellfeuerkanone, die ihre Explosivgranaten wahllos in geparkte Fahrzeuge, die Außenmauern und den gepanzerten Rumpf des *Pegasus* jagte. Alex setzte die Hauptsteuerpropeller des Panzers ein und kippte ihn nach vorne, um unter dem Beschuß wegzutauchen.

Der Bug des Luftkissenpanzers scheuerte mit lautem Kreischen und fliegenden Funken über den Stahlbeton, aber Alex setzte ihn in Bewegung, steuerte ihn um einen abgestellten Lasttransporter herum auf den offenen Hof. Der *Stadtkoloß* folgte schwerfällig. Er feuerte seinen Laser, und eine Strahlbahn schnitt eine Brandspur quer über die Steuerbordflanke des Panzers.

Alex zog den Knüppel hart nach rechts, und der *Pegasus* drehte sich auf der Stelle, bis die zweite Lafette auf das Ziel gerichtet war. Der *Stadtkoloß* schob sich gerade in dem Moment nach vorne, als Alex aus kürzester Entfernung die zweite KSR-Salve auf die Reise schickte. Die Explosionen waren so nahe, daß ihre Druckwellen den Panzer auf seinem zischenden Luftpolster nach hinten schleuderten. Alex zog den Steuerknüppel auf sich zu, um die unerwartete Bewegung auszunutzen und noch mehr Distanz zwischen sich und seinen schwerfälligen Verfolger zu bringen.

Der *Stadtkoloß* folgte ihm, und Alex grinste. Durch seine Manöver hatte er den feindlichen Mech aus der Mitte des Hofes gelockt, und jetzt konnte er hinter ihm die restlichen Zivilisten, die Männer und Frauen, die durch das plötzliche Auftauchen des Stahlgiganten auf dem Innenhof der Zitadelle in der Falle gesessen hatten, in kleinen Grüppchen zum Vorwerk und in die Freiheit laufen sehen.

Er zog sich weiter zurück, lockte den *Stadtkoloß* immer weiter vom Eingang der Zitadelle weg. Der Schlüssel zum Zweikampf mit einem BattleMech war Beweglichkeit. Gelang es dem Kampfkoloß, seinen Angreifer lange genug festzunageln, um mit seinen Sprenggranaten die Rumpfpanzerung des Panzers abzuschälen und die empfindlichen internen Systeme zu treffen, war der Kampf zu Ende. Alex mußte der schwerfälligen Kampfmaschine ständig einen Schritt voraus bleiben.

Er war überrascht und erfreut, daß sein Kampfinstinkt sich allem Anschein nach zurückgemeldet hatte. Da war kein Zaudern, keine Verwirrung, keine Unsicherheit, als er seine Kampfentscheidungen mit kalter Sicherheit traf, unberührt von der Hitze des Gefechts... oder den Erinnerungen. Er überflog die Datenanzeigen, sah hoch zum Bild des Mechs auf dem vorderen Sichtschirm. Es schien, daß die zweite KSR-Salve den *Stadtkoloß* beschädigt hatte. Blaue Funken tanzten durch einen klaffenden Krater knapp unter der Autokanone. Als die schwere Waffe ungebremst weiterfeuerte und ihre Explosivgranaten wahllos über das Gelände verteilte, wurde Alex klar, daß die Auslöselektronik zerschmolzen war. Die Waffe ließ sich nicht mehr abschalten und pumpte eine Granate nach der anderen durch den Lauf. Einige detonierten auf dem Rumpf des *Pegasus,* aber die meisten Geschosse schlugen hinter und neben dem Fahrzeug in die Mauern des Bergfrieds.

Alex glitt nach rechts davon, als Kies und Granatsplitter auf den Rumpf regneten. Plötzlich verstummte die Autokanone des *Stadtkoloß.* Entweder sie hatte Ladehemmung, oder die gesamte Munition war verbraucht. Aber der leichte Laser des Mechs war noch funktionstüchtig, und seine Schüsse zuckten in blendendem Lichtspiel über die Frontpanzerung des *Pegasus.* Alex' Monitore flackerten und fielen aus, als ein Teil des Sensorsystems überladen zusammenbrach.

Fluchend streckte er den Arm aus und schlug auf den Verschlußknopf der Fahrerluke. Die Luke glitt auf, und Alex zog sich hoch, um den Kopf nach draußen zu schieben und etwas sehen zu können.

Ohne die Vermittlerfunktion der Konsolenmonitore wirkte der *Stadtkoloß* erheblich größer und bedrohlicher... und näher. Ein Laserstrahl tanzte über den Steuerbordgeschützturm des *Pegasus*. Alex zuckte zusammen und duckte sich.

Mit etwas Glück würde eine weitere Raketensalve ausreichen, die Entscheidung zu bringen, aber Alex – oder genauer gesagt, der Computer seines Scoutanzugs – hatte Schwierigkeiten, den Code für den Nachladebefehl zu finden. Der *Pegasus* verfügte auch noch über einen Buglaser derselben Stärke wie die rechte Armwaffe seines Mechgegners, aber dessen Feuerkontrollsystem konnte er ebenfalls nicht erreichen, jedenfalls nicht, während er gleichzeitig den Panzer steuerte.

Damit blieb nur noch eine Waffe in Alex' begrenztem Arsenal, und er entschloß sich, sie einzusetzen.

Er steckte den Kopf wieder aus der Luke und stieß den Steuerknüppel bis zum Anschlag nach vorne. Der *Pegasus* nahm Fahrt auf. Staub, Schmutz und kleine Trümmerstücke wurden davongefegt, als die Steuerpropeller aufheulten und den Panzer in immer schnellerer Fahrt auf den Gegner zutrieben. Im allerletzten Moment duckte sich Alex zurück in den *Pegasus*. Einen Sekundenbruchteil später rammte der Schwebepanzer mit einem furchtbaren metallischen Getöse die Beine des *Stadtkoloß*. Der Aufprall schleuderte Alex in die Armaturen. Ohne den *Nighthawk*-Anzug hätte das mit ziemlich Sicherheit seinen Tod bedeutet.

So wurde er zunächst nach vorne geschleudert, bevor er gegen die Decke flog, als der *Pegasus* wild nach rechts ausbrach. Die Kabinenlichter erloschen und warfen ihn in tiefste Dunkelheit. Nach einem Augenblick des Schocks, schaltete er den Scheinwerfer des *Nighthawk* ein. Ein heller weißer Lichtkreis erschien über ihm auf dem Kabinenboden.

Der *Pegasus* lag auf dem Dach. Unter Schmerzen – trotz der Polsterung durch den Anzug waren seine Rippen vom Aufprall auf die Konsole geprellt – kroch Alex auf der Decke in Richtung der Einstiegsluke. Sie wurde durch den Sitz blockiert, der sich beim Aufprall losgerissen hatte, aber er konnte sich mit Mühe hindurchzwängen, indem er seine verstärkten Armmuskeln dazu benutzte, den Sitz wegzuhebeln und die verbogene Tür aufzudrücken. Er ließ sich Kopf voran nach unten fallen, rollte sich unter dem Panzerwrack ins Freie und sah sich um.

Der *Stadtkoloß* lag auf dem Rücken, neun Meter Ferrofibrit und Karbonstahl, ausgestreckt auf einem Berg von Schutt und Trümmern. Der Panzer lag halb über den Mechbeinen, die durch den Zusammenstoß aus den Gelenken gerissen waren. Er machte den Laser des Anzugs klar und stolperte zum Kopf des Mechs. Wenn der Pilot noch lebte, konnte er entweder aussteigen, womit er auch in Zukunft eine Bedrohung bildete, oder er würde versuchen, seine Maschine wieder in Gang zu setzen, was eine noch größere Gefahr darstellte.

Als Alex das Mechcockpit erreichte, stellte er jedoch schnell fest, daß ihm weder die Maschine noch ihr Pilot weitere Sorgen machen konnten. Durch das blutverschmierte Kanzeldach war nicht viel zu erkennen, aber es sah ganz so aus, als hätte sich die Instrumentenkonsole beim Fall des Mechs losgerissen und sei auf den Brustkorb des MechKriegers gestürzt.

»Bist du OK, Kumpel?«

Alex drehte sich bei diesen Worten um, den Laser erhoben. Der Mann, ein robust wirkender Glatzkopf mit einer Mechtätowierung auf dem Oberarm, trug weder Panzerung noch Uniform, aber er hatte eine Laserpistole in der Hand, deren Mündung nach oben wies. Alex brauchte einen Moment, um sich darüber klar zu werden, daß dies einer der Gefangenen war, die McCall befreit hatte. Er war zurückgekommen, um in den Trümmern nach Überlebenden zu suchen.

»Ja«, antwortete Alex, etwas überrascht vom Klang seiner eigenen Stimme. »Ja, mir geht's gut!«

»Dann wollen wirr sehen, daß wirr hierr wegkommen«, meinte der Mann und blickte sich über die Schulter. »Es kommen noch anderre Schurrken, und dein Kumpel wirrd sie nicht lange aufhalten können.«

»Neue Truppen?«

»Ja, und Schlimmerres. Mehrr BattleMechs.«

Der Mann reichte Alex die Hand und half ihm, von den Trümmern des *Stadtkoloß* herunterzusteigen. Zusammen rannten sie durch den dichten Qualm über den Hof zum Eingangstor der Zitadelle. »Sind alle Gefangenen draußen?« fragte Alex.

»Ja, dank dirr. Ein paarr sind bei dem Verrsuch umgekommen, und achtzehn, vielleicht zwanzig sind verrwundet. Aber wenn du den *Kloß* nicht abgelenkt hättest, wäre *keiner* von ihnen durrchgekommen.«

Als sie den Hofeingang des Vorwerks erreicht hatten, hielt Alex an und drehte sich um. Der Hof war noch immer frei von Wilmarths Leuten – zumindest lebenden Exemplaren –, aber aus dem Hauptgebäude der Zitadelle drangen frische Lebenszeichen, neue Schatten, die sich vor dem Rauch und den blinkenden Alarmlichtern bewegten.

McCall trat zu ihnen. »Alles OK, Alex?«

»Mir geht's gut. Ich hab nur ein paar blaue Flecken.«

»Als du den *Stadtkoloß* gerrammt hast, Lad, dachten wirr schon, wirr würrden dich nicht lebend wiederrsehen!«

Alex starrte noch immer auf die offenen Fünfzehn-Meter-Tore des Bergfrieds. »Mein Gott«, stieß er aus. »Wilmarth schickt seine Reserven raus!«

Mit dem steten Hallen bewegter Aktivatoren kam ein hoch aufragender Schatten aus dem offenen Tor, eine zehn Meter hohe und sehr viel humanoider und bedrohlicher wirkende Gestalt als der häßliche kleine *Stadtkoloß*. Alex erkannte die schwerschultrige, rundköpfige Silhouette sofort und fragte sich, wo bei allen Teufeln der Galaxis, Wilmarth derartige Hardware her hatte?

Der *Victor,* achtzig Tonnen Metall gewordener Tod, trat knirschend und jaulend aus dem offenen Hangartor. Dicht hinter ihm folgte ein zweiter Mech desselben Typs, dessen Kopf sich von einer Seite zur anderen drehte, als wolle er das Schlachtfeld begutachten.

Victors! Es hatte schon Alex' ganzen Einsatz gekostet, den einen leichten *Stadtkoloß* auszuschalten. Zwei *Victors*... Diese beiden Kampfkolosse aufzuhalten, davon konnten zwei leicht bewaffnete Männer nicht einmal träumen.

»Lad, wirr sollten uns den Teufel hierr wegscherren«, meinte McCall.

»Ich hätte es nicht besser ausdrücken können, Kommandanthauptmann. Bloß raus!«

Aber die *Victors* stürmten das Vorwerk, so schnell ihre riesigen Beine sie trugen.

An ein Entkommen war nicht zu denken.

17

Eingangstor der Zitadelle,
New Edinburgh, Caledonia
Mark Tamarind, Vereinigtes Commonwealth

1. April 3057, 23:27 Uhr TNZ

Ein *Victor* wog achtzig Tonnen, womit er zur höchsten Gewichtsklasse der Kampfkolosse, den überschweren BattleMechs, gehörte, aber er war nicht so schwer bewaffnet wie andere Mechs dieser Größe. Bei seiner Konstruktion hatte man an Bewaffnung gespart, um Sprungdüsen einbauen zu können. Jedes dieser Monster besaß mittelschwere Zwillingslaser im linken Arm, ein Gaussgeschütz im rechten, und vier KSR-Abschußrohre hoch am linken Rumpfteil, aufgereiht wie Orden.

Alex, McCall und der Veteran mit der Laserpistole duckten sich in das Torhaus, gerade als zwei Kurzstreckenraketen in der Turmmauer einschlugen. Die Druckwelle schlug über Alex zusammen und warf ihn beinahe um. Der nicht durch einen Gefechtspanzer unterstützte Ex-Gefangene wurde zu Boden geschleudert. Alex beugte sich hinab und half ihm auf. »Alles in Ordnung?«

»Fein! Fein! Bloß weg hier!«

Gemeinsam hasteten sie durch das offene Eingangstor, hinter den letzten flüchtenden Gefangenen her auf die Brücke über die Schlucht.

Alex hatte die Mitte der Brücke noch nicht erreicht, als er ein schrilles Zischen und das Tosen zu superheißem Plasma erhitzter Luftmassen hörte. Er drehte sich um und sah einen der *Victors* gerade noch mit flammenden Sprungdüsen außerhalb der Zitadellenmauern aufsetzen, genau vor dem Haupttor, auf der Mittellinie der Brücke. Sein linker Arm hob sich, und die beiden im Unterarm montierten Laser leuchteten auf. Bäume auf der gegenüberliegenden Seite der Schlucht gingen in Flammen auf, und ein schwerer Ast brannte durch und stürzte mit donnerndem Krachen in den Abgrund. Der zweite *Victor* tauchte im Torbogen auf. Er folgte seinem Gefährten etwas vorsichtiger, duckte sich leicht, um unter dem offenen Fallgitter hindurchzutauchen.

Das waren keine Milizmechs, dachte Alex, als er die vordere Maschine mit gewaltigen Schritten über die Brücke vorrücken sah. Ihnen fehlte die schwarz-gelbe Bemalung von Wilmarths Kampfmaschinen ebenso wie deren Alters- und Abnutzungserscheinungen. Sie trugen Einheitsziffern und Insignien, aber Alex kannte sie nicht – was angesichts der enormen Zahl aktiver regulärer und Söldner-Mecheinheiten in der Inneren Sphäre auch kein Wunder war.

Aber jetzt war nicht der Zeitpunkt, sich darüber Gedanken zu machen, wem die *Victors* gehörten. Es konnte keinen Zweifel daran geben, daß beide in den Diensten Wilmarths und der Bloodspillers standen, und jetzt waren sie dabei, den Einbruch in die Domäne des Verwalters zu ahnden.

»Ab in den Wald, Lad!« bellte McCall und stellte sich dem anrückenden Giganten.

»Eh? Aber …«

»Kein Widerrsprruch! Beweg deinen Arrsch, verrdammt!«

Alex riß sich vom beinahe hypnotischen Anblick der anrückenden *Victors* los, drehte um und löste die Sprungdüsen aus. Er schoß die Brücke entlang und landete auf der Straße am Waldesrand. Der Veteran wartete schon auf ihn, hinter einen umgestürzten Baumstamm geduckt, die Laserpistole im Anschlag und auf der Borke abgestützt. »Mein Gott«, stieß er aus, als Alex ihn erreichte, »derr Mann hat seinen verrdammten Verrstand verrloren!«

Als er sich wieder umdrehte, sah Alex Davis McCall

bäuchlings am Ende der Brücke liegen. Er hatte gedacht, der Caledonier sei gleich hinter ihm, aber stattdessen stellte dieser sich den näherkommenden Mechs. Er hatte den Granatwerfer an der Schulter, und feuerte einen steten Strom Mikrogranaten. Explosionen krachten und knallten und donnerten rund um die Fußgelenke des *Victor*. Keine Infanteriegranate – nicht einmal eine Makro – hatte eine Chance, der Panzerung eines Mechs mehr als einen Kratzer zuzufügen, deshalb war klar, daß McCall mehr im Sinn hatte, als den Versuch, mit einem leichten Granatwerfer einen Achtzig-Tonnen-Mech abzuschießen.

In einer Kette lauter, dumpfer Detonationen explodierten rechteckige Splitterkapseln an den Füßen und Unterschenkeln des *Victor* und sprühten Wolken von Kugellagern in breiten Strömen einen Meter über die Brücke hinaus. Rauch wallte um die Füße des *Victor* und verhüllte das Monster teilweise.

Plötzlich war McCall auf den Beinen und rannte.

Aber er rannte auf den vordersten *Victor* zu... nicht vor ihm davon...

Davis McCall wußte, daß er die beiden *Victors* nicht stoppen konnte, aber er hatte zumindest eine winzige Chance, einen von ihnen aufzuhalten. Wenn ihm das gelang, bestand die Möglichkeit, daß sich der zweite Mech zurückzog... oder zumindest auf das Eintreffen weiterer Maschinen oder Infanterie wartete, bevor er weiter vorrückte. Grayson Carlyle hatte schon vor Jahrzehnten bewiesen, daß BattleMechs durch Infanterieangriffe gefährdet werden konnten.

»Kommandanthauptmann!« drang Alex' Stimme aus den Helmlautsprechern. »Kommandanthauptmann, was soll das?«

»Wirr werrden wederr Rruhe noch Frrieden haben, solange diese Bastarrde hierr rrumstampfen«, erwiderte McCall. »Gib mirr Deckung!«

Ohne schwere Rückendeckung war sein Vorhaben Selbstmord. Seit in der Clan-Invasion die Elementartruppen der Angreifer Infanterie zu einer ernsten Bedrohung für BattleMechs gemacht hatten, wurde die ebenfalls zunächst bei Clan-Maschinen gesehene Abwehr solcher Angriffe durch an den Mechbeinen angebrachte Sprengladungen allmählich immer populärer. Infanterie, selbst Kröten, konnte durch die riesigen Schrotladungen ähnelnde Vernichtungsgewalt dieser sogenannten Splitterkapseln buchstäblich zerfetzt werden. Ausgelöst wurden diese Sprengladungen entweder durch einen entsprechenden Befehl aus dem Mechcockpit oder durch Näherungszünder, die auf Hitze, Masse oder Radarimpulse ansprachen.

Davis McCall aber war ein Experte in Mechabwehrtaktiken. Er hatte die Antwort auf diese Schutzvorkehrungen parat. Der Beschuß mit Mikrogranaten hatte die Näherungszünder und Signalleitungen zertrümmert, ganz abgesehen davon, daß die meisten der Kapseln in einer Kettenreaktion vorzeitig detoniert waren. Jetzt, nachdem die Splitterkapseln ausgeschaltet waren, wurde der Mech durch einen Angriff auf seine Kniegelenke verwundbar.

McCall sprang auf, lief tief geduckt los und nutzte den wallenden Rauch als Deckung. Er rannte auf den Mech zu, griff mit der ausgestreckten linken Hand nach der Kniekachel – der rechteckigen Panzerplatte zum Schutz des Mechkniegelenks – und sprang auf dessen linken Fuß. Das Timing war entscheidend bei diesem Manöver, denn Fuß und Bein blieben in Bewegung, während er einen Halt suchte und fand und in derselben Bewegung den Beutel mit Polydetalin-Bündelladungen packte. Als der Mech das Bein aufsetzte, öffnete sich hinter der Kniekachel eine Lücke. Davis rammte den Beutel hinein, packte einen der heraushängenden Zündringe und zog.

Das gesamte Manöver, vom Moment des Aufspringens bis zum Auslösen des Zünders hatte vielleicht drei Sekunden gedauert. Der Pilot des *Victor* bemerkte gerade erst seine Anwesenheit, möglicherweise auf Grund dringender Warnsignale seines Begleiters über die taktische Funkverbindung. Mit lautem Jaulen drehte sich gute vier Meter über McCalls Kopf der Mechrumpf. Der Stahlkoloß beugte sich nach unten, und seine gigantische, vollmodellierte linke Stahlhand griff in den Rauch und die Dunkelheit, um McCall zu fassen und von seinem Bein zu pflücken.

Davis gab das Knie des Mechs frei und ließ sich nach hinten fallen. Gleichzeitig löste er die Sprungdüsen aus. Der Schub trug ihn hinaus über die Schlucht.

Ein Laserstrahl zischte an seinem Kopf vorbei durch die Luft – nicht von einem der Mechs abgefeuert, sondern von einem Geschützturm hoch auf einem der vom Bergfried der Zitadelle aufragenden Türme. In der Luft drehte McCall sich herum, löste die Düsen des *Nighthawk*-Anzugs erneut aus und steuerte auf die Wälder jenseits der Schlucht zu.

Weitere Laserbahnen zischten und loderten an ihm vorüber. Einige trafen den Waldrand und ließen die Bäume hell auflodern. Im Gegensatz zur Enge des Hofs befanden sich die Angreifer hier im offenen Gelände außerhalb der Festung innerhalb präzise ausgemessener Feuerzonen der Hauptverteidigungsgeschütze der Zitadelle. Die Geschütztürme auf dem Bergfried feuerten peitschende Lichtbahnen durch die Nacht. Jeder Baum, den sie trafen, explodierte mit trockenem Krachen. Eine Strahlbahn streifte aufblitzend Davis' Tornister und bohrte sich durch die Panzerung über dessen linker Schulter. Er hatte das Gefühl, ein weißglühender Eisenstab hätte ihn gestreift, und er zuckte zusammen. Durch die plötzliche Bewegung taumelte er außer Kontrolle durch die Luft.

Im selben Moment lief die in den Ringzünder eingebaute Verzögerung von vier Sekunden ab, und die

Sprengladungen im Kniegelenk des *Victor* detonierten. Einen kurzen Augenblick wurde die Nacht an der Brücke von den Explosionen erhellt, die durch die Kniekachel zurückgeworfen und geradewegs in das Innere des empfindlichen Gelenks gerichtet wurden. Metallsplitter flogen durch die Luft. Der *Victor* tat noch einen Schritt, legte sein gesamtes Gewicht auf den linken Fuß, und das Knie knickte weg, als sich Treiber, Rahmen, Aktivatoren und Myomerbündel in ihre Bestandteile auflösten.

McCall schlug auf dem Boden auf. Sein Rücken hing über den Rand der Schlucht. Lockere Steinbrocken gaben unter dem Aufprall nach, und er rutschte weg, faßte hastig nach einem Strang aus Kletterpflanzen und verdrehten Zweigen, als er über die Klippe rutschte. Er löste erneut die Sprungdüsen aus, aber diesmal geschah nichts. Entweder der Lasertreffer oder der Aufschlag auf die Klippe hatten den Kontrollmechanismus beschädigt.

»Kommandanthauptmann!« gellte Alex' Stimme über den taktischen Kanal. »Kommandanthauptmann, sind Sie in Ordnung?«

»Aye, Lad. Alles in besterr Orrdnung. Bleib, wo du bist!« Mit beiden Beinen in der Luft strampelnd, hing McCall an seinem unsicheren Halt, während Steine von der Größe seines Kopfes auf seinen Panzer schlugen. So bot er den Mechs eine perfekte Zielscheibe, und er erwartete, jede Sekunde abgeschossen zu werden. Wenn er den Kopf drehte, konnte er nur den fünfundzwanzig Meter entfernten *Victor* sehen, der auf seinem beschädigten Bein unsicher wankte. Mit dem Krächzen nachgebenden Metalls drehte sich der Mech nach links, erzitterte, dann kippte er nach vorne, als das Bein komplett wegknickte. Der Pilot wollte den Sturz mit beiden Armen abfangen, aber der Mech schlug vornüber auf die Brücke, rammte, unfähig, den seitwärts gerichteten Schwung abzufangen, in einem donnernden Schauer aus Stahlbeton und Eisentrümmern durch das Brückengeländer und rollte ins Leere.

In einer Lawine aus Stahlbetonstücken stürzte der *Victor* in die grabenähnliche Schlucht vor der Zitadelle und schlug unterwegs immer wieder auf Felsen und Brückenpfeilern auf. Über dem Abgrund baumelnd, beobachtete McCall, wie der Pilot die abstürzende Maschine aufzurichten versuchte, um die Sprungdüsen einsetzen zu können. Er schaffte es nicht mehr, und sein Mech schlug auf den Felsboden der Schlucht auf, wo er noch einmal wie eine Stoffpuppe abprallte, bevor er regungslos liegenblieb.

Laserfeuer zuckte stotternd über den Graben und schlug in Felsen und Vegetation auf der Klippe ein. McCall streckte den Arm aus so weit er konnte, um sich nach oben zu ziehen, aber statt dessen sackte er fast einen Meter weiter ab, als das Gestrüpp aus Ästen, Zweigen und Wurzeln, an dem er hing, nachgab. Inzwischen strömten schwarzgelb uniformierte Truppen aus dem Eingangsturm der Zitadelle und stürmten mit wild feuernden Lasern und Maschinenpistolen an dem unbeweglich abwartenden zweiten *Victor* vorbei.

Kugeln schlugen in seine Rückenpanzerung ein und prallten jaulend ab. Andere trafen das Gestrüpp, an dem er sich festhielt, und er fühlte, wie die Pflanzen nachgaben. Mit einem Ruck fiel er einen weiteren halben Meter. Seine Beine strampelten hilflos über dem Abgrund.

Ohne Sprungdüsen würde der Sturz ihn umbringen, *Nighthawk* oder nicht. Er fühlte, wie die Wurzeln sich lösten …

Alex hatte McCalls einsamen Angriff auf den *Victor* beobachtet, hatte ihn die Sprungdüsen abfeuern und über die Schlucht zurückfliegen sehen, bis er von einem Laserschuß gestreift wurde, in der Luft die Kontrolle verlor und auf den Klippenrand schlug. McCalls Befehl, zu bleiben, wo er war, konnte Alex ein paar Sekunden aufhalten, aber dann war der Kommandanthauptmann nicht mit zischenden Sprungdüsen wieder aufgetaucht, und aus dem Zitadellentor hinter dem verbliebenen BattleMech kamen ganze Abteilungen Milizionäre gerannt.

Alex verließ die Deckung und sprintete zum Rand der Klippe, ohne sich um die Kugeln zu kümmern, die von seinem Anzug abprallten oder krachend in den Felsboden links und rechts einschlugen. Als er über den Felsrand blickte, konnte er McCalls Arme und die Oberkante seines Helms drei Meter unter sich sehen. Der Offizier hing an einer langsam reißenden Pflanzenmatte.

»Halten Sie sich fest, Kommandanthauptmann!« Alex trat von der Klippe ins Leere und löste im Fallen die Sprungdüsen aus.

»Alex! Was, zurr Hölle, machst du hier! Ich hatte dirr befohlen, zu bleiben, wo du warrst!«

»Ich rette Ihnen das Leben, Kommandanthauptmann.« Alex schob die Hände unter McCalls Arme und packte zu. »Jetzt nicht strampeln. Ich möchte Sie nicht fallen lassen!«

Mit der Zungensteuerung erhöhte er den Schub. Seine Sprungdüsen waren schon mit der Aufgabe, zwei Krötenpanzer zu tragen, voll belastet, und jetzt brauchte er zusätzliche Leistung, um sie zusammen zum abbröckelnden Rand der Klippe zu heben. Einen Moment lang hatte er ernste Zweifel, ob sie es schaffen würden. Ohne McCall loszulassen, gelang es ihm, sich aus der Schlinge des Granatwerfers zu winden und die Tasche mit der restlichen Munition zu lösen. Als er auch den Laser in die Tiefe stürzen ließ, begannen die beiden sich langsam aufwärts zu bewegen.

Wie sie aus der Schlucht stiegen, sah Alex den Waldrand von flackerndem Mündungsfeuer erhellt. Er und McCall hingen mitten im Feuergefecht zweier großer Infanteriearmeen, der auf die Brücke stürmenden Bloodspillers und der im Wald versteckten Schnitter.

Kugeln jaulten als Querschläger über Alex' *Nighthawk*-Anzug. Seine Sprungdüsen kreischten unter der Anstrengung, die beiden in der Luft zu halten. Zum Glück hatten sie es nicht weit. Das schwerfällige Duo flog einen Meter über den Felsrand hinaus, bevor es nach vorne ins Unterholz fiel. Gewehrfeuer krachte und knallte ringsumher, als Alex sich von McCall löste und aufstand. Einen Augenblick später waren sie umringt von Soldaten, die ihnen hilfreich die Hände entgegenstreckten und sie in Deckung zogen. Der Veteran aus der Zitadelle war ebenso dabei wie Allyn McIntyre.

»Ich dachte, ich hätte euch gesagt zu bleiben, wo wirr euch verrlassen haben«, murrte McCall. Über den taktischen Kanal klang seine Stimme schmerzhaft gepreßt.

»Oh, Verzeihung«, grinste Allyn. »Ich warr mir nicht bewußt, daß Sie unserr neuer Kommandeurr sind.«

»Er mag es nicht, wenn man nicht genau das tut, was er von einem verlangt«, erklärte Alex. Aus der Richtung der Zitadelle senkten sich Raketen vom Himmel. »Mist! Bloß weg hier!«

»Dem kann ich nurr beipflichten«, knurrte der Veteran, als sie McCall in die Deckung der Bäume zerrten. »Hierr auf der Klippe sind wirr erstklassige Zielscheiben!«

Eigentlich war das Gefecht aber schon vorbei. Mehr als die Hälfte von Wilmarths Soldaten konnte vom Gegenfeuer aus dem Wald auf der Brücke niedergeschossen werden, und der Rest hatte die Flucht in die Sicherheit der Zitadelle angetreten. Der verbliebene *Victor* machte sich, nachdem er in beinahe komisch menschlicher Manier in die Schlucht geschaut hatte, um nach seinem abgestürzten Begleiter zu sehen, ebenfalls auf den Rückzug und hielt nur einmal kurz, um den Wald ein letztesmal mit Lasern und Autokanone unter Beschuß zu nehmen.

Sie trugen McCall tiefer in den Wald, bis sie eine Lichtung weit außer Reichweite der Lasergeschütze auf der Zitadelle erreichten.

»Sie haben den rriesigen Mech zerrstörrt!« rief Allyn, deren Gesicht vor Erregung knallrot war. »So etwas habe ich noch nie gesehen! Ich hätte nicht gedacht, daß so etwas möglich wärre!«

»Ist es wahrrscheinlich auch nicht, Lass«, erwiderte McCall. Als sie ihn sanft zu Boden ließen. »Es brraucht mehr als einen Sturrz wie den, um einen *Victorr* zu rruinierren. Derr Pilot, der MechKrriegerr, derr das Ding gesteuert hat, derr ist wahrrscheinlich jetzt wie Errdbeerrgelee überr das Cockpit geschmierrt, aberr sie werrden morrgen frrüh ein Berrgungsteam unten haben, um das Ding rraus zu holen.«

»Mechs sind zu kostbar, um sie irgendwo in der Gegend rumliegen zu lassen«, fügte Alex hinzu und untersuchte McCalls Schulter. Der Laser hatte den Panzer wohl nicht durchschlagen, aber die Ferrofibritpanzerkapsel, die das Schultergelenk beschützte, war teilweise zerschmolzen und verdreht wie Knetgummi.

Das erforderte Vorsicht, mehr Vorsicht, als im Innern des *Nighthawk* möglich war. Er löste das Helmschloß und öffnete die Panzerhaube. Zum ersten Mal seit Stunden schmeckte er wieder die kühle Nachtluft. Als nächstes lockerte er die Panzerhandschuhe und streifte sie ab, bevor er sich daran machte, McCalls *Nighthawk* zu öffnen.

»Aberr err hat sein Bein zerrstört!« protestierte Allyn.

»Kaum!« stieß McCall durch fest zusammengebissene Zähne aus. Es klang, als versuche er sich durch das Reden von seinen Schmerzen abzulenken. *Mein Gott,* was mußte die Schulter schmerzen! »Wenn sie einen Errsatzknieaktivatorr und ein Myomerr-Rreparraturrset haben, werrden sie den Schaden im Handumdrrehen in Orrdnung gebrracht haben. Wenn wirr Glück haben, sind das Gaussgeschütz und die Laserr zu zerrdepperrt, um noch eingesetzt werrden, und sie haben keinen Errsatz. Aberr ich denke, daß die beiden *Victorrs* gut gewarrtet warren, besserr als alles, was ich in Wilmarrths Stall gesehen habe. Sie dürrften alles an Errsatzteilen haben, was sie brrauchen.«

»Dann warr das alles umsonst?« fragte Allyn mit einem Gesichtsausdruck, der nicht weit von Verzweiflung entfernt war.

»Och, ich hatte schon einen Grrund dafürr.«

»Hätte er nicht den einen *Victor* ausgeschaltet und dadurch den anderen abgeschreckt«, erklärte Alex, während er die Brustplatte des Anzugs öffnete und McCalls Oberkörper freilegte, »würden die beiden Mechs in diesem Moment den Wald nach uns absuchen. So hat der Kommandanthauptmann sie überzeugt, daß Vorsicht die bessere Taktik ist.«

»Aye«, bestätigte McCall. »Ich habe mirr schon meine Gedanken dabei gemacht. Aberr es wärre schön, wenn wirr eine Vorrstellung davon hätten, wem diese verdammten *Victorrs* gehörren!«

»Das habe ich mich auch schon gefrragt«, stellte eine neue Stimme fest.

»General McBee!« rief Alex.

»Sie haben doch wohl nicht errwartet, daß ich daheim bleibe und mirr den ganzen Spaß entgehen lasse, oder? Wie geht es ihm?«

»Ich hab schon Schlimmerres überrlebt«, meinte McCall.

»Der Laserstrahl hat einen Teil des Panzers zerschmolzen«, erklärte Alex ihm und betrachtete die Wunde. Die Haut an McCalls Schulter hatte Blasen geworfen, und ein Bereich war schwer verbrannt. Der Gestank verbrannten Fleisches ließ Übelkeit in ihm hochsteigen. Einen Sekundenbruchteil erinnerte sich Alex an einen anderen Davis, der in seinem brennenden Mech verkohlt war…

Dann wurde die Erinnerung von drängenderen Problemen verdrängt. Ein Erste-Hilfe-MediPflaster an McCalls Halsansatz, zwischen der Verbrennung und seinem Kopf summte leise, als es die Schmerzimpulse unterbrach, die das Gehirn des Caledoniers überfluteten. Fast augenblicklich entspannte sich der alte Söldner, und sein Blick verschleierte sich leicht.

»Verantwortlich für seine Verletzung war nicht die Strahlbahn, sondern das geschmolzene Metall«, erklärte Alex den anderen. Er holte eine Tube Brandsalbe aus dem Erste-Hilfe-Set seines Anzugs und drückte sie auf der Wunde aus. »Verbrennungen zweiten und dritten Grades, aber nichts, womit ein Medpack nicht fertig würde.«

»Ich werde sehen, was wirr auf Lager haben«, meinte McBee. »Und ich werrde ein Team nach unten schicken, damit es sich um den Mech kümmert, den Sie beschädigt haben. Wirr haben nicht allzuviel Sprrengstoff, deshalb werrden wirr ihn wohl kaum genug beschädigen können, um ihm den Garraus zu machen, aberr wir könnten etwas Nützliches herausfinden, zum Beispiel, woher die verrdammten Dingerr kommen!«

»Das ... wäre uns ... eine grroße Hilfe, Generral«, sagte McCall, dessen Stimme durch den Betäubungseffekt des MediPflasters beeinträchtigt war. »Danke ...«

In der Ferne erklang ein dumpfer Knall, und das Gelände wurde von einer Leuchtkugel hoch über der Festung in eine Mixtur aus hellem Licht und tiefen Schatten getaucht.

»Wir müssen herausfinden, wer eigentlich unser Gegner war dort hinten«, dachte Alex laut nach. »Sonst kämpfen wir völlig im Dunkeln.«

»Alex?«

»Ich bin hier, Kommandanthauptmann.«

»Mirr fällt gerrade ... etwas ein. Wichtig.«

»Was denn?«

»Das ... Datum, Lad.«

»Was ist mit dem Datum?«

»Es ist… Heldentag…«

Alex riß die Augen auf, als McCall einschlief. Er hatte keinen Gedanken über das Datum verloren, aber McCall hatte recht. Heute war Heldentag, der Tag, den die Gray Death Legion jedes Jahr zu Ehren des Angedenkens der Legionäre benutzte, die ihr Leben gegeben hatten, ihrer im Kampf gefallenen Freunde und Kameraden.

18

Hauptquartier der 3. Davion Guards, Hesperus II
Mark Tamarind, Vereinigtes Commonwealth

2. April 3057, 10:45 Uhr TNZ

»Wir haben zwei Mechs verloren«, stellte das Hologramm Kellen Folkers fest, und eine Störung lief an ihm herab. »Einen *Stadtkoloß* aus Wilmarths Bestand und einen unserer *Victors*.«

»Einen *Victor!*« explodierte Commander General Karst. »Wie konnten sie ...«

Marschall Felix Zellner bedeutete dem Mann ungeduldig zu schweigen. Die HPG-Übertragung lief nur in eine Richtung und konnte nicht unterbrochen werden.

»Der *Stadtkoloß* ist wahrscheinlich auf dem Weg zur Wiederverwertung«, sprach Folker weiter. »Wilmarth hat kaum Ersatzteile, und außerdem wäre es selbst mit den entsprechenden Teilen und einer halbwegs brauchbaren Techmannschaft schwierig genug, den *Koloß* wieder in Gang zu bringen. Den *Victor* bekommen wir wahrscheinlich wieder hin, aber Charley hat mir erklärt, daß er zwei neue Beine, ein neues Gaussgeschütz und eine Ersatz-Gliederhauptstütze für die Endoskelettstützen des Rumpfes benötigt.« Folker grinste trocken in die Kamera. »Das können Sie alles auf die Materialliste für Ihren Flug hierher setzen.

Der Angriff wurde von mindestens fünfzehn Kommandosoldaten ausgeführt. Sie waren schwer bewaffnet, trugen modernste Krötenpanzer und operierten in enger Kooperation mit den planetarischen Rebellen. Bisher konnten wir sie noch nicht sicher identifizieren. Sie scheinen nach dem Gefecht alle ihre Toten und Verletzten mitgenommen zu haben, und Wilmarth konnte keine Leichen sicherstellen. Aber ich bin mir so sicher wie ich ohne formelle Bestätigung nur sein kann, daß sie zur Gray Death Legion gehörten. Wie ich bereits in meinem letzten Bericht erwähnte, befindet sich Carlyles zweiter Stellvertreter ebenso hier wie sein Sohn. Ich habe sie beide gesehen, habe sogar mit ihnen gesprochen. Und besonders McCall ist bekannt für Aktionen dieser Art. Ich gebe es ungern zu, aber der Mann kann etwas.

Meiner Meinung nach wird die Situation hier allmählich ernst. Es ist den Angreifern gelungen, über achtzig Gefangene Wilmarths zu befreien – ein paar Steuerhinterzieher, aber vor allem Agitatoren und Unruhestifter, die bei verschiedenen regierungsfeindlichen Demonstrationen aufgegriffen wurden. Die Moral der Rebellen dürfte durch diesen Überfall auf Wilmarths Hauptquartier erheblich gehoben werden. Und sollten Sie gehofft haben, den Grauen Tod gegen die hiesigen Rebellen einzusetzen, würde ich sagen, dazu ist es zu spät. Er hat bereits den Kampf gegen uns aufgenommen. Diese Söldner werden ein ernstes Hindernis für Feldmarschall Gareths Pläne sein. Marschall, ich bitte dringend um volle militärische Unterstützung, um dieser Rebellion ein für allemal das Genick zu brechen. Wilmarth ist dazu nicht in der Lage, und die Mechs unter meinem Befehl werden nicht ausreichen, mit dieser Situation fertigzuwerden, erst recht nicht, seit einer meiner *Victors* bis zu Ihrer Ankunft hier außer Gefecht ist. Folker, Ende.«

Mit einem statischen letzten Flackern verschwamm das Hologramm und verschwand dann ganz. Zellner blieb sitzen und sah einen Moment nachdenklich auf die leere Projektionsplatte. Auf der anderen Seite des Schreibtischs rutschte Commander General Vinston Karst unbehaglich in seinem Sessel hin und her, als traue er sich nicht, das Schweigen zu brechen.

»Wir werden sofort nach Caledonia aufbrechen, General«, meinte Zellner schließlich. »Sorgen Sie dafür, daß Ihre Einheit sich binnen achtundvierzig Stunden einschiffen kann.«

»Wir können in vierundzwanzig Stunden einsatzbereit sein, Herr Marschall«, erwiderte Karst. »Meine Leute sind seit letzter Woche in Bereitschaft. Aber bei allem Respekt, Sir, ich frage mich noch immer, ob Sie wissen, was Sie da tun.«

Zellner sah Karst einen Moment mit zusammengekniffenen Augen an und fragte sich, ob er einen Fehler gemacht hatte, als er gerade diesen Offizier befördert hatte. Er war weit fähiger als sein Vorgänger, intelligenter, mehr Karrieresoldat als Politiker und weniger selbstgefällig und eigennützig als Thurman Vaughn es gewesen war. Kurz gesagt, ein ausgezeichneter Offizier, aber gerade die Qualitäten, die ihn dazu machten, erschwerten es gleichzeitig, ihn zu kontrollieren. Der Mann hatte ein Hirn, und das machte ihn potentiell gefährlich.

Sein Vorgänger, der betrauerte, verblichene Commander General Vaughn, hatte erst wenige Wochen zuvor das Zeitliche gesegnet. Nur wenige Menschen wußten, daß Vaughns Tod kein Unfall gewesen war... daß sein Privatflugzeug beim Start vom Flughafen der planetarischen Hauptstadt abgestürzt und explodiert war, weil er sich in einem Moment als unzuverlässig erwiesen hatte, in dem Gareth, Zellner und die übrigen Verschwörer der Operation Excalibur zuverlässige Leute brauchten.

»Die Jakobitenverschwörung auf Caledon«, stellte Zellner leise fest, »bietet dem Vereinigten Commonwealth, bietet *uns*, eine einzigartige Gelegenheit.«

»Das habe ich bereits gehört, Sir. Aber ich sehe nicht, wie ein Einsatz meiner Einheit auf einem Hinterwäldlerplaneten wie Caledonia Excalibur fördern könnte. Und in keinem Fall stellt die Rebellion für uns eine direkte Gefahr dar. Sie haben keine eigenen Mechs, keine Ausrüstung, keine Landungsschiffe.«

»Die Rebellen selbst stellen keine ernste militärische Bedrohung dar, aber es gibt andere Rebellen in diesem Distrikt, die das sehr wohl tun.«

»Die Skye-Separatisten.«

»Unter anderem. Aber die Separatisten sind die größte Gefahr, nicht nur für das Vereinigte Commonwealth, sondern auch für unsere Pläne.«

»Wissen Sie, Herr Marschall, in mancher Hinsicht sind die Separatisten auf unserer Seite. Mißverstehen Sie mich nicht, aber sie wollen ebenso eine Autonomie der Mark Skye wie wir. Sie wollen ebenso wie wir eine sichere Zuflucht für sich aufbauen, während die Autorität des Vereinigten Commonwealth um sie herum zerbröckelt. Und sie streben nach Ordnung und Sicherheit in diesem Teil der Inneren Sphäre. Ich frage mich, ob wir nicht in Erwägung ziehen sollten, mit ihnen zusammenzuarbeiten, statt sie zu bekämpfen.«

»Wir sind auf niemandes ›Seite‹, General, abgesehen von unserer eigenen. Das Problem mit den Separatisten ist, daß ihre Aktivitäten unsere untergraben und die Aufmerksamkeit der Regierung auf diesen Distrikt ziehen, wenn es für uns besser wäre, sie wäre anderenorts beschäftigt.« Er verschränkte die Arme und lehnte sich zurück. Spinnennetze innerhalb anderer Spinnennetze; Räder innerhalb von Rädern innerhalb von Rädern.

Als vorgeblich loyaler Offizier der Vereinigten Commonwealth-Streitkräfte war es Zellners Aufgabe, alle auf Sezession ausgerichteten Agitationen durch die Skye-Separatisten oder wen auch immer, welche die Autorität des Vereinigten Commonwealth in Frage stellten, ohne Wenn und Aber niederzuschlagen. Er wußte keinen besseren Weg, seine Vorgesetzten auf Tharkad davon zu überzeugen, daß er ein loyaler VCS-Offizier war, als dieser Aufgabe nachzukommen.

Aber als einer der ranghöchsten Verschwörer der Operation Excalibur stand er vor einer zweischneidigen Aufgabe. Einerseits mußte er Tharkad überzeugen, daß er noch immer loyal zum Vereinigten Commonwealth stand, andererseits durfte er sich die Bevölkerung nicht zum Feind machen, die er bald zu regieren hoffte.

Natürlich waren viele Skye-Separatisten Militärs, aber sie stammten aus Systemen der alten Skye-Föderation, von Welten wie Caledonia und Glengarry, New Earth, Arcadia und Skye. Auf diesen und Dutzenden anderen Planeten herrschte eine enorme Feindseligkeit dem Vereinigten Commonwealth gegenüber. Wenn Zellner, sei es in seiner offiziellen Rolle als Marschall der VCS oder als einer der Anführer Excaliburs, Anstrengungen unternahm, die Separatisten zu zerschlagen, würde er damit gerade jene Leute verärgern, die er später als Stütze in den langen, düsteren Tagen brauchen würde, die am Horizont dräuten. Für ihn und die anderen Mitglieder Excaliburs schien deutlich, daß die Tage der Steiner-Davion-Allianz gezählt waren. Wer konnte sagen, was die Zukunft bringen würde? Bürgerkrieg, Tod, Vernichtung... Wenn er nur etwas, nur ein wenig von diesen Welten retten wollte, würde er sich mit den Separatisten verbünden müssen.

Aber vorsichtig... vorsichtig. Er durfte Tharkad gegenüber seine neuen Loyalitäten nicht zu schnell zu erkennen geben, oder alles, was er bisher aufgebaut hatte, wäre verloren. Er studierte Karst sorgfältig und war sich zu über fünfzig Prozent sicher, daß Karst selbst insgeheim ein Skye-Separatist war, ein Offizier, der sich in der Rebellion des vergangenen Jahres entweder nicht offenbart, oder dessen politische Überzeugung sich erst als Resultat dieser Ereignisse geändert hatte. Die Säuberungsaktionen auf allen Ebenen der VCS hatten viele gute Leute erschüttert. Das machte sie zu möglichen Opfern politischer Abkehr von der herrschenden Regierung ebenso wie der Rekrutierung durch Geheimbünde wie Excalibur.

Er hatte den Verdacht, daß Karst hoffte, ihn für einen neuen Putschversuch separatistischer Offiziere anzuwerben. Nun, das war gar nicht schlecht. Excalibur würde gute, solide Kommunikationslinien ins Lager der Separatisten brauchen, gleichgültig, ob man sich ihnen letztendlich anschließen... oder sie ausrotten würde.

»Fakt ist, General«, meinte er zu Karst, »daß ich hoffe, wenn die Zeit gekommen ist, mit den Separatisten zusammenarbeiten zu können. Wir teilen in der Tat viele gemeinsame Ziele. Mein einziger Streitpunkt mit diesen liegt in ihrem Timing. Ihr Aufstand im vorigen Jahr kam viel zu früh... und der Versuch, die Gray Death Legion zu besiegen, ohne die Fähigkeiten dieses Regiments anzuerkennen, war eine ernste Fehleinschätzung.«

Karst wirkte überrascht. »Ich dachte, Sie mögen keine Söldner.«

»Das stimmt. Die meisten sind Pöbel, schlecht ausgebildet, disziplinlos, habgierig und nur loyal ihren Kommandeuren und der C-Note gegenüber. Aber einige wenige sind gut trainiert und hochmotiviert, und das macht sie gefährlich. Trotzdem, wenn man einmal begriffen hat, wie Söldner denken, kann man sie benutzen... sie die schmutzige Arbeit erledigen lassen, damit man selbst in der Rolle des Helden glänzen kann.«

»Ist es das, was Sie meinen, wenn Sie davon reden, den Grauen Tod auf Caledonia einzusetzen?«

»Genau. Feldmarschall Gareth hoffte, die Legion zu schwächen, indem er ihre ranghöchsten Offiziere ausschaltete. Während diese Option sich durchaus immer noch als notwendig erweisen könnte, denke ich doch, daß wir den Grauen Tod benutzen können, um den Volksaufstand auf Caledonia niederzuschlagen. Eine Machtdemonstration, eine *starke* Machtdemonstration auf Caledonia wird die Skye-Separatisten von der Entschlossenheit des Vereinigten Commonwealth überzeugen, die Region mit allen Mitteln zu halten. Aber die Unterdrückung der Jakobiten wird uns bei den Separatisten nicht schaden. Schließlich sind die Jakobiten ein fanatischer, disziplinloser Mob.« Zellner gluckste. »Selbst die entschiedensten Separatisten müßten zugeben, daß die Jakobiten zum Wohl der Allgemeinheit unterdrückt werden müssen. Ich glaube sogar beinahe, das könnte ein Weg sein, die Separatisten auf unsere Seite zu ziehen, wenn die Zeit gekommen ist!«

Karst – wenn er denn mit den Separatisten sympathisierte – weigerte sich, den Köder zu schlucken. »Und die Jihadisten?« fragte er. »Ihre Vernichtung würde gegen uns wirken, uns intolerant, sogar tyrannisch erscheinen lassen. Das Vereinigte Commonwealth steht im Ruf der Religionsfreiheit.«

»Stimmt... wenn diese Freiheit nicht die Rechte der übrigen Bürger gefährdet.« Zellner zuckte desinteressiert die Achseln. »Die Jihadisten sind Ketzer. Niemand wird sich darum kümmern, was wir mit ihnen machen.«

Karst zog die Brauen hoch. »Ketzer? Das ist ein ungewohnter Begriff heutzutage.«

»Nach den Standards des Unvollendeten Buches, das sie als ihre Herkunft beanspruchen, sind sie Ketzer.«

Die Bewegung des Unvollendeten Buches war der Versuch des Davion-Paters Jasper Ovidon, eine panhumane Religion zu stiften, in der alle zersplitterten Religionsgemeinschaften aufgehen sollten, die eine über die Sterne verstreute Menschheit trennten. Der Ausdruck ›unvollendet‹ bezog sich auf den Glaubenssatz, daß die Offenbarung ein fortlaufender, konstanter Prozeß sei und daher kein einzelner Glaube die letzte, vollständige Wahrheit beanspruchen könne.

»Die Jihadisten«, fuhr Zellner fort, »behaupten, die geistige Offenbarung sei vollendet und das Ende der Zivilisation stünde bevor. Das widerspricht dem Unvollendeten Buche grundlegend. Die extremsten ihrer Vertreter verlangen das vollständige Ende der Nutzung aller Maschinen, die komplexer sind als ein Pflug, die Abschaffung von Kampfmaschinen und Waffen, das Ende der Raumfahrt... und Sie können sich wohl vorstellen, wie begeistert die großen Konzerne *darüber* wären! Sie streiten sich selbst untereinander über die korrekte Auslegung ihrer eigenen Schriften und Prophezeiungen. Sie werden von zivilisierten und technologischen Kulturen in der gesamten Inneren Sphäre gehaßt. Ihre Vernichtung wird bei allen Anhängern von Recht und Ordnung Beifallsstürme auslösen, und uns helfen, die Separatisten von der Entschlossenheit der VCS zu überzeugen.«

»Und die Vernichtung eines Haufens Jakobiten und religiöser Fanatiker soll uns bei Excalibur helfen?«

»Allerdings. Und die Gray Death Legion wird der Schlüssel zu unserem Erfolg sein.«

»Was ich immer noch nicht verstehe. Soweit ich es mitbekommen habe, sah der ursprüngliche Plan vor, daß Tharkad die Legion nach Caledonia beordert, um die dortige Rebellion niederzuschlagen. Demzufolge, was wir von Folker gehört haben, ist das keine realistische Option mehr. Wenn überhaupt macht diese neue Lage die Dinge nur schwieriger für uns. Wenn es zum Kampf kommt, werden wir nicht nur gegen die caledonischen Aufständischen, sondern auch noch gegen ein meuterndes Söldnerregiment antreten müssen!«

»Möglicherweise. Alles hängt davon ab, was der Baron von Glengarry tut.«

»Carlyle?«

»Genau der.« Zellner grinste. »Ist es nicht köstlich? Carlyle steht im Ruf, sich auf die Seite des einfachen Mannes zu schlagen, der kleinen Leute, der populären Ziele. Er würde es hassen, für ein kleingeistiges Monstrum wie Wilmarth zu arbeiten. Andererseits, wenn er seine Position als Baron von Glengarry nicht verlieren will, muß er sich an den Wortlaut seines Vertrages halten, und der verlangt von ihm, die legalen Befehle des Oberkommandos auf Tharkad auszuführen.«

Karst gestikulierte in Richtung der leeren Projektionsplatte. »Folker schien der Ansicht, daß Carlyle sich bereits auf die Seite der Rebellen geschlagen hat.«

»Sein zweiter Stellvertreter hat das wahrscheinlich getan. Immerhin ist McCall Caledonier und wird für jemand wie Wilmarth nichts übrig haben. Er dürfte Carlyle empfehlen, sich auf die Seite der Rebellen zu stellen, gleichgültig, was das für seinen Titel bedeutet.«

»Glauben Sie, Carlyle würde gegen seinen eigenen Sohn und einen seiner ältesten Offiziere kämpfen?«

»Die Pflichterfüllung, General, verlangt häufig harte und kompromißlose Entscheidungen. Ich habe keine Ahnung, unter welchem Befehl diese Gray-Death-Kommandotruppen auf Caledonia operieren, aber wahrscheinlich sind sie nur dort, um die Situation auszukundschaften, herauszufinden, wer wofür kämpft und dergleichen. Irgendwelche Übereinkünfte, die McCall oder der junge Carlyle auf dieser Welt schließen sollten, wären nicht bindend, nicht, wenn sie im Widerspruch zu den Verpflichtungen des älteren Carlyle als Baron von Glengarry oder als Halter eines Langzeitkontrakts mit dem Haus Steiner stünden. Wenn Carlyle seine Pflicht tut, wird er auf Caledonia eintreffen, alle Vereinbarungen mit dem dortigen Pöbel ignorieren und die Befehle ausführen, die ihm der von der Regierung autorisierte Repräsentant des Commonwealth auf dem Planeten erteilt.«

»Wilmarth.«

»Offiziell, ja. Die wahre Stimme Tharkads ist jedoch unser Freund Folker. Aber da Kommandant Folker schon seit einiger Zeit die Fäden Wilmarths in der Hand hat, läuft das auf dasselbe hinaus. Jedenfalls wird er seine Befehle erhalten... den Aufstand der jakobitischen Extremisten und religiösen Eiferer auf Caledonia niederzuschlagen. Wenn Carlyle und der Graue Tod ihre Befehle ausführen, nun, dann haben wir unsere Entschlossenheit demonstriert, Ruhe und Ordnung in der Isle of Skye aufrechtzuerhalten. Hinzu kommt, daß alle Rachegefühle, die in der caledonischen Bevölkerung nach der Niederschlagung dieses Volksaufstands schwelen sollten, sich gegen eine *Söldner*einheit richten werden, eine Einheit, von der wir uns politisch distanzieren können. Sie werden als Werkzeuge dieses Idioten Wilmarth dastehen, und irgendwelche niedergebrannten Städte oder verkohlten Babies, über die sie sich ereifern können, werden die Schuld des Grauen Tods sein. Wenn *wir* eintreffen, werden wir Wilmarth zum Verräter erklären, Sie werden wie besprochen die Regierung Caledonias übernehmen, und die Menschen werden Sie, werden *uns* als Befreier feiern.«

»Zugegeben. Aber wenn Carlyle sich den Rebellen gegen Wilmarth anschließt? Gegen uns? Es könnte passieren. Der Mann ist bekannt für ... unerwartete Aktionen. Wir wären gezwungen, den Grauen Tod zu vernichten, statt ihn zu benutzen, wie wir es eigentlich geplant hatten.«

»Dann werden wir Carlyle töten und der Gray Death Legion *und* der Rebellion ein Ende machen. Und wieder werden wir die Helden sein. Vielleicht nicht auf Caledonia. Aber auf Tharkad wird es gut aussehen, sogar sehr gut. Stellen Sie sich den Bericht vor! Ein rebellischer Aufruhr ... und eine angeblich dem Haus Steiner loyal ergebene Söldnereinheit schließt sich der Revolte an! Dann greifen wir beide mit den 3. Davion-Guards ein, zerschlagen die Meuterei und sorgen für Ordnung. Tharkad ist zufrieden mit uns, während die Skye-Separatisten – die diese Aktion genau verfolgen werden, dessen können Sie sicher sein – sehen, daß wir keine Herausforderung unserer Entschlossenheit, für Ruhe und Ordnung zu sorgen, dulden. Sie werden Militärgouverneur von Caledonia, und diese Welt wird sich als wichtiges Aufmarschgebiet für den geplanten nächsten Spielzug Excaliburs erweisen.«

»Hesperus II.«

»Genau. Wenn wir erst Hesperus kontrollieren, kontrollieren wir auch die Militärkraft des gesamten Steiner-Raums. Die beiden Systeme liegen nebeneinander, nur wenige Lichtjahre entfernt, ein einziger Sprung. Wir können es arrangieren, daß Einheiten ungewisser Loyalität nach Caledonia versetzt werden, um den Frieden zu sichern, während unsere loyalen Truppen hierher geschickt werden. Zu Beginn nächsten Jahres, nicht später, dürften wir soweit sein, Hesperus II für Excalibur zu erobern und uns unser eigenes kleines Sternenreich aus den Systemen der Marken Skye und Tamarind zu errichten.«

Zellner stand auf und trat um den Schreibtisch an den Wandbildschirm, der eine Außenansicht zeigte. Marias Elegie, die Hauptstadt des Planeten, war überraschend klein, und wirkte trotz aller Technologie, die mit den Mechfabriken dieser Welt assoziiert wurde, überraschend primitiv. Die enge Ansammlung geodäsischer Kuppeln und mehrstöckiger Schichtbauten aus Glas und Aluminium erschien vor der überwältigenden Szenerie des Gebirges klein und verletzlich. Die Sonne des Systems, ein auf diese Entfernung winziger, kalt wirkender Stern der F-Klasse, ließ bläulichweiße Glanzlichter auf den Gletschern der Gipfelregionen spielen und verlieh dem Himmel eine tiefblauviolette Farbe.

Hesperus II war für zwei Dinge berühmt: seine Berge, die sich rauh und zerklüftet in labyrinthartigen Verfaltungen über alle vier Kontinente erhoben, und seine Fabriken, die nicht weniger als das militärisch-industrielle Herz des ehemaligen Lyranischen Commonwealth und der heutigen lyranischen Distrikte des VC waren. In seiner Geschichte hatte Hesperus II nicht weniger als vierzehn Invasionen und unzählige Überfälle über sich ergehen lassen müssen. Die absolute Minimalgarnison seiner wichtigen Städte, Raumhäfen und Fabrikzentren bestand aus zwei Elite-Mechregimentern in voller Kampfstärke.

Zellner kommandierte nicht alle diese Truppen. Noch nicht. Aber bald schon würde es soweit sein. Einen langen Augenblick stand er vor dem Sichtschirm, die

Hände hinter dem Rücken verschränkt, und sah zu den Bergen empor, die den winzigen menschlichen Brükkenkopf von Marias Elegie umschlossen.

»Was meinen Sie, wird es werden, Sir?«

»Wie?«

»Was glauben Sie, wird Carlyle tun? Für Wilmarth kämpfen? Oder sich den Rebellen anschließen?«

»Es spielt kaum eine Rolle«, erwiderte Zellner schulterzuckend. »Aber ich gebe zu, daß ich neugierig bin, wofür er sich entscheidet. Der Mann wurde von Prinz Victor Davion persönlich zum Baron von Glengarry gemacht. Davion herrscht über das Vereinigte Commonwealth, und Carlyle ist ihm verschworen – selbst wenn das bedeutet, die Befehle eines fetten, blutrünstigen Ekels wie Wilmarths befolgen zu müssen. Aber wie ich bereits sagte, er ist bekannt für die Unterstützung populistischer Ziele. Der Mann ist schlicht und einfach ein unheilbarer Romantiker. Er hätte vor tausend Jahren geboren werden sollen, im romantischen Zeitalter der ersten Mondflüge, der Planwagen und Ritter in schimmernder Wehr.« Er drehte sich abrupt zu Karst um. »Der Graue Tod müßte inzwischen nach Caledonia unterwegs sein.«

»Folker schien zu glauben, daß er bereits dort ist, Sir.«

»Höchstens eine Vorhut«, tat der Marschall Folkers Bericht ab. »Mehr auf keinen Fall. Sie können keine größeren Ausrüstungsmengen nach Glengarry verschifft haben, sonst hätte mein Agent in der Legion etwas davon bemerkt. Seinem letzten Bericht zufolge, der vor über einer Woche eingetroffen ist, wurden auf Glengarry noch die Landungsschiffe beladen.«

Dupré hatte einen steten Strom kodierter HPG-Berichte über Bereitschaft und Zustand der Legion geschickt. Zellner gratulierte sich zum wiederholten Male für die Voraussicht, den Mann als seine private Informationsquelle zu rekrutieren.

»Ihr Agent, ja«, meinte Karst. »Und ich schätze, er ist

unser geheimer Trumpf, falls es sich als notwendig erweisen sollte, Carlyle aus dem Weg zu räumen.«

»So ist es. Aber ich bezweifle, daß wir auf diese Option werden zurückgreifen müssen, selbst wenn sich Carlyle gegen uns stellt.«

»Wirklich? Warum nicht, Sir?«

»Weil sein Besitz Glengarry die Geisel für das Wohlverhalten der Einheit ist. Sollte der Baron von Glengarry revoltieren, seine Einheit meutern, nun, dann wird Victor Davion nichts anderes übrigbleiben, als Glengarry einer anderen Partei zuzusprechen.«

»Ihnen, Herr Marschall?«

»Feldmarschall Gareth, um ehrlich zu sein, aber wir haben die Möglichkeit besprochen, daß ich den Titel eines Barons von Glengarry übernehme, sollte Carlyle seinen Vertrag brechen. Der Punkt ist, daß Carlyle seine Meuterei nicht allzu weit wird treiben können, nicht wenn wir die Familien in unserer Gewalt haben, die seine Leute zurückgelassen haben. Sie verstehen?«

»Ich denke schon, Sir.« Karst lächelte. »Carlyle und sein Grauer Tod werden Ihnen gehören, egal, was er tut!«

»Das, mein lieber General Karst, ist die Essenz erfolgreicher Politik. Es ist immer besser, *nichts* dem Zufall zu überlassen.«

19

Sprungschiff *Rubicon*, am Zenithsprungpunkt des Caledonia-Systems
Mark Tamarind, Vereinigtes Commonwealth

7. April 3057, 13:47 Uhr TNZ

Das Raum-Zeit-Kontinuum warf Falten, und der Sternenhimmel schien einen langsamen Tanz zu vollführen. Licht flammte aus dem Nichts auf, ein Sturzbach freier Photonen wurde freigesetzt, als titanische Energien ihren Griff um einen Teil des Kosmos lockerten und einen anderen berührten. Das Schiff, das als Schatten vor dem verblassenden Lichtschein materialisierte, war gigantisch, einen dreiviertel Kilometer lang, mit einer Masse von gut 380 000 Tonnen. Mit lodernden Schubtriebwerken richtete es sein Heck zur Sonne Caledonias aus. Im Verlauf einiger Minuten begann der Segelring des Schiffes in langsamer Drehung, um die Leitkabel straff zu halten, von der Halterung rings um den Antriebskern des Sprungschiffes zu gleiten. Bis das Solarsegel seine volle Größe und endgültige Position erreicht hatte, würden noch Stunden vergehen.

Trotz der Verbindung der alten Sternenimperien der Vereinigten Sonnen und des Lyranischen Commonwealth flog das Sprungschiff der *Monolith*-Klasse *Rubicon* unter lyranischer Flagge, und das Wappen auf der Innenseite des sich mit majestätischer Langsamkeit entfaltenden Solarsegels stellte die geballte linke Faust des alten Lyranischen Commonwealth dar, das Wappen des Hauses Steiner. Aus reichlich offenkundigen Gründen behielten die großen Häuser der Inneren Sphäre die Kontrolle über ihren sogenannten Hausbesitz. Auch die Allianz hatte kein unbegrenztes Vertrauen und keine vorbehaltlose Kooperation zur Folge gehabt, selbst – oder besonders – dann nicht, als die Vereinigten Sonnen immer deutlicher die Rolle des Seniorpartners übernommen und die größere Kontrolle über die gemeinsamen VCS an sich gezogen hatten.

Die riesige *Rubicon* konnte an den Dockkragen entlang der langen Zentralspindel neun Landungsschiffe transportieren. Bei diesem Flug hatte sie allerdings nur fünf Reiter mitgenommen – zwei Handelsschiffe und drei Militärschiffe, Landungsschiffe der *Union*-Klasse, auf denen der grauweiße Schädel auf rotem Grund, das Signum der Gray Death Legion, prangte.

An Bord des Landungsschiffs *Endeavour* schnallte sich Oberst Grayson Death Carlyle von der Liege auf dem Brückendeck los, stieß sich ab und schwebte zu dem Komplex aus Monitoren und Computerkonsolen wenige Meter entfernt, der die Operationszentrale des Bataillons bildete. Er fing sich an einem über die Decke verlaufenden Kabelbündel ab und blieb neben der Liege hängen, in der Kommandanthauptmann Jonathan Frye lag. »Nun, Jon«, stellte er fest. »Soweit hätten wir es geschafft.«

Frye, ein Offizier mit einem dünnen, schwarzen Schnurrbart in einem kantigen Gesicht, schnitt eine Grimasse und schnallte sich los. »Wenn Sie damit meinen, wir haben es bis hierher geschafft, ohne ins Kreuzfeuer eines Bürgerkriegs zu geraten, Oberst, gebe ich Ihnen recht. Aber die Nachrichten, die wir über Gladius aufgefangen haben, klangen gar nicht gut. Es könnte sehr bald soweit sein.«

»Stimmt. Ich will diese Sache so schnell wie möglich zum Abschluß bringen. Es gefällt mir überhaupt nicht, daß das Regiment über fünfundsechzig Lichtjahre verteilt ist.«

»Meinen Sie, Glengarry ist in Gefahr?«

»Lori wird mit allem fertig, was dort passiert«, antwortete Grayson, auch wenn ihm die Frage einen kleinen Stich der Sorge versetzte. »Es ist das alte Dilemma. Wir teilen unsere Truppen im Angesicht des Gegners.«

Frye grinste. »Wie bei Gettysburg?«

»Mhm. Nur, daß eine Simulation, so komplex sie auch ist, der Wirklichkeit nie vollkommen entsprechen kann. Sicher, ich habe bei Gettysburg meine Truppen geteilt, aber ich habe beide Hälften weiter selbst geführt und wußte immer, was sie taten. In einem echten Gefecht müßte ich ... nun, Sie zum Beispiel auf einen weiten Flankenmarsch schicken. Und wenn Sie mit Ihrer Hälfte meiner BattleMechs hinter dem Horizont verschwunden wären, könnte ich nur noch beten, daß Sie wissen, was, zur Hölle, Sie tun!«

Frye lachte. »Na, Herr Oberst, ich und mein Drittes Bataillon haben uns auf Uëda und Karbala auch allein ganz gut gehalten.«

»Das haben Sie, Kommandanthauptmann. Ich wollte auch keineswegs andeuten, daß ich Sie ständig beaufsichtigen muß! Aber ich mache mir Sorgen um unsere Leute auf Glengarry. Die politische Situation ist momentan ... recht angespannt. Gott weiß, was daraus wird.«

»Ich verstehe. Die Entscheidung, ob Sie auf Ihrem Lehen Glengarry bleiben oder nach Caledonia aufbrechen sollen, um nach Alex und Davis zu sehen, ist Ihnen sicher nicht leichtgefallen.«

Grayson zuckte die Schultern, als wolle er sagen, daß er keine echte Wahl gehabt hatte. Er deutete mit dem Daumen über die Schulter. »Lassen Sie uns mal in der Schiffsop vorbeischauen.«

Die Brücke der *Endeavour* war in zwei Ebenen unterteilt, einem unteren, kompletten Deck für die Bataillonsoperationen und einem oberen, in der Mitte offenen Deck für die Schiffsoperationen. Wenn das Schiff auf einem Planeten aufgesetzt hatte, war diese obere Etage nur über eine Leiter oder einen Aufzug im Zentrum der Zentrale zu erreichen. In der Schwerelosigkeit genügte es, sich mit einem geübten Fußtritt abzustoßen, und zum nächsten Handgriff zu schweben.

Carlyle fing sich an einem Kabelrohr ab und tanzte neben der Konsole von Käpten Jennifer Walters, der Kommandeurin der *Endeavour* in der Luft. »Hallo, Jennie. Wie sieht's aus?«

»Die *Rubicon* scheint in einem Stück durchgekommen zu sein«, erwiderte sie. Ihre blonden Haare, die sie etwas länger trug, als es die Bordvorschriften im allgemeinen erlaubten, hing wie ein feines, goldenes Halo um ihren Kopf und ihre Schultern. »Das Segel wird gerade ausgefahren, und sobald es an Ort und Stelle ist, haben wir Prioritätsfreigabe für Abkoppelung und Abflug.«

Oberhalb der Konsolen zog sich ein Ring von Sichtschirmen um die Brücke, der einen 360°-Blick auf den Weltraum um das Landungsschiff bot. Der Ausblick von Käpten Walters' Platz zeigte die Rumpfspindel der *Rubicon*. Am nächsten Dockkragen sah man das Legions-Landungsschiff *Defiant*, und einen halben Kilometer dahinter öffnete sich jenseits der weit ausladenden Haltemasten der *Rubicon* mit majestätischer Langsamkeit das Sonnensegel. Ein halbes Dutzend Monitore auf Walters' Konsole wiederholten die Szene aus unterschiedlichen Blickwinkeln. Diese Bilder wurden der *Endeavour* von den Kameras der übrigen Legionsschiffe und des Sprungschiffs selbst überspielt. Caledonias gelborangefarbene Sonne leuchtete in einem Schauspiel blendender Leuchtkraft durch die kreisrunde Zentralöffnung des Segels.

Caledonia war nicht zu sehen, wurde aber auf einem der Monitore abgebildet. Es würde noch fünf Tage dauern, bis das 3. Bataillon des Grauen Tods dort ankommen würde.

Fünf Tage, bis Grayson seinen Sohn wiedersah.

Die Station des Kommunikationsoffiziers befand sich gleich nebenan. Oberleutnant Xavier Mendez preßte die Lautsprechermuschel seines Komsets mit einem Ausdruck intensiver Konzentration ans Ohr. »Herr Oberst?«

»Ja, Oberleutnant?«

»Wir empfangen nichts von Caledonia. Keine Nachrichten, keine Vidsignale, nichts, außer einer Computerstimme mit der Mitteilung, daß alle Kommunikationskanäle für begrenzte Zeit unterbrochen sind.«

»Irgendwas auf den Taktfrequenzen der Legion?«

»Nur Rauschen, Sir. Ich glaube, das gesamte Spektrum wird gestört.«

»*Das* hört sich gar nicht gut an«, stellte Frye fest, der sich mit einer Hand an einer Konsolenstütze festhielt.

»Stimmt.« Natürlich waren gute dreißig Lichtminuten von Caledonia entfernt Gespräche mit dem Planeten unmöglich, aber wenn Alex oder Davis wichtige Informationen gesammelt hatten, die sie der Legion bei deren Ankunft mitteilen wollten, hatten sie möglicherweise einen automatischen Sender aufgebaut, der dieselbe codierte und komprimierte Nachricht immer wieder absandte.

Jetzt aber störte irgendwer alle Standardmilitärfrequenzen – und die zivilen dazu –, so daß selbst der Empfang einer solchen Botschaft unmöglich wurde.

»Enthält die Mitteilung irgendeinen Hinweis darauf, warum die Kommunikation blockiert wurde?« fragte Frye.

»Nein, Sir. Nur: ›Eine Kommunikation ist für begrenzte Zeit nicht möglich‹. Und alle anderen Frequenzen werden definitiv gestört. Wir können auch nicht senden.«

»Dann müssen wir blind und taub in den Einsatz gehen«, stellte Grayson fest. Das versprach nichts Gutes.

»Oberst?« fragte Frye. »Wie geht's weiter, wenn wir auf Caledonia angekommen sind? Kämpfen wir wirklich gegen die Jakobiten?«

Carlyle seufzte. Diese Frage nahm schon seit einiger Zeit immer breiteren Raum in seinen Gedanken ein, und die Blockade der caledonischen Komfrequenzen war nicht angetan, ihn zu beruhigen. »Unser Befehl lautet, die Ordnung wiederherzustellen. Wir werden erst einmal warten, bis wir Kontakt mit Alex und Davis aufnehmen konnten und gehört haben, was sie zu berichten wissen.«

Aber nach dem letzten HPG-Bericht McCalls war er sich bereits ziemlich sicher, wie sich die Lage darstellte. Es schien ganz so, als ob sich die schlimmsten Befürchtungen des Caledoniers bewahrheitet hatten, und es war durchaus möglich, daß die Legion bald im Kampf gegen McCalls Freunde und Familie stehen würde.

Carlyles Griff um das Kabelrohr wurde immer fester, bis seine Knöchel weiß hervortraten. Der Baron von Glengarry zweifelte bereits an seiner grundlegenden Loyalität dem Staat gegenüber, der ihn beauftragt hatte. *Wird das die erste Schlacht des drohenden Bürgerkriegs?*

Der Gedanke gefiel ihm überhaupt nicht.

Oberleutnant Mendez drehte sich um. »Herr Oberst?«

»Ja, Oberleutnant?«

»Sir, der Planet wird blockiert, aber die regulären Schiffskanäle sind noch offen. Wir haben gerade einen Anruf vom Skipper der *Rubicon* erhalten. Am Sprungpunkt wartet eine kleine Raumfähre, anscheinend auf uns.«

»Das ist interessant.« Konnte das Alex sein? Oder McCall? Aber wie hätten sie an eine Raumfähre kommen sollen? Hatte das etwas mit den Störsendern zu tun? »Ist irgend etwas darüber bekannt, wer an Bord ist, oder was man von uns will?«

»Ich frage mal nach, Sir.«

Mendez sprach leise ins Bügelmikrofon, während Grayson die Nachricht auf sich wirken ließ. Wer auch immer hier auf sie wartete, war ein Risiko eingegangen. Jedes Sonnensystem besaß zwei Standardsprungpunkte, einen am Zenith des Systems, den anderen am Nadir. Aber alle Raumschiffe mit akkuraten Navigationstabellen und Systemephemeriden hatten die Möglichkeit, andere, sogenannte ›Piratensprungpunkte‹ zu verwenden. Zugegeben, Sprungschiffe, besonders so große wie die *Rubicon,* neigten dazu, sich an feste und öffentliche Flugpläne zu halten. Immerhin sparte es Zeit und Geld, wenn Landungsschiffe, die sich an ein Sprungschiff ankoppeln wollten, an Ort und Stelle warteten, wenn es auftauchte, und nicht einige hundert Millionen Kilometer entfernt auf der anderen Seite des Systemgestirns.

Aber Flugpläne änderten sich gelegentlich, und gerade Militärschiffe hatten die Neigung, sich so unberechenbar wie möglich zu verhalten.

Es war sicherer.

»Bei dem Schiff handelt es sich um eine RF-46«, meldete Mendez. »Registriert auf die Vereinigten Commonwealth-Streitkräfte. Einhundert Tonnen. Drei Passagiere plus Pilot. VerCom-Sicherheitsstufe Code Grün Drei. Sie geben nur an, dringend mit Ihnen reden zu müssen.«

»Mit mir?«

»Sie haben mit Dienstrang und Namen nach Ihnen persönlich gefragt, Sir.«

Grayson runzelte die Stirn. Code Grün Drei kennzeichnete einen Verbindungsoffizier oder Attachée mittleren Rangs. Wären Alex oder Davis an Bord, hätten sie sich zu erkennen gegeben. Aber die einzigen anderen Personen, die wissen konnten, daß er sich hier befand, waren die Leute, die ihn hergeschickt hatten.

Feldmarschall Gareth vom Oberkommando der Lyranischen Commonwealth auf Tharkad.

»Na schön, wenn der Skipper der *Rubicon* keine Einwände hat, habe ich sie auch nicht. Koordinieren Sie das Andockmanöver mit ihm.«

»Natürlich, Herr Oberst.«

Sprungschiffkapitäne waren äußerst empfindlich, was den Anflug fremder Raumfahrzeuge an einem Sprungpunkt anging. Angriffe auf Sprungschiffe waren zwar ein offener Bruch der Areskonvention, aber in den letzten Jahren wurde diese spezielle Regel, mit der ein unaufhaltsames Absinken in die Barbarei zumindest gebremst werden sollte, mehr und mehr ignoriert. Manche Landungsschiffe beförderten Hunderte Soldaten, und etwas so Großes und Wertvolles wie ein Sprungschiff war in jedem Fall ein lockendes Ziel – besonders, wenn es mit leeren Kearny-Fuchida-Zellen hilflos am Sprungpunkt im Raum hing.

Aber eine RF-46 war unbewaffnet und daher kaum eine Gefahr. Käpten Walters hatte bereits ein Diagramm der Fähre aufgerufen. Der Monitor zeigte eine farbige, rotierende Computergrafik des flachen Deltaflüglers. Er bestand fast nur aus Tragfläche, mit einem Mann Besatzung und Platz für bis zu neun Passagiere. Natürlich konnte sich eine Bombe an Bord befinden, aber es war unmöglich für vier Personen, ein Sprungschiff von der Größe der *Rubicon* auszuschalten.

»Der Skipper der *Rubicon* ist einverstanden, Herr Oberst«, meldete Mendez. »Die Fähre dockt bei Drei-Vorne an, sobald das Segel komplett ausgefahren ist.«

»Sehr gut.«

»Der Skipper sagt, wir können den Konferenzraum auf Karusseldeck Zwo benutzen.«

»Richten Sie ihm meinen besten Dank aus. Und sagen Sie ihm, ich komme hoch, sobald das Segel hängt.«

»Aye, Sir.«

»Ähem, Herr Oberst?«

Grayson drehte sich um. Wenige Meter hinter ihm schwebte Caitlin DeVries, die in ihrem dunkelgrauen, anliegenden Overall klein, schlank und äußerst attraktiv aussah. »Hallo, Leutnant«, begrüßte er sie. »Was kann ich für Sie tun?«

»Ich habe mich nur … gefragt, Sir, ob wir irgendwas von unseren Leuten auf Caledonia gehört haben.«

Grayson seufzte. Er wußte natürlich von den Gefühlen, die Alex und Caitlin füreinander hegten. Er wußte auch, daß die beiden sich unmittelbar vor Alex

Abflug von Glengarry zu dieser Mission heftig gestritten hatten, und vermutete, daß dieser Streit auch ein Anlaß für Alex war, in den Auftrag einzuwilligen.

Trotzdem kam Caitlin zu ihm, als er bei der Vorbereitung dieser Mission den Marschbefehl erstellte, und schlug vor, auch die Mechs der 1. Kompanie, 1. Bataillon mitzunehmen. Die BefehlsLanze der Ersten bestand zur Zeit aus Graysons *Victor*, Alex' *Schützen*, Davis McCalls *Highlander …*

… und Caitlin DeVries' *Greifen.*

Grayson wollte ohnehin mitfliegen, und sowohl Alex' wie auch Davis' Mech waren schon an Bord der *Endeavour* gewesen. Caitlin hatte nur sicherstellen wollen, daß sie ebenfalls mitkam.

Grayson hatte gemischte Gefühle, was die Beziehung zwischen Caitlin und Alex betraf. Er mochte das Mädchen. Er mochte sie sogar sehr. Sie war klug, sie wußte, was sie tat, und sie hatte sich durch die Tatsache, daß ihr Vater früher Gouverneur Glengarrys gewesen war, nicht verderben lassen. Und sie wußte, wie sie bekam, was sie wollte. Sie war trotz der vehementen Proteste ihres Vaters in die Legion eingetreten.

Aber Grayson als Alex' Vater sah, was der Tod des jungen Davis Clay in der Schlacht am Rycopaß aus seinem Sohn gemacht hatte. Er hielt es grundsätzlich für eine schlechte Idee, zwei derart eng aufeinander bezogene Menschen in derselben Einheit zu haben. Zu häufig formten sie ein Pärchen und paßten aufeinander auf – zum Schaden der übrigen Einheitsmitglieder.

Und es machte alles noch sehr viel schlimmer, wenn einer von ihnen schwer verwundet oder gar getötet wurde. Andererseits hatte Lori, als die Legion noch in den Anfängen steckte, in seiner Einheit angefangen, und es gab niemand in der modernen Legion, der diese Geschichte nicht genau kannte. Es wäre nicht gut, würde er versuchen, Regeln durchzusetzen, die für ihn nicht galten.

»Tut mir leid, Caitlin«, beantwortete er ihre Frage. »Wir haben nichts gehört. Alle regulären Kommunikationsfrequenzen nach Caledonia werden gestört, und wir wissen noch nicht, warum.«

»Nach unseren letzten Erkenntnissen haben Alex und Kommandanthauptmann McCall mit den Einheimischen konferiert, Sir. Aber was da unten wirklich vor sich geht, wissen wir nicht, oder?«

»Im Grunde nicht. Aber ich vertraue darauf, daß die beiden das Richtige tun. Selbst ohne die Störsendungen hätten wir ohnehin nicht allzuviel an Daten von ihnen bekommen können. Man weiß doch nie, wer mithört. Aber Alex weiß, daß wir kommen – wir haben es ihn in der letzten HPG-Nachricht wissen lassen –, und ich bin sicher, die beiden werden uns die Situation erklären können.«

»Ja, Sir. Danke.«

»Ich verlasse mich darauf, daß sie uns die wahre Situation auf Caledonia erklären.«

Obwohl möglicherweise auch ihre geheimnisvollen Besucher in der Raumfähre nützliche Informationen liefern konnten.

Grayson hoffte das zumindest sehr.

Stunden später wartete Grayson im Konferenzraum der *Rubicon*. Zur Abwechslung *stand* er auf dem Deck, statt mehrere Zentimeter darüber zu schweben. Das Karusseldeck war eines von zwei kreisförmigen Gravdecks am bugwärtigen Besatzungsmodul des *Monolith*-Klasse-Sprungschiffs. Das Deck drehte sich mit konstanter Geschwindigkeit um den Rumpf des Schiffes und erzeugte auf diese Weise eine künstliche Schwerkraft in Richtung der Außenhaut, die als Boden der Räume auf diesem Deck diente. Wenn man sich zu schnell bewegte oder aufstand, konnte dies dank des vergleichsweise geringen Durchmessers der Gravdecks zu Schwindelgefühlen führen, aber sie gestatteten der Schiffsbesatzung, Sport zu treiben und ihre Glieder unter voller Standardschwerkraft zu strecken – was von essentieller Bedeutung war, wenn sie nach einer langen Sprungserie mal wieder den Fuß auf eine Planetenoberfläche setzen wollten.

Der Konferenzraum war klein – selbst an Bord des größten Sprungschiffs war Platz kostbar – und wurde von einem auf den leicht gekrümmten Boden montierten Tisch fast ganz ausgefüllt. Eine Wand wurde von einem Sichtschirm dominiert, der wahlweise Computerdaten oder ein Vidbild darstellen konnte, und im Moment einen Blick auf das hinter der *Rubicon* voll ausgebreitete Sonnensegel zeigte. Grayson betrachtete die Sterne jenseits der Segelellipse, als die Tür mit einem Zischen aufglitt.

»Oberst Carlyle?«

»Ich bin Carlyle. Und Sie sind ...?«

Der erste Besucher, der den Raum betrat, war ein großgewachsener Mann mit kurzgetrimmtem Bart und tiefschwarzem, glänzenden Haar. Er trug die reichverzierte Ausgehuniform eines VC-Stabsoffiziers. Dicht hinter ihm folgten ein zweiter, jüngerer Mann und eine attraktive Frau, beide in Gefechtsmontur. »Ich bin Kommandant Kellen Folker, Sir«, stellte sich der Mann in der Ausgehuniform vor. »Sie, äh, haben vielleicht schon von mir gehört?«

»Nicht, daß ich wüßte, Kommandant.« Carlyle musterte den Offizier von oben bis unten und ließ die Details der Uniform auf sich wirken. Sie war reichlich mit Goldlitzen und mehrfachen goldenen Fangschnüren verziert. Ein Abzeichen über den Zeilen mit Feldzugsabzeichen auf der linken Brust identifizierte Folker als Stabsverbindungsoffizier bei einer planetarischen Regierung. »Ich nehme an, Sie sind Verwalter Wilmarths Kontaktmann zu den VCS.«

»Genauso ist es, Herr Oberst. Und darf ich Ihnen meine Stabsadjutanten vorstellen, First Lieutenant Churnowski und First Lieutenant Dahlgren.«

»Freut mich. Sie wollten mit mir sprechen? Ich hatte nicht erwartet, schon vor unserer Ankunft auf dem Planeten mit offizieller Stelle in Kontakt zu treten.«

»Es war, äh, notwendig, Herr Oberst, sofort Verbindung zu Ihnen aufzunehmen und Sie über die Verschlimmerung der Lage auf Caledonia zu unterrichten.«

»Tatsächlich? Hat dies möglicherweise etwas mit der Kommunikationsblockade zu tun, die hier zu herrschen scheint?«

»Ja, Sir. Wir bedauern das. Ich, äh, bin mir darüber im klaren, daß Sie bereits Personal auf Caledonia haben und bin mir sicher, Sie verspüren das Bedürfnis, sofort in Kontakt mit Ihren Leuten zu treten.«

»Das wüßte ich zu schätzen.«

»Ich befürchte allerdings, daß dies unmöglich sein wird. Sehen Sie, wir haben Gründe zu der Annahme, daß die Einheit, die Sie vorausgeschickt haben, gegen die Miliz des Verwalters aktiv geworden ist. Zwei seiner BattleMechs wurden bei einem Scharmützel vor der offiziellen Residenz beschädigt. Das Ziel meines Besuches hier und jetzt ist es daher, Ihre genauen Absichten zu erfragen. Es besteht die Möglichkeit, daß die Gray Death Legion Ihren Söldnerkontrakt mit dem Vereinigten Commonwealth bereits gebrochen hat. Unnötig, darauf hinzuweisen, daß der Verwalter alle möglichen, äh, Mißverständnisse jetzt aus dem Weg schaffen möchte, bevor es zu weiteren Zwischenfällen kommt.«

»Moment mal! Machen Sie mal eine Sekunde Pause. Was soll das heißen, ›die Einheit‹, die ich vorausgeschickt habe? Ich habe zwei Mann auf Caledonia, von denen einer ein Einheimischer dieser Welt ist und sich mehr oder weniger auf Heimaturlaub befindet. Ich gebe zu, daß ich die beiden gebeten habe, sich umzusehen und Berichte über die politische Lage auf Caledonia vorzubereiten. Zum Zeitpunkt ihrer Abreise bestand eine gute Chance, daß der Graue Tod hierher versetzt wurde, und es ist immer besser, eine gewisse Vorstellung von der politischen Situation zu haben, bevor man mit einem Bataillon Mechs einfällt.«

»Ich verstehe.« Folker griff in die Tasche und holte eine Speicherkarte hervor. »Sie gestatten?«

»Natürlich.«

Der Verbindungsoffizier schob die Karte in den Leseschlitz des Tisches. Der Wandschirm hinter Grayson flackerte, dann machte das Bild des *Rubicon*-Solarsegels einer anderen, nicht minder dunklen Szene Platz. Anscheinend handelte es sich um Aufnahmen einer Kamera hoch oben im Turm einer alten Sternenbundfestung. Der Blick schwenkte über eine Ansammlung von Türmen und eine hohe Mauer auf die Aktivitäten auf einer Steinbrücke über eine vor der Festung verlaufenen Schlucht. Es war Nacht, aber die Aufnahmen schienen lichtverstärkt zu sein. Aus einer dunklen Baumlinie jenseits der Schlucht zuckte Gewehrfeuer, während zwei Mechs vom Typ *Victor* langsam vom Eingangstor der Festung aus die Brücke überquerten. Der Film blieb stumm, und die Stille verlieh dem sich entwickelnden Drama eine surreale, traumhafte Qualität.

Offensichtlich war eine wilde Schlacht im Gange. Ebenso offenkundig tobte sie schon seit einiger Zeit. Aus dem Innenhof der Festung, wo zahlreiche Feuer und glühende Metalltrümmer grellweiße Flecken auf dem elektronisch verstärkten Bild hinterließen, brodelte Rauch. Es schien, als wäre das Innere der Anlage einem heftigen Bombardement ausgesetzt gewesen, auch wenn der Rauch so dicht war, daß Grayson nur kurze Momentaufnahmen sah, nie genug, um sich ein genaues Bild davon machen zu können, was dort geschehen war.

Folker lümmelte sich in einen der um den Konferenztisch stehenden Sessel. »Diese Aufnahmen stammen aus der Nacht des 1. April, Herr Oberst. Eine große Zahl Angreifer in modernen Krötenpanzern haben die Zitadelle gänzlich unprovoziert angegriffen. Zu diesem

Zeitpunkt hatten sie bereits einen der *Stadtkolosse* des Verwalters außer Gefecht gesetzt. Beobachten Sie den vorderen *Victor* dort auf der Brücke.«

Trotz Vergrößerung und Lichtverstärkung war kaum zu erkennen, was dort unten geschah. Die Beine und der untere Rumpfteil des *Victor* verschwanden in den lautlosen Detonationen von Mikrogranaten, durchsetzt von den heftigeren Explosionen der zur Verteidigung angebrachten Splitterkapseln. Einen Moment später landete etwas auf dem linken Fuß des Mechs.

»Anhalten«, befahl Folker. »Vergrößern.«

Der Computer des Konferenzraums gehorchte und holte das schattige Etwas näher heran, das sich an das Bein des *Victor* klammerte. Obwohl Grayson genau wußte, was er sah, war es fast unmöglich, außer einem dunklen Schatten irgend etwas zu erkennen. Die Tarnvorrichtung eines *Nighthawk* war verflucht effektiv, ganz besonders nachts.

Wen sah er da, Alex oder McCall? Mit ziemlicher Sicherheit handelte es sich bei dem unscharfen Schatten um Kommandanthauptmann McCall. Nahkampftaktiken dieser Art bildeten praktisch sein Markenzeichen. Es war eine Technik, bei deren Perfektionierung er vor vielen Jahren und Feldzügen eine wichtige Rolle gespielt hatte.

»Wie Sie sehen, Herr Oberst«, fuhr Folker fort, »setzten Truppen in hochmodernen Krötenpanzern Mechabwehrinfanterietaktiken gegen die Maschinen des Verwalters ein. Zeitlupe, fünffach, weiter.«

Der Schatten löste sich vom Fuß des *Victor*. Die aus den Schubdüsen des *Nighthawk* schlagenden Flammen spiegelten sich kurz in dunklem Metall. Laserfeuer aus den Türmen der Zitadelle zeichnete ein Netz sich überlappender blaugrüner und weißer Bahnen über den Bildschirm, und eine davon streichelte kurz über den Schatten, der daraufhin taumelnd abstürzte. Die Gestalt schlug auf der entfernten Seite der Schlucht auf und rutschte über den steil abfallenden Klippenrand außer Sicht.

»Wie Sie sehen, haben wir einen Teil der Angreifer erwischt, Herr Oberst«, stellte Folker fest. Er starrte Grayson direkt ins Gesicht, offenbar im Versuch, dessen Gefühle zu deuten. »Allerdings konnten wir keine der Leichen bergen. Die Einheimischen scheinen sie alle fortgeschleppt zu haben.«

»Ich … verstehe. Wie viele haben Sie getroffen?«

»Wir sind uns nicht ganz sicher. Den Berichten zufolge, die ich gesehen habe, hatten wir fünf bestätigte Abschüsse.«

»Meinen Glückwunsch. Wie viele Ausfälle?«

»Acht Tote, fünfzehn Verwundete. Natürlich trugen die Leute des Verwalters keine Panzerung. Der Angriff kam völlig überraschend, ohne Provokation.«

»Ja, das sagten Sie bereits.«

Grayson betrachtete den in Zeitlupe ablaufenden Film und fragte sich, ob die Gestalt, die in die Schlucht gefallen war, überlebt hatte. Hatte er gerade Davis McCalls Tod gesehen?

Dann wurde das Panorama plötzlich von einer Explosion erhellt, einem grellweißen Lichtblitz genau hinter der schützenden Panzerplatte über dem linken Knie des *Victor*. Der Mech wankte und drehte sich halb zur Seite, bevor er nach vorne auf die Brücke stürzte. Die Aufnahme brach abrupt ab.

»Herr Oberst, ich will nicht um den heißen Brei herumreden. Verwalter Wilmarth ist außer sich. Ihre Leute sind auf unsere Welt gekommen, auf der es schon vorher Unruhen – praktisch eine offene Rebellion – gab, und haben den Einheimischen allem Anschein nach bei einem Großangriff auf die Residenz des Verwalters geholfen. Aus diesem Grund sahen wir uns gezwungen, eine vollständige Nachrichten- und Kommunikationssperre über Caledonia zu erheben. Ich brauche wohl nicht hinzuzufügen, daß sowohl Tharkad als auch New

Avalon wegen der Ereignisse hier besorgt sind, *äußerst* besorgt. Wir hatten … wir zählen immer noch darauf, daß Sie und Ihre Leute die Ordnung wiederherstellen, *Herr Baron!*«

Grayson drehte sich wütend um. »Kommen Sie mir nicht mit diesem Baron-Mist! Kommandant, ich versichere Ihnen, daß ich nicht mehr als zwei Mann auf Ihrem Planeten hatte. Was Sie mir gerade vorgeführt haben, war entweder der Tod eines sehr engen Freundes … oder meines Sohns. Ich weiß nicht, wer die Residenz sonst noch angegriffen hat, und ich weiß auch nicht, warum. Aber Feldmarschall Gareth hat mich angewiesen, nach Caledonia zu fliegen, um bei der Wiederherstellung der Ordnung zu helfen, und genau das habe ich vor.«

»Gut. In Anbetracht der Ereignisse wird es Sie jedoch sicher nicht überraschen, daß der Verwalter um den Einsatz zusätzlicher Kräfte gebeten hat. Ein Bataillon der 3. Davion Guards wird in wenigen Tagen von Hesperus II hier eintreffen …«

Aber Grayson hörte nicht mehr zu.

Er fragte sich, ob McCall wirklich tot war, und was aus Alex geworden war …

20

Schnitter-HQ, Morayport, Caledonia
Mark Tamarind, Vereinigtes Commonwealth

8. April 3057, 21:15 Uhr TNZ

Alex war erregt. Selbst jetzt noch, eine volle Woche nach dem Einbruch in die Zitadelle, war er erfüllt vom Siegesrausch, munter und im Griff einer fast irrationalen Lebensfreude. Er war sicher, daß es sich um mehr handelte als die Erleichterung, das Feuergefecht an der Zitadelle überlebt zu haben. Dieses Gefühl wäre mit dem ersten Adrenalinschub kurz nach dem Ende des Kampfes abgeklungen.

Nein, das war eine andere Art von Freude, geboren aus der sicheren Gewißheit, daß alles zurückgekehrt war – seine Kampfinstinkte, die Jahre des Trainings, alles, was er schon verloren geglaubt, alles, was er seit jenen furchtbaren Stunden am Rycopaß vermißt hatte, war voll da gewesen, als er es brauchte.

Alex und McCall hatten sich während der letzten Woche mit den einheimischen Rebellenkräften getroffen. Jede Versammlung wuchs größer an als die vorhergehende, als immer weiter entfernte Zellen kontaktiert und in das wachsende Netz eingegliedert wurden. Die Schnitter waren gezwungen, ihre Treffen an wechselnden Orten abzuhalten, und diesmal hatten sie sich im Lagerschuppen eines Fischers in Morayport versammelt. Der Raum war lang, mit hoher Decke und vollgestellt mit Motorteilen und Werkzeugen. An den Wänden hingen reparaturbedürftige Netze, und das hintere Ende des Gebäudes wurde vom rostigen, torpedoförmigen Rumpf eines aus dritter Hand stammenden Familien-U-Boots mit Beschlag belegt. In dieser Nacht hatten sich etwa fünfzig Männer und Frauen versammelt – mehr Menschen, als Alex oder Davis lieb war.

Je mehr Menschen in der Gruppe zusammenkamen, desto größer wurde die Gefahr eines Spions oder Verräters unter ihnen. Das stellte natürlich das älteste und grundlegendste Problem aller Volksaufstände dar. Selbst ein unzweifelhaft psychotisches Monster wie Wilmarth konnte auf ein paar Einheimische zählen, die bereit waren, Freunde und Bekannte für harte C-Noten zu verkaufen.

Aber die beiden Legionäre hatten sich trotz der Gefahr bereitgefunden, mit der größeren Gruppe zusammenzutreffen. Die Gray Death Legion mußte bald das System erreichen. Planmäßig müßte sie eigentlich schon am Vortage angekommen sein und sich bereits im Anflug auf den Planeten befinden. Die pausenlosen Störsendungen, die seit einer Woche anhielten, verhinderten jede Art von Kommunikation mit den Sprungpunkten außer durch Lasermitteilungen, und die beiden hatten keine Laserkommunikatoren mitgebracht. Trotzdem mußte, wenn alles nach Plan verlief, innerhalb weniger Tage mindestens ein Bataillon des Grauen Tods auf Caledonia landen.

Und diesmal würde die Ankunft von Grayson Carlyle weniger eine Rettungsaktion als ein beiderseits freudig erwartetes Wiedersehen werden, eine Tatsache, die spürbar zu Alex' hervorragender Laune beitrug. Inzwischen blieben ihm und Davis nur noch wenige Tage, um eine gemeinsame Front mit den Einheimischen zu bilden.

Möglicherweise nur noch vier Tage, um einen ernsten Bruch zu kitten, der schon drohte, alles zunichte zu machen, wofür die caledonischen Aufständischen gekämpft hatten.

»Sie sollten berreits auf dem Weg hierrherr sein«, teilte McCall der Gruppe von einer improvisierten Rednerplattform auf dem Bugdeck des U-Boots mit. »Wirr haben mit Carrlyle zuletzt überr HPG gerredet, kurrz nachdem wirr angekommen sind. Die Grray Death Legion, oderr zumindest ein Teil davon, wirrd vom OK LyrrCom auf Tharrkad hierrherr verrsetzt.«

McCall trug als Folge der Brandverletzung an seiner Schulter noch immer den linken Arm in der Schlinge. Zwei Tage in einem Medoschlauch hatten einen Großteil der Haut und des Muskelgewebes regeneriert, die durch das geschmolzene Metall verbrannt worden waren, aber es würde noch mehrere Wochen dauern, bis er Arm und Schulter wieder frei und ungehindert bewegen konnte. Er wirkte verhärmt. Die Belastung durch die Wunde und die intensive politische Überzeugungsarbeit der vergangenen Woche hatten ihre Spuren hinterlassen.

»Aye, und was dann, Kommandanthauptmann?« fragte General McBee aus der ersten Reihe der Zuhörer. »Prrinz Victorr schickt die Legion, um *uns* niederrzuschlagen, nicht den legal errnannten Verrwalter. Wirr sind die Rrebellen hier, die Unrruhestifter. Oderr hatten Sie das verrgessen?«

»Keineswegs, Generral«, antwortete McCall grinsend. »Sagen wirr einfach, ich habe ein bißchen Einfluß auf Carrlyle. Nun, da Alex und ich die wahrren Urrsachen derr Prrobleme hier gesehen haben, kann ich verrsprrechen, daß die Legion nicht gegen euch zum Einsatz kommen wirrd. Alex und ich werrden mit Carrlyle darrüberr rreden, was wirr gegen Wilmarrth tun können.«

»Was, wenn derr Verwalter oder seine Leute zuerrst mit ihm reden?« Sergeant Ross – der große, tätowierte Soldat, den sie aus der Zitadelle befreit hatten – verschränkte die muskelbepackten Arme. Er wirkte nicht überzeugt.

»Ich wüßte nicht, wie ihnen das gelingen sollte«, stellte Alex fest. »Dazu müßten sie jemand mit einem Schiff losschicken, und unsere Leute überwachen den Raumhafen.«

»Es gibt mehrr als einen Rraumhafen auf Caledon«, meinte Allyn. »Sie könnten jemand zu einem Rrendezvous mit dem Sprungschiff derr Legion geschickt haben.«

»Sicher könnten sie das getan haben, aber wozu?« fragte Alex. »Die Legion wird unter Befehl von Tharkad hier eintreffen. Was soll Wilmarth tun, ihnen erklären, sie sollen sich dorthin zurückscheren, wo sie hergekommen sind?«

»Und was wirrd dieserr Oberrst tun, wenn err hierr angekommen ist?« wollte Angus McCall wissen. »Sicherr, err wirrd zuhörren, was du zu sagen hast, Davis, aberr err ist ein Söldnerr. Wir haben nicht das Geld, eine komplettes Frrontklasse-Regiment wie den Grauen Tod zu bezahlen!«

»Well, Lad, laß mich eines sagen«, erwiderte Davis. »Derr Carrlyle würrde sich nie fürr diesen halbgarren Diktattorr Wilmarrth und seine Schlägerr einspannen lassen. Err könnte sich aberr möglicherrweise zu einem Kontingenzverrtrrag überreden lassen.«

»Ein Kontingenzverrtrag«, wiederholte Allyn. »Was ist das?«

Sie saß neben Alex in der ersten Reihe der in konzentrischen Halbkreisen um die provisorische Rednerplattform aufgestellten Stühlen.

»Plünderrgut«, antwortete Alex. Er zuckte die Schultern, als sie ihn überrascht ansah. »Wilmarth hat in seiner Festung Zeug, das wir gebrauchen könnten. Seine Mechs sind in keinem guten Zustand, also wird er kaum große Ersatzteillager haben, aber ein paar hat er bestimmt. Und Werkzeug. Und Gebrauchsgüter wie Kurzstreckenraketen, Energiezellen und so weiter.«

»Aye, Laddie«, bestätigte McCall grinsend. »Zu schade, daß du letzte Woche den grrößten Teil von Wilmarrths Fahrrzeugparrk aufgelöst hast! Ich schätze, Cindy hätte gerrn ein paar von den Schweberrn kassierrt, die du verrschrrottest hast!« Cindy war Oberleutnant Cindy Sashimoto, die Kommandeurin der Motor- und Servicekompanie der Legion.

Seine Bemerkung ließ unter den Zuhörern vereinzelt Gelächter aufklingen. »Eure Leute wärren also zufrrieden mit dem, was sie als Beute in derr Zitadelle finden als Bezahlung fürr ihre Hilfe?« fragte jemand, als sich die Heiterkeit gelegt hatte.

»Wieso?« Der Sprecher war ein Mann in einer dunklen Jacke mit hohem Kragen und purpurfarbenem Reiseumhang, der an der Rückseite des Raumes saß. Er war Alex und McCall zu Beginn des Abends nur als Bryson Caruthers vorgestellt worden, aber sie wußten bereits, daß er im Brennpunkt des wachsenden Widerstands innerhalb der Rebellion stand. Er hatte den bisherigen Auslassungen mit deutlicher Ablehnung zugehört, die Gesichtszüge zu einer Grimasse verzogen, als stiege ihm ein fauliger Geruch in die Nase.

»Wie meinen Sie das, Sirr?« erwiderte McCall. »Wieso *was*?«

»Wieso sollten diese Söldnerr Ihrerr Einheit uns helfen wollen?« Caruthers schüttelte den Kopf, und die Falten auf seiner Stirn vertieften sich. »Brrüder«, redete er zu den Caledoniern, die vor ihm und zu seinen Seiten saßen. »Mirr scheint, daß eine Sorrte von Invasorren genauso schlecht ist wie die anderre. Eine *Arrmee* von BattleMechs ist so schlimm wie jede anderre, zerrtrrampelt unserre Felderr, verrbrrennt unserre Errnte, zerrstörrt unserre Häuserr.«

»Und wie sollen wir sie deiner Meinung nach alle von hierr fernhalten, Bry?« fragte McBee. »Ihr Jihader habt keinen Plan gelieferrt, wie wirr Wilmarth und seine Männer von Caledonia verrtreiben könnten, der nicht mindestens eine Kompanie Mechs erfordert.«

»›Stützt euch nicht auf die Maschine‹«, intonierte Caruthers und zitierte offensichtlich aus einem Alex unbekannten Text. »›Denn derr Weg derr Maschinen ist derr Weg des Todes. Wanderrt statt dessen auf dem Weg des Lebens, derr lebt in uns allen.‹«

»So spricht das Wort«, erklang eine andere Stimme

auf der gegenüberliegenden Seite des Raumes, und Alex hörte leises Murmeln auf einigen Plätzen, das Zustimmung signalisieren mochte.

»Kommandanthauptmann ... Hauptmann«, erklärte McBee. »Brryson hier ist ein Jihad-Verrkünder. Nicht alle von uns sind mit seinen Vorrstellungen über Maschinen einverstanden, aber seine Leute sind gute Menschen und gute Nachbarrn.«

»Ich sehe«, meinte Alex und drehte sich auf seinem Platz zu Caruthers um, »daß Sie für Maschinen nichts übrig haben.«

»Ich bin ein Verrkünder des Wort des Jihad«, sagte Caruthers im Tonfall eines Lehrers, der einen Schüler korrigiert. »Nicht mehrr. Ich habe nicht vorr, euch allen vorrzuschrreiben, wie ihr eure Rrevolution führren sollt. Aberr es ... schmerrzt mich zu sehen, wie sehrr ihr euch auf Technodämonen stützt. Auf kurrze Sicht mögen die Todesmaschinen unserrer Sache helfen, aber auf lange Sicht werrden sie uns die Seele rrauben.«

»Aye, Lad«, meinte McCall leise von seiner Plattform. »Das mag sein. Aberr bevor man sich um die lange Sicht Gedanken machen kann, muß man errst einmal auf kurrze Sicht überrleben. Und ohne BattleMechs kann ich euch verrsprrechen, daß ihrr gegen Wilmarth und seine Bande nicht lange bestehen werrdet.«

»›Die Gerrechten brrauchen nicht den Gestank und Lärrm derr Maschinen‹«, zitierte ein anderer Mann im Publikum. »›Verrtrraut auf Herrz und Seele und das kostbarre Geschenk des Lebens, denn es steht geschrrieben, daß schlußendlich das Grrün allezeit überr das Grrau trriumphierren wirrd.‹«

»So spricht das Wort!« wiederholten einige Stimmen.

»Herr Kommandanthauptmann, nicht alle hierr sind der Ansicht dieserr 'dammten Verrkünder«, stieß Allyn aus. Sie warf Caruthers einen bösen Blick über die Schulter zu. »Ihrr sogenanntes Worrt hat nicht einen Fingerr gerrührt, um Wilmarrths Unterrdrückung zu beenden, und der Bastarrd herrscht schon seit fünf Jahren auf seiner schwarrzen Festung über Caledon! Platitüden und errhaben klingende Proklamationen darrüber, wie das Grün immerr über das Grrau siegen wird, mögen ja ganz schön sein, aberr wir haben null Chancen, Wilmarths Mechs zu besiegen.«

»Besonders, nachdem er in jüngsterr Zeit noch Verrstärkung bekommen zu haben scheint«, fügte Ross hinzu und rieb sich das Kinn. »Diese *Victors* ...«

»3. Davion Guards«, bekräftigte Alex und schüttelte den Kopf. »Das ist gar nicht gut.«

»Stammen diese Mechs wirrklich von Hesperus II, Hauptmann?« wollte jemand wissen. »Könnte Ihrr Grrauer Tod sie stoppen?«

»Das hängt davon ab, wieviele es sind ... und natürlich, wieviele Mechs der Graue Tod hierher schickt. Die 3. Guards sind eine gute Einheit, mit ansehnlicher Kampferfahrung.« Alex grinste. »Natürlich sind sie nicht so gut wie der Graue Tod.«

»Leute, Leute«, unterbrach Caruthers, der aufgestanden war und flehentlich die Arme ausbreitete. »Seht ihrr nicht, was hierr geschieht? Gewalt brrütet Gewalt, Maschinen brrüten Maschinen! Wenn wirr dieserr wahnsinnigen Abhängigkeit von den wandelnden Monstrrositäten kein Ende berreiten, werrden wirr sie niemals loswerrden, niemals! Die Menschen werrden in alle Ewigkeit die Sklaven dieserr Monsterr sein!«

McCall schüttelte den Kopf. »Dann schätze ich, daß Sie den Mechs des Grrauen Tods nicht helfen wollen.«

»Sie haben selbst ohne eigene Mechs gegen die Maschinen Wilmarrths gekämpft!« argumentierte eine Frau neben Caruthers. »Wir haben es gesehen! Das könnten sie uns beibrringen!«

Ein schmerzhafter Ausdruck trat auf McCalls Gesicht. »Lass, du weißt nicht, was du sagst.«

»Unbewaffnet, mit nichts als einer Bündelladung«,

stellte Alex fest, »wären Sie tot, noch bevor Sie bis auf fünfzig Meter an einen BattleMech heran kämen.«

»Worum es hier geht«, verteidigte die Frau ihren Standpunkt, »ist doch, daß Sie beide getan haben, was Sie getan haben, ohne sich auf ein zehn Meter hohes Monster aus Stahl und Strom zu verlassen! Sie haben sich nicht auf Maschinen gestützt, die für Sie gekämpft haben!«

»Ich will mich nicht hierr aufbauen und dirr grrundsätzlich wiederrsprrechen, Lass, aberr ich habe mich auf Maschinen gestützt«, erinnerte McCall. »Hätte ich den *Nighthawk*-Anzug nicht gehabt, wärre ich innerrhalb von zwei Minuten zu einem Stück blutigen Fleisch zerrfetzt worrden.«

»Außerrdem, Janet«, fügte einer der Rebellen lachend hinzu, »ist auch eine Bündelladung eine Arrt Maschine. Hab ich nicht rrecht, Verrkünder? Oderr hat das Wort darrauf eine Antwort?«

Die Worte klangen freundlich, aber Alex hörte einen angespannten Unterton heraus. Das Bündnis zwischen Caledonias Jakobiten und dem Wort des Jihad war brüchig, und die Spannungen zwischen beiden hatten in den letzten Tagen deutlich zugenommen. Die Jakobiten schienen zu allem bereit, um ihre Welt von Wilmarth und seinen Verbrechern zu befreien; die Jihadisten waren nicht bereit, ihnen dabei zu helfen, wenn das eine Allianz mit Maschinen bedeutete – ganz besonders mit BattleMechs. Das Problem dabei blieb: Wenn diese Revolution Erfolg haben sollte, benötigte sie die Unterstützung und den Rückhalt von möglichst vielen Bewohnern Caledonias – auch der Jihadisten. Die einst obskure Anti-Tech-Sekte hatte in den letzten fünf Jahren auf ganz Caledonia an Macht und Einfluß gewonnen, besonders in den ländlichen Gebieten abseits der großen Städte.

»Wißt ihr, das habe ich mich auch schon gefrragt, Sirr«, wendete McCall sich an den Verkünder. »Wo genau ziehen Sie eigentlich den Trrennstrich zwischen Maschinen und Nicht-Maschinen? Oderr sollen wirr alle die Kleiderr wegwerrfen und nackt durrch die Wälderr hüpfen?«

»Ganz sicherr nicht!« erwiderte der Mann mit schockierter Miene.

»Ah well, das freut mich zu hörren. Caledonische Winterr können kalt werrden, und Nüsse und Beerren sind schwerr zu sammeln, wenn einem derr Schnee bis zum Kinn steht. Aberr verrstehen Sie nicht, was ich sagen will? Die Kleiderr, die Sie trragen und die Ferrtiggerrichte, die Sie essen, sind alles Prrodukte unserrer dämonischen Technokulturr, oderr nicht, Lad?«

»Das Worrt lehrrt, daß ein Unterrschied besteht zwischen Werrkzeugen, die dem Schöpferr dienen, und Maschinen, die ihn beherrschen.« Er zupfte am Saum seines Mantels. »Doch selbst ein Kleidungsstück kann unserr Meisterr werrden, wenn es unserre Seelen und Gedanken so sehrr beherrscht, daß wirr seine Sklaven werrden. Sklaven derr Mode. Reicher Gewänderr, die beweisen sollen, daß wirr besserr sind als unserr Nächsterr. Besserr nackt leben, oder in Baumrrinde gehüllt, als Sklave eines *Dings!*«

»Aye, aye«, bestätige McCall. »Und ich muß zugeben, daß ich nichts gegen Idealismus habe, oderr gegen idealistische Standpunkte. Ich habe in meinem Leben auch schon welche verrtrreten. Aber nun sage ich euch, es gibt eine Zeit, sein Verrtrauen in das Wort zu legen, und eine Zeit, sich von seinem Arrsch zu erheben und selbst was zu leisten.«

»*Alle* guten Werrke gehen vom Glauben aus«, stellte Caruthers fest. »Man kann das eine nicht vom anderren trrennen.«

»Glauben Sie wirrklich, Sie könnten BattleMechs mit Ihrren bloßen Händen angehen?«

Caruthers sah zu der Frau hinab, die mit McCall über seinen Angriff auf den BattleMech gesprochen hatte, und schenkte ihr ein herablassendes Lächeln. »Janet hierr hat sich von ihrren Gefühlen überrwältigen lassen, Kommandanthauptmann. Derr Weg zu endgültigem Sieg und Rrettung ist im Grrunde passiv. Wirr werrden uns frriedlich widerrsetzen. Wirr werrden Haß mit Liebe beantworrten. Und am Ende wird die Liebe siegen.«

»Ich verrstehe«, meinte McCall nachdenklich. »Aye. Gestatten Sie mirr dann eine Frrage. Wie viele hierr glauben, daß Maschinen böse sind?«

Volle zwanzig Hände erhoben sich, fast die Hälfte der Anwesenden.

»Daß sie besserr darran täten, Wilmarrth mit Liebe zu bekämpfen? Mit Liebe gegen BattleMechs?«

Eine Anzahl der erhobenen Arme zitterte, und einige senkten sich.

Einer der Männer, dessen Hand oben geblieben war, stand auf. »Es gibt eine Menge Jihadisten, die sich den Jacobisten anschließen, Kommandanthauptmann, und es werrden jeden Tag mehrr. Das Worrt sagt drrei Jahrrhunderrte vorraus, in denen derr einfache Mann in Blut und Krrieg unterr dem Stiefel derr Maschinen zerrtrrampelt wirrd, gefolgt von einerr Zeit der Bedrrängnis, in derr die Gläubigen auf die Prrobe gestellt werrden. Und danach kommt die Zeit der Säuberrung, wenn derr einfache Mann mit derr Krraft des Glaubens sich errhebt und die Maschinen fürr immerr verrnichtet!« Er machte eine Pause und sah sich trotzig um. »Well, ich denke, wirr hatten unserre drei Jahrrhunderrte, mehrr oderr wenigerr. Und Willie hat uns tüchtig Bedrrängnis gebrracht!« Gedämpftes zustimmendes Murmeln ging durch den Raum, vermischt mit vereinzeltem Applaus.

»Dann werrd ich auch mal die Wahrrheit sagen, Leute«, erhob McCall die Stimme. »Ich habe nie viel Verrständnis für die Idee gehabt, daß Technologie böse ist. Och, aye, es ist immerr wiederr mal schick zu errklärren, daß die Wissenschaft mehrr Prrobleme schafft, als sie beseitigt, daß Maschinen uns die Menschlichkeit nehmen. Wirr Menschen flirrten seit derr Dampfmaschine mit diesem Unsinn... nein, seit wirr gelerrnt haben, Feuerr zu machen. Aberr es sind nicht die Maschinen, die unserr Menschsein definierren. Wirr werrden nurr zu Sklaven derr Maschinen, wenn wirr das *wollen*. Wenn wirr unserr Leben von ihnen beherrschen *lassen*. Es ist wederr eine Schande noch eine Sünde, Werrkzeuge zu benutzen, wenn man sie brraucht, ob es um Textilmaschinen für die Kleiderr geht, die uns warrm halten, oderr um BattleMechs fürr die Verrteidigung eurrerr Heimat und Bairrns. Verrkünderr Caruthers hat in einem Punkt rrecht. Krrieg und Haß sind Teile eines tödlichen Wechselspiels, und wenn es einen Ausweg darraus gibt, dann habe ich noch nie davon gehörrt. Aberr ich sag euch was, und das aus blutigerr Errfahrrung, weil diese Augen Welten gesehen haben, auf denen die Menschen die Fähigkeit verrlorren, Dinge zu schaffen, aufzubauen, zu wachsen und zu *trräumen*. Schafft die Technologie ab, und ihrr bekommt nicht das idyllische Agrroparradies, daß die Jihad-Prropheten euch verrsprrechen. Ihrr werrdet Seuchen und Hungerrsnot und Krieg und Tod haben, aye, die vierr apokalyptischen Rreiterr, und ihrr werrdet sie nie wiederr los werrden, bis ihr und eurre Bairrns und derren Bairrns nach ihnen tot zwischen den Trrümmerrn liegen!«

Kein Applaus folgte McCalls Rede, nur ein tiefes, hallendes Schweigen, das auf seine Weise lauter war als es Beifall hätte sein können. Alex lauschte diesem Schweigen und fühlte, wie sich die Stimmung der Zuhörer wandelte. Er war sicher, eine Mehrheit der Anwesenden stimmte dem zu, was McCall gerade gesagt hatte... sogar eine Mehrheit der Jihadisten.

Alex konnte es kaum fassen. Davis McCall konnte Menschen *führen!*

»Ich schlage vor«, meinte General McBee nach einer

Weile, »daß wirr abstimmen. ›Aye‹ ferr die Annahme derr Hilfe durch die Gray Death Legion, ›Nay‹, wenn wirr einen anderen Weg suchen wollen.«

»Du sollst keinen Pakt mit dem Bösen schließen!« rief Caruthers von seinem Platz aus. »Es gibt bestimmt eine Möglichkeit zurr Verrhandlung, zum Komprromiß!«

»Mit jemand wie Wilmarrth?« schrie Allyn. Ihre Stimme hallte bitter durch die Stille, die dem Ausruf des Verkünders folgte. Sie stand auf, drehte sich zur Versammlung um, und ihre Augen loderten. »Ich warr *dorrt*, Verrkünder, in seinen Verrließen, fürr das einzige Verrbrechen, gegen seine hochmütige und blutige Herrschaft prrotestiert zu haben! Ich wurrde verrhaftet, geschlagen, nackt ausgezogen, mißbrraucht, errniedrigt, gefesselt und geknebelt, verrgewaltigt und zum Schluß hatte ich eine Drahtschlinge um den Hals und stand auf einem Eisblock, um dorrt langsam zu verrecken! Sieh mirr ins Gesicht und sag mirr, daß ein Komprromiß mit Wilmarrth ein kleinerres Übel ist, als die Hilfe des Grrauen Tods anzunehmen!«

Die Abstimmung erbrachte einundvierzig Jastimmen, bei einer Handvoll Enthaltungen und noch weniger Gegenstimmen.

»Aye«, meinte McCall leise zu Alex, als die Stimmen gezählt waren. »Wirr haben eine kleine Arrmee. Ich bete bloß zu Gott, daß es uns gelingt, den Oberrst zu überzeugen, sich uns anzuschließen, wenn err ankommt.«

»Darüber mach ich mir keine Sorgen«, erwiderte Alex. »Er wird das Richtige tun.« Er sah sich unter den versammelten Rebellen um, die jetzt in kleinen Grüppchen von zwei, drei Leuten aufgeregt diskutierten. »Aber was wird aus diesen Menschen hier? Ohne Waffen, die es sich zu erwähnen lohnte, ohne Panzerung.«

»Aye«, sagte McCall. »Aber jede Menge *Seele*.«

21

Im Landeanflug auf Raumhafen
New Edinburgh, Caledonia
Mark Tamarind, Vereinigtes Commonwealth

13. April 3057, 14:12 Uhr TNZ

Auf donnernden, lodernden Speeren aus weißglühendem Plasma senkten sich die Landungsschiffe der *Union*-Klasse *Endeavour, Valiant* und *Defiant* aus dem wolkenlosen Himmel. Die schwarzgrau bemalten Stahlkugeln besaßen jeweils eine Masse von 3500 Tonnen, die von tosenden Sternenbund V250-Plasmatriebwerken sanft auf Caledonias Oberfläche gebracht wurden. Jede dieser Maschinen saugte die planetarische Atmosphäre tonnenweise ein, erhitzte sie in einem ihrer parallel geschalteten Fusionsreaktoren, und schleuderte sie mit annähernd der Hitze wie im Kern einer Sonne durch die Heckschubdüsen wieder aus. Vier in regelmäßigen Abständen um die Schubdüsen angebrachte Schotts öffneten sich und gaben die schweren, zylindrischen Landestützen frei.

Immer näher kamen sie dem Raumhafen, passierten die 5-Kilometer-Marke. Vier der Luft/Raumjäger der Legion, bereits außerhalb der Atmosphäre ausgeschleust, umkreisten ihre großen, schwerfälligeren Mutterschiffe in einiger Entfernung, beschützten sie gegen Luftangriffe und suchten die Umgebung nach möglichen Gefahren ab.

An Bord des Landungsschiffs *Endeavour* stand Grayson Carlyle im SchiffsOp-Bereich, ignorierte das Vibrieren der Triebwerke unter seinen Sohlen, und studierte den großen Sichtschirm, der das Bild einer der Außenkameras übertrug. Die Vorschriften verlangten, daß das gesamte Personal während des Atmosphärenflugs bis zur Freigabe durch den Piloten angeschnallt blieb. Aber die *Endeavour* hatte die schwierigeren Manöver bereits abgeschlossen und sank nur noch mit wenigen Metern pro Sekunde. Es waren keine plötzlichen Kursänderungen mehr zu erwarten, und Carlyle wollte die langsam abnehmende Höhe des Schiffes nutzen, um sich New Edinburgh genau anzusehen.

»Links, Fünf«, wies er die sprachgesteuerte Bildschirmkonsole an. »Und vergrößern.«

Das Bild war bemerkenswert klar und ruhig. Die Kamera glich Bewegungen des Landungsschiffs und Windstöße vollautomatisch aus. Auf Graysons Befehl hin erschien ein Quadrat in der Mitte des Bildschirms, bewegte sich nach links und wurde schnell größer, bis die ausgewählte Region den gesamten Bildschirm ausfüllte. Man sah einen Teil des unter dem sinkenden Landungsschiff hochstrebenden Terminals, sowie einen nahen, von Gebäuden umstandenen Park oder öffentlichen Platz. Der Platz war bis zum Bersten mit einer riesigen, schwarzen Masse gefüllt, die unter Graysons Augen zu sieden und zu beben schien.

»Vergrößern«, sagte er. »Faktor fünf.«

Wieder erschien ein Quadrat auf dem Bildschirm und wurde größer. Die schwarze Masse löste sich in einzelne Menschen auf, die dichtgedrängt in einer riesigen Menge versammelt waren.

Ein Aufstand… oder eine gewaltige Demonstration. Er vergrößerte den Blickwinkel und suchte nach großen Wärmequellen… da! Drei Stück, BattleMechs, die auf den Platz vorrückten. Nein, vier. Eine vierte Wärmequelle schien sich zwischen den Lagerhallen auf der Nordostseite des Raumhafens zu verstecken, in einiger Entfernung von der Hauptdemonstration. Was machte sie dort? Eine Verstärkung für die anderen, für den Fall, daß die Menge ausbrach? Ein Hinterhalt?

Kommandanthauptmann Frye trat hinter ihn und blickte über Graysons Schulter auf den Schirm. »Gibt's Ärger, Herr Oberst?«

»Sieht so aus. Sie weisen die Bodentruppen besser an, bewaffnet und geschützt auszubooten. Aber sie sollen nicht, ich wiederhole, *nicht* das Feuer eröffnen, solange sie nicht direkt angegriffen werden.«

Wir wissen immer noch nicht mit Gewißheit, wer hier der Feind ist ...

Grayson mußte wieder an Alex und McCall denken. Sie hatten noch immer keine Nachricht von ihnen, noch immer blockierte die Regierung alle Funkfrequenzen. In den ersten Stunden nach Folkers Film von den Kämpfen an der Zitadelle hatte er sich kaum noch unter Kontrolle gehabt. Er wußte selbst nicht, wie es ihm gelang, nach außenhin die Ruhe zu bewahren, obwohl es seine ganze Kraft gekostet hatte, Kellen Folker nicht auf der Stelle niederzuschlagen. Inzwischen war Grayson aber zu mehreren Schlüssen gekommen.

Erstens: Die Tatsache, daß er einen Mann in einem dem *Nighthawk* ähnelnden Krötenpanzer gesehen hatte, der im Sprung abgeschossen worden und in die Schlucht gestürzt war, bedeutete nicht notwendigerweise, daß es sich dabei um Davis McCall oder seinen Sohn handeln mußte. Es konnte auch jemand anderes gewesen sein.

Zweitens: Die Tatsache, daß die betreffende Person nach dem Treffer in die Schlucht gestürzt war, bedeutete nicht notwendigerweise ihren Tod. Aus dem kurzen Film ließ sich nicht feststellen, wie tief er die Schlucht hinabging, und *Nighthawk*-Anzüge waren erstaunlich robust.

Drittens: Grayson traute Folker nicht – nicht, wenn der Mann als Repräsentant einer Regierung auftrat, die es ganz deutlich vorzog, alle Informationen über sich zu kontrollieren, um die eigene Bevölkerung umso besser dirigieren zu können. Außerdem hatte Folker eine aalglatte Art, die Grayson übel aufstieß, und es bereitete ihm keinerlei Schwierigkeiten zu glauben, daß der

Mann die gesamte Videosequenz arrangiert oder gefälscht hatte.

Wozu? Grayson war sich noch nicht sicher, aber er gewann den Eindruck, daß Folker versuchte, ihn und den Grauen Tod möglichst eng an Wilmarth und dessen Herrschaft über Caledonia zu binden. Statt mit der Fähre nach Caledonia zurückzukehren, war Folker an Bord der *Endeavour* geblieben, wo er einen Großteil der letzten fünf Tage mit dem Versuch zugebracht hatte, Grayson davon zu überzeugen, daß die Jakobiten/Jihadisten-Rebellion das Werk von Anarchisten, Feinden des Verwalters und Feinden des Vereinigten Commonwealth darstellte.

Die Legion, darauf hatte Folker bestanden, war eine von zwei zur Friedenssicherung hierher abkommandierten Mecheinheiten – ein Zeichen, so behauptete er, für die Bedeutung dieser Welt für das Vereinigte Commonwealth. Er hatte mehrere Speicherkarten mit Hunderten Gigabytes an Daten mitgebracht, mit detaillierten Einsatzbefehlen für die Legion, die vom Raumhafen New Edinburgh ausschwärmen, die Stadt sichern und das Kriegsrecht ausrufen sollte. Bei der zweiten Einheit sollte es sich laut Folker um ein Bataillon der 3. Davion Guards handeln, das zur Zeit auf dem benachbarten Hesperus II stationiert war, aber in Kürze im System eintreffen und entweder in New Edinburgh oder weiter nördlich in Stirling eingesetzt werden sollte.

Grayson hatte im letzten Teil des Anflugs auf Caledonia intensiv über die Situation nachgedacht. Er befand sich politisch und ethisch in einer verteufelt heiklen Lage. Als Baron von Glengarry schuldete er seine erste Gefolgschaft Victor Davion, dem Prinzen und Herrscher des Vereinigten Commonwealth. Dieser Adelstitel bedeutete ihm jedoch nicht allzuviel. Sein Leben und sein Lebenswerk war die Legion.

Was seine Gefolgschaft als Söldner betraf, so hatte diese schon vor Jahrzehnten das Haus Steiner erworben. Und auch wenn Söldnereinheiten nicht unbedingt einem einzelnen Auftraggeber loyal verbunden blieben – im Gegenteil, so etwas war eine Seltenheit – lagen Grayson Death Carlyles politische Sympathien sehr viel deutlicher beim Haus Steiner als bei irgendeinem anderen großen Haus der Inneren Sphäre. Die meisten Veteranen aus der Frühzeit der Legion stammten aus dem Lyranischen Commonwealth, auch Grayson selbst, und die Einheit war auf einer Steiner-Welt, Trell I, gegründet worden. Ihren jetzigen Kontrakt hatte die Legion mit Katrina Steiner abgeschlossen, noch bevor sie zugunsten ihrer Tochter Melissa zurückgetreten war. Er hatte niemals offiziell einen Kontrakt mit dem Haus Davion oder dem Vereinigten Commonwealth unterschrieben und teilte die Ernüchterung vieler Lyraner über die Betonung von Davion-Traditionen in der Allianz dieser beiden großen Sternenreiche. Prinz Victor regierte derzeit von New Avalon aus und schien mehr an der Erhaltung seiner Macht als an der Fairness all seinen Untertanen gegenüber interessiert zu sein.

Aber ganz abgesehen von den politischen Aspekten dieser Angelegenheit konnte Grayson es nicht leiden, wenn Machthaber – gewohnt, ihren Willen durchzusetzen – versuchten, die Gray Death Legion für ihre politischen Zwecke zu gebrauchen. In der Vergangenheit kam das mehr als einmal vor, und Grayson war sich sicher, daß es momentan wieder geschah. Aber durch wen? Und zu welchem Zweck? Sicher nicht durch Folker. Der Mann war ein Handlanger, nicht mehr. Wilmarth? Möglicherweise, aber nach allem, was er bis jetzt gehört hatte, wenig wahrscheinlich. Feldmarschall Gareth? Das schien definitiv eine Möglichkeit zu sein. Er war ohne jeden Zweifel ehrgeizig… und er sympathisierte mit den Skye-Separatisten.

Aber es blieb unmöglich für ihn, seine widersprüchlichen Gefühle oder Loyalitäten aufzulösen, bevor er Caledonia erreicht und selbst gesehen hatte, wie die Situation sich darstellte.

Eines jedoch war sicher: Kommandant Kellen Folker machte es ihm nicht gerade leicht, irgendeine Sympathie für die legitime Regierung Caledonias zu empfinden. Der Mann wich keine Sekunde freiwillig von Graysons Seite, versuchte konstant, ihn zu überreden, erinnerte ihn, daß die Jakobiten und Jihadisten im Aufstand gegen ihren legal ernannten Gouverneur und die rechtmäßige Autorität des Vereinigten Commonwealth waren. Er leierte immer wieder dasselbe Thema ab: *»Sie sind der Baron von Glengarry, Oberst. Sie schulden Prinz Victor Gefolgschaft. Wir stehen den Feinden des Prinzen gegenüber, und es ist Ihre geschworene Pflicht, sie zu vernichten!«*

Als sie die Umlaufbahn verließen und in Caledonias Atmosphäre eintauchten, hatte Grayson keine Ahnung, wer recht hatte, und was auf dieser Welt nicht stimmte. Er wußte nur, daß er zuerst Davis und Alex finden mußte. Wenn sie noch lebten, würden sie ihn über die wahre Lage auf Caledon aufklären.

Und wenn nicht, mußte irgend jemand für ihren Tod büßen, und das nicht zu knapp.

»Da sind sie!« rief Alex und deutete aufgeregt nach oben.

McCall hob mit der freien Hand ein Elektronenfernglas an die Augen und schaute in den Himmel. Drei grellweiße Sterne sanken schnell aus dem blauen Nachmittagshimmel herab. Durch das Fernglas konnte er Einzelheiten der Rümpfe und Geschütztürme ausmachen und den stilisierten Schädel des Grauen Tods erkennen.

»Aye, Lad, da sind sie. Sieht nach derr *Endeavourr*, derr *Defiant* und derr *Valiant* aus, alle drrei Landungsschiffe des 3. Bataillons, aberr es würrde mich nicht überrraschen, wenn dein Vaterr auch mit von derr Parrtie wärre.«

»Jetzt müssen wir nur noch einen Weg finden, Kontakt mit ihnen aufzunehmen.«

Die beiden Männer saßen in ihren *Nighthawk*-Anzügen, allerdings ohne Helm, nebeneinander im hohen, offenen Cockpit eines spinnenbeinigen AgroMechs. Die Maschine war eine Antiquität, ein mindestens zweihundert Jahre alter KP-3 *Kirschenpflücker,* den ein Bauer aus Dundee für die Sache zur Verfügung gestellt hatte. Der Mann war Jihadist und Pazifist, aber, wie er es selbst ausgedrückt hatte, als er am Morgen nach der Versammlung in Morayport im Schnitterlager aufgetaucht war: »Ich bin ein frriedlicherr Mensch, aberr irrgendwann ist es genug! Diese Bastarrde können ihrre verdammte Bedrrängnis und Rrechtschaffenheit woanderrs prredigen!«

Der *Kirschenpflücker* war mit Maschinengewehren und einem improvisierten Laser bestückt – dem Anzünder eines kleinen Haushaltsreaktors, der durch den Ausbau der Sicherheitsregler und des Drosselstücks in eine Waffe verwandelt worden war. Damit entsprach er jetzt einem leichten Laser, und auch wenn sich niemand zu sagen wagte, wie viele Schuß er abfeuern konnte, ohne durchzubrennen, verschaffte er dem CK-3 doch zumindest eine gewisse Möglichkeit zur Gegenwehr, bevor der AgroMech zertrümmert wurde.

McCall hoffte, dem Gefährt an diesem Nachmittag einen Kampf ersparen zu können, aber er blieb zu sehr Realist, um sich *darauf* zu verlassen. Er war sich der Ankunft der Legions-Landungsschiffe sicher gewesen, als die Schnitter-Posten vor mehreren Stunden einen Aufmarsch von Bloodspiller-Truppen um den Raumhafen gemeldet hatten. Wilmarth legte offensichtlich Wert darauf, die Rebellen von den Truppen des Grauen Tods fernzuhalten, zumindest, bis er Gewißheit hatte, daß die Legion auf seiner Seite stand.

Die Antwort der Rebellen hierauf hatten ihnen die beiden Legionäre vorgeschlagen – eine erneute Großdemonstration auf dem Platz vor dem Raumhafengebäude New Edingburghs. Man erwartete fast zwanzigtausend Menschen, eine Menge, die Wilmarths Kontrollapparat bis an die Grenzen seiner Möglichkeiten belasten und die Soldaten lange genug ablenken sollte, um McCall und Alex die Gelegenheit zum Durchbruch zu den Landungsschiffen zu geben.

Der AgroMech war vor drei Tagen teilweise auseinandergenommen und mit Rad- und Schwebelastern in den Lagerdistrikt des Raumhafens gebracht worden. Dort hatten sie den CK-3 in der Lagerhalle eines anderen heimlichen Schnitters wieder zusammengebaut und seine improvisierte Bewaffnung montiert. Im Kampf mit einem echten BattleMech war sie wertlos, aber wenn Wilmarths Infanterie versuchte, ihnen auf das Landefeld zu folgen, mochte eine MG-Salve oder ein Schuß aus dem Laser ihren Enthusiasmus dämpfen.

Jetzt saßen McCall und Alex in der Kanzel des Mechs und warteten auf ihre Chance. Das Dach und die Südwand der Lagerhalle waren von einem halben Dutzend bewaffneter Schnitter in ihrer Begleitung geöffnet worden, und durch die Öffnung konnten die Legionäre den Landeanflug der Schiffe verfolgen.

Die gedrungenen Kugeln der Schiffe waren jetzt so nah, daß McCall auch ohne Fernglas Einzelheiten ausmachen konnte. Wenn er und Alex nur einen Laserkommunikator hätten, könnten sie der *Endeavour* jetzt direkt eine Nachricht zukommen lassen...

Das ferne Rumoren der Demonstration im Westen von ihrer Position wurde durch das Röhren der drei herabsinkenden Landungsschiffe übertönt. Wieder wünschten sich die beiden, Funkkontakt mit dem Oberst aufnehmen zu können, aber noch immer wurde der gesamte Funkverkehr des Planeten durch massive Störsendungen blockiert. Es gab nur enge Fenster in dieser Blockade, die für den Regierungsbedarf reserviert waren, aber ohne die benötigten Codes und Frequenztabellen hatten die Schnitter keine Möglichkeit, sie zu nutzen. Noch besser wäre eine Laserverbindung gewesen. Zwar waren Laserkommunikatoren auf Sichtweite beschränkt, aber sie konnten nicht gestört werden. Doch leider war eine derartige Ausrüstung selten und kostbar, so daß sie einfach nicht zur Verfügung stand.

Natürlich, dachte McCall, und grinste trocken in sich hinein, gab es noch eine andere Möglichkeit der Laserkommunikation, auch wenn es dafür jetzt zu spät war. Handlaser brauchten zu lange, um sich nach einem Schuß wiederaufzuladen, als daß sie zur Übertragung eines Codesignals benutzt werden konnten, aber es gab Ziellaser und Laserentfernungsmesser, die man hätte umbauen können. Würde man ein solches Gerät auf die *Endeavour* richten und schnell an und aus schalten, könnte das augenblicklich die Aufmerksamkeit der Verteidigungscomputer des Landungsschiffes erregen, die jede Art von Laserenergie registrierten, wenn sie den Rumpf traf. Und wenn der Waffenoffizier des Schiffes erst das unregelmäßige Signalmuster gesehen hätte ...

Unglücklicherweise war McCall diese Idee zu spät gekommen, um entsprechende Vorbereitungen zu treffen. Egal. Der bloße Anblick eines spinnenbeinigen AgroMechs, der über das Landefeld hastete, würde den Obersten alarmieren. Immerhin war es Grayson Death Carlyle gewesen, der vor mehr als dreißig Jahren auf Verthandi als erster auf die Idee kam Agros als Mechersatz einzusetzen, und er würde wissen, was hier geschah.

Hauptsache, kein schießwütiger Neuling kam auf den falschen Gedanken und ballerte los, bevor der Oberst Gelegenheit hatte, es zu verbieten ...

In wabernden Wolken superheißen Dampfes senkten sich die drei Landungsschiffe sanft eines nach dem anderen in die wartenden Landebuchten des Raumhafens, verspiegelte, mit Stahlbeton ummantelte Krater, deren

Wände konstant von Wasser überspült wurden, um sie nach der Liebkosung der sonnenheißen Schiffstriebwerke abzukühlen. Die Schiffe senkten sich tief auf die wuchtigen, federnden Landebeine und erzitterten einen Moment, als die Triebwerke verstummten.

Dann herrschte Stille. Tunnelartige Landestege schoben sich aus den Buchtwänden und wurden magnetisch an der Hauptluke des Schiffes befestigt. Das war Luxus; bei den meisten Kampfeinsätzen mußten Landungsschiffe auf offenem Feld aufsetzen, wo an klimakontrollierte Laufstege mit Anbindung an unterirdische Rollstege, Magnetbahnen und das kühle, hell erleuchtete Innere eines Raumhafenterminals nicht zu denken war.

Jetzt öffneten sich langsam die Hangartore an den Seiten der Schiffe, und die Ladeaufzüge brachten die ersten der riesigen Kampfkolosse nach unten. In die Bucht führende Rampen gestatteten den Mechs den freien Zugang zum Landefeld.

Selbst nach all den Jahren war McCall jedesmal wieder überrascht, wie *gigantisch* so ein Landungsschiff schien. Das Innere war so eng, daß jede Kompanie aus MechKriegern, Techs und Hilfspersonal zu so stinkender, klaustrophobischer, rempelnder Intimität gezwungen und der Zustand schon nach wenigen Tagen des Systemflugs kaum noch zu ertragen war. An Bord eines Schiffes gab es nie genug Toiletten, noch weniger Duschen, und die Männer und Frauen, die in den Truppenunterkünften zusammengepfercht wurden, wußten bald gar nicht mehr, wie man Privatsphäre schrieb. Zivile Transporter waren etwas angenehmer, aber Militärschiffe konnten sich nicht leisten, auf Menschen Rücksicht zu nehmen, wenn sich jedes Kilo, das an Komfort oder Privatsphäre eingespart wurde, für Bedarfsgüter, Mechteile oder militärische Ausrüstung verwenden ließ.

Von außen gesehen aber, selbst aus über einem Kilometer Entfernung, auch wenn die untere Hälfte der

Schiffe in der Landebucht verborgen lag, waren Landungsschiffe von einer überwältigenden Größe, besonders, wenn die BattleMechs sich um sie herum bewegten und einen Maßstab lieferten. McCall kannte sich mit Mechs besser aus als mit Landungsschiffen, kannte ihre enorme Masse, ihre wuchtigen Ausmaße und ihre Komplexität, aber ein Landungsschiff der *Union*-Klasse, von den Schubdüsen am Heck bis zur Brückenkuppel achtundsiebzig Meter hoch, ragte fast achtmal so hoch auf wie ein Mech, und selbst der schwerste *Atlas* wirkte neben ihm wie ein Zwerg. Auch noch halb in den Landebuchten versenkt türmten die Schiffe sich über den ausschiffenden BattleMechs auf.

McCall beobachtete das Ausladen durch sein Fernglas. Er sah einen *Verteidiger,* ein *Katapult* und einen *Quasimodo,* die offensichtlich Teil einer Lanze waren. Das mußte Oberleutnant Anders' KampfLanze sein, 1. Kompanie, 3. Bataillon.

Von Grayson Carlyles *Victor* war keine Spur zu entdecken.

»Well, Lad, es hat keinen Sinn, längerr zu warrten. Ich hatte gehofft, deinen Vaterr zu sehen, aberr das ist Larrry Anderrs' *Katapult* da hinten. Ich denke, wirr können uns darrauf verrlassen, daß err nicht errst schießen und dann frragen wird. Trrotzdem, ich wünschte, ich könnte den *Victorr* des Oberrst finden. Es wärre gut, ihn Mech zu Mech zu begrrüßen.«

»Wir können noch einen Moment warten«, meinte Alex. »Wahrscheinlich wäre das sogar besser. Bis jetzt haben wir kein Zeichen erhalten, daß die Bloodspiller-Mechs sich gegen die Demonstranten in Bewegung gesetzt haben.« Das Zeichen, auf das sie sich an diesem Morgen geeinigt hatten, war eine grüne Leuchtkugel am Himmel über der Demonstration. Sobald Wilmarths Mechs sich in Richtung auf den Platz in Bewegung gesetzt hatten, konnte der AgroMech in relativer Sicherheit über den Asphalt huschen. Wenn McCall und Alex jedoch zu früh ihre Deckung verließen, bestand die Gefahr, daß die Regierungs-Mechs, die alle Zugänge zum Landefeld bewachten, den kleinen AgroMech entdeckten und ihm den Weg verstellten. Die Maschine war nicht gepanzert. Ein einziger Volltreffer würde genügen, sie aus dem Verkehr zu ziehen.

»Na gut, Lad«, entschied McCall. »Wirr können noch zehn Minuten warrten. Dann marrschierren wirr los, ob dein Vater in seinem *Victorr* da draußen herrumstolzierrt oderr nicht.«

Grayson Carlyle war nicht in seinem Mech. Statt dessen hatten er, Kommandanthauptmann Frye und ein halbes Dutzend Stabsoffiziere der Legion Kommandant Folker und seine beiden First Lieutenants über den Laufsteg zur Magnetbahn ins Raumhafenterminal einen Kilometer nach Norden begleitet. Das gesamte Terminalgebäude war von Milizionären in schwarzgelber Rüstung besetzt. Grayson hatte den Eindruck, daß sie schon einige Zeit hier auf Posten standen.

»Was genau wollten Sie uns zeigen, Kommandant?« fragte Grayson, als sie einen kreisrunden, verglasten Aufenthaltsraum betraten. Eine kurze Aufzugsfahrt hatte sie einen schlanken Turm hoch zu einer untertassenförmigen Aussichtsplattform gebracht, die einen großartigen Rundumblick auf den gesamten Raumhafen sowie das im Norden und Osten auf sanft hügeligem Gelände sich ausbreitende Stadtgebiet von New Edinburgh bot. Grayson warf einen kurzen Blick nach Süden und vergewisserte sich, daß die Mechs des 3. Bataillons wie befohlen Aufstellung nahmen, dann folgte er Folker und den anderen zur Nordseite des Raums.

»Das hier, Herr Oberst. Ich wurde über Funk davon informiert, als wir landeten…«

»Sie hatten Verbindung mit Ihren Vorgesetzten?« Grayson wurde wütend. »Verdammt, Mann, ich will seit fünf Tagen mit ihnen reden!«

»Ich sagte Ihnen bereits, Herr Oberst, daß *ich* Ihre Verbindung zum Verwalter bin. Ich wurde heute morgen informiert, daß außerhalb des Raumhafengebäudes eine Demonstration stattfand. Inzwischen scheint sie allerdings außer Kontrolle geraten zu sein. Ich dachte mir, von hier haben Sie den besten Überblick …«

Folker hatte recht. Aus einer Höhe von fast hundert Metern konnten Grayson und die anderen auf den fast unmittelbar unter ihnen liegenden Platz vor dem Terminal sehen und sich einen noch detaillierteren Eindruck verschaffen als mit den Kameras der *Endeavour* während des Landeanflugs möglich gewesen war. Der Platz lag unter einem schwarzen Meer von Menschen begraben, das immer wieder durch die bunten tanzenden Punkte wehender Fahnen und hochgehaltener Schrifttafeln unterbrochen wurde. Grayson konnte die Schilder aus dieser Entfernung nicht lesen, aber er konnte sich denken, was auf den meisten stand: NIEDER MIT WILMARTH etwa, und MASCHINEN = TOD.

Von den vier BattleMechs, die er aus dem Landungsschiff gesehen hatte, fehlte jedes Zeichen. Vielleicht hielten sich Folkers Truppen zurück, bis das Treiben richtig außer Kontrolle geriet.

»Wie Sie sehen, Herr Oberst«, meinte Folker, und gestikulierte in Richtung des Fensters, »ist die Lage hier inzwischen unmöglich. Der Verwalter verfügt nur über wenige Mechs und ein paar Panzerfahrzeuge … und zwei der Mechs sowie eine Anzahl von Transportern wurde letzte Woche von Ihren Leuten aus dem Verkehr gezogen. Ich darf Sie daran erinnern, Sir, daß Sie hergesandt wurden, um für Ordnung zu sorgen.«

»Was erwarten Sie von mir, Kommandant Folker?«

Der Kommandant deutete zum Fenster. »Sie haben Mechs. Ihr Befehl lautet, Ihr Bataillon in die Stadt zu führen, sie zu erobern und die Aufständischen auseinanderzutreiben.«

Grayson zog die Brauen hoch. »Kommandant Folker, soll das eine Aufforderung sein, *BattleMechs* gegen diese Menschen dort unten einzusetzen?«

»Diese Menschen, Herr Oberst, befinden sich in offener Rebellion gegen die rechtmäßig eingesetzte Regierung dieses Planeten.« Folker reckte sich. Sein Mund war verkniffen, sein Blick düster. »Oberst Carlyle, als persönlicher Repräsentant sowohl des Verwalters Wilmarth als auch des Feldmarschalles Gareth *befehle* ich Ihnen, Ihre volle Schlagkraft gegen diese Rebellion zum Tragen zu bringen, selbst wenn das die vollständige Zerstörung dieser Stadt bedeutet!«

»Lieber Gott, Mann, hören Sie sich eigentlich selber zu? Haben Sie überhaupt eine Ahnung, was Sie da sagen?«

»Ich befehle Ihnen, die Stadt zu zerstören und die Jakobitenrebellion zu zerschlagen!«

»Nein.«

»Was haben Sie gesagt?«

»Ich sagte ›Nein‹. Ich verweigere den Befehl.«

»*Verdammt,* Carlyle! Das ist eine Notsituation! Der Verwalter hat bereits den Notstand ausgerufen. Sie können keinen direkten Befehl, der auf der Autorität des Verwalters basiert, verweigern!«

»Und ob ich das kann. Ich habe es soeben getan. Ich werde *nicht* zulassen, daß meine Legion Zivilisten abschlachtet. Was Sie verlangen, ist keine reguläre Militäraktion. Es ist ein Massaker unter Zivilpersonen.«

»Ich kann Sie und Ihre gesamte Legion für vogelfrei erklären lassen!« brüllte Folker. »Als Vertragsbrüchige! Ich werde Sie ruinieren! Sie werden nie wieder einen Auftrag erhalten, nie wieder! Niemand in der Inneren Sphäre würde einen Mann anheuern, einem Mann *trauen,* der einen rechtmäßigen Befehl seines Auftraggebers verweigert!«

Grayson verschränkte die Arme. »Ich kann diesen Befehl nicht akzeptieren, Kommandant, das wissen Sie ganz genau. Ich könnte ihn auch nicht akzeptieren, wenn Ihr Verwalter Wilmarth ihn mir persönlich geben würde.«

Folker wechselte einen harten Blick mit seinen Leutnants, dann nickte er. Seine Hand fiel auf das Holster und zog mit einem häßlichen Scheuergeräusch von Stahl auf Leder die Waffe. »In diesem Fall, Herr Oberst, sehe ich mich gezwungen, Sie unter Arrest zu stellen. Wenn ich um all Ihre Waffen bitten dürfte.«

Graysons Hand griff automatisch nach seiner Laserpistole, aber im selben Augenblick hörte er ringsum im Aussichtsraum das Schnappen von Gewehrbolzen. Die kleine Gruppe von Legionsoffizieren war auf allen Seiten von schwarzgelb gepanzerten Milizionären umstellt, die Waffen im Anschlag.

»Die Gray Death Legion«, stellte Folker mit einem grausamen Lächeln fest, »steht jetzt unter *meinem* Befehl und wird *genau* das tun, was ich sage...«

22

Raumhafen New Edinburgh, Caledonia
Mark Tamarind, Vereinigtes Commonwealth

13. April 3057, 14:36 Uhr TNZ

Sie fuhren mit dem Aufzug zurück ins Erdgeschoß. In der Kabine gab es nur Platz für Grayson und Kommandanthauptmann Frye, Kommandant Folker und zwei bewaffnete Milizionäre als Wachen. Der Rest war im Aussichtsraum geblieben und wartete auf eine freie Kabine.

»Sagen Sie, Kommandant«, fragte Grayson. »Würden *Sie* so einen Befehl geben, wenn Sie planetarischer Gouverneur wären? Auf Frauen und Kinder zu schießen, nur weil sie gegen etwas protestieren, was sie als Mord ansehen?«

»Natürlich würde ich das. Wenn Sie das saubere Funktionieren des Staatsapparats stören? Wenn Sie den glatten Ablauf der Regierungsgeschäfte bedrohen? Und ob ich das täte. Das Volk hat kein Recht, den Herrschenden in ihre Geschäfte hineinzureden!«

»Seltsam«, meinte Frye. »Und ich habe immer gedacht, genau darum ginge es bei der Demokratie.«

»Demokratie, mein lieber Kommandanthauptmann Frye, ist eine höchst überschätzte Fassade zur Ruhigstellung der Massen. Zuviel Demokratie ist nichts anderes als Mobherrschaft und äußerst gefährlich …«

Grayson blickte sich zu Frye um, als der Aufzug zum Stillstand kam. »Kommandanthauptmann Frye?«

»Ja, Sir.«

»Mir reicht dieses Geseiere allmählich. Wie geht es Ihnen?«

»Ich hätte es nicht besser ausdrücken können, Sir.«

Die Tür glitt zischend auf. Grayson stieg aus, dicht gefolgt von Frye. »Sicherheit«, sagte Carlyle leise. »Carlyle. Festnehmen. Jetzt.«

Sechs Mann in dunkelgrauer Panzerung nahmen die Lifttüren mit den häßlichen, verbrannten Mündungen von Lasergewehren und Maschinenpistolen ins Visier. Die beiden Milizionäre keuchten überrascht und ließen augenblicklich die Waffen fallen, bevor sie die Hände über den Kopf hoben. Frye nahm Folker die Laserpistole aus der Hand und tastete ihn nach anderen Waffen ab. »Er ist sauber.«

»Nein«, meinte Grayson, und holte sich seine Waffe zurück. »Er stinkt. Aber seine persönliche Hygiene steht hier nicht zur Debatte.«

»Ihre Befehle, Herr Oberst?« fragte einer der Männer des Sicherheitsdienstes.

Grayson sah sich in der Empfangshalle um, in der viele Zivilisten und Legionäre zugange waren. Von den anfangs so massiv präsenten Miliztruppen konnte er jetzt niemand mehr entdecken. »Haben Sie dieses Stockwerk gesäubert?«

»Ja, Sir. Ein Teil von ihnen hat, ähem, Widerstand geleistet. Ich fürchte, wir waren nicht allzu sanft mit ihnen.«

»Funkverkehr?«

»Auf Sichtweite möglich, Sir. Wir suchen noch nach dem Ursprung der Störsignale.«

»Was, zum Teufel, soll das bedeuten, Carlyle!« polterte Folker.

»Stabsfeldwebel Lafferty hier ist mein Sicherheitschef, Kommandant. Er neigt zur Nervosität, wenn ich zu lange außer Sicht bin. Lafferty, oben im Aussichtsraum sind noch acht dieser Milizionäre und halten sechs meiner Offiziere gefangen. Ein Teil von ihnen ist möglicherweise schon in einem anderen Aufzug unterwegs nach unten. Schicken Sie ein Team rauf.«

»Schon geschehen, Sir. O'Grady ist vor ein paar Sekunden mit einem Team über die Wartungstreppe hoch. Ich hatte das Gefühl, Sie waren überfällig.«

»Gut gemacht.«

Folker sah sich mit ungläubiger Miene im Terminal um. »Aber ... meine Leute ...«

»Bevor Sie mich auf Ihren kleinen Rundgang geschleppt haben, Kommandant, habe ich meinen Leuten Befehl gegeben, dieses Gebäude zu sichern. Ich mag es nicht, wenn zwei verschiedene bewaffnete Einheiten dasselbe Gelände kontrollieren. Bei so etwas werde ich nervös. Die Gefahr eines Mißverständnisses ist einfach zu groß.«

»Was! Sie haben kein Recht ...«

»Ich befolge meine Befehle, Kommandant, und zwar auf den Buchstaben genau. Meine Befehle lauten, die Ordnung im Gebiet von New Edinburgh wiederherzustellen, und ich habe mich entschlossen, mit dem Raumhafen zu beginnen. Wir haben die Bedrohung beseitigt und kontrollieren die Anlage jetzt. Sie können uns helfen, indem Sie Befehl geben, die Störsendungen einzustellen, die meinen Kräften den Einsatz weit mehr erschweren als sie die Rebellen jemals behindern könnten.«

»Ihre Befehle, Oberst, lauten, sich unter den direkten Befehl Verwalter Wilmarths zu stellen ...«

»Den wir bis jetzt noch nicht zu Gesicht bekommen haben. Und dem wir wohl besser auf der Stelle einen Besuch abstatten sollten.«

»*Ich* bin der Repräsentant des Verwalter und habe volles ...«

»Lafferty, bitte nehmen Sie den Repräsentant des Verwalters in Gewahrsam. Sperren Sie ihn an Bord der *Defiant* ein, und halten Sie ihn unter Bewachung.«

»Ja, Sir. Wird mir ein gesteigertes Vergnügen sein!«

Die Explosion erschütterte das gesamte Gebäude und schleuderte einen feinen Regen von Glassplittern durch die Ankunftshalle. Grayson wurde zu Boden geworfen und war einen Augenblick benommen. Eine Frau kreischte, und Männer brüllten, als weiße Staubwolken aufstiegen. Die meisten Sicherheitsleute der Legion lagen ebenfalls am Boden. Kommandanthauptmann Frye stolperte auf die Füße und drehte sich um, um Carlyle zu helfen.

»Folker!« schnappte Grayson. »Er entkommt!«

Folker stürmte auf einen Seitenausgang zu und stieß zwei Frauen beiseite, die ihm dabei den Weg versperrten. Lafferty zog den Laser und zielte, aber Grayson streckte die Hand aus und hob den Lauf zur Decke.

»Zu viele Zivilisten in der Nähe«, erklärte er dem Sicherheitsmann. »Jemand könnte verletzt werden. Lassen Sie den Hundesohn laufen.«

Folker pflügte in der durch die Explosion entstandenen Verwirrung noch durch einige Zivilisten, bevor er durch die Tür verschwand. »Ich hasse es, diesen Bastard davonmarschieren zu sehen«, meinte Frye und schob seine Waffe zurück ins Holster.

»Sah mir mehr nach einem Galopp aus, Kommandanthauptmann. Vergessen Sie's. Wir haben im Moment andere Sorgen. Das hört sich an, als wären da draußen Mechs.«

Schreie und Warnrufe hallten durch das Gebäude, unterbrochen von knallendem Gewehrfeuer. Unter dem Lärm und Gebrüll war das Quietschen und Scheppern schwerer Maschinen zu hören … und es wurde lauter.

»Kommandanthauptmann!« befahl Carlyle. »Dieses Gebäude ist nicht verstärkt. Schicken Sie unsere Leute in die Kellerstockwerke.«

»Ja, Sir.«

»Und versuchen Sie, die Zivilisten auch wegzuschaffen.«

»Sie werden uns im Weg stehen …«

»Ich weiß. Aber wir können sie nicht hierlassen, wo sie verschüttet werden oder verbrennen.«

»Das war kein Einwand, Herr Oberst, nur eine Feststellung. Benford! Imura! Die Leute auf dieser Seite sammeln! Rückzug in die Kelleretagen!«

Durch ein in der Nordwand des Terminals klaffendes

Loch konnte man hinter den Bergen aus Schutt und zerbrochenem Glas eine schwarzgelbe *Wespe* sehen, die sich quer über den Platz langsam auf das Gebäude zubewegte. Ihr rechter Arm mit dem drohenden Lasergeschütz war erhoben. Hinter ihr überquerte ein zweiter Mech, ein *Heuschreck,* mit vorsichtigen, zögernden Schritten den Platz.

Grayson trottete durch die Halle in die Deckung einer dicken Steinsäule und blickte durch die Mauerbresche ins Freie. Sekunden zuvor war der Platz noch voller Menschen gewesen, dichtgedrängten Demonstranten, die gegen Wilmarths Herrschaft rebellierten. Jetzt befand sich die Menge in heller Panik, die Menschen rannten und kreischten, Tote, Verwundete und Bewußtlose lagen über den Boden verstreut. Eine Handvoll Demonstranten stellte sich der anrückenden *Wespe* mit Pistolen und Pflastersteinen in den Weg...

Hoch über dem Platz zog eine grüne Leuchtkugel durch die Luft.

Was, zur Hölle, soll das denn?

»Herr Oberst!« Frye stand hinter ihm. »Unsere Leute ziehen sich in die Keller zurück. Sie sollten auch hier raus!«

»Ich komme gleich.«

»Aber, Sir ...«

»Wie sieht es mit unseren Mechs aus, Kommandanthauptmann?«

»Sie sind etwa zur Hälfte ausgebootet, Herr Oberst. Der Rest dürfte in zehn bis fünfzehn Minuten einsatzbereit sein.« Er wirkte verwirrt. »Äh, aber ...«

»Aber was?«

»Sir, Sie wollen doch nicht die Stadt angreifen?«

»Teufel, nein! Aber ich werde, zur Hölle noch mal, für Ordnung sorgen!«

»Da ist das Zeichen!« rief Alex und zeigte nach oben. Über ihnen fiel eine grell leuchtende grüne Sternschnuppe aus dem Himmel. Hinter ihr wies eine weiße Rauchspur in Richtung des Raumhafenterminals.

»Die Mechs sind unterrwegs«, stellte McCall fest.

»Auf Ihr Zeichen, Kommandanthauptmann«, meinte Alex und warf mehrere Schalter um. Der bereits hochgefahrene AgroMech brummte und zitterte, als die Aktivatoren ihre Arbeit aufnahmen. Alex zog sich den Helm des *Nighthawk* über den Kopf und befestigte ihn mit einer halben Drehung auf den Schultern des Anzugs. Er packte die Haltegriffe der improvisierten Laserkanone und schaltete die Waffe ein. »Fertig!«

»Dann wolln wirr mal«, sagte McCall. Er hatte Schwierigkeiten mit seinem Helm, der sich mit nur einer Hand kaum aufsetzen ließ.

»Warte, ich helfe dir«, meinte Alex. »Verdammt, das war eine Schwachsinnsidee. Mit deiner Schulter solltest du nicht in einen Krötenpanzer steigen.«

»Blödsinn, Lad.« McCall zuckte zusammen, als Alex den Helm festschraubte. »Dieserr Panzerr wirrd verrhinderrn, daß ich sie mirr noch schwerrerr verrletze.«

Als Alex wieder auf seinem Platz saß, gab McCall den Schnittertruppen an den Füßen des AgroMechs mit erhobenem Daumen ein Zeichen und legte einen Gang ein. Es gab einen lauten Knall, gefolgt vom Knattern uralter Ventile. Die Energie stammte aus einer relativ modernen Energiezellenbank, aber der Hauptantrieb stellte eine echte Antiquität dar, es war ein qualmender, keuchender Verbrennungsmotor.

Die Maschine setzte sich schwerfällig und mit einer ärgerlich ruckenden Ungelenkigkeit in Bewegung. Im Gegensatz zu einem militärischen Mech besaß der *Kirschenpflücker* keine Neurohelmverbindung, über die das Gehirn des Piloten direkte Steuerimpulse an den Mech gab, so daß ein Steuern dieser Maschine mehr dem Fahren eines Lasters – eines sperrigen, langsamen und schwerfälligen Lasters – als dem Führen eines BattleMechs glich. Ein halbes Dutzend Schritte seiner vier spindeldürren Beine brachten den AgroMech aus der Lagerhalle und über den Maschendrahtzaun, der den Nordrand des Landefelds markierte.

»Festhalten, Lad!« rief McCall und schob den Gashebel ihres mechanischen Reittiers bis zum Anschlag vor. »Mal sehen, wie sie sich auf derr offenen Strraße macht!«

»Sieht aus, als wären Wilmarths Mechs schneller gewesen, als die Schnitter erwartet haben«, stellte Alex fest. »Da!«

Hinter dem Terminalgebäude war ein Mech zu sehen, eine schwarzgelbe *Wespe,* die anscheinend soeben das Feuer auf die Menge eröffnet hatte. Menschen stieben in blinder Panik in alle Richtungen davon, als der Mech in Richtung Terminal vorrückte.

Laserfeuer brachte die Luft über Alex' Kopf zum Kochen. Er wirbelte herum und stellte zu seinem Entsetzen fest, daß der Schuß von der *Defiant* gekommen war, die nur wenige hundert Meter entfernt aus ihrer Landebucht ragte.

»Vorsicht!« schrie McCall, und der AgroMech brach nach links aus. Weiße Kondensstreifen zogen sich in einer Phalanx über den Himmel, und senkten sich auf ihre Position herab. Explosionen donnerten knapp neben ihnen über den Asphalt.

Kies prasselte gegen den Rücken des *Kirschenpflücker* und prallte von Alex' Helm ab. »Diese Idioten denken, wir wollten sie angreifen!«

»Diese *Idioten* tun genau das rrichtige«, erwiderte McCall, dessen freie Hand mit dem Steuer des schwerfälligen AgroMechs rang. »Ich würrde ihnen gehörrig in den Arrsch trreten, wenn währrend eines Gefechts ein Gebilde wie das hierr auf eines *meinerr* Landungsschiffe zukommt, und sie erröffnen nicht das Feuerr!«

Ursprünglich hatten sie vorgehabt, den AgroMech in Richtung der Landungsschiffe in Bewegung zu setzen, bevor es zu irgendeinem Schußwechsel kam. Die

Mechs, die das Gelände um die Schiffe bewachten, hätten den Eindringling stellen müssen, und so Alex und McCall die Gelegenheit verschafft, sich zu erkennen zu geben.

Aber wie üblich lief auch in diesem Einsatz nichts so wie geplant. Der plötzliche, unerwartete Angriff der *Wespe* hatte an Bord der Landungsschiffe Alarmstufe Rot ausgelöst, und jedes unbekannte Objekt, das sich ihnen zu weit näherte, wurde ohne Warnung angegriffen.

Landungsschiffe waren zu wertvoll, um sie irgendeiner Gefahr auszusetzen.

»Wir sollten uns zurückziehen«, meinte Alex. »Wenn wir weiter auf die Schiffe zu halten, werden wir flambiert.«

»Aye, Lad. Du hast rrecht.« McCall streckte die Hand aus. »Wirr laufen rrüberr zu den Vorrratsschuppen da, und überrlegen uns was anderres.«

Eine erneute Explosion knapp neben dem AgroMech warf die Maschine nach rechts auf die unter der Gewalt der Bewegung einknickenden Spinnenbeine. In einem der Gelenke krachte es, und Beintreiber Nummer Drei knirrschte unheilvoll. Rote Lichter flammten auf den Kontrollen auf, und der AgroMech tat noch einen letzten, zögernden Schritt, bevor er erstarrte. Der Motor keuchte und rasselte, dann gab er mit einem hustenden Seufzer den Geist auf. »Was nun?« fragte Alex.

»Wirr errgeben uns«, erwiderte McCall. »Wenn sie uns lassen.«

Caitlin DeVries beugte sich vor, so gut das in der engen Umarmung durch die Pilotenliege ihres *Greifen* ging, und starrte, beide Hände an den Kontrollen, auf den Sichtschirm. Der Angreifer machte nicht viel her. Das Hardwarelexikonprogramm des Bordcomputers konnte die Maschine, die fünfhundert Meter vor ihr über den Stahlbeton stapfte, nicht identifizieren, aber es sah ganz nach einer zivilen Mechkonstruktion aus. Wahrscheinlich hatte man sie für kleinere Gefechtsaufgaben umgebaut – eine Guerilla-Sonderanfertigung. Die politische Situation auf Caledonia erschien noch immer so verflucht konfus, daß niemand sicher sein konnte, wer Freund und wer Feind war. Mit einer schnellen Aufwärtsbewegung machte sie die Doombud-LSR scharf.

Ihr Blick wanderte auf dem Sichtschirm, der mit einer zu den Seiten wachsenden Komprimierung einen 360°-Rundumblick lieferte, nach links. Dort hatte Oberleutnant Anders' Lanze, die KampfLanze der 1. Kompanie, 3. Bataillon, in einer ungeraden Linie mit drei Maschinen Aufstellung genommen. Ihr Mech war der einzige Eins-Eins-Koloß, der bis jetzt ausgeschifft werden konnte. Der Oberst hatte seine Maschine noch nicht aus dem Hangar geholt, und Alex und Kommandanthauptmann McCall waren natürlich noch immer... irgendwo da draußen. Egal. Sie würde sich an die Eins-Drei halten, bis sie einen Flügelmann fand. Mechs, die allein operierten, selbst – oder besonders? – in Guerillagefechten gegen Bodentruppen, überlebten häufig nicht allzu lange.

»Äh, Kampf Eins-Drei«, rief sie über die taktische Frequenz. Noch immer wurden sämtliche Kanäle gestört, aber bei Sichtverbindung und über kurze Distanz war es möglich, Stimmen in dem Rauschen zu verstehen. »DeVries hier, von Befehl Eins-Eins. Macht es euch was aus, wenn ich mich anhänge und eure Lanze komplett mache?« Kampflanze Eins-Drei fehlte ein Mech, seit sie vor wenigen Monaten auf Uëda Albrecht Weiss' *Quasimodo* verloren hatte.

»Hallo, Caitlin«, antwortete ihr Lawrence Anders' Bariton durch das Zischen der Störsendungen. Sein *Katapult,* ein wuchtiger Fünfundsechzigtonner mit einem eleganten Zylinderrumpf auf großfüßigen Vogelbeinen hatte die Führung übernommen, unterstützt von Tom Vandermiers *Quasimodo.* »Willkommen an Bord. Halt dich an Sharon, wenn sie den Eindringling überprüft.«

Sharon war die MechKriegerin Sharon Kilroy in ihrem alten, zerbeulten *Verteidiger*.

»He, Oberleutnant«, hörte sie Sharon Kilroys Stimme. »Ich orte feindliche Mechs, nördlich des Terminals.«

»Auf meiner Ortung ist nichts zu sehen«, stellte Vandermier fest.

»Kümmert euch nicht um die Miliz-Mechs«, meinte Anders. »Unsere Aufgabe ist im Moment, den Eindringling zu stellen. Sharon? Ihr steht günstiger. Wie wäre es, wenn ihr zwei näher ran geht und euch mal anseht, womit wir es zu tun haben.«

»Kampf Eins-Drei, hier *Endeavour*-Gefechtsleitstand. Vorsicht. Wir orten einen Laser auf dem Gebilde. Wahrscheinlich ist es eine improvisierte Distanzwaffe...«

»... aber es könnte auch der Zünder für eine Bombe sein«, vervollständigte Sharon den Satz. »Verstanden. Wir passen auf uns auf, Mama. Na dann, DeVries. Schauen wir uns die Kiste mal an.«

»Einverstanden.« Caitlin brachte ihren *Greifen* neben Kilroys etwas kleineren *Verteidiger*, und die beiden Mechs marschierten über den Stahlbeton auf den Agro-Mech zu.

Grayson Death Carlyle erreichte den Mechhangar der *Endeavour* im Laufschritt. Statt auf den Lift zu warten, rutschte er das Geländer einer Treppe hinunter. Der gewaltige Hangar des Landungsschiffs war ein Labyrinth aus Mechteilen, zahlreichen Kränen und Laufstegen, und den riesigen, hoch aufragenden Kampfkolossen selbst, halb im Schatten verborgen, die hier und da aufblinkten, wenn sie vom Licht der in den Schottwänden und auf den Laufstegen montierten Scheinwerfer gestreift wurden. Auf dem Boden des Hangars machten die schnellen Elektrokarren, die lange, sich mit jeder Kurve windende Anhängerketten voller Raketenpacks und Autokanonenmagazine hinter sich herzogen, das Deck unsicher. Überall rannten Techs und Astechs scheinbar konfus zwischen den Maschinen umher, folgten jedoch einer peniblen Choreographie. Am anderen Ende des Hangars fiel blendend helles Tageslicht in die Halle, als ein Außentor sich öffnete. Ein *Fallbeil* trat in den Lift. Vor dem grellen Hintergrund wirkte der Mech wie ein Scherenschnitt.

Graysons VTR-9K *Victor* war bereits aus dem Staukokon geholt worden und befand sich im Innern des Bereitschaftsgerüsts. Er stand leblos im Schatten, wie eine im Regal hängende Marionette, Schultern und Rumpf kraftlos nach vorne gebeugt, die Arme baumelnd. Der momentane Crewchef der Legion, OD3 Brunner, salutierte keck mit zwei Fingern, als Grayson zum Pilotenaufzug trottete und den Aufwärtsknopf drückte.

»Er ist fertig zum Einsatz, Oberst!« rief Brunner Grayson hinterher. »Aber sehen Sie sich beim Springen vor. Ich mach mir immer noch Sorgen wegen der Stoßdämpfer in den Unterschenkeln!«

Diese Stoßdämpfer bereiteten Brunner schon seit Monaten Kummer. Achtzig Tonnen schwere BattleMechs waren einfach nicht für den Sprungdüsenflug gebaut, und die Landung eines *Victor* konnte die Hydraulik, die sein Gewicht abfangen muß, schwer belasten.

»Keine Sorge, Jim!« rief Grayson zurück. »Ich bringe Ihr Baby in einem Stück zurück!«

Das Cockpitdach war offen, und der senkrechte Spalt in der Helmrundung des Mechs gab den Blick frei auf eine enge, komplexe Ansammlung aus Konsolen, Monitoren und Instrumenten. Grayson schob sich in den Sitz, schaltete den Strom ein und schlug auf den Schließknopf der Luke.

Ringsum leuchteten grüne und gelbe Lichter auf, und die Elektronik gab ein leises, beruhigendes Summen von sich. Er griff nach oben hinter sich und zog den Neurohelm aus seiner Halterung über den Kopf, richtete ihn auf den Schultern aus und überprüfte die Verbindungen. Er trug noch immer den Bordoverall; die

Zeit hatte nicht gereicht, um die Kühlweste und sonstige MechKriegerausrüstung anzulegen, aber diesmal war auch nicht mit einem langen oder harten Kampfeinsatz zu rechnen, nicht gegen die Mechs, die man in Wilmarths Truppe erwarten konnte.

Der *Victor* besaß eine ungewöhnlich große Cockpitkonsole, mit einem gehärteten, an der Vorderseite transparenten Kanzeldach aus Fiberplastik und einem nach beiden Seiten verlängerten 180°-Sichtschirm. Zusätzlich konnte er zwischen den Knien durch ein Fiberglasfenster in Kinnhöhe der Maschine nach unten sehen. Brunner winkte zu ihm hoch, streckte beide Daumen in die Höhe und hastete beiseite.

»Hier Befehl Eins-Eins«, sagte Grayson ins Helmmikro. »Klar zum Einsatz.«

»Befehl Eins-Eins, hier *Endeavour*-Gefechtsleitstand. Wir haben Sie, Mechhangar Eins und bereit zum Abmarsch.«

»Erbitte Ausschiffungsvorrang, Befehlspriorität.« Während er mit dem Leitstand redete, ging Grayson die Checkliste durch, schaltete die einzelnen Systeme hoch und brachte den *Victor* in volle Gefechtsbereitschaft. *Zwillingsarmlaser links ... aufgeladen. Check. KSR 4er-Lafette, geladen, gesichert. Check. Gaussgeschütz ... Energiezufuhr ein, Magnetspulen aufgeladen, gesichert. Check. Matabushi Sentinel-Ortungs- und Zielerfassungssystem ... klar, eingeschaltet, Diagnoseschaltkreise aktiv, Komrelais Landungsschiff gekoppelt. Check. Funksystem, klar ... bei den Störsendungen ist selbst das Sipher Security Plus nach ein paar Kilometern am Ende. Aber für kurze Distanz reicht's. Check.*

»Befehl Eins-Eins, hier Leitstand. Klar für sofortige Ausschiffung. Wann immer Sie bereit sind.«

»Verstanden, Leitstand. Eins-Eins marschiert.«

Vorsichtig setzte Grayson die schwerfällige 80-Tonnen-Maschine in Bewegung. Erst einen Schritt aus dem Gerüst, dann einen zweiten. Gelbe Warnleuchten drehten sich auf den Laufstegen des Gerüsts in Kniehöhe des *Victor* und warfen kreiselnde gelbe Lichtkegel auf die unregelmäßige Oberfläche des Decks, der Gerüste und der übrigen Mechs, um die gelben Munitionswagen und hastenden Techniker aus dem Weg zu scheuchen. Sechs Schritte genügten, und der *Victor* war am Aufzug, der gerade wieder heraufkam. Grayson hielt sich mit der linken Mechhand an einer Strebe fest, um den Koloß zu stabilisieren, als er in den Lift trat. Mit einem hellen Singen senkte sich die Plattform und beförderte Grayson ins Freie. Er stieg die Rampe hinab und trat unter dem gewaltigen Überhang des kugelförmigen Landungsschiffs auf den Boden der Landebucht. Ein Stück vor ihm führte eine Stahlbetonrampe vierzig Meter hoch auf das eigentliche Landefeld.

Daten liefen über die Monitore und an der rechten Seite der Sichtprojektion herab. Drei feindliche Mechs waren geortet worden, zwei nördlich des Terminals – aber von denen wußte er bereits – und ein dritter, der auf das Raumhafengelände vorgestoßen war und auf das Landungsschiff *Defiant* drei Kilometer weiter östlich zuhielt.

Dieser Mech schien gestellt, und die Sicherungseinheiten der Legion hatten ihm den Weg blockiert. Die *Wespe* und der *Heuschreck* waren sehr viel näher, und beide feuerten nach letzten Berichten weiter in die dichtgedrängte Menschenmenge vor dem Raumhafengebäude.

Er mußte diesem Gemetzel ein Ende machen.

Er aktivierte die Sprungdüsen, und der Donner der Triebwerke hallte über den Raumhafen. Die Luft tanzte und schimmerte im Hitzeschwall aus den Düsenöffnungen. Langsam stieg der riesige Mech in den Himmel, schwebte am Beobachtungsturm des Raumhafens vorbei und streifte fast das Dach des Terminals. Bei der Landung beugte er die Knie und versuchte die Belastung der Beinhydraulik durch einen Schubstoß im letzten Moment abzufangen.

Achtzig Meter vor ihm ragte die schwarzgelbe *Wespe* über der panischen Menge auf. Grayson setzte sich in Bewegung. Er ging langsam, aber sehr kontrolliert auf den Miliz-Mech zu und achtete sorgsam darauf, niemand zu zertreten. Die *Wespe* drehte sich zu ihm um, und in ihrer Haltung lag etwas von der Verwirrung, die ihr Pilot fühlen mußte. Ohne Zweifel hatte man Wilmarths Piloten erzählt, die Legion würde an ihrer Seite stehen, aber der drohende Anmarsch des *Victor* verhieß etwas anderes.

Im letzten Moment geriet der Bloodspiller-Pilot in Panik und bewegte seine *Wespe* rückwärts, hob den mittelschweren Laser zur Gegenwehr. Grayson feuerte zuerst. Mit einem schrillen, harschen Kreischen, gefolgt von einem Knall, der auf mehrere hundert Meter die Fensterscheiben bersten ließ, beschleunigte das Gaussgeschütz im rechten Arm des *Victor* eine Nickel-Eisen-Kugel mit einem Urankern auf Überschallgeschwindigkeit.

Die Kugel schlug in den oberen rechten Rumpfteil der *Wespe* ein, wo sie einen enormen Krater aufriß und den rechten Arm komplett abfetzte, so daß er sich überschlagend davonflog. Der Aufprall warf den leichten Mech fast um. Grayson korrigierte sein Ziel und sandte ein zweites Überschallgeschoß genau in den Schwerpunkt des Miliz-Mechs. Der Aufprall riß die 20-Tonnen-Maschine von den Beinen und ließ sie in einem Funkenregen zehn Meter über den schwarzen Asphalt rutschen, bevor sie zur Ruhe kam.

Grayson rückte weiter vor, das Gaussgeschütz bereit zu einem weiteren Schuß, aber die *Wespe* war definitiv außer Gefecht gesetzt. Blaue Lichtbögen zuckten aus den Löchern im zerstörten Rumpf und um die abgetrennten Stromkabel, die aus der zerschmetterten Schulter hingen.

»Boden, Boden, hier Befehl Eins«, rief Grayson über den Infanteriekanal. »Macht den hier auf.«

Er sollte immer noch nah genug für einen Funkkontakt mit Lafferty sein …

»Befehl Eins, hier Boden«, erwiderte Lafferty, über das Zischen und Quietschen der Störsendungen kaum zu verstehen. »Ein Team ist unterwegs.«

Grayson stand über dem Wrack der *Wespe*. Die Frage war, ob der Pilot noch lebte. Möglicherweise wußte er etwas über den Mann im *Nighthawk*-Panzer, der vor der Zitadelle in die Schlucht gestürzt war …

Irgend etwas ließ ihn stocken. Hastig rief er auf der Taktikanzeige eine Karte auf. Der Eindringling auf dem Raumhafen war aus einer anderen Richtung gekommen als die beiden anderen. Natürlich konnten die *Wespe* und der *Heuschreck* ein Ablenkungsmanöver gewesen sein, aber trotzdem …

»Leitstand von Befehl Eins-Eins. Welche Informationen haben Sie über einen feindlichen Eindringling auf dem Raumhafengelände, äh, das wäre bei den Kartenkoordinaten Drei-Fünnef-Eins bei Eins-Eins-Zwo? Ende.«

»Befehl Eins-Eins von Leitstand. Noch keine harten Daten über den Eindringling verfügbar. Es scheint sich um einen umgebauten Agro zu handeln. Er bewegte sich auf die *Defiant* zu, als die Schießerei begann. Die *Defiant* erwiderte das Feuer, und er zog sich zurück, möglicherweise beschädigt, aber das ist nicht mit Sicherheit zu sagen. Eine Lanze ist unterwegs, um ihn zu überprüfen.«

»Leitstand, hier Luftraum Eins«, meldete sich eine neue Stimme. »Wir haben den Eindring …«

Die Sendung ging im Krachen der Störungen unter.

Verdammt! Was geht da draußen vor? Grayson fühlte eine plötzliche böse Vorahnung. *Ein umgebauter AgroMech?*

Davis McCall … und Alex. Wenn Sie schnell zu den Landungsschiffen durchstoßen wollten, hatten sie nicht allzuviele Möglichkeiten …

... außer vielleicht, einen alten AgroMech so umzubauen, daß er sie im Eiltempo über das offene Landefeld tragen konnte. *Teufel auch, die Demonstration könnte ein Ablenkungsmanöver gewesen sein, um Wilmarths Truppen beschäftigt zu halten, während die beiden durchstoßen wollten!*

»Luftraum, hier Befehl Eins-Eins«, rief er. »Luftraum, hören Sie mich?«

»Befehl, hier Luftraum Eins.« Die Stimme war über dem Krachen und Rauschen kaum zu verstehen. Sie *mußten* etwas gegen diesen Störsender unternehmen. Ein Teil der Meldung ging im Tosen des weißen Rauschens unter. »... Angriffsflug. Ich greife ein!«

»Negativ, Luftraum! Negativ! Nicht angreifen! Ich wiederhole, den AgroMech nicht angreifen!«

Die einzige Antwort von Carla Staedler in ihrem *Korsar* war das statische Rauschen.

Oberleutnant Carla Staedler schob den Knüppel des KSR-V12 *Korsar* nach vorne und sah den Horizont vor dem Bug des Jägers nach oben schießen, als sie wie ein Greifvogel auf das Landefeld des Raumhafens hinabstieß. Das Gefechtsfeld lag wie ein Spielplan unter ihrem Blick ausgebreitet, bedeckt mit kleinen, sauberen Spielsteinen, verwüstet oder verschwommen im Rauch brennender Gebäude und verstreuter Trümmer, den unvermeidlichen Folgen eines länger anhaltenden Gefechtes. Die Störsendungen hatten den Kontakt zum Gefechtsleitstand unterbrochen, aber das spielte jetzt keine Rolle mehr. Sie konnte die Mechs des Grauen Tods sehen, die links unter ihr eine Verteidigungslinie zwischen dem Eindringling und den Landungsschiffen bildeten. Direkt vor ihr lag das Terminalgebäude, das anscheinend mehrere Treffer von den Miliz-Mechs abbekommen hatte, die sich noch immer über den Vorplatz bewegten. Aber in ihren Augen bildete der einsame, spielzeugähnliche AgroMech, der über das Landefeld stakste, die eigentliche Bedrohung. Carla war erst seit zwei Jahren als Luft/Raumpilotin dem Legions-Landungsschiff *Endeavour* zugeteilt. Die Beförderung zum Oberleutnant hatte sie erst vor sechs Monaten im Glengarry-Feldzug erhalten, aber sie war lange genug dabei, um die Grundregel aller Bordkontingentpiloten zu kennen: *Beschütze* dein Mutterschiff! Selbst ein AgroMech konnte eine Gefahr für Luken, Dichtungen und Funkantennen werden, wenn er es schaffte, einem am Boden befindlichen Schiff zu nahe zu kommen.

Zielerfassung … das Fadenkreuz der Sichtprojektion senkte sich über das Ziel und blinkte bestätigend auf. Sie warf den Schalter um, der die mittelschweren und schweren Laser feuerbereit machte und auf einen gemeinsamen Feuerknopf legte. Ziel erfaßt! *Feuer!*

Ihr Daumen preßte den Feuerknopf durch, und der AgroMech, der wie ein Spielzeug auf dem Raumhafenfeld stand, als der *Korsar* sich mit einem ehrfurchtgebietenden, hallenden Donnern herabstürzte, ging in Flammen auf …

23

Raumhafen New Edinburgh, Caledonia
Mark Tamarind, Vereinigtes Commonwealth

13. April 3057, 14:51 Uhr TNZ

Der AgroMech stand bewegungslos erstarrt. Eines seiner Beine war vom Boden erhoben, alle vier blockiert und regungslos. Agrarmaschinen waren robuste Konstruktionen, aber in den seltensten Fällen stabil genug für einen Kampf.

Einige Sekunden hatten McCall und Alex auf der Stelle verharrt und die beiden unaufhaltsam näherkommenden Legionsmaschinen beobachtet – einen *Verteidiger* und einen *Greifen*. Alex war sich auf Grund der Zahlen und Rumpfmarkierungen ziemlich sicher, in dem *Verteidiger* eine Maschine aus Oberleutnant Anders' KampfLanze, 1. Kompanie, 3. Bataillon, erkannt zu haben. Aber wem gehörte der *Greif*?

Und gerade als ihm klar wurde, wer am Steuer dieses Mechs sitzen mußte, packte McCall ihn an der Schulter und zeigte nach Süden. »Ärrgerr, Lad! Steig aus! Sofort!«

Alex sah den anfliegenden Luft/Raumjäger im selben Moment, als eine Stakkatosalve von Laserimpulsen links und rechts neben dem AgroMech einschlug und eines der Mechbeine durchtrennte wie eine Vibroklinge. Der sperrige Verbrennungsmotor der Maschine ging in Flammen und dickem, öligem Rauch auf.

Alex beugte die Knie und löste die Sprungdüsen seines *Nighthawk* aus. Das Cockpit füllte sich mit wogendem Qualm und erhitzter Luft, dann flog er mit aufheulenden Düsen über den Asphalt, während ein *Korsar* der Gray Death Legion, auf dessen spitzen Bug ein lebhaft die Zähne bleckendes Haigesicht gemalt war, in nördlicher Richtung über ihn hinwegdonnerte.

Wo waren die BattleMechs? Da! Er legte sich nach rechts, um den Kurs zu korrigieren und erhöhte die Geschwindigkeit …

»Gegenfeuer! Feindliches Gegenfeuer!« brüllte Caitlin ins Mikro. Sie hatte den AgroMech auseinanderfliegen sehen. Noch immer regneten die Trümmer auf die schwarze Stahlbetonoberfläche des Landefelds. Aber im letztmöglichen Augenblick war etwas aus der landwirtschaftlichen Maschine gestartet und hatte direkten Kurs auf den *Greif* genommen. Zu langsam für eine Rakete, konnte es ein ferngelenktes Projektil sein. Sie drehte den Rumpf ihres Mechs nach rechts und hob den rechten Mecharm, um das Ziel zu erfassen. Das Ding kam zu schnell näher, um ihm ausweichen zu können, aber sie hatte noch die Chance, es mit Autokanone oder Laserfeuer abzuschießen.

Dann erkannte sie, was es war. »Negativ! Gegenfeuer negativ! Nicht schießen!«

Selbst auf dreißig Meter Entfernung schien der *Nighthawk* seine Umrisse zu tarnen, und es fiel schwer, ihm mit bloßem Auge zu folgen. Er flog jetzt sehr viel langsamer, und Caitlin konnte den Umriß eines Menschen ausmachen und die Konstruktion des Anzugs identifizieren.

»Alle Einheiten!«, meldete sie. »Ich habe einen von ihnen! Ich habe einen von ihnen!« Es war nicht gerade das, was man als eine knappe, aber informative Meldung bezeichnet hätte, aber alle in der Einheit würden wissen, was sie meinte.

Einer der nach Caledonia abgestellten Legionäre war gefunden.

Die Kröte wurde langsamer. Offensichtlich war die Schubleistung der Sprungdüsen nahezu erschöpft. Sie schleppte sich mit nachlassender Düsenleistung über die letzten Meter bis zu Caitlins *Greif* und schlug mit einem metallischen Scheppern auf dessen Rumpf.

Caitlin starrte auf das verspiegelte Helmvisier des *Nighthawk.* Dann glitt das Visier nach oben, und sie schaute geradewegs in Alex' klare blaue Augen.

»Caitlin!« schrie er, und die Außenmikrophone übertrugen seine Stimme in die Kanzel. »Caitlin, ich weiß, du bist noch immer wütend auf mich, aber bitte, schieß nicht auf mich! Ich habe mich geändert! Wirklich!«

Grayson trieb den *Victor* vorwärts. Er war zu weit entfernt, um Einzelheiten zu erkennen, aber er hatte den tiefen Angriffsflug des *Korsar* gesehen und die Explosion des AgroMechs, aus dessen Trümmern eine ölig-schwarze Rauchwolke in den blauen Nachmittagshimmel über dem Raumhafen stieg.

»Alle Einheiten!« hörte er eine Stimme in den Helmlautsprechern. »Hier ist Caitlin DeVries! Ich habe Alex hier! Er ist okay!«

Die plötzliche Erleichterung seines Piloten brachte Graysons Mech zum Stolpern. Alex ... war okay ...

Irgendwie schaffte er es, seine Stimme geschäftsmäßig klingen zu lassen. »Caitlin, hier ist Oberst Carlyle. Irgendein Zeichen von Kommandanthauptmann McCall?«

»Negativ, Herr Oberst. Alex sagt, sie waren zusammen. Er glaubt, daß der Kommandanthauptmann zeitgleich mit ihm gesprungen ist, aber er kann es nicht beschwören.«

»Haben Sie etwas gesehen?«

»Nein, Herr Oberst. Ich habe nur Alex einen Sekundenbruchteil vor der Explosion des Schrotthaufens springen sehen.«

Davis konnte nicht tot sein. Nicht abgeschossen von den eigenen Leuten! Nein, das konnte einfach nicht sein ...

»Alle Legions-Mechs, halten Sie Ausschau nach Kommandanthauptmann McCall! Möglicherweise liegt er irgendwo verletzt am Boden! Außenposten vorrücken und suchen!«

Grayson hatte den *Victor* inzwischen um das Terminalgebäude gesteuert und brach durch den Sperrzaun des Landefeldes, als wären die Stahlmaschen nur Spinnweben. Jetzt trieb er den riesigen Kampfkoloß vorwärts auf das qualmende Wrack des AgroMechs zu. Über ihm kreisten zwei *Korsaren*.

»Mein Gott, Herr Oberst«, meldete sich eine weibliche Stimme durch schwere Störgeräusche. »Es tut mir leid! Ich dachte, ich hätte Feuerbefehl!«

»Schon gut, Luftraum. Sorgen Sie nur dafür, daß uns die wirklichen Feinde in Ruhe lassen, während wir nach McCall suchen.«

»Verstanden! Der feindliche *Heuschreck* scheint sich zurückzuziehen. Möglicherweise wurde er durch Ihren Mecheinsatz abgeschreckt.«

»Erschrecken Sie ihn noch etwas mehr, soweit das ohne zivile Opfer möglich ist.«

»Verstanden, Befehl Eins-Eins.«

Und dann sah Grayson ihn: eine einsame Gestalt, deren Umrisse durch die Tarnschaltungen des Krötenanzugs verschwammen. Der Mann bewegte sich über die endlose schwarze Ebene des Landefelds, marschierte fort von dem qualmenden Scheiterhaufen, der einmal ein AgroMech gewesen war.

Grayson brachte den *Victor* näher, bis er nur noch zwei Meter vor dem *Nighthawk* aufragte. »Ich will hoffen, daß Sie in diesem Anzug stecken, McCall«, meinte er über die Außenlautsprecher. Sie hätten sich vor Beginn der Mission auf taktische Frequenzen einigen sollen, dachte er verärgert. So waren weder McCall noch Alex in der Lage, die Mechs direkt anzufunken, und wegen der Störsignale auch zu weit entfernt gewesen, um über die Landungsschiffe Verbindung aufnehmen zu können.

»Aye, Sirr«, erwiderte die Kröte und hob das Visier.

»Ich bin's. Aberr ich fürrchte, mein Bairrn hierr ist nicht ganz unbeschädigt geblieben.«

Er drehte sich um, und Grayson sah, daß der gesamte Tornister mit der Energieversorgung und den Sprungdüsen vom Laserstrahl des *Korsar* verwüstet worden war.

»Ich bin etwa drrei Meterr von dem AgrroMech weggekommen«, fuhr McCall fort, »und plötzlich hörrte das verdammte Ding auf zu arrbeiten! Ich hab Purrzelbäume geschlagen, währrend der Mech um mich herrum in Flammen aufgegangen ist!«

»Hauptsache, *du* funktionierst noch, Davis. Ich glaube kaum, daß ich ohne dich auskommen könnte. Willkommen daheim beim Grauen Tod!«

Vier Stunden später hatte der Graue Tod New Edinburgh, den Raumhafen und die Zufahrten zum Mount Alba und der Zitadelle völlig unter Kontrolle. Grayson kehrte auf die *Endeavour* zurück, wo er im kleinen Konferenzraum des Landungsschiffes Davis McCall endlich den Arm schüttelte und seinen Sohn in den Arm nahm.

»Daß ich froh bin, euch beide zu sehen, ist die Untertreibung des Jahres.« Beide wirkten verhärmt und ausgezehrt, und McCalls Arm steckte in einer Schlinge. »Was, zur Hölle, ist passiert, Davis?«

»Die Bastarrds haben mich angeschossen, Sairr«, erwiderte McCall mit ungewöhnlich dichtem Akzent. »Aberr's brraucht mehr als daß, um jemand wie mich unten zu halten.«

»Vor fünf Tagen habe ich … ein Vid von jemanden in einem *Nighthawk*-Anzug gesehen, der einem *Victor* das Knie weggesprengt hat und dann im Rückzug von Laserfeuer getroffen wurde. Warst du das?«

»Aye, Sir, das warr ich. Ich muß es leiderr zugeben. Ich scheine alt zu werrden, daß die Sassenachs mich so errwischen konnten.«

Grayson grinste. »Dachte ich mir doch, daß ich Ihren Kampfstil wiedererkannt hatte, Kommandanthauptmann. Na, ich bin froh, daß ihr durchgekommen seid, alle beide. Davis … ich muß mich bei dir entschuldigen. Ich hätte dich nie hierher schicken sollen. Nicht so, wie sich die Dinge entwickelt haben.«

»Eigentlich haben sie sich gut entwickelt, Herrr Oberrst. Wirr haben meinen Bruder aus drr' Ferrienwohnung des Verrwalterrs geholt, Alex und ich. Dadurrch bin ich nun mit einem Teil meinerr Familie wiederr einigerrmaßen verrsöhnt.«

»Wenigstens mit einem Teil von ihnen? Na, das sind doch gute Nachrichten.« Grayson wandte sich an seinen Sohn. »Alex? Du siehst … gut aus.« Er konnte den Unterschied nicht genau definieren, aber es gab ihn. Sein Sohn wirkte sicherer, selbstbewußter als er ihn in den letzten Monaten gesehen hatte.

Alex grinste. »Vielleicht habe ich jetzt ein paar Prioritäten richtig setzen gelernt.« Das Grinsen verblaßte, und er schüttelte den Kopf. »Hier geht etwas ganz Übles vor, Paps. Sie *wollten* den Grauen Tod hierherholen, und ich glaube, sie wollten uns gegen die einheimische Bevölkerung einsetzen, um sie willfährig zu machen.«

»Mehr als nur das«, bestätigte Grayson, dem nicht entgangen war, daß sein Sohn ›uns‹ gesagt hatte. »Heute nachmittag habe ich den direkten Befehl erhalten, die Stadt in Schutt und Asche zu legen und auf ihre Einwohner das Feuer zu eröffnen. Ich weiß nicht, was hier vorgeht, aber es sieht ganz danach aus, daß irgend jemand – Folker oder der Verwalter – der Legion ein Massaker anhängen wollte.«

»Eine Wiederrholung von Sirrius V«, meinte McCall und rieb sich mit der freien Hand das bärtige Kinn.

Grayson nickte. Vor Jahrzehnten hatte eine Fraktion Haus Mariks dafür gesorgt, daß die Legion ausgestoßen und als Bande von Kriegsverbrechern geächtet wurde, nachdem sie bei dem Versuch, die Heimatbasis der Einheit auf Helm in ihre Gewalt zu bringen, die Stadtkuppel von Tiantan auf Sirus zerstört hatte, einer Gifthölle von einem Planeten. Mit dem Erfolg machte man sich nur allzuoft auch Feinde, und waren diese mächtig und gierig genug, kannten sie keine Grenzen, wenn es darum ging, ihre Pläne durchzusetzen.

»Sirr«, fügte McCall hinzu, »ich glaube, daß diese Sache weit überr Willie hinausgeht. Folkerr ist ein billigerr Schlägerr, derr es – derr Himmel weiß wie – zu was gebrracht hat. Und Wilmarrth ist wahnsinnig.«

»Ist das eine klinische Analyse, Kommandanthauptmann?«

»Beinahe. Derr Mann brringt zu seinem Verrgnügen Leute um und genießt seine Macht um derr Macht willen.«

»Das ließe sich auch über eine Menge MechKrieger sagen.«

»Der Kommandhauptmann hat recht, Paps.« Alex beschrieb seinem Vater in knappen Worten und mit sichtbaren Schwierigkeiten, was er und McCall bei ihrem Besuch in der Zitadelle zwei Wochen zuvor gesehen hatten. »Er herrscht durch puren Terror und mit blutrünstiger Gedankenlosigkeit. Mein Eindruck war, daß alles, was man dieser Regierung an Effektivität überhaupt zugestehen kann, auf Folker zurückgeht, und daß dieser wiederum die Befehle eines Dritten ausführt.«

»Kannst du davon etwas beweisen? Daß er Befehle ausführt?«

Alex schüttelte den Kopf. »Nein, Sir, das kann ich nicht. Aber ich kann Ihnen noch zehntausend Augenzeugenberichte dafür liefern, wie Wilmarths Herrschaft in den letzten Jahren ausgesehen hat. Paps, wir müssen diesen Menschen helfen!«

Grayson seufzte und verschränkte die Arme. »Das will ich gar nicht bestreiten. Aber ich und die Legion stecken in einer verteufelten Zwickmühle.« Er sah Mc-

Call schräg an. »Kommandanthauptmann, ich mag es nicht, wenn man die Legion manipuliert. Das hat mich mehr als alles andere von Beginn an gegen Folker aufgebracht. Es war offensichtlich, daß er uns für seine privaten Machtbestrebungen oder die seiner Vorgesetzten mißbrauchen wollte. Aber Sie haben es noch schlimmer getrieben als er.«

»Sir!«

»Paps!«

»Sie beide haben diesen Leuten Versprechungen gemacht, die in direktem Widerspruch zu den Befehlen stehen, die ich von Tharkad erhalten habe. Ich sehe mich gezwungen, entweder dieses Versprechen zu brechen oder aber vertragsbrüchig zu werden und die Truppen unseres Auftraggebers anzugreifen.«

»Paps, wir hatten niemals vor ...«

»Ich weiß, ich weiß.« Plötzlich fühlte sich Grayson ungeheuer müde. Er hob beide Hände zum Gesicht und rieb sich die Augen. »Ich wüßte nur zu gerne, was wir jetzt tun sollen.«

McCall runzelte die Stirn. »Sirr, da gibt es garr keine Frrage. *Ich* habe den Rrebellen die Verrsprrechungen gemacht. Sie können mein Handeln als unautorrisierrt ablehnen und mich vorr ein Krriegsgerricht stellen. Vielleicht sollten Sie das ohnehin tun, wenn das hierr vorrbei ist, egal wie es ausgeht. Aberr Sie können diese Leute nicht angrreifen. Sie kämpfen um ihrr Leben, ihrre Heimat, ihrre Familien, ihrre Sicherrheit und ihrre Frreiheit. Wenn Sie sich hinter jemand wie Folkerr und Wilmarrth stellen, Sirr, so schwerr es mirr fällt, das zu sagen, aberr dann müssen Sie auch gegen mich kämpfen, weil ich da drraußen bei den Rrebellen sein werrde.«

»Das gilt auch für mich, Paps«, meinte Alex. Seine Miene war hart und besorgt. »Sich auf die Seite Wilmarths zu stellen ist einfach *falsch.*«

»Alex, Davis, ihr wißt alle beide, daß man ein Söldnerregiment nicht mit Gefühl, hübschen Worten oder Ritterlichkeit führen kann. Das ist ein *Geschäft*, kein Kreuzzug.« Grayson machte eine Pause und betrachtete den waidwunden Ausdruck auf den Gesichtern der beiden. »Aber ...« Er stockte wieder, dann zuckte er die Schultern. »Es gibt Dinge, die muß man einfach tun, um sich nicht selbst aufzugeben. Es wird keine Kriegsgerichtsverhandlung gegen Sie geben, Kommandanthauptmann. Nach allem, was Sie mir gemeldet haben, hätte ich dieselbe Entscheidung getroffen, wenn ich an Ihrer Stelle gewesen wäre. Ich hätte dieselbe Entscheidung getroffen, als Folker mir den Feuerbefehl gegeben hat, auch wenn ihr beide nicht da draußen bei den Rebellen gewesen wärt. Aber – schreibt euch für zukünftige Einsätze hinter die Ohren, daß Erkundungsmissionen weder dazu dienen, in einem Konflikt die Seite zu wählen, noch irgend jemandem unsere Zeit und Mittel anzudienen!«

»Aye, Sirr.«

»Ja, Sir.«

»Und Kontingenzverträge kann ich nicht ausstehen. Ich bezweifle ganz entschieden, daß wir auch nur ein Zehntel dessen aus diesem Unternehmen ziehen werden, was wir hineinstecken ... und wenn wir fertig sind, wird niemand im Vereinigten Commonwealth uns noch anheuern.« Er dachte einen Augenblick an Francis Collins, den Zahlmeister der Legion, und Dobbs, ihren Nachschuboffizier. »Collins und Dobbs werden mich häuten!«

Ein Glockenton klang auf. »Herein«, rief Grayson.

Hauptmann Allison Lang trat ein. Kommandanthauptmann Fryes Stellvertreterin und Nummer Zwei in seiner BefehlsLanze war eine schlanke, attraktive und äußerst kompetente Offizierin, die auch den Nachrichtendienst des 3. Bataillons leitete.

»Frau Hauptmann?«

»Entschuldigen Sie die Störung, Herr Oberst. Aber

das Radar hat soeben mehrere Ionisationsstreifen in der Stratosphäre geortet. Die Flugobjekte bewegen sich über den planetarischen Horizont nach Nordwesten.«

»Sinkflug?«

»Ja, Sir. Nach den Berechnungen des Leitstands handelt es sich um anfliegende Landungsschiffe.«

»Haben wir schon einen sicheren Flugvektor?«

»Sie sind weit hinter dem Horizont verschwunden, Herr Oberst, daher konnten wir keine präzise Ortung durchführen. Aber wir vermuten das Gebiet um Stirling.«

»Etwa tausend Kilometerr norrdwestlich von hierr, Herrr Oberrst«, erklärte McCall. »Derr Rraumhafen dorrt ist fast so grroß wie derr von New Edinburgh.«

»Folker hat erwähnt, daß Wilmarth eine zweite Einheit angefordert hat«, meinte Grayson. »Die 3. Davion Guards.«

»Aye, und sie haben berreits Mechs vorr Orrt. Die beiden *Victorrs*, die Sie auf dem Vid gesehen haben, gehörrten den 3. Guarrds. Ein paarr Einheimische haben es fürr uns rrausgefunden.«

»Verdammt!«

»Wie sind sie bis hierher nach Caledonia gekommen, ohne daß wir sie gesehen haben?« wollte Alex wissen.

»Das ist kein Prroblem, Lad«, meinte McCall. »Sie können am Nadirr-Sprrungpunkt rrausgekommen sein. Wirr hätten sie nie bemerrkt.«

»Wahrscheinlicher ist, daß sie einen Piratenpunkt benutzt haben«, stellte Grayson fest. »Aus Folkers Worten hatte ich den Eindruck gewonnen, daß er sie frühestens in einigen Tagen hier erwartete. Aber wenn sie abmarschbereit auf Hesperus auf den Einsatzbefehl gewartet haben und ihre Navigationsdaten aktuell genug waren, könnten sie an einem Piratenpunkt aufgetaucht sein, der nur rund einen Tag Flugzeit vom Caledon entfernt liegt …«

»Die Ionenspuren passen zu einem Anflug von einem

Piratenpunkt«, bestätigte Lang. »Sie sind über Caledonias Nachtseite in die Atmosphäre eingetaucht und näher am Äquator als es beim kürzesten Anflugwinkel von einem der Standardsprungpunkte möglich gewesen wäre.«

»Gibt es eine Chance, daß wir sie auf unsere Seite ziehen?« fragte Alex.

»Wir werden es versuchen«, antwortete Grayson. »Aber ich würde mir da keine Hoffnungen machen. Wenn bereits Mechs der 3. Guards hier sind und für die Regierung arbeiten, dann steht ziemlich eindeutig fest, daß schon eine Übereinkunft besteht.« Er lächelte schief. »Nur weil wir bereit sind, uns aus purem Gerechtigkeitssinn auf einen schwachsinnigen Kreuzzug einzulassen, muß das nicht jeder andere auf dem Planeten ebenfalls tun!«

»Tja, sieht so aus, als wäre der Urlaub vorbei, Herr Oberst«, stellte Allison Lang fest. »Die Miliz hier eignet sich höchstens für Schießübungen, aber die 3. Davions sind eine Elitetruppe.«

»Das sind sie allerdings. Frau Hauptmann, ich möchte einen kompletten Bericht über die 3. Guards. Befehlsstab. Einschätzungen. Was immer Sie im Datenbestand des 3. Bataillons finden können.«

»Ja, Sir.«

»Sofort.«

»In zehn Minuten, Sir.«

»Das reicht.« Als Lang den Besprechungsraum verließ, streckte Grayson die Hand aus und tippte einen Befehl in die Computerkonsole des Tisches. Der Wandschirm leuchtete auf und zeigte ein Luftbild der Zitadelle.

»Na dann, Gentlemen. Wir müssen davon ausgehen, daß die 3. Guards in Stirling landen und uns angreifen. Aber erst das Dringendste. Diese Stellung muß neutralisiert werden. Unsere KommTechs bestätigen, daß dort oben der Ursprung der Störsendungen liegt, die uns zu schaffen machen. Wer diese Position hält, kontrolliert alles zwischen den Albabergen und dem Firth of Moray. Außerdem denke ich gar nicht daran, nach Norden gegen die 3. Guards auszurücken, solange ich eine feindliche Festung wie diese in meinem Rücken weiß. Wie sieht's aus, meine Herren? Hat einer von euch eine Idee, wie wir diese Anlage mit minimalen Verlusten einnehmen können?«

Sie machten sich daran, ihre taktischen Möglichkeiten zu diskutieren.

24

Die Zitadelle, New Edinburgh, Caledonia
Mark Tamarind, Vereinigtes Commonwealth

14. April 3057, 02:00 Uhr TNZ

Die Eroberung der Zitadelle in den frühen Nachtstunden des nächsten Morgens verlief beinahe enttäuschend reibungslos. Grayson führte eine Kompanie, zwölf Mechs, die Serpentinenstraße hinauf und verteilte sie im Wald, bevor sie die Schlucht erreicht hatten. Die Störsendungen waren noch immer äußerst intensiv und nahmen an Stärke noch zu, je näher die Mechs dem Sender kamen, aber die Söldner hatten jede Bewegung an Bord der *Endeavour* in Holosimulationen Dutzende Male geprobt.

Die Zitadelle war so gebaut, daß Mechs, die versuchten, die Mauern mit Hilfe ihrer Sprungdüsen zu überwinden, erstklassige Zielscheiben für die Lasergeschütztürme in den Wachtürmen entlang der Außenmauern und auf dem Bergfried abgaben. Aber Grayson hatte sich für eine andere Strategie entschieden. Aus der Deckung des Waldes heraus nahm die FeuerLanze der 2. Kompanie – ein *Apollo* und zwei *Katapulte,* mit einem *JägerMech* als Unterstützung – die Zitadelle mit allem unter Beschuß, was sie hatte, und feuerte eine Wolke von Raketen in den Himmel über Caledonia. Innerhalb der schwarzen Mauern der Zitadelle zuckten Lichtblitze auf, und Detonationen donnerten durch die Nacht. Ein Turm erhielt einen Volltreffer, der die eingelagerte Munition in die Luft jagte. Das Feuerwerk ließ den ganzen Berghang aufleuchten, und von dem Turm blieb nur ein zerborstener Stumpf übrig.

Während das Bombardement weiterging, marschierte Grayson in seinem *Victor* zur Brücke, hob das Gaussgeschütz und feuerte eine Kugel nach der anderen auf das riesige Tor ab. Die Geschosse besaßen keinen Sprengkopf, keine Explosivladung, aber die kinetische Energie der überschallschnellen Kugeln reichte aus, die enormen Torflügel auf ihren verbogenen Laufschienen einzudrücken, den massiven Duralluminiumstahl bis zur Weißglut aufzuheizen und eine Lawine von Steintrümmern von den Mauern links und rechts herabstürzen zu lassen. Die Laserbatterien auf dem Vorwerk waren zwei Wochen vorher von Alex und Davis ausgeschaltet und noch nicht repariert worden. Je näher Graysons *Victor* dem Tor kam, ohne in seinem Beschuß nachzulassen, desto weniger von den Verteidigungsstellungen rund um die Burg konnten ihn noch erfassen. Als der *Victor* die letzten Reste des Tors beiseite fegte, stürmte die mittelschwere Lanze der 2. Kompanie über die Brücke, an Graysons Mech vorbei, durch das offene Torhaus und in den Innenhof der Anlage.

Eine Leuchtkugel schoß aus dem Hof in den Nachthimmel. Mit einem ohrenbetäubenden Tosen schossen die beiden *Katapulte* der FeuerLanze auf grellweißen Flammenstrahlen aus dem Wald empor und senkten sich wie zwei alptraumhafte Vögel auf die Zitadellenmauern. Noch immer zuckte Laserfeuer vom Bergfried herab, aber der Raketenhagel und der Beschuß aus dem Innenhof hatte diese Verteidigungslinie Wilmarths bis auf ein Minimum zusammenschrumpfen lassen. Und jetzt konnten die ArtillerieMechs die verbliebenen Batterien im Direktbeschuß angehen. Granate um Granate, Rakete um Rakete schoß durch die Nacht und traf in wilden, grellflackernden Detonationen ins Ziel. Donnernd hallte es von den Berghängen wider.

Die letzte Angriffswelle bestand aus zwanzig *Nighthawks,* Kommandosoldaten, die sich schon früher in der Nacht in den Felsen und Klippen versteckt hatten. Nachdem die Mechs der Legion mit ihrem Frontalangriff die gesamten Verteidigungsanstrengungen der Festung auf sich gezogen hatten, flogen die Kröten auf ihren Sprungdüsen aus der Nacht herab, landeten auf dem Dach des Bergfrieds und schossen sich den Weg durch die verriegelten und bewachten Türen ins Innere frei. Da McCalls Verletzung ihn zwang, bei diesem Einsatz auszusetzen, führte Alex die Einheit an. Dank seiner Kenntnisse über die Festung – aus eigener Erfahrung und durch die Berichte der Schnitter – konnte er sein Team hinab ins Herz der Festung führen und das Hauptkontrollzentrum erobern.

Danach löste sich die Schlacht in einer Abfolge kleinerer Scharmützel auf, als einzelne Widerstandsnester entdeckt und ausgehoben wurden. Dreißig weitere Gefangene wurden aus Wilmarths Verliesen befreit – ein Teil von ihnen war bei dem von Alex und McCall organisierten Ausbruch zurückgeblieben, und den Rest hatten die Bloodspillers bei der Demonstration des Vortages eingesammelt, bevor die Gray-Death-Mechs ihnen den Spaß verdarben.

Von Wilmarth, Folker oder deren Stab war nichts zu finden. Die Verteidigung der Zitadelle hatte in der Hand von etwa zweihundert Bloodspiller-Infanteristen unter dem Befehl eines Captains gelegen, der bei den Kämpfen den Tod fand. Die Milizonäre, die vor dem Angriff der Legion kapitulierten, wußten nichts von den weiteren Plänen des Verwalters, und auch über die Ankunft der Landungsschiffe in Stirling hatte sie niemand informiert. Ihre Anführer hatten Stunden vor dem Angriff des Grauen Tods die Flucht ergriffen und es ihren Soldaten überlassen, die Festung ohne auch nur einen BattleMech als Unterstützung zu verteidigen.

First Lieutenant Rodney Leitner hingegen erwies sich als eine wahre Goldmine von Informationen.

Leitner war der Pilot der *Wespe*, die Grayson vor dem Raumhafen abschießen konnte. Nachdem man ihn bewußtlos aus dem engen Cockpit gezogen hatte, war er zunächst ins Krankenrevier der *Endeavour* und nach der Eroberung der Zitadelle zu den weit besseren medizinischen Einrichtungen dort gebracht worden. Wie sich herausstellte, war er nicht sonderlich schwer verletzt, allerdings weigerte er sich zunächst, irgend etwas auszusagen. Erst Hauptmann Langs ruhiges Versprechen, ihn als Kriegsverbrecher an die Bevölkerung Caledonias auszuliefern, wenn er nicht kooperierte, brach seinen Widerstand. Lang sicherte sich Leitners Mitarbeit zusätzlich, indem er dem Gefangenen 3D-Vids der Schrecken vorführte, die in der Zitadelle entdeckt worden waren, und den Vorschlag machte, sie als Beweismittel in seinem Prozeß gleich mitzuliefern.

Der First Lieutenant stammte ursprünglich von Gladius und diente seit fünf Jahren bei den 3. Davion Guards. Den größten Teil dieser Zeit hatte er auf Hesperus II verbracht. Er war einer von fünfundzwanzig Gardisten gewesen, die sich freiwillig zu einem Sondereinsatz gemeldet hatten – mit entsprechendem Soldbonus.

Der Einsatz, so berichtete er Graysons Nachrichtendienstlern, wurde ihnen als leichter Dienst verkauft. Die Gardisten sollten zusammen mit den Piloten und Techs von zwei *Victor*-Mechs als Berater für die Schleimbeuteltruppen irgendeiner Hinterwäldlermiliz fungieren. Auf Caledonia hatten sie ihre Befehle von Kommandant Folker erhalten. Aber auf Hesperus war ihr Kommandeur, der Mann, der ihnen diesen Auftrag gegeben und die Vorbesprechung geleitet hatte, Marschall Felix Zellner gewesen. Normalerweise, so Leitner, steuerte er einen *JägerMech,* aber seine Maschine mußte er bei diesem Auftrag zurücklassen. Er hatte hauptsächlich als Berater für Wilmarths MechTechs fungiert. Normalerweie steuerte entweder der reguläre Milizpilot oder Folker selbst Wilmarths *Wespe,* aber der Bloodspiller war in der Nacht des Überfalls im Innenhof der Zitadelle getötet worden und Folker während des Einsatzes am Raumhafen anderweitig beschäftigt gewesen, deshalb hatte er seinen Platz eingenommen. Der Befehl, auf eine unbewaffnete Menge zu feuern, hatte ihm nicht *gefallen,* meinte Leitner, aber einen Befehl zu verweigern, hätte seinen Tod bedeutet... oder Schlimmeres. Wilmarth hatte eine Woche vorher persönlich zwei der Freiwilligen langsam zu Tode gefoltert, weil sie die Zitadelle seiner Meinung nach nicht enthusiastisch genug gegen die caledonischen Rebellen verteidigen wollten.

Was Grayson kalte Schauer den Rücken hinabjagte, war die Tatsache, daß an Leitner nichts Außergewöhnliches war. Der Mann schien absolut durchschnittlich; er hatte eine Frau und zwei Kinder auf Hesperus II, eine saubere Dienstakte und akzeptable bis gute Beurteilungen, mit einem Verweis für unerlaubtes Entfernen von der Truppe vor zwei Jahren. Daß ein so *normaler* Mensch in der Lage war, seine Augen vor den unglaublichen Schrecken zu verschließen, die Wilmarth und seine Folterknechte in der Zitadelle verbrochen hatten...

Jedenfalls lieferte Leitner dem Grauen Tod ein unbezahlbares, aktuelles Bild von der 3. Davion Guards. In den meisten Truppenaufstellungen wurden sie als Veteranen geführt, aber nach Hauptmann Langs Bericht hielt Grayson es für wahrscheinlich, daß sie in den Jahren des Garnisonsdienstes auf Hesperus II etwas von ihrer Schlagkraft eingebüßt hatten. Ihr Kommandeur war ein Marschall James Seymour, der seine Ernennung der Politik verdankte – allen Berichten nach ein talentierter, wenn auch etwas einfallsloser Offizier, der in der Lage war, seine Leute zu einer nahezu fanatischen Loyalität zu inspirieren. Garnisonsdienst oder nicht, die Guards würden ein schwerer Gegner werden.

Als die Sonne am Morgen des Vierzehnten aufging, befand sich Grayson noch immer in der verqualmten Höhle der Kommandozentrale auf der Zitadelle, wo er mit seinem Gefechtsstab alle planetographischen Details durchging, auf die er Zugriff hatte.

Es würde zum Kampf gegen die 3. Guards kommen, daran konnte kein Zweifel mehr bestehen. Er hatte noch keine harten Fakten, aber die Zahl der im Nordwesten gemeldeten Ionenspuren deutete darauf hin, daß mehr als ein Bataillon Mechs im Anflug war – möglicherweise das gesamte Regiment –, und es konnte nicht lange dauern, bis sie sich mit den Überresten der Bloodspiller-Miliz vereinigten. Wie üblich würde die Legion es mit einer großen Übermacht zu tun bekommen.

Die einzige Möglichkeit, den Kampf zu gewinnen, bestand darin, daß Grayson das Schlachtfeld sorgfältig auswählte.

Alex führte Caitlin an der Hand auf einem schmalen Felsenweg durch den dichten Wald den Südhang des Mount Alba hinauf bis kurz über der Zitadelle. An Bord eines Landungsschiffes bestand nicht der Funken einer Hoffnung, ein ruhiges, abgeschiedenes Plätzchen für ein, zwei intime Stunden zu finden, und Alex hatte die Suche danach längst aufgegeben. In der Zitadelle konnte er sich ein Rendezvous ebensowenig vorstellen; auch wenn die Leichen im Hof und an den Deckenbalken von Wilmarths Thronsaal am Morgen von einer Delegation aus New Edinburgh abgenommen und beerdigt worden waren, hing der Gestank noch in den Mauern, und die Erinnerung an das, was er dort gesehen hatte, würde ihn auch dann noch lange nicht verlassen, wenn der Geruch verschwunden war.

Diese Stelle hatte er in der vergangenen Nacht entdeckt, als er seine Kommandoeinheit durch den Wald hinter der Zitadelle zu einem Punkt führte, von dem aus sie aus dem Wald über die Nordwand der Festung auf das Dach des Bergfrieds fliegen konnten.

Der Weg endete auf einem Felsvorsprung, der vor ewigen Zeiten durch einen Steinrutsch abgeschnitten worden war und jetzt einen spektakulären Ausblick nach Süden bot. Beinahe senkrecht unter ihnen lag die Zitadelle, immer noch schwarz und drohend, aber jetzt wimmelte sie von Legionären und Zivilisten, die aus der Stadt kamen, um die Anlage zu inspizieren, Wilmarths Verbrechen festzuhalten und ihre Überreste zu entfernen. Jenseits des Felsenhorsts öffnete sich die Schlucht, die als Burggraben der Zitadelle diente, zu einem weiten, bewaldeten Tal, während New Edinburgh und seine Vororte majestätisch an den Ufern des Firth of Moray ausgebreitet lagen. Der Raumhafen war ein riesiger dunkler Fleck am Horizont, die drei Landungsschiffe in ihren Buchten gerade noch zu erkennen.

Sie saßen auf einem Felsblock ein Stück vom Rand und bewunderten die Aussicht.

»Du hast dich wirklich verändert, Alex«, stellte Caitlin fest und nahm seine Hand. »Was ist geschehen?«

Alex versuchte zu lächeln, aber die Auswirkungen von fast dreißig Stunden ohne Schlaf machten sich allmählich bemerkbar. Das erinnerte ihn daran, daß sein Vater ihm *befohlen* hatte, schlafenzugehen; genaugenommen machte er sich der Befehlsverweigerung schuldig … wieder einmal.

»Ich bin mir immer noch nicht ganz sicher, Cait«, antwortete er und hielt sich die Faust vor den Mund, weil er gähnen mußte. »Aber ich glaube, es hat etwas mit einer persönlichen Festlegung zu tun.«

»Wie das?«

»Ich habe mich wohl immer gefragt, ob Davis Clay umsonst gestorben ist, ob er starb, weil er mir helfen wollte und sich dabei nur selbst umgebracht hat. Seitdem war ich, nun, überempfindlich, was meine Befehle betraf, weil meine Entscheidungen, mein Handeln oder unterlassenes Handeln dazu führen konnten, daß Menschen, an denen mir etwas liegt, verletzt oder getötet würden.«

»Ich glaube, so etwas nennt man Verantwortung übernehmen, Alex.«

»Nun, wie auch immer. Jedenfalls hatte ich nie wirklich die Wahl, ob ich diese Art von Verantwortung tragen wollte. Ich war immer Grayson Carlyles Sohn, der nächste große MechKrieger des Grauen Tods.«

»Ich weiß. Was ist daran jetzt anders?«

Alex hob einen Stein vom Boden. Er war zum Teil Kristall, und die natürlichen Facetten fingen das orangerote Sonnenlicht ein und ließen feurige Lichteffekte über seine Hand tanzen. »Weißt du, Cait, ich mußte erfahren, daß ich, Alex Carlyle, tatsächlich etwas bewirken konnte, unabhängig von meinem Titel oder Rang oder davon, wer mein Vater ist. Ich mußte mich davon überzeugen, daß ich nicht nur so tue als ob, nicht bloß ein Roboter bin, der bloß Befehle befolgt, wie dieser Leitner. Ich mußte mich überzeugen, das hört sich jetzt kitschig an, aber ich mußte mir beweisen, daß ich auf der Seite des *Guten* stehe. Daß es auf mich ankommt.« Er warf den Stein über den Felsrand und sah ihm hinterher, als er funkelnd ins Leere stürzte. »Wenn nicht, dann wäre alles, was ich getan habe… alles, wofür Menschen wie Davis Clay gestorben sind, umsonst gewesen, verstehst du?«

Caitlin legte die Arme um Alex und küßte ihn lange und innig. Er entspannte sich in ihrer warmen, süß duftenden Umarmung und genoß das Gefühl ihres weichen Körpers.

»Weißt du«, meinte er nach einiger Zeit. »Wir sollten hier draußen wirklich nichts, äh, anfangen. Ich bin so müde, daß ich kaum stehen kann…«

»Dann solltest du dich hinlegen«, flüsterte sie in sein Ohr. »Gleich hier.«

Er konnte fühlen, wie sie seine Uniform öffnete.

»Aber…«

»Leg dich hin. Ich helfe dir…«

Sie hatten keine Decke, aber ihre Kleider polsterten die Unebenheiten des Bodens ab. Bald waren sie völlig ineinander aufgegangen, und selbst Alex' Müdigkeit konnte nichts gegen den Genuß dieser Liebe ausrichten.

Keiner der beiden bemerkte die RX-30 SpyEye-Überwachungskamera im Wipfel eines zehn Meter entfernten Baumes.

»Baby, Baby, *Baby!* ...«

Die Worte waren leise, murmelnd, kaum zu hören, ein leiser Sprechgesang der Lust.

George Sydney Groton war ein MechTech von Glengarry, der vor weniger als einem Jahr zur Legion gestoßen war. Normalerweise hielten ihn seine Aufgaben in einem der Mechhangars fest, aber seine Erfahrung mit Elektronik sorgte dafür, daß er gelegentlich aus dem Mechdreck hinter eine Sensoren- oder Elektronikkonsole geholt wurde. Das war auch der Grund gewesen, warum er diesmal in der Kommandozentrale der Zitadelle saß, wo er eine RX-30 kontrollierte.

Spiönchen, wie die SpyEye-Kameras umgangssprachlich genannt wurden, waren kleine, in der ganzen Inneren Sphäre von Regierungen und Militärs, insbesondere den Geheimdiensten, benutzte Überwachungsgeräte. Sie bestanden aus wenig mehr als einer Kamera und einem Sender auf sechs Beinen, ein primitiver, batteriebetriebener Roboter, klein genug, um ihn in der Hand zu halten. Spiönchen waren zu langsam und zerbrechlich für einen Kampfeinsatz, aber als lautlose, fast unsichtbare Wachtposten rund um eine militärische Installation unbezahlbar – besonders in der Wildnis, wo sie hinter Felsen oder Pflanzen in Deckung gehen oder dank kleiner, scharfer Haken an ihren Füßen, auf Bäume klettern konnten.

Und im Moment hockte Grotons Spiönchen Nummer Sieben in einem Baum etwa drei Meter über dem Boden und filmte Caitlin – eine heiße Braut, und dazu die Tochter des Gouverneurs von Glengarry, von der er schon fantasiert hatte, noch bevor einer von ihnen der Legion beigetreten war – wie sie es mit dem Sohn des Obersten trieb.

»O Baby, Baby, Ba …«

Ein Arm fiel in sein Blickfeld, schnitt ihm den Blick auf eine Menge verführerische weiße Haut ab und unterbrach mit einem wütenden Knopfdruck die Leitung.

»Geben Sie mir einen Grund, Mister, Sie nicht auf der Stelle festnehmen zu lassen.«

»H-Herr Oberst! Ich, ich meine, ich, ich, ich hab Sie nicht gesehen …«

»Offensichtlich nicht.« Carlyle warf eine komplette Schalterreihe um und legte die ferne Spionagekamera lahm. »Voyeurismus ist kein Vergehen in der Legion«, stellte Carlyle drohend fest. »Unter Umständen, die von vornherein keine Privatsphäre zulassen, wäre es reichlich lächerlich, Regeln zu erlassen, die Drecksäcken wie Ihnen vorschreiben wegzusehen. Aber wenn ich sehe, wie Einzelpersonen besondere Anstrengungen unternehmen, ihren Mit-Legionären und -Legionärinnen nachzuspionieren, dann bin ich verdammt versucht, das den sechzehn Reisen hinzuzufügen.«

Groton schluckte schwer und wäre fast aus dem Stuhl gefallen. Für die meisten Techs war Grayson Carlyle eine überlebensgroße Gestalt, ein ferner Held, von dem man hörte, aber den man nur selten zu Gesicht bekam. Von diesem Mann so angefahren zu werden, war schlimmer, als allein und unbewaffnet einem BattleMech gegenüberzutreten. Die ›sechzehn Reisen‹, die Carlyle erwähnt hatte, waren die sechzehn Paragraphen in der *Allgemeinen Regimentsordnung* des Grauen Tods, die mit dem ominösen Satz endeten: »wird mit dem Tode oder beliebigen anderen Maßnahmen nach Maßgabe des Kriegsgerichts bestraft.«

Es gab sechzehn Wege für einen Legionär, außer, im Kampf zu fallen, eine »Reise ohne Rückfahrkarte« anzutreten, Dinge wie Mord, Vergewaltigung, Geheimnisverrat oder Befehlsverweigerung im Angesicht des Feindes.

»Wie heißen Sie, Mister?«

»G-Groton, Sir. MechTech, 3. Bataillon.«

Carlyle machte einen Eintrag auf seinem Compblock. »Groton, Sie haben sich gerade einen Dienstverweis eingehandelt. Pflichtvergessenheit, Unaufmerksamkeit während des Wachdienstes und Schädigung der Dienstordnung und Disziplin.«

»Sir, ich kann das erklären! Ich habe nur ...«

»Sparen Sie sich das für den Appell! Sie sind suspendiert. Gehen Sie mir aus den Augen!«

Grayson sah dem Tech hinterher, als er mit puterrotem Gesicht davonlief. Er betrachtete die leeren Monitorschirme der RX-30-Station und schüttelte den Kopf. Diese eine Station unbemannt zu lassen, würde die Sicherheit der Legion nicht ernsthaft gefährden. *Aber, verdammt noch mal, die beiden sollten besser aufpassen!* Wäre er nicht zufällig vorbeigekommen, hätte in ein paar Minuten möglicherweise die halbe Kommandozentrale Groton über die Schultern gesehen und die beiden angefeuert. Wenn Alex und Caitlin den geilen Mitgliedern des Kommandostabs unbedingt eine kostenlose Show liefern wollten, bitte... aber eine derartige Ablenkung konnte ein ernstes Loch in der Verteidigung aufreißen, ganz davon abgesehen, was es für die Moral der Einheit bedeutete. Es gab ein definitives Problem, wenn die gesamte Einheit wußte, daß der Sohn des Kommandeurs eine intime Beziehung zu einer ihm unterstellten Frau unterhielt. Da bestand die Gefahr, daß man bei Caitlins nächster Beförderung unterstellte, diese gründe sich auf andere Faktoren als ihre Effizienz und ihr Können als MechKriegerin. Grayson fragte sich, ob es eine Möglichkeit gab, Groton daran zu hindern, zotige Geschichten über das, was er gesehen hatte, zu verbreiten.

Kaum, außer ich erschieße den Mann. Verflucht *noch ein-*

mal! Irgendwann, vor einer Million Jahren, muß ich mal geglaubt haben, es würde Spaß machen, meine eigene Söldnereinheit zu leiten ...

Er war immer noch nicht begeistert von Alex' Beziehung zu DeVries. Wenn einem der beiden etwas zustieß, würde das auch für den anderen das Ende bedeuten.

Und sie würden schon sehr bald im Kampfeinsatz stehen. Vielleicht schon übermorgen.

Aber er wußte auch, daß die beiden einander brauchten. »Genießt es«, flüsterte er in Richtung der leeren Monitore. »Ich fürchte, ihr werdet nicht mehr allzuviele Gelegenheiten wie diese finden ...«

Die zwei Männer unterhielten sich unter den annähernd privaten Bedingungen des riesigen Mechhangars der Zitadelle. Die gewaltige Halle war erfüllt von der hektischen Geschäftigkeit der Techs, die an den wie leere Rüstungen in den Wartungsgerüsten hängenden BattleMechs arbeiteten. Das Lodern und Zischen der Schweißbrenner, das Krachen aufeinanderschlagenden Metalls, das laute Rumoren schwerer Kräne und Transporter erschwerten jede Unterhaltung und machten es fast unmöglich, sie zu belauschen.

»Na, Groton«, stellte der Offizier mit freundlichem Lächeln fest. »Ich habe gehört, du bist letztens vom Alten persönlich abgekanzelt worden.«

Groton sah vom Schaltkreistester auf, an dem er arbeitete, und schnaufte. »Verdammter hochnäsiger Hurensohn. Ich hatte nichts getan!«

»He, ganz ruhig, Kumpel. Beruhig dich. Das weiß ich doch. Denkst du, du bist der erste Tech, den dieser Arsch sich vorgenommen hat. Manchmal bildet Grayson Carlyle sich ein, er wäre der liebe Gott oder so was. Dieses ganze Söldnerheld-Getue über die Jahre ist ihm zu Kopf gestiegen!«

»Genau. Es ist ja nicht, als hätte ich im Dienst gepennt, oder irgendwas! Ich hab die ganze Zeit den Schirm beobachtet!«

Der Offizier lachte. »O ja. Selby im Kontrollzentrum hat mir erzählt, daß du was Heißes zu sehen bekommen hast. Was genau hast du eigentlich gesehen?«

»Ha!« Groton setzte an zu erzählen, dann stockte er plötzlich, unsicher geworden. »Äh, Sir, ich hab mich wahrscheinlich schon genug in die Nesseln gesetzt …«

»He, was soll denn das? Seh ich aus wie jemand, der seine Kumpel verpfeift?« Er schnippte mit den Fingern. »Ich geb nicht soviel für diesen ›ein Offizier und Gentleman‹-Mist. Ich hab selber als einfacher Soldat angefangen.«

»Das wollte ich damit nicht sagen …«

»Hör mal, ich kenne da ein paar Leute in der Verwaltung, die mir noch was schuldig sind. Vielleicht kann ich die Sache für dich ausbügeln.«

»Ehrlich?«

»Klar. Natürlich würde ich dafür ein, zwei Gegenleistungen erwarten.«

»He, was es auch ist, Sir! Ich tue alles! Es ist ja nicht, als hätte ich geschlafen oder …«

»Na, um Blakes willen, was hast du denn bloß gesehen, daß Carlyle so wütend war?«

»Tja … Sie kennen doch bestimmt die scharfe Puppe in BefehlsLanze Eins-Eins? Die Tochter des Gouverneurs von Glengarry?«

»Klar.«

Grinsend erzählte Groton, was er auf dem Monitor gesehen hatte, in liebevoller, geiler und anatomisch detaillierter Ausführlichkeit.

»Mann, das ist scharf. Mit dem Sohn des Kommandeurs?«

»Aber exakt, Sir. Die beiden waren voll dabei.«

»Tja, nun. So ein hoher Rang bringt einem gewisse Privilegien, was?«

»Teufel auch, ja. Äh, das sollte keine Respektlosigkeit sein, Herr Hauptmann.«

Der Offizier lachte. »Scheiße, Groton. Glaubst du etwa, in dieser blöden Einheit hätten Hauptleute irgendwelche besonderen Privilegien? Außer Hauptmann Carlyle natürlich! Wir anderen? Wir sind ganz unten in der Pyramide, genau wie ihr. Na ja, abgesehen von den Kadetten und Leutnants natürlich, aber die zählen nicht.«

»So hab ich es noch gar nicht gesehen, Sir. Zumindest tut es gut zu wissen, daß manche Offiziere auch *Menschen* sind.«

»Ha! Da könnte ich dir einige Namen nennen, für die das nicht zutrifft!«

»Verdammt wahr!«

»Hör zu, Groton. Du bist ein guter Mann. Und ich brauche jemand, der mir einen Gefallen tut. Ich will jetzt nicht andeuten, daß ich dir nicht helfe, wenn du nein sagst, aber ...«

»He, kein Problem, Herr Hauptmann. So läuft das beim Militär. Eine Hand wäscht die andere, richtig?«

»Richtig.« Der Offizier sah sich um, als wollte er sichergehen, nicht belauscht zu werden. »OK. Du kommst doch an einen Techschlüssel?«

»Hä? Ja, klar. Aber was wollen Sie denn damit?«

»Also, die Sache ist die. Auf gewisse Weise habe ich dasselbe Problem mit dem Obersten wie du. Der Kerl schleicht sich irgendwie an einen ran, selbst wenn wir beide in einem BattleMech sitzen.«

»Das glaub ich gern. Der hat Augen im Hinterkopf!«

»Na ja, und manchmal, wenn ich in meinem Mech unterwegs bin, brauch ich etwas Ellbogenfreiheit, wenn du verstehst, was ich sagen will.«

»Ehrlich gesagt, Sir, nein.«

»Konterbande, Junge. Einheimische Waren. Sachen wie Bonbons und frisches Obst, Dopestengel und Stimmer, die auf dem Markt gutes Geld bringen… soll heißen, beim Rest des Bataillons.«

»Sie meinen Schmuggelware.«

»Was ist los, Gorton? Hast du damit Probleme?«

»Ach was. Ich zieh mir auch gern ab und zu 'nen Stimmer rein, wie jeder andere. Ich rede bloß nicht gern um den heißen Brei herum, verstehen Sie?«

»Ich verstehe dich genau. Also, worum es geht, ist folgendes: Wenn wir auf Streife sind oder auf einem Marsch wie hier, habe ich manchmal Gelegenheit, etwas mitzunehmen. Aber wenn Carlyle mich dabei erwischt, heißt das Kriegsgericht. Vielleicht würde ich sogar aus der Legion fliegen. Ich weiß wirklich nicht, was die alle gegen Stimmer und so'n Zeug haben. Nimmt die nicht jeder?«

»So ziemlich. Na gut, aber wie kann Ihnen ein Techschlüssel dabei helfen?«

Ein Techschlüssel war eine kleine Magnetscheibe, die, an bestimmte Schlüsselpunkte auf der Panzerung eines Mechs gelegt, eine kleine Luke öffnete und den Techs Zugang zu Leitungsknoten und Wartungstunnels verschaffte.

»Mit einem Techschlüssel und ein paar Minuten allein in dem Mechkokon, in dem die Maschine des Obersten untergebracht ist, würde mir erlauben, eine der Wartungsklappen, sagen wir einmal, im Bein zu öffnen und ein kleines Gerät, vielleicht so groß wie meine Handfläche, einzubauen, das wie ein Radartransponder arbeitet. Das ein kodiertes Signal aussendet, das nur ich empfangen kann, und mich warnt, wenn der Oberst in der Nähe ist.«

»Hübsch!« Groton nickte, aber er wirkte immer noch unsicher. »Aber das ist doch nichts, was ein feindlicher Mech benutzen könnte, oder? Etwa, um ihn anzuvisieren?«

»Aber nein! Es arbeitet nur auf ganz kurze Entfernung, und außerdem ist es aus dem Hintergrundrauschen nur rauszufiltern, wenn man den entsprechenden Decoder hat, wie ich ihn im Ortungssystem meines Mechs einbauen werde.«

»Sie wissen, daß die Schlüssel Verschlußsache sind. Sie dürfen den Mechhangar nicht verlassen, und wir müssen jede Entnahme abzeichnen. Unautorisiertes Personal darf sie gar nicht zu Gesicht bekommen. Nur die Techs und die einzelnen Krieger.«

»Ich *bin* MechKrieger.«

»Ja, aber Sie haben keinen Zugang zum Schlüssel eines anderen.«

»Was meinst du wohl, warum ich dich darum bitte? Ich denke mir, ein schlauer Bursche wie du würde seinem Teamchef sagen, daß er länger arbeitet, zum Beispiel heute nacht. Du könntest mich reinlassen, ich bringe mein Päckchen unter, und zehn Minuten später bin ich wieder weg. Vielleicht schon nach fünf Minuten. Und ... Groton, ich könnte dafür sorgen, daß es sich für dich lohnt. Abgesehen davon, daß ich deine Unterlagen in Ordnung bringe, könntest du einen Teil des Profits abbekommen.«

»Oh? Wieviel, was meinen Sie?«

»Schwer zu sagen. Aber im ersten Monat leicht so zweitausend Credits. Das ist dein Anteil. Sagen wir ... zwanzig Prozent vom Nettoumsatz?«

»Es müßte ziemlich spät in der Nacht sein. So etwa gegen Zwei heute nacht, wenn die Spätschicht Schluß macht. Dann sind nicht so viele Leute hier, die sich Gedanken darüber machen könnten, was ein Offizier bei den Mechgerüsten treibt.«

»Kommt mir gut aus. Ich bleibe heute nacht ohnehin lange auf.«

»Und ... und Sie schaffen die Sache aus der Welt für mich?«

»Auf jeden Fall.« Der Offizier streckte die Hand aus. »Mein Wort darauf!«

Groton grinste und griff zu. »Gemacht! Äh ... Sir.«

»Gemacht! Ich bin da drüben ... an diesem Eingang, um zwei Uhr heute nacht. Laß mich nicht im Stich, Groton!«

»Keine Sorge, Hauptmann Dupré. Sie können sich auf mich verlassen!«

25

Vorgeschobene Aufmarschbasis Delta,
20 Kilometer südlich von Falkirk, Caledonia
Mark Tamarind, Vereinigtes Commonwealth

16. April 3057, 13:05 Uhr TNZ

Die Kuppel war im Laufe des Vormittags errichtet worden, und die Elektronik hatte man an den kleinen tragbaren Fusionsreaktor draußen angeschlossen. Über dem Plastikrahmen lagen Panzerplatten, auch wenn sie gegen alles, was über Handwaffenfeuer und Schrapnells hinausging, wenig ausrichten konnten. Als halbmobiles Feld-HQ war die Kuppel, was die Größe anging, einem der großen 25 Tonnen schweren sechsachsigen HQ-Fahrzeuge weit überlegen, die von größeren Mecheinheiten gerne benutzt wurden, auch wenn sie sehr viel unbeweglicher und verwundbarer schien.

Der große Vorteil der Kuppel gegenüber einem Mobilen HQ bestand in der Geräumigkeit... genug Platz in diesem Fall, um Graysons Kommandostab den Aufbau eines großen Holoprojektortisches in der Mitte des Hauptarbeitsbereichs der Kuppel zu gestatten.

Der Tisch war nicht annähernd so groß und die Kartenprojektion nicht annähernd so detailliert wie bei seinem Simulatorgefecht gegen Jaime Wolf. Aber der zwei mal drei Meter große Tisch reichte aus, um die Kompaniechefs des Bataillons um ihn herum zu versammeln und die Lage zu besprechen. Alle Hauptleute und Kommadanthauptleute der Einheit waren versammelt, ebenso wie einige Oberleutnants aus dem Befehlsstab. Die Bilddaten stammten aus caledonischen Datenbanken – momentan hatte die Legion keinen Zugriff auf Spionagesatelliten –, und die Projektion zeigte das Gelände, wie es aus mehreren Kilometern Höhe aussehen mußte, mit Straßen, Bergen, Wäldern und einem

Dorf in liebevoll errechneter fraktaler Detailgenauigkeit. Statt durch winzige BattleMechs wurden die Militäreinheiten allerdings in Gestalt traditioneller militärischer Symbole dargestellt, die rot oder blau leuchteten. Der Maßstab ließ sich über eine Tastatur oder Sprachbefehle ändern, und zusätzliche Einzelheiten über bestimmte Objekte waren aus der Datenbank abrufbar.

Der größte Nachteil solcher Systeme, überlegte Grayson, lag in der Tatsache, daß die Komplexität der Darstellung leicht real vorhandene Schwächen in den zu Grunde liegenden Daten übertünchen konnte. Wenn man geradewegs auf den Ort Falkirk hinabsah und einzelne Gebäude erkennen konnte – einen Kirchturm, ein Einkaufszentrum, eine Textilfabrik – konnte man leicht den Eindruck bekommen, über alles im Bilde zu sein. Tatsächlich jedoch mochte die Fabrik schon vor Monaten abgerissen und durch eine Batterie 25-cm-Gaussgeschütze ersetzt worden sein. Solange niemand die Veränderungen in den Computer eingegeben hatte, ließ sich diese Information nicht darstellen.

»Sie müssen hier entlang«, erläuterte Grayson, und kennzeichnete mit einem Laserzeiger einen Paß durch die Grampian-Berge knapp nördlich von Falkirk. »Die einzigen anderen leichten Wege über die Berge verlaufen hier im Osten und würden mindestens zwei weitere Tage Marschzeit beanspruchen. Außerdem können sie sich für Nahrung und andere Vorräte nicht auf die Unterstützung der Bevölkerung verlassen. Sie werden entlang des Wegs Lager einrichten müssen, Vorratsdepots. Und Falkirk bietet ihnen reichlich Nahrung, Wasser und BÖS.«

Selbst mit tragbaren Fusionsreaktoren waren BÖS – Benzin, Öl und Schmiermittel – für eine Armee auf dem Marsch unverzichtbar. Viele Fahrzeuge wurden immer noch von Verbrennungsmotoren angetrieben, und alle

Maschinen brauchten Öl oder Polysilicarbon-Schmiermittel.

»Aye«, bestätigte McCall düster. »Plünderrgut.«

»Könnten wir ihnen am Paß den Weg abschneiden?« meinte Kommandanthauptmann Frye. »Vielleicht, indem wir hier über die Berge ziehen und in ihren Rükken vorstoßen?«

»Den Gedanken hatte ich auch, aber das würde uns einige Probleme einbringen. Der Paß ist ziemlich breit, hier bei Falkirk fast zehn Kilometer, viel zu breit, als daß wir ihn mit den verfügbaren Mechs blockieren könnten. Wenn wir uns nur weiter nördlich, wo er schmaler ist, an den Seiten aufstellen, um sie unter Beschuß zu nehmen, könnten wir zwar ein paar abschießen, aber der Rest würde an uns vorbeiwalzen, und dann hätten *wir* sie in *unserem* Rücken. Nein, ich denke, wir sollten uns darüber klar werden, was sie in Falkirk tun werden. Wir wissen, daß sie in diese Richtung unterwegs sind. Unsere Scouts melden, daß sie heute am Spätnachmittag den Paß durchquert haben werden. Also, meine Herren? Wie werden sie weiter vorgehen?«

»Erst einmal ein Lager aufschlagen«, stellte Frye fest. »Ganz eindeutig. Das Gelände wird weiter südlich immer rauher, und sie müssen wissen, daß wir hier irgendwo auf sie lauern. Nur ein Wahnsinniger würde Mechs nachts durch unbekanntes Gebiet treiben.«

»Und nachdem, was wir über sie vorliegen haben«, stellte Hauptmann Allison Lang fest, »sind weder Zellner noch Seymour wahnsinnig. Wilmarth könnte es versuchen ...«

»Sie werrden Wilmarrth keine Befehle geben lassen«, meinte McCall. »Wahrrscheinlich werrden sie Willie irrgendwo mit einem kühlen Drrink und einem Monitorr ganz nach hinten abschieben, wo err Befehle geben kann, soviel err will, aberr niemand unterr die Füße läuft.«

»So sehe ich es auch«, nickte Grayon. »Sie müssen alles versuchen, um vor Einbruch der Dunkelheit aus den Bergen zu kommen. Gelingt ihnen das nicht, wäre es eine offene Einladung an uns, sie einzukesseln. Aber sobald sie einmal in Falkirk sind, werden sie keine große Lust zum Weitermarschieren mehr verspüren. Es wird kurz vor abend sein, und nach Süden gibt es für eine ganze Weile kaum noch gute Positionen. Also müssen sie über Nacht hier in Falkirk bleiben.«

Hauptmann Ann Warfield, Kommandeurin der 2. Kompanie, 3. Bataillon, zog mit ihrem Laserzeiger eine rote Leuchtspur an mehreren Berghängen entlang, die sich etwa zwei Kilometer südlich des Dorfs von Ost nach West erstreckten. »Das hier ist ein interessantes Gelände. Es bietet dem, der es hält, erhöhte Stellungen und es blickt genau auf einen möglichen Vorstoß aus dem Süden. Wenn ich eine Mechtruppe nach Süden führen müßte, würde ich Falkirk sichern und ... sagen wir, hier ein Lager aufschlagen.« Sie zeigte auf eine weite Ebene südlich des Ortes, vielleicht einen Kilometer hinter der Bergkette. »Ich würde meine Steuereintreiber losschicken, um die Vorräte zu besorgen, die ich brauche. Und meine Mechs entlang dieser Berge eingraben.«

Oberleutnant Duane Gallery, ›Shooter‹ für seine Freunde, und der Kommandeur der 3. Kompanie des Bataillons, deutete auf einen Hügel auf der Ebene zwischen dem Dorf und den Bergen am östlichen Rand eines Waldgebiets. »Das hier wäre ein guter Platz für ein Vorratsdepot. Sagen wir, ich komme durch die Stadt und schlage hier drüben mein Lager auf. Ich brauche ein Depot in der Nähe von Falkirk, weil ich weiß, irgendwo auf den nächsten hundert Kilometern oder so bekomme ich es mit der gefürchteten Gray Death Legion zu tun. Es sind nur noch zweihundert Klicks bis New Edinburgh, und ich weiß, der Graue Tod wartet irgendwo da draußen.«

»Richtig«, stimmte Frye zu. Er sah zu Grayson. »Dieses ganze Gebiet ist ein ausgezeichneter Ort für einen vorgeschobenen Stützpunkt als Sammelpunkt für den Sturm auf die Hauptstadt. Es ist etwas weit, aber die 3. Davions sind bekannt für ihre Schnelligkeit. Wer immer sie befehligt, könnte seine Frontlinien von hier aus leicht genug versorgen, und er wäre sehr flexibel, wenn er gezwungen ist, zurückzufallen.«

»Ich bin derselben Meinung«, erklärte Grayson.

Er hatte bereits in der Kommandozentrale weitgehend dieselben Schlüsse gezogen, aber dann festgestellt, daß die Einsatzplanung sehr viel glatter verlief, wenn er seinen Untergebenen gestattete, selbst die richtige Antwort zu finden. Es wäre nicht gut gewesen, sie darauf zu trainieren, seine Verkündungen abzuwarten. Ihm war die Bergkette, auf die Hauptmann Warfield verwiesen hatte, in der vergangenen Nacht aufgefallen. Ihr Aufbau, zwei Reihen niedriger, kahler Bergkuppen, verbunden durch einen langen Kamm, erinnerte ihn gespenstisch an das Gelände bei Gettysburg in seinem Simgefecht gegen Jaime Wolf.

Natürlich gab es deutliche Unterschiede in den Details. Berge und Kammlinie formten eher einen Halbmond als einen Angelhaken, und die Kette verlief von Ost nach West statt von Nord nach Süd, aber die Topologie war so ähnlich, daß sie ihm augenblicklich als potentielle Verteidigungsstellung oder Ziel eines Sturmangriffs ins Auge stach. Der Kamm zog sich quer über die von Süden aus New Edinburgh kommende Straße. Sie überquerte ihn auf einem Sattel am östlichen Ende, im Schatten zweier niedriger Berge.

»Falls wir eine Bestätigung bräuchten«, fuhr Grayson fort. »Unsere Kundschafter haben Mechs der 3. Davions in diesem Gebiet gesichtet. Bis jetzt nur leichtes Material, *Heuschrecks* und *Merkurii*. Aber sie könnten das Gelände auskundschaften. Ein *Merkurius* wurde heute morgen auf diesem Berg gesehen, wo er allem Anschein nach dabei war, mit seinen Lasern den Grund zu vermessen.«

»Also«, unterbrach Alex, »sollten wir Namen für dieses Gelände finden, um Mißverständnisse zu vermeiden.«

»Der Wald hier im Westen heißt Tanglewood«, stellte Lang fest. Sie arbeitete ein paar Sekunden an der Tastatur vor ihrem Platz, dann erschien der Name in weißen Leuchtbuchstaben über den Hologrammbäumen. »Die Ebene südlich des Ortes heißt Meadow Grove. Aber wir haben keinen Namen für die Bergkette. Ich gehe davon aus, daß die Einheimischen ihr einen gegeben haben, aber der hat es nicht in den Datenbestand geschafft.«

Grayson lächelte trocken und streckte die Hände nach seiner Tastatur aus. »Ich hätte da einen Vorschlag...«

Mit schnellen Fingerbewegungen gab er seine Namen für das Gelände ein. Culp's Hill und Cemetery Hill im Westen. Big und Little Round Top im Osten. Und zwischen beiden, durch den Sattel bei den Round Tops über die Straße nach New Edinburgh, Cemetery Ridge.

»Kommt mirr bekannt vorr«, grinste McCall, und die anderen lachten.

Grayson gab noch ein paar Befehle ein, und rote Lichter erschienen entlang des Kamms, auf dem Hang zwischen Kamm und Ort und im Ort selbst. »Das ist die Lage, wie sie uns voraussichtlich erwartet. Zellner – solange wir nichts anderes hören, werde ich davon ausgehen, daß er den Einsatz leitet – wird seine Hauptstreitmacht hier auf den Kamm und die Berge verteilen. Er müßte ein Idiot sein, um sich diese Gelegenheit entgehen zu lassen. Ein Vorratsdepot hier hinten, wahrscheinlich auf diesem Hügel am Westrand des Meadow Grove in der Nähe der... was ist das für eine Straße?«

»Tanglewoodstraße«, antwortete Lang.

»Gut. Aber wir werden uns nicht darauf verlassen, daß sie das Depot hier anlegen. Es könnte irgendwo in diesem Bereich liegen. Beobachter und wahrscheinlich ein Befehlsstand hier oben im Ort.« Weitere farbige Lichter erschienen auf der Karte, diesmal in Blau. »Wir rücken von Süden vor, entlang dieser Straße. Wenn wir auf sie treffen, stellen wir uns zum Frontalangriff auf... wie sie es erwarten.«

»Äh... Herr Oberst?« fragte Oberleutnant Aleksanjen verwirrt. »Sagten Sie: ›Wie sie es *erwarten*‹?«

»Ganz recht, Grigori. Wir müssen sie beschäftigen. Verstehen Sie?« Der Lichtpunkt des Laserzeigers zuckte über die Karte nach Westen auf den Tanglewoodwald, der zwei Kilometer südlich der Kammlinie begann, parallel zu ihr nach Westen verlief, dann scharf nach Norden abbog, den Meadow Grove umrundete und fast bis zur Ortsgrenze reichte. »Unsere Scouts melden, daß diese Wälder stellenweise undurchdringlich sind. Tanglewood ist der perfekte Name. Sümpfe. Bäume so dick, daß BattleMechs in einem Jahr nicht durchkämen. Aber es gibt auch durchlässigere Zonen, sogar eine Anzahl von Straßen, insbesondere die Tanglewoodstraße, die den Wald auf dem Weg nach Falkirk von Südwesten nach Nordosten durchquert. Der Punkt ist, daß eine starke Mechkolonne hier entlangmarschieren könnte, ohne aus der Luft entdeckt zu werden.«

»Aber wenn unsere Leute die Gegend nicht kennen...«, wandte Hauptmann Lang mit besorgter Miene ein.

Grayson deutete auf McCall, der am anderen Ende des Tisches stand. »Kommandanthauptmann McCall hat bereits angeboten, nach Einheimischen zu suchen, die bereit sind, uns zu führen. Kommandanthauptmann?«

»Aye. Wirr werrden auch Hilfe von den Schnitterrn bekommen, Sirr. Ein paarr von ihnen kennen die Gegend, oderr haben Verrwandte aus derr Nähe, die sie kennen. Wirr kommen schon durrch.«

»Wir werden also zivile Helfer haben, die unsere Anschlußtruppe durch den Wald lotsen... um die rechte Flanke des Feindes herum, hierher.« Sein Zeiger markierte den Hügel und das Depotsymbol darauf mit rotem Licht. »Sie wird irgendwo entlang dieser Baumlinie auftauchen. Mit etwas Glück wird der Gegner sie nicht kommen sehen und keine Ahnung haben, daß wir überhaupt in der Nähe sind.«

»Wir müssen darauf gefaßt sein, daß sie entlang der Tanglewoodstraße Posten aufstellen«, stellte Alex fest.

»Richtig, aber wenn die Einheit sich schnell genug bewegt, sollte das kein Problem darstellen. Also, die Anschlußtruppe wird zwei Hauptaufgaben haben. Erstens, und das ist der Hauptpunkt, wird sie sich geradewegs hinter der rechten feindlichen Flanke oder zumindest sehr nahe daran befinden, wenn sie aus dem Wald stürmt. Der Angriff wird in den Reihen des Gegners erhebliche Verwirrung stiften. Möglicherweise löst er sogar eine Massenflucht aus, wenn es uns gelingt, ihn bis in den Rücken der Hauptstreitmacht zu tragen. Auf jeden Fall wird er ausreichen, Breschen in die Front zu schlagen, die unsere Hauptstreitmacht ausnutzen kann, wenn Zellner umdreht, um auf diese neue Bedrohung zu reagieren. Das zweite Ziel ist natürlich die Störung der gegnerischen Nachschublinien. Wenn sie tatsächlich ein Depot in diesem Gebiet einrichten, sollte unsere Anschlußtruppe in der Lage sein, eine große Menge Verbrauchsgüter zu erbeuten oder zu zerstören... Verbrauchsgüter, für deren Ersatz der Feind bis zurück nach Stirling und zu seinen Landungsschiffen muß. Und alles, was wir in diesem Depot vernichten, kann er nicht mehr gegen uns in den Kampf werfen.«

»An eine wie große Anschlußtruppe hattest du gedacht?« fragte Alex.

»OD Frank? Wie sieht's aus?«

Der leitende Techoffizier der Gray Death Legion befragte seinen allzeit bereiten Compblock. »Wir haben siebenunddreißig Mechs einsatzbereit, Herr Oberst. Das schließt die vier Mechs von BefehlsLanze Eins-Eins mit ein. Fünf Maschinen des 3. Bataillons sind in Reparatur. Zwei davon könnten wir schnell wieder in Betrieb nehmen, wenn wir die Nacht durcharbeiten und uns Ersatzteile aus den anderen holen.«

»Sorgen Sie dafür. Wir gehen erst einmal von sechsunddreißig Mechs aus, einem vollen Bataillon. Die Hauptstoßrichtung unserer Offensive wird dieser linke Haken sein, deshalb werden wir unsere Kräfte darauf konzentrieren. Ich würde sagen, zwei Kompanien, vierundzwanzig Mechs.«

»Da bleibt uns nur eine verflucht dünne Linie südlich des Kamms«, gab Frye zu bedenken.

»Ich weiß. Wir werden mit zwölf Mechs auskommen müssen, plus dem, was immer OD Frank uns noch liefern kann, um Krach für eine ganze Armee zu machen.«

»Da können uns Generral McBees Leute helfen, Herrr Oberrst«, meinte McCall.

»Ich zähle darauf, aber die meisten von ihnen werden wir mit an die Flanke schicken. Auch unsere Kröten, würde ich sagen. Ich möchte, daß die Truppen wie aus dem Nichts mitten hinter der feindlichen Hauptstreitmacht materialisieren, auf ihren Nachschubwegen und zwischen Front und Befehlsstab. Sie werden genug Schlagkraft für einen schnellen Angriff brauchen, und um sich anschließend gegen alles zu verteidigen, was Zellner gegen sie in Marsch setzen kann, während der Rest unserer Truppen von Süden nachrückt.«

»Und wer wird die Anschlußtruppe befehligen, Sir?« wollte Hauptmann Warfield wissen.

Diese Frage hatte Grayson schon seit einer Weile beschäftigt. »Normalerweise wäre die Antwort offensichtlich. Kommandanthauptmann McCall besitzt die nötige Erfahrung und das Vertrauen des gesamten Bataillons. Aber seine Schulter wird ihn aus ...«

»Sirr!« stieß Davis schockiert aus. »Wenn ich einen

Nighthawk trragen kann, gibt es keinen Grrund, warrum ich nicht auch meinen *Highlanderr* führren könnte!«

»Tut mir leid, Kommandanthauptmann. Sie werden in Ihrem Mech sitzen, aber ich werde Sie bei mir behalten. Behindert, wie sie nun mal sind, werden Sie weder kämpfen noch manövrieren können, wie Sie es gewohnt sind.«

»Aberr, Sairr ...«

»Keine Einwände, Kommandanthauptmann. Ich kann es mir nicht leisten, Sie zu verlieren, nur weil sie nicht so schnell ausweichen können wie es nötig wäre. Kommandanthauptmann Frye? Sie brauche ich bei den Scouts. Wir müssen unsere Operation südlich des Kamms genau koordinieren, und Sie kennen Ihre Leute besser als ich es tue.«

»Ja, Sir.« Der Kommandanthauptmann nickte, aber in seiner Stimme lag ein Anflug von Bitterkeit. In derselben Schlacht, die ihn das linke Auge gekostet hatte, war auch Fryes Innenohr verletzt worden. Dadurch konnte er keinen Neurohelm mehr tragen – und keinen Mech mehr steuern. Im Gefecht kommandierte er sein Bataillon entweder vom Leitstand eines Landungsschiffs oder von einem der *Pegasus*-Scoutpanzer der Legion aus.

Grayson fragte sich, wie der Mann das durchhielt. Einem MechKrieger zu sagen, daß er nie wieder in ein Cockpit steigen konnte, war, als würde man einem Vogel das Fliegen verbieten.

»Ich möchte alle Kompanieführer bei ihren Einheiten lassen«, sprach Grayson weiter. »Ich will weder Formationen noch Einheiten zerreißen.« Er sah auf und in die Augen seines Sohnes. »Tja, Alex, dann bleibst nur noch du übrig. Willst du den Job?«

Grayson sah eine Reihe von Emotionen über das Gesicht seines Stammhalters zucken, aber keine davon schien Zweifel zu sein.

»Ja, *Sir!*« erwiderte Alex. Er grinste.

»Ich würde für die Anschlußeinheit die 2. und 3.

Kompanie des Bataillons wählen, Warfield's Warriors und die Grauen Reiter. Irgendwelche Fragen? Probleme? Noch ist Zeit, etwas vorzubringen.«

Ein paar Offiziere murmelten leise, aber keiner meldete sich.

»Gut. Einstweilen wird die 1. Kompanie, Kommandanthauptmanns Fryes Feuersturm, entlang der Front südlich des Kamms eingesetzt. Falls es ratsam erscheint, Kommandanthauptmann, bewegen wir uns nach Osten und Norden, um die Round Tops zu attackieren. Möglicherweise können wir sie sogar als Deckung benutzen, wenn es uns gelingt, feindliche Beobachter von den Bergkuppen zu vertreiben.«

»Etwa so, wie Sie es bei der Gettysburg-Simulation auf Glengarry gemacht haben, was, Herr Oberst?« meinte Frye. »Eine Flankenbewegung um die linke Seite des Gegners, hinter die Round Tops.«

Grayson lachte. »Tja, wer weiß? Vielleicht hat Zellner die Übertragung ja gesehen. Wenn ja, wird er in genau diese Richtung denken... und nicht an Hauptmann Carlyle, der durch den Wald kommt.«

»Wie sieht es mit dem Zeitplan aus?« mahnte Hauptmann Lang.

»Jetzt haben wir kurz vor halb zwei«, stellte Grayson fest. »Sonnenuntergang ist um... wieviel Uhr?«

»20:45 Uhr um diese Jahreszeit«, erwiderte Lang.

»Das läßt uns noch sieben Stunden Tageslicht. Alex? Wie lange braucht ihr für die Flankenbewegung?«

»Das hängt ziemlich stark davon ab, wie das Gelände da draußen *tatsächlich* ist«, antwortete Alex. »Ich verlasse mich nicht gerne auf den Datenbestand der Projektion. Aber vier Stunden sollten reichen. Vier Stunden vom Abmarsch an gerechnet.«

»Dann wollen wir den für 14:30 Uhr ansetzen. Damit wärt ihr um 18:30 Uhr im Wald westlich vom Meadow Grove und hättet noch zwei Stunden Licht. Wie hört sich das an?«

»Perfekt.« Alex studierte den westlichen Wald und das Netz angedeuteter Wege und Straßen, über das er sich würde bewegen müssen. »Nur ein Punkt noch, Herr Oberst. Was ist, wenn wir aus dem Wald gestürmt kommen, und da ist niemand? Ich meine, der gesamte Plan basiert auf unseren Annahmen, was Zellner tun könnte.«

»Aye«, hakte McCall nach. »Und wirr wissen alle nurr zu gut, daß derr Feind nie das macht, was man von ihm errwarrtet.«

»In dem Fall«, erwiderte Grayson mit einem Schulterzucken, »tun wir, was unsere Stärke ist: Wir improvisieren. Selbstverständlich kann dieser Plan jederzeit revidiert werden, falls wir feststellen müssen, daß der Gegner nicht an der erwarteten Position steht … und selbstverständlich haben die Kommandeure im Feld volle Freiheit, ihrer Meinung nach erforderliche operative Entscheidungen zu treffen. Aber das hier«, er zog die Hand über die holographische Landschaft, »ist ein erstklassiges Schlachtfeld, das beste in der gesamten Gegend. Wenn ich mit den 3. Guards nach Süden zöge, würde ich diesen Kamm auf jeden Fall ausnutzen. Ich wäre ein Idiot, darauf zu verzichten.«

»Wie würden Sie sich anders aufstellen, Herr Oberst?« fragte Shooter. »Wenn überhaupt?«

»Gute Frage. Ich würde diesem Wald an meiner Flanke wahrscheinlich nicht trauen. Um flexibel zu bleiben, könnte ich mir vorstellen, mich mit einem Minimum an Mechs, vielleicht einer Kompanie, auf den Bergen einzugraben, und die Hauptstreitmacht näher am Ort zu halten, von wo ich sie beliebig verschieben kann. Natürlich kann es gut sein, daß ich jetzt voreingenommen bin, weil ich ja weiß, was der Graue Tod plant.« Die anderen kicherten. »Aber indem ich meine Hauptstreitmacht hier im Meadow Grove lagern ließe, wäre ich in einer Position, aus der ich mich gegen einen Angriff aus dem Wald im Westen oder hinter den Round

Tops im Südosten hervor verteidigen könnte.« Er studierte die neue Situation einen Augenblick. »Aber selbst, wenn Zellner das tut, steckt er in einer herben Lage. Wenn Alex ihn von Westen attackiert, muß er sich dorthin wenden, um ihm mit der gesamten Streitmacht entgegenzutreten ...«

»... und der Feuersturm kann über den Kamm preschen und ihm in die linke Flanke fallen«, vervollständigte Frye. »Sauber.«

Grayson zögerte, unsicher, was er als nächstes sagen sollte. »Okay, Leute. Gestattet mir eine kleine Rede. Normalerweise halte ich nicht viel von Aufmunterungsansprachen vor einer Schlacht. Das wissen Sie. Aber wir befinden uns hier in einer unangenehmen Situation. Wir kämpfen gegen eine zähe Einheit unter annehmbarer Führung, und dazu kommt, daß diese Einheit zumindest bis vor kurzem noch auf unserer Seite gestanden hat. Ich weiß, wie manche von Ihnen hier und viele Leute unter Ihrem Befehl zum Haus Davion stehen. Teufel, als ich aufgewachsen bin, waren die Vereinigten Sonnen und das Lyranische Commonwealth für mich beide immer, ich weiß nicht, etwas ganz Besonderes. Die Guten. Die Helden, die gemeinsam die Front gegen das Draconis-Kombinat hielten.

Aber die Politik ändert sich, Leute, Allianzen wechseln, Staatsführer werden abgelöst, ganze Nationen, Welten und Imperien können sich grundlegend verändern ... ganz besonders, wenn sie von innen heraus verrotten. Ich brauche niemand hier an seine oder ihre Pflicht zu erinnern, das weiß ich. Aber ich möchte Sie daran erinnern, daß manchen Ihrer Leute Zweifel kommen werden, wenn sie sich klar machen, daß sie *Davion*-Mechs im Visier haben, nicht Draconier, Capellaner oder Clanner. Ich hoffe immer noch, daß wir dieses Gefecht verhindern können. Seit zwölf Stunden schlagen wir den Guards Verhandlungen vor, und ich hatte gehofft, daß wir Seymour und Zellner überzeugen und vielleicht einen Kampf vermeiden könnten. Aber wir haben keinen Piepser zur Antwort bekommen, also müssen wir davon ausgehen, daß Folker und Wilmarth zu den Guards gestoßen sind, die ihrer Ansicht nach unter rechtmäßiger Order agieren. Daß diese Order lautet, den Grauen Tod zu stellen und zu vernichten.

Machen Sie alle Ihren Leuten deutlich, daß es morgen keinen Unterschied machen wird, ob wir gegen Ver-Com-Truppen kämpfen oder nicht. Sie werden kein Pardon geben, und wir auch nicht.«

»Teufel auch, Herrr Oberrst«, meinte Davis McCall und rieb sich die verletzte Schulter. »Wann warr es denn jemals anderrs? Die verdammten Sassenachs wollen unserren Kopf, aberr wirr werrden ihnen ihrren eigenen serrvierren, und zwarr gut durrch!«

Die anderen jubelten und applaudierten, und Grayson wußte, daß seine Leute bereit waren.

Jetzt, dachte er trocken, *muß nur Zellner noch tun, was wir von ihm* erwarten...

Die teils bewaldete, teils felsig zerklüftete Bergkuppe erhob sich westlich der vorgeschobenen Aufmarschbasis Delta und bot eine ausgezeichnete Sicht in alle Richtungen. Nach Süden und Osten, in Richtung von New Edinburgh, war das Land hügelig und dicht bewaldet bis an die Hänge des Mount Alba. Am nördlichen Horizont zeichneten sich die Grampian-Berge violett vor dem klarblauen Himmel ab. Falkirk konnte man auf diese Entfernung natürlich nicht sehen, ebensowenig wie die niedrigeren Berge und Kämme, die das Ziel des Grauen Tods waren.

Sehr viel näher, fast im Schatten des Berges, lag das vorgeschobene Lager des Grauen Tods. Mit der Kuppel des Hauptquartiers und den mobilen Gerüsten des Mechwartungsareals füllte es die große Waldlichtung nahezu völlig aus. Einige Kampfkolosse waren bereits in Bewegung und marschierten im Gänsemarsch eine Straße nach Westen hinab.

Hauptmann Alexander Carlyle und seine Anschlußtruppe waren auf dem Weg in die Tiefen des Tanglewoodwalds.

Grayson Carlyle hatte bei seiner Besprechung in einem Punkt genau richtig gelegen, dachte der Mann auf dem Gipfel. Dieses Gelände würde jedes größere Mechgefecht zu einem äußerst harten Kampf machen. Falkirk würde zum Schlachtfeld werden, daran konnte kein Zweifel bestehen.

Hastig kniete er sich auf einen flachen Felsbrocken und öffnete einen kleinen Koffer. Die Antenne klappte von selbst aus. Die Schüssel entfaltete sich, schwenkte automatisch hoch und richtete sich nach Süden aus, wie eine Blume, die nach der Sonne suchte. In diesem Fall war das Ziel der Suche allerdings nicht das Zentralgestirn, sondern ein Spionage- und Kommunikationssatellit in synchroner Umlaufbahn um den Planeten. Er wartete zehn Sekunden, bis die Anlage ihre volle Leistung erreicht hatte. Als auf der kleinen Konsole ein grünes Licht aufleuchtete, drückte er einen Knopf und eine bereits eingespeiste kodierte Botschaft jagte in einem intensiven Laserimpuls in den Himmel.

Die nicht zu ortende und nicht zu verfolgende Botschaft von einem Sekundenbruchteil Dauer würde an Marschall Felix Zellner weitergeleitet werden und ihn von allem in Kenntnis setzen, was sich nur eine Stunde vorher in der Besprechung ereignet hatte.

Alex Carlyle stand eine Überraschung bevor, wenn er in vier Stunden aus dem Wald trat. Der Jäger würde zum Gejagten werden.

Als die Sendung abgeschickt war, legte Hauptmann Walter Dupré, derzeit der 1. Kompanie, 3. Bataillon, zugeteilt, die Ausrüstung zusammen, vergewisserte sich, daß niemand ihn beobachtet hatte, und machte sich auf den Weg zurück ins Tal.

26

Beobachtungsposten Eins, Falkirk, Caledonia
Mark Tamarind, Vereinigtes Commonwealth

16. April 3057, 19:40 Uhr TNZ

»Na schön, Marschall Zellner«, fragte Marschall James Seymour, die Hände in die Hüften gestützt und mit spöttischer Miene. »Wo, zum Teufel, steckt er?«

»Ich weiß es nicht«, gab Zellner zu. »Ich weiß es nicht, zur Hölle.«

Sie standen im Glockenturm der Ersten Caledonischen Kongregation des Kosmischen Ganzen, dem höchsten Punkt in der Ortschaft Falkirk, und dem einzigen, der einen akzeptablen Blick nach Süden bot. Vier breite, hohe Fenster, eines in jeder Wand rund um die massiv bronzene Glocke, gestatteten klare Sicht auf das Gelände der Umgebung. Und in einer Hinsicht war es sogar ein besserer Ausblick, als ihn Gefechtsfeldkameras zu liefern vermochten: Er konnte nicht gestört werden.

Im Süden tobte eine Schlacht, schon seit *zwei* Stunden.

»Wir haben unsere Verteidigung auf die Informationen aufgebaut, die Ihr Agent im Lager des Grauen Tods geliefert hat«, stellte Seymour fest. »Und dieser vernichtende Flankenangriff, vor dem er Sie gewarnt hat, ist ausgeblieben. Wie ich es *erwartet* habe.«

»Er hat sich erst um eine Stunde verspätet«, bemerkte Zellner. Aber auch er bekam allmählich seine Zweifel.

»Mein lieber Herr Marschall«, meinte Seymour. »Sie sollten sich mal die folgenden Möglichkeiten durch den Kopf gehen lassen.« Er zählte sie an den Fingern ab. »Erstens: Ihr Mann hat sich geirrt. Zweitens: Der Feind wußte, daß Ihr Mann ein Spion ist, und hat ihn mit Fehlinformationen gefüttert. Drittens: Ihr Mann wurde umgedreht und arbeitet jetzt für den Nachrichtendienst des Grauen Tods. Viertens: Ihr Man wurde kurz nach Absenden der Botschaft entdeckt, Oberst Carlyle erkannte, daß sein Plan verraten wurde und hat ihn entsprechend geändert.«

»Fünftens«, fügte Zellner hinzu. *»Hauptmann* Carlyle hat sich im Wald verirrt und kann jeden Augenblick auftauchen!«

»Vielleicht. Aber ich muß Sie darauf hinweisen, daß die Gray Death Legion nicht gerade im Ruf steht, sich leicht zu *verirren,* Marschall. Ich habe den starken Verdacht, daß wir einer Finte aufgesessen sind, und ich bin nicht bereit, über die Hälfte meiner Einheit für das Wort eines gekauften Spitzels zu riskieren!«

»Dieser ›gekaufte Spitzel‹ ist ein guter Mann!«

»Das will ich gar nicht anzweifeln. Aber er ist nur *ein* Mann. Wir haben es hier mit einem kompletten Bataillon einer der besten Söldnereinheiten überhaupt zu tun.« Seymour zeigte nach Süden, wo entlang der Straße nach New Edinburgh am Höhenkamm Explosionen aufzuckten und krachten. »Da hinten läuft ganz offensichtlich nur ein Scheingefecht ab. Das Feueraufkommen aus den Wäldern ist viel zu gering für ein komplettes Bataillon. Meine Leute melden mir, daß sie gegen eine einzige Kompanie kämpfen, vielleicht nicht einmal das. Und wenn Hauptmann Carlyle sich *nicht* durch den Tanglewood anschleicht, muß er irgendwo anders sein.« Er deutete mit dem Daumen über die Schulter, auf die Wälder und das Marschland östlich des Meadow Grove. »Vielleicht dort. Teufel, vielleicht zieht er über die Berge und taucht in unserem Rücken auf!«

»Sie überschätzen den Mann.« Zellner dachte einen Moment nach, dann hob er seine Karte auf, einen tragbaren Computer von der Größe eines Klemmbretts, der auf einem Flüssigkristallschirm das Gelände der Umgebung darstellte. »Moment mal. Carlyle – der alte, meine ich, nicht der Sohn – ist bekannt für unerwartete Schachzüge. Sie haben Kundschafter im Tanglewoodgebiet?«

»Selbstverständlich. Haben Sie erwartet, daß ich etwas so Offensichtliches vergesse? Ich habe eine komplette Kompanie da draußen auf der Jagd nach dieser mysteriösen Marschkolonne. Ehrlich gesagt finde ich, sie wären hier bei der Reserve mehr wert. Wenn der junge Carlyle tatsächlich da draußen sein sollte, schätze ich, daß er es aufgegeben hat, über die Tanglewoodstraße zu kommen. Er wird unsere Posten umgehen und uns aus einer anderen Richtung anfallen.«

Der Kampflärm aus dem Süden wurde lauter. Mit wildem Donnern und dem schneidenden Zischen abfliegender Raketen eröffneten die Artillerie und Raketenlafetten von Feuerbasis Alpha im Meadow Grove südlich des Dorfes ein brutales Bombardement. Zellner lehnte sich einen Augenblick gegen den Festerrahmen des Glockenturms und beobachtete, wie die Raketen über den Kamm flogen und sich auf die feindlichen Stellungen dahinter stürzten. Bisher wurde der Kampf mit beinahe desinteressierter Zurückhaltung geführt. Der größte Teil der Expeditionskräfte war in einem provisorischen Lager neben dem Vorratsdepot versammelt, das sich knapp südlich des Dorfes, zwischen Zellners Leitstand und Feuerbasis Alpha, im Bau befand. Vor dem Wald im Südwesten wurden Infanteriestellungen ausgehoben.

Trillernd meldete sich ein Kommunikator, und Seymour hob den Kopfhörer vom Sims unterhalb des Ostfensters. »Seymour.« Er hörte kurz zu, dann grunzte er: »Sehr gut. Halten Sie Position und lassen Sie sie nicht aus den Augen. Leitstand Ende.«

»Wer war das?«

»Malischnikow, auf Hügel Zwo-Zwölf. Er hat etwas entdeckt, es scheint eine große Gruppe Mechs zu sein, die sich im Südwesten durch den Wald bewegt.«

Zellner sah auf die Karte. Hügel 212 war der größere der beiden abgerundeten Berge, die östlich und nordöstlich jenes Kamms lagen, der die linke Flanke der Davion Guards markierte. Dort war eine Kompanie leichter und mittelschwerer Mechs postiert, mit dem Befehl, die erhöhte Stellung um jeden Preis zu halten. Wenn Malischnikow weiter östlich feindliche Mechs gesichtet hatte …

»Denken Sie dasselbe wie ich, Marschall?« Seymour grinste.

»Carlyle hätte seinen Gegner beinahe wieder getäuscht.« *Beinahe.*

»Vier zu eins, daß Hauptmann Carlyles Truppen von Osten kommen.«

»Was schlagen Sie vor?« Zellner fühlte sich leicht überfordert. Er hatte diesen Teil der Schlacht haargenau und eingehend durchgeplant und alles darauf gesetzt, daß Carlyle so vorging, wie er es von der ausspionierten Besprechung her wußte. Jetzt fiel alles auseinander.

»Wir ziehen das 3. Bataillon aus dem Lager und bringen es hinter den Hügeln Zwo-Zwölf und Eins-Neunzig in Stellung. Das 2. Bataillon bleibt in Reserve und verstärkt unsere Linien auf dem Kamm. Ich vermute, Carlyle wird uns dort bald angreifen, als Ablenkungsmanöver. Wir sollten ihn in dem Glauben lassen, daß er damit Erfolg hat.«

Zellner schob farbige Lichtpunkte auf seiner Karte umher. »Ja. Ja, sieht gut aus«, lachte er, erleichtert, daß die Ungewißheit vorbei war. »Wir werden diesen Bastard *erledigen,* Jim!«

»Warten Sie noch mit der Siegesfeier, Marschall«, warnte Seymour. »Carlyle ist ein Gegner, den ich nicht unterschätzen würde!«

»Natürlich, natürlich«, wiegelte Zellner ab, aber für ihn war die Angelegenheit gelaufen. Bis zu diesem Augenblick schien ihm die Tatsache, daß er nicht sicher gewußt hatte, was der Graue Tod tun würde, der eine entscheidende Faktor gewesen zu sein, der alles noch hätte verderben können… und das, nachdem er sich so verflucht sicher gewesen war, zu *wissen*, was Carlyle plante. Aber jetzt hatte er Gewißheit. Jetzt konnte er zuversichtlich agieren, in dem Wissen, von wo der alte Bastard Carlyle angreifen würde, konnte sich auf klare Zahlen stützen. Laut Dupré – und dessen Bericht war von mehreren anderen Quellen bestätigt worden – konnte der Graue Tod auf Caledonia nicht mehr als fünfunddreißig bis vierzig Mechs aufbieten, was mehr oder weniger auf ein Bataillon hinauslief. Zellners Expeditionstruppe umfaßte achtundsechzig Mechs, zwei komplette Bataillone abzüglich einer Handvoll Ausfälle, plus einer Regiments-HQ-Kompanie, einer Artilleriebatterie und einem unterstützenden Infanterieregiment.

Und dann bestand da noch die Chance, daß Dupré erfolgreich gewesen war und seine kleine Überraschung in Grayson Carlyles Kampfkoloß hatte verstecken können. Seine Nachricht hatte die Mitteilung enthalten, daß er sich vor zwei Tagen Zugang zu Graysons *Victor* verschaffen konnte. Falls Dupré umgedreht worden war, handelte es sich dabei natürlich um eine Lüge, aber *wenn nicht*…

Das 3. Bataillon des Grauen Tods hatte gegen diese Übermacht keine Chance.

Und Oberst Grayson Carlyles Tod in der Schlacht würde das Schicksal der Legion besiegeln.

Trotz des Schnalzens und Schepperns, mit dem qualmende Granatsplitter von der Panzerung abprallten, sicher im Cockpit seines *Victor*, stand Grayson Death Carlyle am Waldrand und studierte auf dem Sichtschirm die vergrößerten Feindstellungen auf der Kammlinie zwei Kilometer im Norden. Alex hätte schon vor einer Stunde in Position sein und seinen Angriff starten müssen, vor *über* einer Stunde, und noch immer gab es keinerlei Anzeichen für irgendeine Störung in der Gefechtsführung des Gegners. Sie hatten ein Signal verabredet – zwei grüne Leuchtkugeln für einen erfolgreichen Angriff, zwei rote, falls die Angreifer auf entschlossene Gegenwehr und befestigte Stellungen trafen. Keine Leuchtkugeln bedeuteten, daß Alex seine Startposition noch nicht erreicht hatte.

Was, zur Hölle, hält ihn auf?

Grayson verfluchte die Funksperre, die es ihm unmöglich machte, sich mit der anderen Hälfte der Einheit in Verbindung zu setzen. Und er verfluchte sich selbst, weil er diesen Teil der Operation nicht Frye überlassen und den Marsch in die gegnerische Flanke selbst angeführt hatte.

Der Beschuß vom feindlich besetzten Bergkamm wurde heftiger. Hauptsächlich Artilleriegranaten und Langstreckenraketen. Die meisten Geschosse waren zu kurz gezielt und pflügten nur das südliche Ende der Ebene vor ihren Stellungen um. Einige zischten über ihn hinweg und landeten hinter seinem Rücken im Wald, wo ihre donnernden Explosionen Bäume, Äste und Blätter wie Spreu in den Himmel schleuderten. BattleMechs auf beiden Seiten feuerten aufeinander, ohne eine reale Chance zu haben, irgendeinen Treffer zu landen, es sei denn, durch einen unglaublichen Glücksfall. Die Luft, der Himmel über ihnen, war lebendig von umherschwirrendem Metall. Hoch oben, weit über dem Schlachtfeld, konnten Graysons Sensoren eben noch ein wirres Knäuel weißer Fäden ausmachen, Kondensstreifen eines Luftgefechts am Rande der Stratosphäre.

Er wünschte sich, einer seiner Luft/Raumjäger könnte sich lösen. Er hätte eine genaue Abtastung des Schlachtfelds jenseits des Kamms begrüßt.

Verdammt, wo steckt Alex?

Ein zweiter Mech kam durch die Schatten der Bäume links von Grayson näher, ein kantiger *Highlander* mit zerkratzter und kampfgezeichneter Panzerung. »Hallo,

Davis«, begrüßte Grayson ihn über die sichere Tak-Leitung. »Wie macht sich dein Arm da drinnen?«

»Ganz gut, Herrr Oberrst. Err tut weh, aberr ich halt es aus. Ich hätte auf den Flankenmarrsch gehen sollen.«

»Seine GAZ ist erst eine Stunde vorbei. Vielleicht waren unsere Daten über die Straßen nicht so aktuell wie wir gedacht haben.«

»Vielleicht.« Es klang, als wollte McCall noch mehr sagen, zögerte aber.

Weil es Graysons Sohn war, da draußen.

»Er wird schon durchkommen, Kommandanthauptmann«, meinte Grayson. »Wenn es echte Schwierigkeiten gegeben hätte, würden wir etwas davon mitbekommen. Es bleibt noch eine Dreiviertelstunde bis Sonnenuntergang.«

»Aye, Sirr. Aberr dadurrch stecken wirr in derr Klemme. Wie lange können wirr hierr warrten, ohne wirrklich anzugrreifen?«

»So lange wie nötig. Irgendwelche Verluste?«

»Nein, Sirr. Die Infanterrie ist in Deckung. Mech-Krriegerr Gonzalez' *Fallbeil* hat leichte Schäden am Arrm und an derr Seite von einem Beinahetrrefferr, aberr err steht noch.«

»Dann halten wir noch ein bißchen die Stellung. Außerdem hat Kommandanthauptmann Frye noch immer seine Lanzen und die Schweberscouts östlich der Round Tops.«

»Aye. Sie machen Krrach fürr ein ganzes Bataillon.«

»Das wollen wir hoffen. Und vor allem, daß der Gegner es ihm abkauft.« Grayson blickte nachdenklich auf den Monitor, der den Himmel über ihnen zeigte. »Das Schwierigste an diesem Unternehmen ist, weiterzumachen, obwohl wir keine Ahnung haben, wie sich der Gegner aufgestellt hat.«

»Aye. Aberr wirr werrden mehrr wissen, wenn Jung-Alex errst aus dem Wald kommt.«

Wenn Alex aus dem Wald kommt. Wie lange sollte

das noch dauern? Die Mechkriegsführung bestand hauptsächlich aus Bewegung, mit dem Ziel, so nahe wie möglich an den Feind heranzukommen und ihn möglichst schnell zu erledigen. Früher oder später würden ihre Gegner erkennen, daß er nicht mehr als eine Kompanie hier versteckt hielt. Wenn das geschah, blieben dem Grauen Tod nicht viel Möglichkeiten außer einem schnellen Rückzug, um nicht eingekesselt und vernichtet zu werden.

Verdammt noch mal, wo steckt der Junge?

Verdammt, wann passiert *hier endlich mal was?*

Walter Dupré streckte sich auf der Pilotenliege seines *Zeus* und versuchte, die durch das lange, unbewegliche Sitzen verkrampften Muskeln zu lockern. Er hatte es geschafft, bei Carlyle und der Befehlssektion zu bleiben. Die Tatsache, daß sein 80-Tonnen-*Zeus* zu den schwersten Mechs gehörte, die der Graue Tod hier auf Caledonia besaß, trug dazu bei.

Aber sie verbrachten jetzt schon Stunden hier damit, zwischen den dicht beieinanderstehenden Bäumen vor und zurück zu manövrieren, auf Gelegenheitsziele zu feuern, wenn sie sich auf dem fernen Bergkamm vor dem Himmel abzeichneten, und vor allem, den zufällig herabstürzenden Feindgeschossen auszuweichen, die diesen Teil des Waldes langsam aber unerbittlich in einen frischgepflügten und mit Sägemehl gedüngten Acker verwandelten.

Carlyles *Victor* stand laut Ortungssignal, das er auf seiner Anzeige sah, etwa fünfhundert Meter weiter westlich. Das letzte Signal, das er von Zellner empfangen hatte, schon vor Stunden, hatte nur aus einem einzigen Wort bestanden: Abschluß.

Er sollte den Job zu Ende bringen, den er damals auf Glengarry nicht hatte durchführen können. Er fragte sich, ob er einfach näher herangehen und es gleich machen sollte …

Nein. Geduld ... Geduld. Nur so konnte er das Spiel gewinnen und lebend davonkommen, um sich darüber zu freuen. Der Mann, der den großen Grayson Carlyle getötet hatte! *Das* würde eine Geschichte werden, die sich einige Male in einer Raumhafenbar über ein paar Drinks erzählen ließ! Natürlich müßte er die Sache mit dem Gerät verschweigen, das er im rechten Knie von Carlyles *Victor* versteckt hatte. Das klang nicht so ganz fair – oder es würde zumindest später einen unvorteilhaften Eindruck erwecken.

Aber er konnte nichts unternehmen, bis Carlyle sich entschloß, aktiv zu werden ... genaugenommen, bis er sich entschloß, die Sprungdüsen seiner Maschine einzusetzen.

Eine Artillerierakete flog heulend über ihn weg und schlug in einen Baum fünfzig Meter hinter dem *Zeus* ein. Der Lichtblitz war grell genug, um bizarre Schatten durch den Wald zu werfen, die Detonation so laut, daß Dupré trotz der automatischen Dämpfer der Außenmikros die Ohren klangen. Etwas Schweres rammte seitlich in seinen Mech und ließ ihn stolpern – ein drei Meter langes Stück Baumstamm mit verbrannten und zerfetzten Enden.

Laß uns nicht die ganze Nacht hier herumstehen, Carlyle, sonst komm ich rüber und bring dich gleich hier um, ob ich davonkomme oder nicht!

Das waren natürlich nur leere Worte, und Dupré wußte es. Trotzdem, er wünschte sich, die Warterei hätte ein Ende ...

Alex hatte sich verirrt.

Na ja ... vielleicht nicht *verirrt,* aber wo er genau war, konnte er auch nicht sagen. Keine zwei Stunden nach Beginn ihres Waldmarschs war die Einsatzgruppe Sturm auf ein überflutetes Waldstück gestoßen, das sich in keiner Datenbank verzeichnet fand und auch alle einheimischen Führer überrascht hatte. Deren Erklärung dafür war, daß die heftigen Regenfälle der vergangenen Woche einen Fluß hatten über die Ufer treten lassen, was diesen Teil des Tanglewoodwalds in einen verräterischen Sumpf verwandelt haben mußte. Straßen, die auf der elektronischen Karte als begehbar eingezeichnet waren, verschwanden in öligschwarzem Wasser; Freiwillige wateten hinein und kehrten mit Berichten über weichen, klebrigen Morast ohne Boden zurück – zumindest ohne einen Boden, der sich mit vier Meter langen Stangen entdecken ließ. Es war *möglich,* daß ein BattleMech, der sich in diesen Morast wagte, nicht bis über den Kopf versank. Aber es war genauso möglich, daß er in vier Metern Schlamm nach wenigen Schritten zu feststeckte, um ohne Bergungsfahrzeug nicht wieder freizukommen.

Aber das waren Möglichkeiten, auf die Alex sich nicht hatte einlassen wollen, nicht bei der ohnehin kleinen Zahl von Mechs, die dem Grauen Tod zur Verfügung standen. Nach einer Besprechung mit den zivilen Führern, von denen einige in Falkirk oder der näheren Umgebung aufgewachsen waren, entschied er sich, das Flutgebiet zu umgehen, weil ihm dies klüger und sicherer schien.

Sie waren nach Westen ausgewichen und hatten sich immer weiter vom Schlachtfeld entfernt, bis die Scouts endlich einen trockenen Weg melden konnten, der durch ein lichteres Waldstück nach Norden führte. Gegen 20 Uhr erreichten sie schließlich eine in nordöstlicher Richtung verlaufende Straße. Das *sollte* die Tanglewoodstraße sein, aber sie waren so weit vom Kurs abgekommen, daß es dafür keinerlei Garantie gab.

Also nahm Alex ein Risiko auf sich. Er hatte bemerkt, daß es im Wald auch vor dem tatsächlichen Sonnenuntergang schnell dunkler wurde, und die vierundzwanzig Mechs der Einsatzgruppe Sturm in Zweierreihen und im Laufschritt die Straße hinabgeführt, um Zeit gutzumachen.

Bald waren die Schatten selbst auf der Straße so tief, daß einige MechKrieger um Erlaubnis gebeten hatten, die Scheinwerfer ihrer Maschinen einzuschalten. Alex gab sie ihnen nicht. Die Davions würden mit Sicherheit Beobachter oder Posten entlang der Straße aufgestellt haben, und er wollte sie nicht früher als unvermeidbar vor seinen Truppen warnen.

Und so donnerten die beiden Mechkompanien durch die schnell anbrechende Nacht die Straße hinunter. Mit jedem Schritt knallten scharnierbesetzte Karbonstahlfüße funkenschlagend auf den Asphalt. Am Horizont und hinter den Bäumen im Nordosten war ein Leuchten zu sehen, besonders unter Lichtverstärkung – möglicherweise Falkirk oder das Lager der 3. Guards.

»OK, Sturm«, rief Alex über den taktischen Kanal und brach zum ersten Mal die Funkstille. »Geschütze scharf! Entsichern! Aufstellung!«

Für den Fall, daß feindliche Truppen diese Frequenz abhörten oder mit Breitbandscannern überwachten, war die Sendung kodiert und zerhackt, aber trotzdem wollte er den Funkverkehr auf das absolute Mindestmaß begrenzen. Er warf die Sicherungsschalter auf der Konsole seines *Schützen* um und machte die mittelschweren Impulslaser feuerbereit.

Aus den Schatten zu seiner Rechten drangen Gewehrschüsse. »Sturm Eins, hier Reiter Fünf!« meldete eine Stimme. »Ich werde aus dem Wald mit Handwaffen angegriffen.«

»Eliminieren!« knurrte Alex, und das Rattern eines Maschinengewehrs antwortete ihm. Jetzt konnten sie nicht mehr zurück, egal, was sie dort oben erwartete, egal, wie verspätet sie waren.

Plötzlich bewegte sich eine staksige Gestalt durch Alex' Frontsichtfeld. Ein runder, gedrungener Rumpf mit schlaksigen Armen.

Ein *Merkurius*... Das war keiner seiner Mechs...

Rechts neben Alex feuerte eine PPK, und ein bläulichweißer Plasmastrahl zuckte hinüber zu dem unglückseligen 20-t-ScoutMech, dem er eine gewaltige Bresche in die Seite schlug. Ein Arm flog in den Wald davon, während elektrische Entladungen über den ganzen Rumpf tanzten und rings um die Beine in den Boden schlugen.

Der Gray-Death-*Marodeur* gab einen zweiten PPK-Schuß ab, der diesmal ins Bein des Davion-*Merkurius* fuhr. Die ungelenk wirkende Maschine wankte kurz, dann stürzte sie zu Boden. Zwei weitere PPK-Blitze schlugen in die Trümmer ein und zerschmolzen sie zu einer einzigen, glühenden und qualmenden Metallmasse.

Der *Marodeur* war einer der Mechs in der Kampf-Lanze der 3. Kompanie und wurde von MechKrieger Sergej Golowanow gesteuert. »Gute Arbeit, Sergej«, meinte Alex.

»Spasibo«, erwiderte der russischstämmige Skye-Mann. »Das hat was von einem Tontaubenschießen.«

»Noch.« Alex sah auf die Zeitanzeige der Sichtprojektion und schnitt eine Grimasse. 20:38 Uhr, und die Schlacht hatte gerade begonnen – mit zwei Stunden Verspätung. Das eigentliche Problem dabei war, daß in wenigen Minuten die Sonne unterging, und in einer halben Stunde völlige Dunkelheit herrschen würde. Es kam vor, daß BattleMechs in der Nacht kämpften, aber es war selten, und das mit gutem Grund. Um ein Ziel zu erfassen, benötigte man in der Nacht in aller Regel aktive Sensoren – selbst wenn es sich dabei nur um Suchscheinwerfer handelte –, und damit machte man sich automatisch selbst zum Ziel. Passive Sensoren, Lichtverstärker und passive Inrafrotoptik, hatten in einem gewissen Rahmen ihren Wert, aber einen Mech im Dunkeln auf unebenem Gelände zu führen und mit ihm zu kämpfen, war harte Arbeit. Er mußte damit rechnen, daß seine Einheit ebenso viele Ausfälle durch Stürze erlitt wie durch Feindfeuer.

Aber das ließ Alex ungerührt. Daß Mechs in der Regel nachts nicht zum Kampf antraten, würde ihr Erscheinen nur noch überraschender machen. Möglicherweise ließ es sich einrichten, daß nur ihr Gegner in der Dunkelheit manövrieren – und stolpern – mußte.

»Sturm! Aufstellung Frontalangriff! Warriors links, Reiter rechts! Ausschwärmen!«

Die Namen waren die seiner beiden Kompanien, der Warfield's Warriors und der Grauen Reiter.

Eine Rakete stürzte von Süden her kreischend aus der Dunkelheit heran, einen Schweif orangeroter Funken hinter sich herziehend. Es sah nach dem Geschoß einer RakFaust aus ... und nach einem Fehlschuß. Eine Explosion zuckte zwischen den Bäumen auf und illuminierte einen Schattenriß aus Stämmen und verschränkten Zweigen.

Der Waldrand *mußte* unmittelbar voraus sein ...

Sonnenuntergang. Der Himmel im Westen zeigte ein farbenprächtiges Gemälde aus Rot, Orange und Grün, und noch immer waren keine Leuchtkugeln aufgetaucht, weder grün noch rot, oder irgendein anderes Zeichen dafür, daß Alex seinen Marsch durch die Wälder beendet und Zellners rechte Flanke angegriffen hatte.

Grayson überdachte seine Möglichkeiten. In rund dreißig Minuten würde es dunkel sein. Der Graue Tod hatte Erfahrung mit Nachtgefechten, aber trotzdem konnte sich eine große Schlacht wie diese schnell in ein wirres Jeder-Gegen-Jeden verwandeln, in dem die Truppen mindestens ebensooft auf eigene Kameraden feuerten wie auf den Gegner. Ohne genaue Vorstellungen von der Aufstellung des Feindes wäre es auch Selbstmord gewesen, einen Vorstoß nach Norden bis zum Cemetery Ridge zu wagen.

»Befehl Eins-Eins«, meldete sich eine Stimme über die TakLeitung. »Hier Feuersturm. Ich nähere mich von rechts.«

Grayson schaute auf den Sichtschirm und sah Kommandanthauptmann Fryes *Pegasus* zwischen den Bäumen näher kommen. Unter dem künstlichen Hurrikan des Luftkissens wurden Zweige und Schößlinge beiseite geschleudert. Dicht hinter ihm folgte einer der *Marodeure* des Bataillons.

»Hallo, Kommandanthauptmann. Ich sehe Sie. Kommen Sie näher.«

Er fühlte ein vertrautes Stechen beim Anblick des drohenden MAR-3D mit seinen wuchtigen Unterarmen hinter dem kleinen Scoutschweber. Bis zur Schlacht von Sudeten 3050 war Grayson Carlyles Warenzeichen ein alter *Marodeur* gewesen, der ihn durch mehr Schlachten gebracht hatte, als er aufzählen mochte. In den Kämpfen gegen die Clans wurde der Kampfkoloß praktisch auseinandergeschossen, und er hatte ihn auf Sudeten zurücklassen müssen. Danach baute er dann die Legion wieder auf und stützte sich dabei weitgehend auf die Daten des Sternenbundkernspeichers und die erbeutete Clantechnologie; er selbst hatte sich damals diesen VTR-9K *Victor* erworben, den er seither führte.

Vielleicht war es nur die Gewohnheit von siebenunddreißig Jahren Kampferfahrung, aber auch nach sieben Jahren im *Victor* bevorzugte er den *Marodeur,* obwohl diese alte Konstruktion von den neuen, moderneren Maschinen deutlich deklassiert wurde.

Während Fryes *Pegasus* herankam, donnerte in der Ferne noch immer die Artillerie. Zellners Leute hatten die Mechs des Grauen Tods verloren und bombardierten jetzt ein unschuldiges Stück Wald weiter westlich.

»Freut mich, Sie wieder hier zu haben«, meinte Grayson, auch wenn Fryes Rückkehr seine Besorgnis um Alex nur noch verstärkte. »Was haben Sie gesehen?«

»Nördlich vom Big Round Top ist eine große Mechkonzentration auf dem Marsch. Ich schätze zwei bis drei Kompanien, mit Posten und Streifen in den Wäldern nach Osten. Sieht ganz danach aus, als ob Zellners Schwerpunkt ziemlich weit abgezogen ist.«

»Man hat Sie gesehen?«

»Und ob. Sie konnten uns gar nicht übersehen. Ich bin ziemlich sicher, daß sie akzeptable Kontingente auf beiden Round Tops haben, und das gibt ihnen eine ziemlich klare Sicht über gute, na, fünfzehn bis zwanzig Kilometer rundum. Wir haben uns an verschiedenen Stellen östlich und selbst nordöstlich der Berge gezeigt. Zellner dürfte überzeugt sein, daß wir aus dieser Richtung anrücken.«

Laserfeuer zuckte auf und setzte die Baumwipfel in Brand. Graysons Kopf zuckte hoch, und seine Blicke suchten den Sichtschirm ab, der ihm einen 360°-Rundumblick gewährte. Aus dem Norden sah er Davion-Mechs vom Bergkamm herabkommen. Es waren zwölf Maschinen – eine Kompanie –, die in einer einzelnen langen Schlachtreihe geradewegs auf den Grauen Tod zumarschierten. Sie bewegten sich langsam, Schritt um Schritt, beinahe, als erwarteten sie, jeden Moment von einer Breitseite niedergemäht zu werden.

Einen Augenblick lang erinnerten sie Grayson frappant an Jaime Wolfs Sturmangriff vom Cemetery Ridge in ihrer Simulation. Picketts Sturmlauf unter umgekehrten Vorzeichen.

Aber diesmal schien die Flankenbewegung gescheitert, und die anrückenden Gegner würden schnell feststellen, daß sie in den Wäldern voraus nur eine einzelne Kompanie erwartete.

Was nun?

Grayson Death Carlyle blieben erschreckend wenig Möglichkeiten.

27

Meadow Grove, Caledonia
Mark Tamarind, Vereinigtes Commonwealth

16. April 3057, 20:48 Uhr TNZ

Marschall Felix Zellner kletterte aus seinem Mech, einem erst kürzlich umgebauten *Atlas*, der zu seinem persönlichen Befehlsfahrzeug aufgerüstet worden war. Nachdem er sich vom Glockenturm aus einen Überblick über das Schlachtfeld verschafft hatte und dann hierher ins Basislager an der Straße nach New Edinburgh südlich von Falkirk gekommen war, versuchte er eine weitere Stunde lang, die Entwicklung der Schlacht aus seinem Mech zu verfolgen.

Und mit jeder Minute stieg seine Unsicherheit. Seine Expeditionskräfte wurden immer weiter auseinandergezogen. Die rechte Flanke war durch den Wald und die Mechreserven gestützt, aber volle fünfzig Prozent ihrer Maschinen befanden sich gute drei Kilometer entfernt an der linken Seite und zu weit weg, um der rechten Flanke schnelle Unterstützung gewähren zu können, wenn es Schwierigkeiten gab. Auch Seymour war nicht mehr hier, sondern in seinem *Pirscher* unterwegs, um nach dem Bataillon zu sehen.

Währenddessen erstarben die Kämpfe entlang des Kamms im Süden allmählich, weil die Kanoniere immer weniger Feindsichtungen auf der gegenüberliegenden Seite der Lichtung meldeten. Zellner hatte eine Kompanie losgeschickt, um den Wald auszukundschaften, aber bis jetzt keine Rückmeldung erhalten, und er erwartete auch noch einige Minuten keine. Es gab auch keinerlei Anzeichen für den erwarteten Angriff an der linken Flanke; die Mechs, die Malischnikow vor einer Stunde gemeldet hatte, waren ausgeblieben. Standen Sie noch immer dort und hatten ein Nachtlager aufgeschlagen, um im Morgengrauen anzugreifen? Oder war das ganze eine Finte gewesen?

Und jetzt … das …

Die Uniform des Mannes war schlammverschmiert und zerknittert, sein Gesicht verdreckt, seine Augen weit aufgerissen. Sie glänzten im zunehmenden Zwielicht. Er keuchte schwer, als habe er einen langen, gehetzten Lauf hinter sich. Einer von Zellners Stabsoffizieren hatte ihn eben hergebracht.

»Wie viele Mechs haben Sie denn überhaupt gesehen?«

»Ich … ich bin mir nicht sicher, Sir. Aber eine Menge. Mehr als eine Kompanie. Und sie stürmten in vollem Galopp in diese Richtung!«

»Dummkopf. Wenn die Mechs gerannt wären, wie hätten Sie dann vor ihnen hier sein können?«

Der Mann drehte sich um und zeigte nach Westen in den Sonnenuntergang. Der Himmel hinter den blauschwarzen Schatten des Tanglewood war leuchtend rotorange. »Ich bin auf dem kürzesten Weg gekommen. Sie zogen die Straße entlang, nach Norden. Ich weiß nicht. Vielleicht haben Sie Halt gemacht, um sich zu formieren. Vielleicht rücken sie jetzt langsam durch den Wald vor. Aber sie sind da, und sie kommen hierher, Herr Marschall. Ich will verdammt sein, wenn es nicht wahr ist!«

Aus dem Westen drangen Gewehrschüsse und das Hämmern eines MGs an seine Ohren. Zellner starrte in den Wald, als wolle er eine Vision von den Ereignissen hinter der undurchdringlichen Blätterwand erzwingen. *Was* ging da draußen vor? Der Mann hatte etwas gesehen, soviel war sicher. Das war die fünfte Meldung in den letzten zehn Minuten, nach den Berichten von Infanteriekundschaftern, seinen KomTechs und einem einzelnen *Merkurius,* der noch immer Postendienst auf der Tanglewoodstraße schob. Die Meldung des Mechs brach dann abrupt ab. Was bei ihm angekommen war, hatte nur von einer Bewegung entlang der Straße gesprochen, und keine klare Warnung enthalten. Dementsprechend war Zellner von einer Funkstörung ausgegangen. Jetzt aber schien klar, daß dort draußen Feindeinheiten standen.

Aber eine Kompanie oder mehr? Das schien unmöglich, nicht angesichts dessen, was er über die Kräfte des Grauen Tods auf Caledonia wußte. Und *nachts?*

Lächerlich!

Die wahrscheinlichste Erklärung, insbesondere nach den Berichten über große Mechverbände im Osten, war, daß ein paar Kampfkolosse, vermutlich eine Scoutlanze aus *Hornissen* und *Heuschrecks,* im Tanglewood entweder als vorgeschobene Beobachter das indirekte Feuer lenken oder als Ablenkung dienen sollten, um Zellners Hauptstreitmacht zurück zum Meadow Grove zu locken.

Etwas brach aus der Deckung und huschte zwitschernd über das offene Gelände. Was war das jetzt?

Da kam noch eines. Und wieder eins. Innerhalb von Sekunden waren überall Hunderte kleine, braune oder schwarze Pelztiere, die hüpfend und springend aus dem Wald stürzten und über offenes Gelände nach Osten hetzten.

Zellner drehte sich langsam um und suchte die Umgebung ab. Er stand im Hauptlager, wo Dutzende BattleMechs zur Wartung, Bestückung und Vorbereitung auf die für den frühen Morgen erwartete Schlacht zusammengezogen waren. Das Infanterielager befand sich weiter westlich, dicht am Wald, und vor der schattigen Baumlinie konnte er Dutzende Lagerfeuer sehen, an denen die Männer ihr Abendessen zubereiteten. Weiter nördlich lag das Vorratsdepot, mit Reihen abgestellter Fahrzeuge, Nachschublastern, Munitionstransporter ... und plötzlich wirkte das alles furchtbar verwundbar.

Immer mehr Pelztiere brachen in panischer Flucht aus dem Unterholz. *Irgend etwas* dort im Wald mußte sie ganz fürchterlich erschreckt haben ...

Der erste Gray-Death-BattleMech trat keine hundert Meter von Zellners Position aus dem Wald. Er tauchte zwischen den Bäumen auf und marschierte geradewegs in das Infanterielager. Soldaten stürzten nach allen Seiten davon, manche in voller Montur, andere unbewaffnet oder sogar in Unterwäsche. Der Mech, ein *Heuschreck,* stiefelte wie ein häßliches, dämonisches Insekt durch das Lager, acht Meter hoch, auf zwei dünnen Beinen balancierend, die durch Lagerfeuer und Zelte staksten und die Soldaten entsetzt aus dem Weg hechten ließen. Zellner konnte den grauweißen Totenschädel auf dem oberen Rumpf sehen. Die beiden Laser der Maschine eröffneten das Feuer, und die ersten Männer fielen.

Zu seiner eigenen Überraschung beruhigte das Auftauchen des *Heuschreck* Zellner. Ein 20-Tonnen-Scout? War das *alles?* Ein Tritt seines *Atlas,* und der *Heuschreck* würde sich auf einem anderen Kontinent wiederfinden. Er kletterte eilig die Leiter wieder hoch, um die Sicherheit seines Cockpits zu erreichen, bevor der *Heuschreck* noch näher kam.

Entlang des gesamten Waldrands tauchten jetzt neue Mechs auf…

Alex sah den Baumbestand voraus lichter werden und trieb seinen *Schützen* an, brach krachend durch kleinere Bäume und Setzlinge, zwängte sich zwischen zwei dickeren Stämmen hindurch und entwurzelte beide teilweise, als seine siebzig Tonnen schwere Kampfmaschine sie auseinander zwang. Links voraus donnerte eine Explosion; Maschinengewehrfeuer knatterte. Als er kurz auf Infrarot umschaltete, bemerkte Alex Dutzende kleiner, heller Lichtpunkte, die vor seinen Schritten davonhasteten – kleine einheimische Waldtiere, die vom Ansturm der Mechs aufgeschreckt worden waren und vor dem Angriff das Weite suchten.

»Ich würde auch die Beine in die Hand nehmen,

wenn ich diese Meute im Rücken hätte!« stimmte Alex ihnen leise zu. Auf dem Primärschirm sah er die beiden Mechformationen nördlich und südlich der Tanglewoodstraße, jeweils in zwei Sechserreihen aufgestellt. Alex marschierte in der 3. Kompanie, den Grauen Reitern, mit. Deren Kommandeur, Hauptmann Gallery, lenkte seinen *Dunkelfalken* links von ihm durch den Wald. Zu Alex' Rechten brach Sergej Golowanow in seinem *Marodeur* durch die Bäume. Alex änderte leicht den Kurs und rückte etwas dichter zu ›Shooter‹ Gallery auf, um etwas mehr Distanz zwischen sich und die PPKs des *Marodeur* zu bringen. Außerdem konnte er so den leichteren *Dunkelfalken* besser unterstützen.

Dann hatte er die letzte Baumreihe hinter sich und stand im Freien.

Es herrschte Zwielicht. Der Himmel leuchtete noch blaugrün, und die beiden Monde Caledonias hingen im Süden am Firmament. Er war zweihundert Meter südlich der Straße aus dem Wald getreten, und stand nun beinahe exakt in der Mitte eines Lagers. Ringsum war der Boden mit Zelten bedeckt, die zum Teil noch standen, aber weitgehend schon von Mechs oder flüchtenden Truppen eingerissen worden waren. Bruce Lazenbys *Heuschreck* marschierte voraus und zerrte eine weiße Segeltuchplane mit, ein Zelt, das sich an seinem linken Fuß verheddert hatte. Ein paar hundert Meter vor ihnen kennzeichneten die Gerüste und mobilen Kranaufbauten eines kleinen Mechwartungsareals die Position der Reserven der 3. Davion Guards. Einige Artilleriegeschütze waren hinter Sandsäcken aufgebaut und zielten auf einen Punkt weit über dem Cemetery Ridge.

Mehrere Davion-Mechs in ihrer Nähe drehten sich um und versuchten, auf den plötzlichen Angriff aus ihrem Rücken zu reagieren. Ein *JägerMech* geriet ins Kreuzfeuer von Hank Corbys *Victor* und Golowanows *Marodeur*. Er wurde in einer schrecklichen Parodie eines

Tanzes hin und hergeschleudert, als Laser- und Partikelstrahlen seine Panzerung durchbohrten. Dann feuerte Corby das Gaussgeschütz ab, und das Donnern, mit dem die eisenbemantelte Urankugel die Schallmauer durchbrach, hallte über die Ebene. Das Geschoß traf den *JägerMech* in die linke Seite, riß eine Panzerschicht so groß wie der Arm des Mechs beiseite und entblößte die Funken schlagenden, blinkenden Drähte und Schaltkreise der internen Elektronik. Als die nächste Lasersalve ihr Ziel traf, platzte die Kuppel des gedrungenen Mechrumpfes in einer Rauchwolke auf, und einen Sekundenbruchteil später trat der Pilot in seinem Schleudersitz die Flucht an.

Alex registrierte den Abschuß des *JägerMech,* hatte aber nur Zeit für einen flüchtigen Blick, als die Maschine in einem orangegelben Flammenball explodierte. Er legte bereits die Ziele für seine Langstreckenraketen fest. Zuerst die Artillerie ... dann das Wartungsareal. Je mehr Mechs der 3. Guards er durchlöchern konnte, solange sie noch hilflos in der Gegend herumstanden, ohne MechKrieger, die sie steuern konnten, desto besser.

Er drehte den Mech nach rechts, und die Schutzdeckel der beiden LSR-Lafetten glitten zurück. Alex pflanzte beide Füße seiner Kampfmaschine fest auf, dann schickte er eine kreischende Breitseite tödlicher Doombud-Raketen auf die Reise. Ihre Kondensstreifen zeichneten elegante Flugbögen an den Himmel, bevor sie auf die Artilleriestellungen stürzten, von denen bis zu diesem Augenblick Granaten über den Kamm nach Süden gestartet waren.

Explosionen blühten zwischen den Kanonen auf; der baumstammgroße Lauf einer 155mm-Kanone überschlug sich, als er senkrecht in die Luft flog, einen Augenblick stoppte und dann zurück in die sich ausbreitende Rauchwolke stürzte, die von der Vernichtung ihrer Plattform kündete. Die Detonationen hielten an, noch nachdem die letzte von Alex' Raketen eingeschlagen war. Sekundärexplosionen zerfetzten die Munitionslager hinter den Sandsackbarrieren. Als ein Raketenlager in die Luft flog, riß es einen halben Hektar caledonischen Bodens mit sich in den Himmel. Kanonen überschlugen sich in mehreren Metern Höhe, Munitionstraktoren und Transportraupen verwandelten sich in zerschmetterte Schrotthaufen, und die panisch davonhastenden Kanoniere wurden von den Flammenzungen verschluckt.

Alex drehte den Rumpf nach links und holte die im Wartungsbereich versammelten BattleMechs in sein Visier. Er löste eine zweite Raketenbreitseite aus ... und eine dritte, eine vierte, während die Lafetten automatisch nachgeladen wurden. Während die Explosionen durch die Anlage krachten und die leichten Gerüste ebenso zerfetzten wie die schwereren Kräne, kippte eine *Hornisse* wie in Zeitlupe nach vorne und schlug lang auf den Boden, als die magnetischen Halteklammern versagten. Einen Moment später wurde ein *Tomahawk* mit seiner reichlich lächerlichen und schwerfälligen Handwaffe durch eine Serie interner Detonationen von Kopf bis Hüfte aufgerissen. Dann brach ein Teil des Stützgerüstes hinter ihm zusammen und schleuderte den führerlosen Mech unter einer Schicht verdrehter, qualmender Trümmer zu Boden. Ein Brennstofftank in der Nähe flog in einem gigantischen blutrot-orangegelben Feuerball in die Luft und machte die hereinbrechende Nacht über der Ebene zum Tag, als er in den Abendhimmel stieg.

Inzwischen hatten die übrigen Maschinen der Einsatzgruppe Sturm Alex längst überholt und stürmten geradewegs auf alle Davion-Mechs ein, die sie – bemannt oder nicht – finden konnten. Soweit es Alex' geübtes Auge festzustellen vermochte, war die Gruppe Sturm mitten hinter der rechten Davion-Flanke aus dem Wald getreten. Kaum einer der gegnerischen

Mechs hatte den Wald auch nur beobachtet oder sich irgendwie auf einen Angriff aus dieser Richtung vorbereitet. Er drehte sich in Richtung des Bergkamms im Süden und löste die beiden Signalkanonen aus, die vor diesem Einsatz seitlich am Kopf des *Schützen* montiert worden waren. Mit einem dumpfen Knall stiegen zwei grellgrüne Sterne in den Himmel über dem Lager, das Zeichen für seinen Vater, daß der Angriff den Gegner erfolgreich überrascht hatte…

Die Mechs der 3. Davion Guards marschierten noch immer langsam den Hang des Cemetery Ridge herab und hielten gelegentlich an, um in den Wald zu feuern. Da niemand das Feuer erwiderte, marschierten sie anschließend weiter. Grayson, Kommandanthauptmann Frye und der Rest der 1. Kompanie warteten, jetzt keinen Kilometer mehr entfernt, unter den Bäumen, die Geschütze feuerbereit, die Fadenkreuze auf ihren Zielen.

Plötzlich kletterten hinter dem Kamm zwei grüne Leuchtkugeln in den Himmel und funkelten in smaragdener Pracht in der hereinbrechenden Nacht. »Da ist er!« rief Grayson über den taktischen Kanal. »Das ist Alex!«

»Err hat es geschafft!« setzte McCall hinzu. »Derr Lad hat es geschafft!«

»*Gott* sei Dank!« bestätigte Caitlin DeVries mit ehrlicher Erleichterung.

Jemand brach in Jubel aus. »Ruhe!« warnte Grayson. »Bereithalten! Niemand feuert, bevor ich das Zeichen gebe!«

Die 1. BattleMechkompanie des 3. Bataillons, der Feuersturm, wie sie sich selbst nannte, bestand normalerweise aus zwölf Maschinen, die auf Befehls-, Feuer- und KampfLanze verteilt waren, aber die Verluste in ihrem jüngsten Einsatz an der alten Commonwealth-Grenze zum Draconis-Kombinat und am Rand der Clan-Besatzungszone konnten noch nicht voll ausgeglichen werden, so daß sie derzeit nur über acht Mechs verfügte. Zur Verstärkung hatte Grayson seine Befehls-Lanze Eins-Eins, die aus ihm selbst an Bord des *Victor*, Davis McCalls *Highlander* und Caitlin DeVries *Greif* bestand, in die Einheit integriert. Hinzu kam Hauptmann Walter Dupré, der immer noch keine seinem neuen Rang entsprechende Einheit befehligte, und bis dahin Graysons persönlichem Stab zugeteilt war. Duprés schwerfälliger 80-Tonnen-*Zeus* hatte sich zwischen den Bäumen in Carlyles Rücken aufgestellt. Verärgert öffnete Grayson eine private Verbindung. »Hauptmann Dupré! Was, zum Teufel, treiben Sie da hinten? Kommen Sie vor! Ich will, daß diese Herrschaften auf Stahl beißen!«

»Ähem ... ja, Sir.«

»Wir kämpfen als Lanze. Ohne Drückeberger!«

»Ich habe mich nicht gedrückt!«

»Machen Sie einfach, daß Sie in Position kommen und rühren Sie sich nicht! Jetzt wird es nicht mehr lange dauern!«

Mit Langs *Dunkelfalken*, einem *Marodeur*, einem *Jäger-Mech*, zwei *Katapulten*, einem *Fallbeil*, einem *Verteidiger* und einem *Quasimodo* waren die acht Mechs des Feuersturm eher schwergewichtig. Durch die Hinzufügung von BefehlsLanze Eins-Eins wurde der Aufbau der Einheit zu einer recht chaotischen Mischung, die vom 45-t-*Verteidiger* bis zum 90-Tonnen-Monster von McCalls *Highlander* reichte. Die zwölf Mechs, gegen die sie antreten mußten, waren größtenteils leichter. Die Führung schien ein zweiter *Victor* einzunehmen, aber zu den anderen gehörten in vorgeschobener Scoutposition zwei *Heuschrecks* und ein *Merkurius*, drei *Centurionen*, zwei *Wolfshunde* und drei *Attentäter*. Graysons Bordcomputer hatte das Gewichtsverhältnis längst ausgerechnet: die zwölf Gray-Death-Mechs hatten zusammen eine Masse von 790 Tonnen, während die anrückende Davion-Kompanie nur 480 Tonnen zusammenbrachte.

Der Ausgang eines Gefechts ausschließlich anhand der jeweiligen Gesamttonnage der Kontrahenten vorherzusagen, war nicht sonderlich klug, aber die Tatsache, daß die versteckte Kompanie des Grauen Tods ihrem Gegner so deutlich an Gewicht überlegen war und dazu noch aus dem Hinterhalt angriff, garantierte ihnen praktisch einen schnellen Sieg. Das Problem dabei bestand nur darin, daß die Legionäre, sobald sie angriffen, offenbarten, wie wenige von ihnen in den Wäldern vor dem Cemetery Ridge standen, eine wichtige Gefechtsinformation, die ohne Zweifel sofort an das Hauptquartier der Guards gehen würde. Grayson wußte keine Möglichkeit, alle zwölf FeindMechs gleichzeitig zum Schweigen zu bringen. Ein paar von ihnen würden ohne Zweifel entkommen, und schon einer reichte aus, in den Minuten, die ihre Zerstörung beanspruchen würde, die kritischen Daten weiterzuleiten.

Tatsächlich hatte Grayson mit dem Gedanken gespielt, seine Leute in den Wald zurückzuziehen und jedem Kontakt auszuweichen, aber dabei wäre er das ernste Risiko eingegangen, daß sich die zwölf Legionäre im verräterischen Labyrinth der Tanglewoodwälder aus den Augen verloren, und das hätte die noch größere Gefahr zur Folge gehabt, in der Wildnis von eigenen Leuten beschossen zu werden.

Aber Alex' Zeichen nahm ihm die Entscheidung ab. Jetzt, da Alex sie aus ihrem Rücken attackierte, hatten die Guards wichtigere Probleme als die Anzahl der Mechs in Graysons Einheit. Ein Blick in Richtung Cemetery Ridge bestätigte diese Überlegung. Vor dem Abendhimmel stiegen über rotem Feuerschein öligschwarze Rauchwolken empor, und in der Ferne war das Krachen von Explosionen zu hören.

»Hol sie dir, Alex!« brummte er.

Die Davion-Mechs waren jetzt schon viel näher, keine zweihundert Meter entfernt. Sie bahnten sich langsam einen Weg durch das zerbombte Kraterfeld vor dem

Waldrand, wo Dutzende Explosivgranaten und Raketen ihrer Artillerie die Erde verwüstet hatten.

Die *Heuschrecken* und der *Merkurius* stakten vorsichtig über den zerpflügten Boden und waren bis auf einhundert Meter heran. Die anderen blieben etwas zurück. Vielleicht witterten sie eine Falle, aber möglicherweise empfingen sie auch neue Befehle. Wenn die Legionäre noch länger warteten, bestand die Möglichkeit, daß die Guards-Mechs zurückbeordert wurden.

Aber jetzt waren sie nahe genug.

»Feuer!«

Wie ein Mann eröffneten die unter den Bäumen versteckten Gray-Death-Maschinen das Feuer auf die anrückende Mechkompanie. Durch die bewußte Zurückhaltung hatte Grayson die Davion-Maschinen soweit herangelockt, daß sie sich weit innerhalb der überschneidenden Schußfelder seiner wartenden Kampfkolosse befanden. Einer der *Heuschrecks* stürzte fast augenblicklich zu Boden, als ein Lasertreffer des *Marodeurs* der Legion sein schlankes Bein zertrümmerte. Ein *Attentäter* fand sich gefangen im Laserkreuzfeuer von Langs *Dunkelfalken,* Gonzalez' *Fallbeil* und Sharon Kilroys *Verteidiger*. Von der KaliYama-Autokanone auf der Schulter von Thomas van der Miers *Quasimodo* drang das stete Hämmern schweren AK-Feuers herüber. Die Granaten schlugen hart in einen *Centurio* ein und trieben ihn Schritt für Schritt zurück, während sie ihm die Panzerung in großen, rauchend davonwirbelnden Fetzen von Schulter und Seite schälten.

Die erste Breitseite schien so vernichtend, daß die Opfer des Hinterhalts eine sofortige Antwort schuldig blieben. Zwei von ihnen waren bereits ausgefallen ... dann drei ... und ein vierter, ein zweiter *Attentäter,* der vom Raketenfeuer der beiden *Katapulte* niedergezwungen wurde. Endlich erwiderten die Überlebenden das Feuer, aber nur zögernd und offensichtlich verunsichert. Granaten und Laserbahnen bohrten sich durch den Wald, aber der größte Teil der Schüsse war zu hoch angesetzt oder zuckte zwischen den im dunkeln lauernden Mechs der Legion vorbei.

Grayson konzentrierte sein Feuer auf den größten feindlichen Mech, einen *Victor,* der ein Zwilling von Graysons eigener Maschine hätte sein können, wäre seine Panzerung nicht neuer und weniger zerbeult, die Bemalung nicht leuchtender und die Kennziffern nicht frischer gewesen.

Aber das machte nichts aus. Grayson setzte aus kurzer Distanz zwei Gausstreffer in den *Victor,* und vervollständigte das Bombardement mit beiden Lasern und einer KSR-Salve. Der Davion-*Victor* stolperte unter der schieren Gewalt des Gaussangriffs und ging zu Boden. Als er wieder aufstand, hob er das eigene Gaussgeschütz und feuerte mit einem ohrenbetäubenden Donnerschlag auf einen Baum drei Meter links von Grayson.

Grayson löste noch einmal das Gaussgeschütz aus, bevor sein Gegner die Waffe nachladen konnte, und traf den anderen Mech hoch an der rechten Schulter. Der Schuß riß eine Platte des schweren Schulterschutzes ab.

Die restlichen Davion-Mechs, diejenigen, die noch gehen konnten, hatten die Flucht ergriffen, sie rannten zurück, woher sie gekommen waren, panisch, von geordnetem Rückzug keine Spur. Der feindliche *Victor* hielt noch die Stellung, feuerte beide Laser ab, und das gebündelte Licht wusch in einer schillernden Lightshow über den gepanzerten Rumpf von Graysons Mech. Aber sein Gegner schien Probleme mit dem Gaussgeschütz zu haben. Zweimal hob er den schweren Lauf der Waffe und zielte geradewegs auf Graysons Cockpit, und zweimal senkte er ihn wieder, nachdem der Pilot vergeblich versucht hatte, einen Schuß auszulösen. Abrupt drehte der Stahlkoloß um, beugte die Knie und sprang mit kreischenden Sprungdüsen in die Luft. Nur ein Wirbel supererhitzter Luft und brennenden Grases blieben zurück.

»Vorwärts!« rief Grayson. »Zum Angriff!«

Es war eine Wiederholung von Pickett's Charge bei Gettysburg. Grayson stürmte den Cemetery Ridge hinauf, elf andere Mechs zu beiden Seiten neben und hinter sich, der Gegner in panischer Flucht hangaufwärts. Auf dem Kamm konnte er andere Mechs unsicher wanken sehen. Von ihrer Position mußten sie sowohl Graysons kleine Angriffslinie vor sich wie auch die weit größere Anzahl von Mechs in der Einsatzgruppe Sturm sehen, die in ihrem Rücken näher kam. Die auf den Bergkuppen aufblitzenden und krachenden Explosionen ließen keinen Zweifel daran, daß Alex sie von der anderen Seite mit allem unter Beschuß nahm, was er hatte.

Ein altmodischer Sturmangriff mochte hier und jetzt genau das sein, was nötig war, um den Kampfeswillen ihres Gegners endgültig zu brechen.

Eine KSR-Salve zischte vom Kamm heran auf den Torso von Graysons *Victor* zu. Carlyle beugte die Knie des Mechs und sprang, löste in einem lodernden Feuerstoß superheißen Dampfes die Sprungdüsen aus. Er stieg senkrecht empor, und die Raketen heulten vorbei. Eine detonierte harmlos auf seiner Seitenpanzerung, die anderen schossen unter der Maschine durch. Langsam, majestätisch, glitt der *Victor* über das Gelände auf die Spitze des Kamms zu. Natürlich würde er es nicht bis dorthin schaffen, aber sein erster Sprung sollte genügen, ihn etwa ein Viertel des Weges zum Ziel zu tragen. Das zumindest war ein Vorteil des *Victor* gegenüber dem *Marodeur*. Er war sprungfähig, auch wenn Grayson häufig fand, daß man das Gewicht und die Elektronik, die für die Sprungdüsen nötig waren, besser auf zusätzliche Waffen hätte verwenden können.

Links und rechts von ihm stürmte der Rest der Kompanie vorwärts. Maschinen mit Sprungdüsen ließen sich von ihnen vorwärts tragen, die anderen rannten schwerfällig die sanfte Steigung hinauf. Die Kompanie war jetzt weit verteilt, um den Schützen auf dem Kamm das Zielen zu erschweren.

Der *Victor* verlor an Schwung und senkte sich nach unten. Grayson brachte die Beine für die Landung unter den Rumpf, spreizte sie etwas, beugte die Knie...

Er setzte auf, und hörte im selben Augenblick irgendwo unter sich einen scharfen Knall. Rote Lichter leuchteten auf den Kontrollen auf und meldeten einen kritischen Ausfall der Hydraulik im rechten Bein. Der Mechanismus verlor Druck, und das rapide.

Er fing den Mech ab, machte einen Schritt nach vorne... und plötzlich stürzte der Boden auf ihn zu. Er krachte vornüber auf die Erde, der Aufprall schüttelte ihn durch, schleuderte ihn nach vorne und in die Gurte.

Ein Ausfall der Hydraulik *und* der Steuersysteme des rechten Beins. Die Knie des *Victor* hatten ihm schon seit Jahren Schwierigkeiten bereitet, aber so etwas hatte er noch nie erlebt. Er mußte das gesamte Drucksystem der Hydraulik verloren und die Myomerregulatoren kurzgeschlossen haben. Warnzeichen meldeten einen Totalausfall des rechten Beins. Zum Teufel, soweit er das übersehen konnte, *hatte* sein Mech kein rechtes Bein mehr.

Sein lang ausgestreckt auf dem Boden liegender *Victor* bebte und zuckte unter mehrfachen Einschlägen. Ein gewaltiger Ruck ging durch den Mech, als etwas Schweres seinen Rücken traf, und plötzlich tanzten elektrische Entladungen über die Cockpitkonsole.

Grayson keuchte, dann schrie er auf, als ein Stromstoß durch seinen Körper fuhr. Der Schmerz war zum Glück von kurzer Dauer und brach mit dem Ausfall der Kabinensysteme ab, aber er ließ ihn taub und mit stechenden Gliedern zurück. Er konnte seine Beine nicht bewegen. Ein neuer Schlag, noch härter diesmal, und wieder zuckten Blitze vor seinem Cockpitdach vorbei.

Ein PPK-Schuß … von hinten? Verzweifelt versuchte Grayson, einen der Bildschirme wieder in Betrieb zu nehmen, aber nichts funktionierte mehr, nichts! Die Kanzel des *Victor* war bis auf die batteriebetriebene Notbeleuchtung und das unregelmäßige Blinken Dutzender roter Warnlämpchen auf der Steuerkonsole stockfinster. »Warnung«, verkündete die weibliche Stimme des Bordcomputers mit nervtötender Ruhe und Freundlichkeit. »Feuer in Kondensatorbank Drei …«

Grayson hing mit dem Gesicht nach unten in den Gurten der Pilotenliege. Rauch vernebelte die Kanzel und eine der wenigen noch funktionierenden Anzeigen auf der Konsole war der drohend rote Balken der Wärmeskala, der die Innentemperatur der Maschine verzeichnete, neben mehreren blinkenden roten Feuersymbolen.

Verdammt! Wer hatte ihn angegriffen? Alle Primärsysteme waren tot, ausgefallen. In dieser Position konnte er nicht einmal den Schleudersitz auslösen. Er würde durch die Fluchtluke steigen müssen. Ob seine Beine ihn tragen würden? Langsam kehrte das Gefühl zurück, mit glühenden Nadelstichen, aber er war sich nicht sicher, ob er schon stehen konnte.

»Warnung. Feuer im Cockpit. Warnung. Feuer im Cockpit.«

Wenn nötig, würde er kriechen. Der Rauch wurde allmählich so dicht, daß er im Schummerlicht die Konsole kaum noch ausmachen konnte, aber der Rauch wurde immer wärmer, und am Rand der Sichtscheibe bemerkte er ein flackerndes gelbes Leuchten. Der Neurohelm war nicht luftdicht, und die beißenden Dämpfe erschwerten ihm das Atmen. Nachdem er in der Enge der Kanzel mühsam die Kabelverbindungen des Helms gelöst und seine Sitzgurte geöffnet hatte, drehte Grayson sich herum und riß am Griff der Notluke. Es gab einen Knall, und die Luke flog auf. Kühle, süße, frische Luft strömte herein. Er schob sich hinaus, zog die kraftlosen Beine hinter sich her, als er sich halb durch die kleine runde Luke hievte.

Vielleicht dreißig Meter entfernt ragte ein Mech aus der Dämmerung empor. Vor dem bleichen Zwielicht des Himmels konnte er die Umrisse noch immer ohne Schwierigkeiten identifizieren: ein *Zeus*.

Walter Duprés *Zeus*.

Mit dem scharfen Jaulen seiner Servomotoren hob der überschwere Kampfkoloß den linken Arm und richtete seine riesige Partikelkanone geradewegs auf ihn.

28

Meadow Grove, Caledonia
Mark Tamarind, Vereinigtes Commonwealth

16. April 3057, 20:54 Uhr TNZ

Die Davion-Mechs waren auf der Flucht. Sie strömten ungeordnet fort von dem Punkt, an dem die Einsatzgruppe Sturm aus dem Wald getreten war, in Richtung der etwa drei Kilometer entfernten Round Tops. Dutzende Mechs waren über das Wartungsareal oder dessen Umgebung verteilt. Wenn sie nicht tot und leer in riesigen Metallhaufen auf dem Boden lagen, brannten sie unter den Detonationen ihrer Munitionsvorräte hell lodernd aus.

Die Überraschung hätte nicht vollständiger sein können, und der Sieg war ihnen sicher, *wenn* sie den Angriff ungebremst weiterlaufen lassen konnten. Die Hälfte der Davion-Truppen befand sich voll auf dem Rückzug. Und, das war das Beste daran, sie zog sich in Richtung der anderen Hälfte zurück. Ein Zusammenstoß würde beide zu einem hilflosen verwirrten Mob reduzieren. Alex wußte, der Schlüssel zum Sieg für die Legion bestand darin, den Druck aufrechtzuerhalten und den Feind vor sich herzutreiben.

Er schaute nach Süden. Sein Vater müßte die Leuchtkugeln gesehen haben, sollte bereits auf dem Weg sein. Sobald der Rest des Grauen Tods über den Kamm gestürmt kam, würde der flüchtende Flügel der 3. Davion Guards in der Falle sitzen und keinen anderen Ausweg als zu den Round Tops mehr haben.

Aber noch sah Alex' keine Spur von den Truppen seines Vaters. Wo blieben sie?

Davis McCall landete seinen *Highlander* in einem Feuersturm superheißen Plasmas aus den Sprungdüsen seines BattleMechs nahe der Kuppe des Cemetery Ridge. Ein Laserstrahl bohrte sich in seine Torsomitte, kochte die Panzerung ab, und Autokanonengranaten detonierten auf seinen Beinen und schlugen in seine Flanke. McCall schüttelte sich unter der Breitseite, fing die Landung ab, marschierte drei Schritte vor und schlug den rechten Mecharm in einem flachen Bogen seitlich auf den Kopf eines Davion-*Vollstreckers.*

Ein *Totschläger* der 3. Guards drehte sechzig Meter voraus seinen Rumpf, um ihn anzugreifen, und McCall löste das Gaussgeschütz im linken Arm seiner Maschine aus. Die überschallschnelle Kugel traf den leichteren Mech links am Torso und bohrte sich in einer Explosion von Schrapnells und internen Schaltkreisen durch die Panzerung. Der *Totschläger* wand sich wie in Schmerzen, und seine Beine knickten unter dem Rumpf weg, als Rauch aus der Bresche strömte. McCall setzte mit einem zweiten Schuß nach und pfefferte als Draufgabe sechs Kurzstreckenraketen hinterher. Die Hälfte der Raketen traf ihr Ziel, während das Gaussgeschoß den rechten Unterarm des Mechs zerfetzte. Als sich die obere Hälfte des kantigen Mechkopfes in einer kleinen Explosion in ihre Einzelteile auflöste, schoß der Schleudersitz des Piloten auf blendend orangeroten Feuersäulen in den Himmel.

McCall trieb seine schwerfällige Maschine vorwärts und erreichte nach zwanzig Schritten die Kuppe des Cemetery Ridge. Er war der erste Legionär, der es soweit schaffte, auch wenn Caitlins *Greif* und Fryes *Pegasus*-Scoutpanzer dicht hinter ihm folgten. Nachdem er den *Totschläger* und den *Vollstrecker* ausgeschaltet hatte, war der Ridge von allen Davion-Mechs gesäubert. Die meisten hatten umgedreht und sich den Überlebenden der Patrouille angeschlossen, die in vollem Galopp von Süden her den Hang hinaufgeprescht und ohne anzuhalten durch die eigenen Linien gebrochen waren. Die Mechpiloten in den Stellungen auf dem Cemetery

Ridge hatten einen Blick auf die Reihe aus der Dämmerung anrückender mittelschwerer und schwerer Gray-Death-Kolosse geworfen, ein paar ungezielte Schüsse abgegeben und ebenfalls ihr Heil in der Flucht gesucht.

Weitere Feuersturm-Mechs erreichten diese Position, Aleksanyens *Katapult*, Langs *Dunkelfalke*, dessen schwere, über die Schulter gekippte Autokanone mit konstantem Bellen ihre Explosivgranaten hinter dem flüchtenden Feind herschickte.

Wo war Grayson?

McCall suchte den Sichtschirm ab, dann drehte er sich, um die Bewegung und den gelborangefarbenen Flammenfleck, den er bemerkte, in den Frontbereich der Anzeige zu holen. Er schaltete auf Lichtverstärkung und erkannte die Umrisse eines gestürzten *Victor*, die drohenden Kanten eines *Zeus*, der seine PPK auf den Piloten richtete …

»Nein!« …

Er hatte keine Zeit mehr, sich aus der Fluchtluke des *Victor* zu winden, keine Zeit mehr irgend etwas anderes zu tun, als beide Arme hochzureißen, während er in die rußgeschwärzte Mündung der Defiance 1001-PPK blickte.

»Sorry, Herr Oberst«, dröhnte Duprés Stimme aus den Außenlautsprechern des *Zeus*. »Ich kann Ihre Kapitulation nicht annehmen.«

Dupré! Der Attentatsversuch auf Glengarry … Der Hurensohn mußte selbst daran beteiligt gewesen sein, ein Maulwurf, ein in den Grauen Tod eingeschleuster Agent mit der Aufgabe, den Kopf der Verschwörung mit Informationen zu versorgen – und im entscheidenden Moment den Kommandeur der Legion umzubringen.

Und ich habe mir eingebildet, ein Menschenkenner zu sein!, dachte Grayson bitter. *Ganz toll!*

»Für wen arbeiten Sie?« rief Grayson dem über ihm

aufragenden Stahlriesen zu. *Halt ihn am Reden!* »Vielleicht könnten wir ins Geschäft kommen…«

»Vergessen Sie's, Herr Oberst. Ich fürchte, ich habe meine Bef…«

Der Donnerschlag war eine alles zertrümmernde Explosion puren Lärms, die geballte Essenz eines Gewittersturms nur wenige Meter entfernt. Graysons erster Gedanke war, daß die PPK ihren künstlichen Blitzschlag ausgelöst hatte, aber der *Zeus* taumelte einen halben Schritt zurück, als ein Teil seines oberen Rumpfabschnitts im Zentrum eines größer werdenden Rauchringes weiß aufglühte.

Augenblicklich ließ Grayson sich durch die schmale Öffnung der Fluchtluke zurückfallen. Er hatte keine Zeit, sich ganz ins Freie zu winden, und seine Beine waren noch immer viel zu schwach, um ihn zu tragen, so daß er keine Chance hatte, davonzulaufen. Die einzige Deckung, die er erreichen konnte, war die unsichere – und brennende – Zuflucht im Kopf des *Victor*.

Aber als er durch die Luke fiel, blieb sein linker Ärmel an einem vorstehenden Bruchstück hängen. Einen schrecklichen Augenblick lang hing er mit dem Arm am Lukenrand und versuchte freizukommen.

Plötzlich explodierte die Beinahe-Finsternis des Cockpits vor Licht. Wieder fühlte Grayson den Schlag und die anschließende Taubheit eines heftigen Elektroschocks, als Entladungen durch die offene Luke zuckten. Das gespenstische, erschreckende des Angriffs war, daß er in totaler, dumpfer Stille erfolgte. Grayson konnte den linken Ärmel brennen sehen, sah seine Haut darunter Blasen werfen, aber er fühlte weder Schmerz noch irgend etwas anderes außer der Taubheit des Elektroschocks. Und die Stille verlieh dem Geschehen eine traumähnliche Qualität, beinahe, als würde das alles einem anderen zustoßen und er sähe es nur in einem Trivideo.

Dann riß der Ärmel, und Grayson stürzte zurück in

die Kanzel. Seine Kleidung stand in Flammen. Jetzt begann er die Schmerzen zu spüren, und er fühlte, daß er schrie, aber noch immer hörte er nichts außer den durch die Schädelknochen an seine Ohren dringenden Vibrationen seiner Schreie.

Irgendwie fand die rechte Hand bei dem wilden Strampeln in der Enge des Mechcockpits einen Feuerlöscher und riß ihn aus den Halteklammern der abgerundeten Wand. Grayson richtete das Gerät auf sich selbst und badete seinen lodernden Arm und seine Seite in einer weißen Fontäne von Kohlendioxyd. Er schrie noch immer, als die Schmerzen aus seinem Arm verschwanden und sich auf Brust und Kopf stürzten. Und die ganze Zeit hörte er nichts, nicht einmal, als der Feuerlöscher entleert aus seinen zuckenden Fingern fiel und von einer Metallkonsole abprallte. Grayson sank an der mit Kabeln und Stromzuleitungen bedeckten Cockpitwand neben den Monitoren, der Konsole und dem Hauptsichtschirm zusammen, der jetzt den Boden der Kanzel bildete, und starrte durch die Lukenöffnung in den kreisrunden Ausschnitt des Himmels. Die Schmerzen waren furchtbar ... aber weit entfernt, als wären die Nervenenden seines Körpers überladen oder einfach so verbrannt, daß sie keine Wahrnehmungen mehr transportieren konnten. Die Stille, die ihn mit den furchtbaren Schmerzen einhüllte, mußte das Ergebnis jenes letzten Donnerschlages sein.

Was, fragte er sich, als sein Körper langsam in einen Schockzustand versank und seine Gedanken ziellos zu wandern begannen, mochte da draußen jetzt vorgehen?

Davis McCall feuerte ein zweitesmal eine überschallschnelle Kugel aus dem Gaussgeschütz des *Highlander* in den *Zeus*. Er traf ihn an der ausladenden Schulter und wirbelte ihn halb herum.

»McCall hierr!« brüllte er über den taktischen Kanal. »Derr Oberrst ist getrroffen!«

Der *Zeus* hob die linke Arm-PPK und löste einen Strom geladener Partikel aus, der in einem glutheißen künstlichen Blitzschlag ins linke Bein des *Highlander* fuhr. McCall antwortete mit einem dritten Gaussgeschoß und traf den unteren Abschnitt des *Zeus*. Die ersten Treffer hatten die Panzerung des gegnerischen Mechs bereits verwüstet und große Teile von Rumpf und Schulter in halbzerschmolzene Kraterfelder verwandelt. Jetzt stieg dichter Qualm aus dem Rumpf der Maschine auf, und der Pilot hatte sichtliche Schwierigkeiten, McCalls Mech anzuvisieren.

Diese Gelegenheit ließ sich McCall nicht entgehen. Er warf die Sprungdüsen an, und der neunzig Tonnen schwere *Highlander* erhob sich schwerfällig in die Lüfte.

»McCall hierr! Derr Oberrst ist getrroffen!«

Die über den allgemeinen Takkanal der Legion kommenden Worte waren die ersten, die Alex von den Mechs empfing, seit er sie Stunden zuvor südlich des Cemetery Ridge verlassen hatte, und sie brannten sich in sein Hirn.

Er hatte seinen *Schützen* in das Davion-Vorratsdepot marschieren lassen, während andere Legions-Mechs und Dutzende Soldaten, Kommandotruppen des Grauen Tods und Rebellen, vorbeistürmten. Um ihn herum erhoben sich stapelweise Plastikcontainer mit Munition und Energiezellen, ein kleiner Schatz an Waffentechnologie – *falls* es der Legion gelang, ihn zu sichern. Die LSR-Vorräte seines *Schützen* waren erschöpft, und er befand sich auf der Suche nach frischen Raketenpacks, zusammen mit einer Reihe von Legionären, die ihm beim Nachladen zur Hand gingen. Aber McCalls Ankündigung, daß sein Vater getroffen worden war, traf auch ihn wie ein Blitzschlag. Vergessen war die Suche nach Munition. Alex drehte hastig nach Süden und suchte den Kamm des Cemetery Ridge ab. Die Gefechtslinie von Gray-Death-Maschinen, die den

Kamm soeben erreichte, war nicht zu übersehen. McCalls *Highlander* erhob sich in die Luft und verschwand gerade hinter dem Kamm, als Alex ihn entdeckte.

Er stieß die aufgestapelten Munitionscontainer beiseite und trieb seinen *Schützen* in gestrecktem Galopp über den Meadow Grove in Richtung Cemetery Ridge.

Am Zenit der Sprungbahn löste Davis McCall die linke Sprungdüse kurz noch einmal aus und schob sich gute zehn Grad nach rechts. Der Kurswechsel reichte aus, den *Zeus* zu verwirren, der sich mit dem anfliegenden Legionär zu drehen versuchte, um sich dem *Highlander,* wenn er aufsetzte, frontal zu stellen. So gelang es McCall jedoch, hinter dem *Zeus* zu landen, wobei er sich bei der Landung ebenfalls drehte, um seinen Gegner ins Frontalschußfeld zu holen. Das Gaussgeschütz war bereits erhoben und zielte geradewegs auf die rechte Rückenpartie des Feindes.

Mit einem titanischen Donnerschlag jagte das Überschallprojektil mitten in den Rücken des *Zeus*, dessen Panzerung hier nicht einmal ein Drittel der Stärke auf der Vorderseite des Rumpfes besaß.

Die ungeheure Wucht des Einschlags trieb den *Zeus* nach vorne, und die kinetische Energie zerschmolz acht Quadratmeter Panzerung zu einer einzigen weißglühenden Metallmasse. Das Projektil bohrte sich durch den dünnen Rückenpanzer des Mechs wie ein Laserstrahl durch Butter. Im Innern der Maschine prallte es von der weit dickeren Panzerung um den Reaktor ab, durchtrennte einige Stromkabel, zerfetzte das Stahlskelett des *Zeus* und brachte ein Lager mit Langstreckenraketen im rechten Rumpfteil zur Detonation. Sekundärexplosionen setzten die Verwüstungen im Innern des Rumpfes fort, rissen den rechten Mecharm ab, ließen ganze Panzerplatten davonfliegen, sprengten Wartungsluken auf und hüllten die gesamte untere Rumpfhälfte des Kampfkolosses in Flammen. Kaum eine Sekunde später flog der Kopf des *Zeus* auseinander, als das Kanzeldach abgesprengt wurde, und der Pilot sich mit dem Schleudersitz in Sicherheit brachte.

Mit bitteren Flüchen auf den Lippen kümmerte McCall sich um den am Boden liegenden *Victor* und seinen Piloten, Grayson Carlyle.

Alex trieb seinen schwerfälligen Mech mit Höchstgeschwindigkeit voran und verfluchte die Tatsache, daß *Schützen* keine Sprungdüsen besaßen. Während die übrigen Maschinen der Einsatzgruppe Sturm weiter in einer langen Kampflinie nach Südosten vorrückten und die zerschlagenen Überreste der 3. Davion Guards vor sich her trieben, stürmte er genau nach Süden, den sanften Hang des Bergkamms empor, dem sein Vater den Codenamen Cemetery Ridge gegeben hatte.

Sein Vater, der irgendwo dort hinten lag... getroffen...

29

Meadow Grove, Caledonia
Mark Tamarind, Vereinigtes Commonwealth

16. April 3057, 20:56 Uhr TNZ

Als die Truppen des Grauen Tods durch das Basislager der 3. Guards stürmten, hatte sich Marschall Felix Zellner einem der herberen Probleme der BattleMechtaktik gegenübergesehen: Wie *versteckt* man etwas so riesiges wie einen *Atlas?* Mit einer Höhe von fast fünfzehn Metern und einhundert Tonnen Masse stellte der *Atlas* einen der schwersten Kampfkolosse überhaupt dar, eine Monstermordmaschine, die unglaubliche Schäden wegstecken konnte, ohne zu fallen. Zudem war Zellners *Atlas* neu, ein Exemplar der neuen AS7-K-Baureihe mit einem Drachenfeuer-Gaussgeschütz, vier Lasern unterschiedlichen Kalibers und zwanzig Shigunga-LSR-Abschußrohren.

Schließlich hatte er in der ungefähren Mitte des temporären Mechwartungsbereichs eine Antwort auf sein Dilemma gefunden, aber lange durfte er nicht hoffen, sich hier aufhalten zu können. Die Gerüstbauten waren in einem wirren Knäuel aus Trägern, Streben und verdrehten Stahlteilen undefinierbarer Provenienz zusammengebrochen, und von den Trümmern einiger zerschlagener und ausgebrannter BattleMechs gespickt worden, als sie unmittelbar nach dem Auftauchen der Gray-Death-Maschinen aus dem Wald die Opfer ihrer ersten Angriffswelle wurden. Sekundenbruchteile, nachdem die Kräne umgestürzt waren und die feindlichen Mechs das Gelände überschwemmt hatten, war Zellner auch schon hinter die Trümmer der Wartungsanlagen gesprungen und hatte den *Atlas* zu Boden geworfen. Anschließend hatte er die riesigen, vollmodellierten Hände dazu benutzt, mehrere

Tonnen Stahltrümmer über Rumpf und Beinen zu drapieren.

Er hatte sich totgestellt, wie ein weiterer leerer Mech, der beim Einsturz der Gerüstbauten zerstört worden war.

Er hatte unbeweglich hier gelegen, während ein *Katapult* des Grauen Tods wie ein riesiger, fremdartiger Straußenvogel vorbeigestakst war. Er hatte gewartet, bis die gesamte Schlachtreihe der Gray Death Legion nach Südosten weitergezogen war. Dann erst hatte er mit einer einzigen Armbewegung die Stahlträger wie Stroh vom Rumpf seines Mechs gebürstet und war aufgestanden – ein voll funktionsfähiger, voll bewaffneter *Atlas* im Rücken des Feindes.

Hätte er die Stellung gehalten und sich der anrückenden Feindlinie gestellt, konnten die Legionäre ihn gemeinsam zur Strecke bringen. Vielleicht würde der *Atlas* drei, sogar vier der leichteren Maschinen mit ins Grab nehmen, aber schlußendlich hätten sie den Hundert-Tonnen-Giganten in Stücke gerissen. Mit seiner einfachen kleinen Finte dagegen hatte er der Anschlußtruppe des Grauen Tods einen Streich gespielt wie sie es auch mit ihm gemacht hatten – er konnte eine unerwartete schlagkräftige Einheit in den Rücken des Gegners bringen. Natürlich würden die Legionäre ihn schnell entdecken, aber bis dahin…

Neben dem umgestürzten Kran stehend tastete er mit den Sensoren seines Mechs die Gray-Death-Maschinen ab, dann drehte er leicht den Rumpf und richtete das Gaussgeschütz im rechten Abschnitt des *Atlas* auf die Rückenpanzerung eines *JägerMech*. Der Donnerschlag des Schusses hallte über das Wartungsgelände. Die Wucht des Treffers hob den Mech vom Boden und schleuderte ihn nach vorne. Die dünne Rückenpanzerung des *JägerMech* wurde zerfetzt, als wäre sie aus Papier. Augenblicke später krachten die ersten Sekundärexplosionen auf, als die im Mechrumpf lagernden AK-

Granaten wie eine Kette von Feuerwerkskörpern detonierten. Ein großer Teil der vernichtenden Gewalten wurde durch die CASE-Lagerzellen abgeleitet, aber die verbleibende Wucht der Kettenreaktion reichte aus, die interne Struktur der Maschine zu verwüsten. Zellner löste den rechten Armlaser aus, und die Strahlbahn schnitt dem *JägerMech* wie ein Schwerthieb das bereits beschädigte linke Bein ab. Die Legions-Maschine brach in einem lodernden Trümmerhaufen zusammen. Der Pilot stieg nicht aus.

Zellner drehte sich weiter und holte den nächsten Gray-Death-Mech unters Fadenkreuz, diesmal einen *Verteidiger* …

Alex hörte über Funk den Aufschrei, als Brian Fox' *JägerMech* explodierte. Am linken Rand des Sichtschirms sah er die neben den Trümmern eines Krans kaum zu erkennende Silhouette des *Atlas*, der soeben sein nächstes Ziel anvisierte.

»Sturm!« rief er über den TakKanal, während er den *Schützen* in einer Linksdrehung abstoppte und beide Mecharme zu einer tödlichen Links-Rechts-Kombination der Armlaser hob. »EG Sturm, alle Einheiten, hier Carlyle! *Atlas* auf sechs Uhr!« Die meisten Mechs der 2. und 3. Kompanie stoppten ihren Vormarsch und drehten sich um.

Alex' Laser trafen den *Atlas* an der Seite und am rechten Arm in grellflimmernden Lichtexplosionen und Dunstwolken verdampfter Panzerung. Der *Atlas* schien zu zögern, dann wendete er schwerfällig, um der Attacke zu begegnen. Der runde Kopf mit den beiden dreieckigen Cockpitfenstern und der an gebleckte Zähne erinnernden Reihe von Lüftungsklappen ließ an einen grinsenden Totenschädel denken.

Jetzt kann ich mich auf was gefaßt machen, dachte Alex. Der *Atlas* war nur dreißig Tonnen, etwa ein Drittel, schwerer als sein *Schütze*, aber der hatte die gesamte

Munition seiner Hauptwaffen, der Raketenlafetten, bereits verschossen, und mußte bis auf weiteres mit vier Lasern auskommen, von denen zwei nach hinten wiesen, so daß ihm effektiv nur die Armlaser blieben. Ein mittelschwerer Laser erzielte vielleicht ein Drittel der Schlagkraft eines einzigen Gaussgeschosses. Und in einem Zweikampf, in dem beide Kontrahenten ständig auswichen, sich bewegten und duckten, hatte Alex außer durch pure Glückstreffer keine Chance, mehrere Treffer auf eine Stelle zu konzentrieren.

Und allein die massive Panzerung in der Mitte des *Atlas*-Torsos war schon gute 30 % dicker als die beste Panzerung eines *Schützen*. In einem Zweikampf sah er keine Chance.

Der *Atlas* feuerte erneut das Gaussgeschütz ab. Alex fand keine Gelegenheit auszuweichen, hatte überhaupt keine Zeit zu reagieren. Er wurde getroffen. Die Kugel durchschlug die linke Schulter des *Schützen*, und die schiere Wucht des Einschlags wirbelte den Mech herum und schleuderte ihn fast zu Boden.

Er feuerte noch einmal seine Laser ab, die Strahlbahnen zerstieben jedoch harmlos an dem gepanzerten Berg, der vor ihm aufragte. Er wollte nach links ausweichen, aber der rechte Armlaser seines Kontrahenten schnitt in die Seite seines Kampfkolosses, und einen Augenblick später detonierte eine aus der Brustpartie des *Atlas* zuckende LSR-Salve ringsum in einer Wolke von Tod und Vernichtung. Eine Rakete explodierte auf der Cockpitpanzerung des *Schützen* und brachte Alex' Ohren zum Klingen.

Plötzlich traf ein PPK-Blitz den *Atlas* im Rücken und stieß ihn einen Schritt nach vorne. Elektrische Entladungen tanzten über seine Arme und Seiten. Eine Sekunde später schlugen Langstreckenraketen in den *Atlas* ein, und der Davion-Pilot drehte sich als Reaktion auf diesen Angriff erneut um.

In diesem Moment stürmte Alex los.

Ein Jahr zuvor, in der Schlacht am Rycopaß, hatte er in seinem *Schützen* einen Sturmangriff auf vier Verfolgermechs gewagt, in einem Akt der Verzweiflung – oder vielleicht des puren Trotzes –, den er seit jenem Tag stets bereute.

Aber diesmal war sein Sturmangriff ein durchdachtes Manöver – ein taktischer Schachzug –, denn als der *Atlas* sich den anderen Gray-Death-Mechs zuwandte, zeigte er Alex den Rücken. Wie bei allen Mechs war auch beim Atlas diese Partie sehr viel leichter gepanzert als die Frontseite. Tatsächlich entsprach der Panzerschutz dort nicht einmal einem Drittel der Frontpanzerung. Wenn ihm nur drei, vier gute Treffer gelangen, konnte Alex dort den Rumpf aufbrechen und an die empfindlichen Schaltkreise und Munitionslager gelangen.

Alex gab die ersten Schüsse noch im Laufen ab und verfehlte sein Ziel. Der erste Schuß zerplatzte an der wuchtigen Schulter des Stahlriesen. Sein zweiter Schuß jedoch saß, riß einen Krater in die Panzerung, fügte dem *Atlas* aber noch keinen echten Schaden zu.

Der Davion-Mech stockte in der Drehung, zögerte, schwang dann wieder zu Alex herum. Die beschädigte Panzersektion verschwand aus Carlyles Blickfeld. Ein Gaussgeschoß streifte den *Schützen,* grub eine Spur durch massive Panzerplatten wie ein Pflug durch lockere Krume und riß die Abdeckung der linken Raketenlafette ab.

Wie ein Racheengel setzte Maria Delgados *Katapult* auf kreischenden Sprungdüsen dreißig Meter hinter dem *Atlas* und exakt in dessen Rücken auf. Eine Salve Arrow-IV-Raketen flog wie Schrot aus seinen Abschußrohren und bohrte sich in einem Tornado panzerzerfetzender Vernichtung in den Rücken des Stahlgiganten. Delgado vervollständigte den Angriff mit einem Bombardement von Laserschüssen, die wieder und wieder und immer wieder ihr Ziel trafen. Der *Atlas* wirbelte zu ihr herum und bot Alex seine verwüstete, qualmende Rückenpartie an. Aus einer Entfernung von nur noch fünfzig Metern feuerte er zweimal. Der linke Armlaser, offenbar durch den letzten Gausstreffer beschädigt, versagte, aber der rechte bohrte sich durch aufgebogene, rauchende Panzerplatten und stieß wie ein rotglühendes Messer in die Innereien des Davion-*Atlas*.

Hauptmann Ann Warfields *Fallbeil* erschien als nächstes und deckte den Atlas von der Seite mit schwerem und mittelschwerem Laserfeuer ein. MechKrieger Terry O'Reillys *Apollo* trug einen Hagel Langstreckenraketen zu der Vernichtungsorgie bei. Nur Momente später traf ein weiterer Mech ein, diesmal von der Kuppe des Cemetery Ridge. Alex machte in der immer dichter werdenden Dunkelheit vage die Umrisse eines *Greifen* aus und erkannte schockiert, daß Caitlin von der Haupteinheit zur Einsatzgruppe Sturm gestoßen war.

Er feuerte weiter.

Der *Atlas* sah sich jetzt von drei Seiten eingekesselt, war das Ziel der Angriffe vier verschiedener schwerer und eines mittelschweren Mechs. Mit jeder Drehung lieferte er die klaffende Bresche auf seinem Rücken den Schüssen eines oder mehrerer anderer Gegner aus. Eine Gausskugel traf O'Reillys *Apollo* voll in den Rumpf, aber die Raketen stürzten weiter auf die Davion-Maschine herab, bis die Munitionskammern des Artillerie-Mechs erschöpft waren. Einer der Arme des *Atlas*, der rechte, fiel in einem Hagel von Panzersplittern auf den Boden, als eine Munitionsexplosion die CASE-Abdeckungen im Rücken der Maschine wegsprengte. Flammen wüteten im Innern des laserzerschossenen Rumpfes, und beißender Rauch strömte durch die Risse in der Panzerung. Eine Sekundärexplosion zerstörte das Gaussgeschütz. Das Feuer breitete sich aus, Flammenzungen leckten über die rußgeschwärzte Oberfläche der gewaltigen Kampfmaschine.

Die Hitze im Innern des *Atlas* mußte unerträglich

sein, dachte Alex. In seiner Kanzel gellten bereits die Überhitzungswarnungen und drohten mit automatischer Stillegung, aber er schlug mit einer Hand auf den Vetoschalter und rückte weiter vor, während er den einen ihm verbliebenen Laser abfeuerte, so schnell er ihn wieder aufladen konnte.

Die Explosion blitzte blendend grell und mit ohrenbetäubender Lautstärke auf, eine Eruption weißer Flammen, die Rücken und Seite des *Atlas* in Fetzen riß. Die glühenden Bruchstücke schepperten gegen Alex' Mech wie MG-Kugeln. Was von dem überschweren Mech noch übrig war, wankte noch einen Augenblick, die Überreste des Rumpfes in Flammen gebadet, der linke Arm in einem gespenstischen Eigenleben zukkend, der schädelähnliche Kopf grinsend wie das Symbol des Grauen Tods.

Dann knickten die Beine ein, und das brennende Wrack brach zusammen.

Erst jetzt drehte Alex um, lenkte den *Schützen* humpelnd den Cemetry Ridge hinauf, über den Kamm, um nach seinem Vater zu sehen.

Grayson Carlyle nahm wahr, wie Davis McCall ihn aus den brennenden Trümmern des *Victor* zog, aber er fühlte kaum etwas davon. Sein Gehirn versank in der sanften, wattigweichen Umarmung des Schockzustands, weigerte sich schlicht und einfach, die ungeheuren Schmerzen wahrzunehmen, als der verbrannte und zerfetzte Körper durch die enge Luke gezogen und auf den Boden gelegt wurde.

Er konnte das auf seinem Gesicht eingetrocknete und aus seinen Ohren laufende Blut fühlen. Auf eine ferne und beinahe klinisch losgelöste Art nahm er die Verbrennungen auf seinem linken Arm und seiner Seite war – zumindest diejenigen, die nur zweiten Grades waren und an denen die Haut noch Blasen geworfen hatte, statt völlig zu verkohlen. Er bemerkte den Stich, als McCall die Automatikspritze an seinen rechten Arm setzte und zweihundert Milligramm Schmerzmittel injizierte. Er konnte noch immer keinen Laut hören und fragte sich, ob ihm der Überschallknall der nur wenige Meter über seinem Kopf vorbeifliegenden Gausskugel wohl die Trommelfelle zerrissen hatte.

Er streckte die rechte Hand aus und packte Davis McCalls Kühlweste. »Haben … sie …«

Er konnte die Frage nicht zu Ende stellen. Sein Bewußtsein zerrann wie Wasser zwischen seinen Fingern.

Er wollte so viele Fragen stellen und konnte keine einzige davon formulieren. Hatten sie gewonnen? War Alex in Ordnung? Waren die Davions gestellt oder auf eine für den Grauen Tod vorteilhafte Position zurückgedrängt?

Würde die Legion diesen Kampf überleben?

Davis sagte irgend etwas, aber Grayson konnte die Worte nicht erkennen. Aber weit entfernt, in derselben Distanz, in der die Schmerzen und der größte Teil seines Bewußtseins lagen, konnte er jetzt ein lauter werdendes, pulsierendes Donnern hören, wie die Brandung des Ozeans.

McCall gab ihm noch eine Injektion. Andere Menschen versammelten sich um ihn, aber er hatte Schwierigkeiten, sie zu erkennen. Diese Dunkelheit … war das die hereinbrechende Nacht oder starb er?

Er wollte noch nicht sterben. Er hatte noch so viele Fragen …

Alex. Er war hier, schob sich neben McCall, sah ängstlich und besorgt zu ihm herab. Alex! Er hatte überlebt!

Erleichterung schlug über Grayson zusammen, folgte dem Komamittel, das Davis ihm injiziert hatte.

»Wie …?«

Alex schien ihn zu verstehen. Obwohl er noch immer schmerzhaft besorgt wirkte, schaffte er ein breites Grinsen und hob den Daumen. »Wir haben es geschafft«, glaubte Grayson seinen Sohn über dem Donnern in seinen Ohren sagen zu hören. »Wir haben gewonnen! Der Graue Tod hat gesiegt!«

Mehr brauchte er nicht zu hören. Grayson Death Carlyle ließ los und versank in einen tiefen, traumlosen Schlaf.

EPILOG

Raumhafen New Edinburgh, Caledonia
Mark Tamarind, Vereinigtes Commonwealth

21. April 3057, 09:15 Uhr TNZ

»Wie geht es ihm?« fragte Caitlin. »Ich meine… ist er…«

Sie standen auf der Aussichtsplattform des Raumhafens von New Edinburgh und blickten auf den Landeplatz und die drei *Union*-Klasse-Landungsschiffe in ihren kraterähnlichen Buchten hinab. Die Einschiffung war fast komplett. Die letzten BattleMechs gingen soeben an Bord der *Endeavour*. Der Start war für 10:00 Uhr vorgesehen, in einer Dreiviertelstunde.

»Er sah ziemlich schlimm aus«, meinte Alex und versuchte die Stimme neutral zu halten, obwohl im klar war, daß er es nicht konnte. Er schloß die Augen. Wenn er an den furchtbar verwüsteten, schwarzverbrannten Körper dachte…

»Ich wollte es nicht noch schlimmer für dich machen.«

»Das hast du auch nicht.«

»Ich frage mich, ob du dir klar machst, wieviel dein Vater uns allen bedeutet, Alex. Ich meine, für dich ist er dein Vater. Natürlich liebst du ihn. Aber wir anderen tun das auch. Ich glaube, manche von uns würden ihr Leben für ihn geben.«

Alex lächelte. »Er hat so eine Wirkung auf die Menschen.«

»Also, hast du schon etwas… gehört?«

»MedTech Jamison kümmert sich um ihn. Gestern nacht hat sie ihm den Arm abgenommen.«

»Oh… Alex…«

»Sie werden ihm natürlich keine Prothese anpassen können, bis wir zurück auf Glengarry sind, aber ich bin sicher, sie werden ihn ziemlich gut zusammenflicken. Jamison ist gut in ihrem Job. Wirklich gut.« Er zuckte die Achseln. »Was den Rest angeht, habe ich gehört, daß sein Gehör gelitten hat, aber taub wird er nicht bleiben. Es ist allerdings noch… sehr die Frage, ob er jemals wieder einen Mech wird führen können. Das hängt weitgehend davon ab, nun, in welchem Zustand er ist, wenn er aus dem Heilkoma erwacht.«

»Verdammt, *verdammt!*« Caitlin hieb sich eine Faust in die Handfläche. »Den Hundesohn, der das getan hat, hat man nicht erwischt, oder?«

»Nein. Aber Dupré sollte beten, daß ihn die caledonischen Rebellen nicht zuerst erwischen. Sie haben auch ziemlich starke Gefühle, was Grayson Carlyle betrifft.«

»Es sind keine Rebellen mehr«, erinnerte Caitlin ihn. »Jetzt nicht mehr.«

Unter ihnen stieg der letzte Mech der Gray Death Legion in den Aufzug, der ihn hinauf in den Mechhangar der *Endeavour* tragen sollte.

Die Schlacht um Falkirk war erst vier Tage vorbei, aber der kurze Krieg konnte siegreich beendet werden. Die Kämpfe hatten nach Marschall Zellners Tod noch ein paar Stunden gedauert, aber mit der Vernichtung des *Atlas* stand das Ergebnis mehr oder weniger fest. Durch die abrupte Kursänderung so vieler Mechs der Einsatzgruppe auf Zellners Angriff hin hatte der Rhythmus des Gefechts gelitten, und auch Alex' Ausscheren, um nach seinem Vater zu sehen, trug dazu bei. Niemand machte ihm deswegen einen Vorwurf, außer möglicherweise er sich selbst, aber seine Abwesenheit vom Schlachtfeld für entscheidende dreißig Minuten hatte die Legion den totalen Sieg gekostet. Die Mechs der 3. Davion Guards, durch Alex' Flankenangriff in die Flucht geschlagen, waren geradewegs in das 2. Bataillon der Guards gestürmt, das noch immer hinter Big und Little Round Top auf den Angriff der Legion auf *dieser* Flanke gewartet hatte. Der Zusammenprall richtete enorme Konfusion an, aber bis das wiedervereinte 3. Bataillon der Legion unter Kommandanthauptmann Fryes Befehl den Vormarsch wiederaufgenommen hatte, hatten die zerschlagenen Davion-Truppen ihre Flucht bereits beendet und sich, die Round Tops im Rücken, zu einer erbitterten Verteidigung formiert. Sie hatten ihre gesamte Artillerie und den größten Teil ihrer Vorräte durch Alex' Angriff verloren, aber sie verfügten noch immer über ein komplettes Bataillon. Ein Frontalangriff der Legionäre wäre schlimmer als vergeblich gewesen. Er wäre einem Selbstmord gleichgekommen.

Einige Mechs auf beiden Seiten waren in den folgenden wirren Nachtgefechten verlorengegangen, in denen die Kampfkolosse mit Infrarot und Suchscheinwerfern Jagd aufeinander gemacht hatten. Schließlich schlug Alex einen Waffenstillstand vor. Der Davion-Kommandeur, Marschall James Seymour, war darauf gerne eingegangen, da er bereits fast die Hälfte seiner Truppe und den größten Teil seines verbliebenen Nachschubs eingebüßt hatte. Nach dieser Vereinbarung, ausgehandelt in den frühen Morgenstunden des Siebzehnten, hatten die Überlebenden der 3. Guards Caledonia mit ihren Landungsschiffen verlassen dürfen, und der Planet blieb in der Hand des siegreichen Grauen Tods. Es war keine zwanzig Stunden her, daß die Davion-Einheit an einem der sogenannten Piratensprungpunkte des Systems ihr frisch aufgeladenes Sprungschiff erreicht und das System verlassen hatte.

Die politische Zukunft Caledonias blieb trotzdem ungewiß. General McBee agierte derzeit als der provisorische Militärgouverneur des Planeten und würde die Verwaltung leiten, bis die Bevölkerung Caledonias eine neue Regierung wählte. Aber die Tatsache blieb bestehen, daß der legitime planetarische Gouverneur gewaltsam gestürzt worden war. Nach der Schlacht hatte man weder Wilmarth noch Folker gefunden, und man mußte davon ausgehen, daß Seymour beide mit zurück nach Hesperus II genommen hatte. McBees provisorische Regierung machte sich sofort daran, ihre Darstellung der Ereignisse auszuformulieren und über HPG nach Tharkad zu schicken. Der Tenor ihrer Ausführungen war, daß Wilmarths Herrschaft tyrannisch und ungesetzlich gewesen sei und das Volk keine andere Möglichkeit gehabt habe, als seine Probleme auf diese handgreifliche Art selbst zu lösen. Niemand konnte vorhersagen, wie Tharkad oder New Avalon darauf reagieren würden. Es war gut möglich, daß das endgültige politische Schicksal Caledonias und der Erfolg oder Mißerfolg der Revolution sich in den Gerichtshöfen des Vereinigten Commonwealth entscheiden würde.

Der Graue Tod jedenfalls konnte auf Caledonia nichts mehr tun, außer das Gericht möglicherweise gegen das Volk einnehmen. Davis McCall, der durch die schwere Verletzung des Obersten den Befehl über die Legion hatte übernehmen müssen, gab dann den Befehl, so schnell wie möglich zu starten und seine Heimatwelt ihrer neuen Regierung und ungewissen Zukunft zu überlassen. Die Zukunft der Legion stand nämlich, wie sich herausgestellt hatte, auf noch unsichererem Fundament als diejenige Caledons. Eine HPG-Nachricht, die an diesem Morgen vom Legionshauptquartier auf Glengarry eingetroffen war, hatte das Auftauchen einer großen Anzahl VerCom-Sprungschiffe im System gemeldet.

Feldmarschall Gareth verlangte im Namen des Vereinigten Commonwealth die Übergabe Glengarrys und des dortigen Gray-Death-Lehens.

Alex' Mutter, Caitlins Eltern, alles, was ihnen, abgesehen von den Menschen, die hier bei ihnen waren, etwas bedeutete, schwebten in furchtbarer Gefahr. Es würde Wochen dauern, bis sie Glengarry erreichen konnten, und möglicherweise würde bis dahin bereits alles zu spät sein.

Aber sie mußten es zumindest versuchen.

»Komm«, meinte er zu Caitlin. »Wir sollten an Bord gehen. Es ist ein langer Flug bis Glengarry.«

Caitlin schmiegte sich an ihn, und er legte den Arm um ihre Schultern. »Alex«, fragte sie mit gepreßter Stimme. »Was wird aus uns werden? Aus der Legion?«

»Was aus uns werden wird?« Er grinste sie mit Feuer in den Augen an. »Die Gray Death Legion ist größer und zäher als wir alle zusammen. Die Legion wird weitermachen, wie sie es immer getan hat. Der Graue Tod wird *überleben.*«

ANHANG

Glossar

BattleMech-Typen

GLOSSAR

Autokanone: Eine automatische Schnellfeuerkanone. Leichte Fahrzeugkanonen haben Kaliber zwischen 30 und 90 mm, während eine schwere Mechautokanone ein Kaliber von 80 bis 120 mm oder mehr besitzen kann. Die Waffe feuert in schneller Folge panzerbrechende Hochexplosivgranaten ab.

Bataillon: Ein Bataillon ist eine militärische Organisationseinheit der Inneren Sphäre, die in der Regel aus drei Kompanien besteht.

BattleMech: BattleMechs sind die gewaltigsten Kriegsmaschinen, die je von Menschen erbaut wurden. Diese riesigen humanoiden Panzerfahrzeuge wurden ursprünglich vor über 500 Jahren von terranischen Wissenschaftlern und Technikern entwickelt. Sie sind schneller und manövrierfähiger in jedem Gelände, besser gepanzert und schwerer bewaffnet als jeder Panzer des 20. Jahrhunderts. Sie ragen zehn bis zwölf Meter hoch auf und sind bestückt mit Partikelprojektorkanonen, Lasergeschützen, Schnellfeuer-Autokanonen und Raketenlafetten. Ihre Feuerkraft reicht aus, jeden Gegner mit Ausnahme eines anderen BattleMechs niederzumachen. Ein kleiner Fusionsreaktor liefert ihnen nahezu unbegrenzt Energie. BattleMechs können auf die verschiedensten Umweltbedingungen – von der glühenden Wüste bis zur arktischen Kältestarre – eingestellt werden.

ComStar: Das interstellare Kommunikationsnetz ComStar wurde von Jerome Blake entwickelt, der in den letzten Jahren des Sternenbunds das Amt des Kommunikationsministers innehatte. Nach dem Zusammenbruch des Bundes eroberte Blake Terra und organisierte die Überreste des Sternenbund-Kommunikationsnetzes in eine Privatorganisation um, die ihre Dienste mit Profit an die fünf Häuser weiterverkaufte. Seitdem hat sich ComStar zu einem mächtigen Geheimbund entwickelt, der sich jahrhundertelang in Mystizismus und Rituale hüllte, bis es nach der Entscheidungsschlacht gegen die Clans auf Tukayyid unter Prima Sharilar Mori und Präzentor Martialum Anastasius Focht zur Reformation des Ordens und Abspaltung der erzkonservativen Organisation ›Blakes Wort‹ kam.

Gaussgeschütz: Ein Gaussgeschütz benutzt eine Reihe von Elektromagneten, um ein Projektil durch den Geschützlauf in Richtung des Ziels zu beschleunigen. Obwohl sein Einsatz mit enormem Energieaufwand verbunden ist, erzeugt das Gaussgeschütz nur sehr wenig Abwärme, und die erreichbare Mündungsgeschwindigkeit ist doppelt so hoch wie bei einer konventionellen Kanone.

Kompanie: Eine Kompanie ist eine militärische Organisationseinheit der Inneren Sphäre, die aus drei BattleMech-Lanzen oder bei Infanteriekompanien aus drei Zügen mit insgesamt 50 bis 100 Mann besteht.

Kröten: Eine in der freien Inneren Sphäre übliche Bezeichnung für die mit Kampfanzügen ausgerüstete Eliteinfanterie, eine zuerst bei den Clans entwickelte Waffengattung. Diese sogenannten Elementare sind wahre Riesen, die speziell für den Einsatz der von den Clans entwickelten Rüstungen gezüchtet werden. Die freie Innere Sphäre ist bei der Entwicklung ähnlicher Gefechtsanzüge deutlich im Hintertreffen, nicht zuletzt, da ihr als Träger dieser Anzüge nur normale Menschen zur Verfügung stehen.

KSR: Abkürzung für ›Kurzstreckenrakete‹. Es handelt sich um ungelenkte Raketen mit hochexplosiven oder panzerbrechenden Sprengköpfen.

Landungsschiffe: Da Sprungschiffe die inneren Bereiche eines Sonnensystems generell meiden müssen und sich dadurch in erheblicher Entfernung von den bewohnten Planeten einer Sonne aufhalten, werden für interplanetarische Flüge Landungsschiffe eingesetzt. Diese werden während des Sprungs an die Antriebsspindel des Sprungschiffes angekoppelt. Landungsschiffe besitzen selbst keinen Überlichtantrieb, sind jedoch sehr beweglich, gut bewaffnet und aerodynamisch genug, um auf

Planeten mit einer Atmosphäre aufsetzen bzw. von dort aus starten zu können. Die Reise vom Sprungpunkt zu den bewohnten Planeten eines Systems beansprucht je nach Spektralklasse der Sonne eine Dauer von mehreren Tagen oder Wochen.

Lanze: Eine Lanze ist eine militärische Organisationseinheit der Inneren Sphäre, die in der Regel aus vier BattleMechs besteht.

Laser: Ein Akronym für ›Light Amplification through Stimulated Emission of Radiation‹ oder Lichtverstärkung durch stimulierte Strahlungsemission. Als Waffe funktioniert ein Laser, indem er extreme Hitze auf einen minimalen Bereich konzentriert. BattleMechlaser gibt es in drei Größenklassen: leicht, mittelschwer und schwer. Laser sind auch als tragbare Infanteriewaffen verfügbar, die über einen als Tornister getragenen Energiespeicher betrieben werden. Manche Entfernungsmeßgeräte und Zielerfassungssensoren bedienen sich ebenfalls schwacher Laserstrahlen.

LSR: Abkürzung für ›Langstreckenrakete‹, zum indirekten Beschuß entwickelte Raketen mit hochexplosiven Gefechtsköpfen.

Nachfolgerfürsten: Die fünf Nachfolgerstaaten werden von Familien regiert, die ihre Herkunft von einem der ursprünglichen Lordräte des Sternenbunds ableiten. Alle fünf Hausfürsten erheben Anspruch auf den Titel des Ersten Lords. Sie kämpfen seit Ausbruch der Nachfolgekriege im Jahre 2786 gegeneinander. Ihr Schlachtfeld ist die riesige Innere Sphäre, bestehend aus sämtlichen einstmals von den Mitgliedsstaaten des Sternenbunds besetzten Sonnensystemen.

Nachfolgerstaaten: Nach dem Zerfall des Sternenbunds wurden die Reiche der Mitglieder des Hohen Rats, die sämtlich Anspruch auf die Nachfolge des Ersten Lords erhoben, unter dem Namen Nachfolgerstaaten bekannt. Die Nachfolgerstaaten bestehen aus ursprünglich fünf und derzeit noch vier Herrscherhäusern: Haus Kurita (Draconis-Kombinat), Haus Liao (Konföderation Capella), Haus Steiner-Davion (Vereinigtes Commonwealth) und Haus Marik (Liga Freier Welten). Die Clan-Invasion unterbrach die Jahrhunderte des Krieges seit 2786 – die Nachfolgekriege – einstweilen. Die Nachfolgerfürsten setzten ihre Streitigkeiten aus, um der Bedrohung durch den gemeinsamen Feind, die Clans, zu begegnen. Die trügerische Ruhe seit Abschluß des Waffenstillstands von Tukayyid hat diese Solidarität jedoch inzwischen sehr brüchig werden lassen, und im Jahre 3057 brechen die Kämpfe innerhalb der freien Inneren Sphäre wieder aus.

Peripherie: Jenseits der Grenzen der Inneren Sphäre liegt die Peripherie, das weite Reich bekannter und unbekannter Systeme, das sich bis in die interstellare Nacht hinaus erstreckt. Die einstigen terranischen Kolonien in der Peripherie wurden durch den Zerfall des Sternenbundes technologisch, wirtschaftlich und politisch verwüstet. Derzeit ist die Peripherie bevorzugte Zuflucht für Banditenkönige, Raumpiraten und Ausgestoßene.

PPK: Abkürzung für ›Partikelprojektorkanone‹, einen magnetischen Teilchenbeschleuniger in Waffenform, der hochenergiegeladene Protonen- oder Ionenblitze verschießt, und durch deren Aufschlagskraft und hohe Temperatur großen Schaden anrichten kann. PPKs gehören zu den effektivsten Waffen eines BattleMechs.

Regiment: Ein Regiment ist eine militärische Organisationseinheit der Inneren Sphäre und besteht aus zwei bis vier Bataillonen von jeweils drei oder vier Kompanien.

Sprungschiffe: Interstellare Reisen erfolgen mittels sogenannter Sprungschiffe, deren Antrieb im 22. Jahrhundert entwickelt wurde. Der Name dieser Schiffe rührt von ihrer Fähigkeit her, ohne Zeitverlust in ein weit entferntes Sonnensystem zu ›springen‹. Es handelt sich um ziemlich unbewegliche Raumfahrzeuge aus einer langen, schlanken Antriebsspindel und einem enormen Solarsegel, das an einen gigantischen Sonnenschirm erinnert. Das gewaltige Segel besteht aus einem Spezialmaterial, das gewaltige Mengen elektromagnetischer Energie aus dem Sonnenwind des jeweiligen Zentralgestirns zieht und langsam an den Antriebskern abgibt. Dieser baut daraus ein Kraftfeld auf, durch das ein Riß im Raum-Zeit-Gefüge entsteht. Nach einem Sprung kann das Schiff erst weiterreisen, wenn es durch Aufnahme von Sonnenenergie seinen Antrieb wieder aufgeladen hat.

Sprungschiffe reisen mit Hilfe ihres Kearny-Fuchida-Antriebs in Nullzeit über riesige interstellare Entfernungen. Das K-F-Triebwerk baut ein Raum-Zeit-Feld um das Sprungschiff auf und öffnet ein Loch in den Hyperraum. Einen Sekundenbruchteil später materialisiert das Schiff am Zielsprungpunkt, der bis zu 30 Lichtjahre weit entfernt sein kann.

Sprungschiffe landen niemals auf einem Planeten und reisen nur sehr selten in die inneren Bereiche eines Systems. Interplanetarische Flüge werden von Landungsschiffen ausgeführt, Raumschiffen, die bis zum Erreichen des Zielpunktes an das Sprungschiff gekoppelt bleiben.

Sternenbund: Im Jahre 2571 wurde der Sternenbund gegründet, um die wichtigsten nach dem Aufbruch ins All von Menschen besiedelten Systeme zu vereinen. Der Sternenbund existierte annähernd 200 Jahre, bis 2751 ein Bürgerkrieg ausbrach. Als das Regierungsgremium des Sternenbunds, der Hohe Rat, sich in einem Machtkampf auflöste, bedeutete dies das Ende des Bundes. Jeder der Hausfürsten rief sich zum neuen Ersten Lord des Sternenbunds aus, und innerhalb weniger Monate befand sich die gesamte Innere Sphäre im Kriegszustand. Dieser Konflikt hält bis zum heutigen Tage knapp drei Jahrhunderte später an. Die Jahrhunderte nahtlos ineinander übergehender Kriege werden in toto als die ›Nachfolgekriege‹ bezeichnet.

Waffenstillstand von Tukayyid: Der Waffenstillstand von Tukayyid hat eine fünfzehnjährige Waffenruhe zwischen den Clans und der Inneren Sphäre begründet. Khan Ulric Kerensky, ilKhan der Clans, vereinbarte mit dem Präzentor Martialium ComStars, Anastasius Focht, auf dem Planeten Tukayyid eine Entscheidungsschlacht. Bei einem Sieg der Clans verpflichtete sich ComStar, ihnen Terra auszuhändigen, bei einem Sieg ComStars verpflichteten sich die Clans zu einem fünfzehnjährigen Waffenstillstand. Der nach einem überwältigenden Sieg der ComGuards auf Tukayyid unterzeichnete Vertrag etablierte eine Grenzlinie, die durch den Planeten Tukayyid verläuft. Die Clans dürfen diese Grenzlinie bis zum Ablauf des Waffenstillstands nicht überschreiten.

Zug: Ein Zug ist eine militärische Organisationseinheit der Inneren Sphäre, die typischerweise aus etwa achtundzwanzig Mann besteht. Ein Zug kann in zwei Abteilungen aufgeteilt werden.

SCHÜTZE

ATLAS

TOTSCHLÄGER

KATAPULT

GREIF

STADTKOLOSS

VICTOR

APOLLO

ZEUS

BATTLETECH
KAMPFKOLOSSE DES 4. JAHRTAUSENDS
NEUAUSGABE
FANTASY PRODUCTIONS / FASA CORPORATION